魅丽文化

My boyfriend is 400 years old

我的男友400岁

冷胭 著

江苏凤凰文艺出版社
JIANGSU PHOENIX LITERATURE AND ART PUBLISHING, LTD

图书在版编目（CIP）数据

我的男友四百岁 / 冷胭著. — 南京 ： 江苏凤凰文艺出版社，2018.01
ISBN 978-7-5594-1267-6

Ⅰ. ①我… Ⅱ. ①冷… Ⅲ. ①长篇小说－中国－当代 Ⅳ. ①I247.5

中国版本图书馆CIP数据核字(2017)第252840号

书名	我的男友四百岁
作者	冷　胭
出版统筹	黄小初　邹立勋
选题策划	喻　戎
责任编辑	胡小河　姚　丽
文字编辑	黄　瑞
责任监制	刘　巍　江伟明
出版发行	江苏凤凰文艺出版社
出版社地址	南京市中央路165号，邮编：210009
出版社网址	http://www.jswenyi.com
印刷	湖南凌宇纸品有限公司
开本	880mm×1230mm 1/32
字数	293千字
印张	9.5
版次	2018年1月第1版，2018年1月第1次印刷
标准书号	ISBN 978-7-5594-1267-6
定价	32.80元

目录

C O N T E N T S

目录

C O N T E N T S

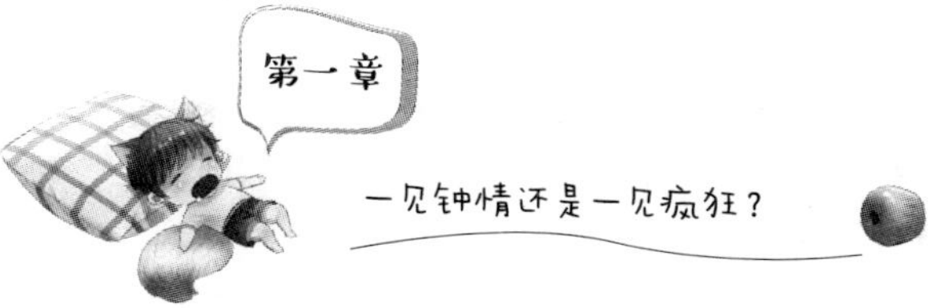

第一章

一见钟情还是一见疯狂？

1

岳茏觉得自己很荡漾。

内心的洪荒之力简直把持不住。

现在，她看着对面的男人，深眉高鼻，瘦脸薄唇，她不知道为什么，就是很想亲近他。

很想很想。

全身的细胞都在沸腾和叫嚣，她觉得自己简直像一只等人爱的小猫，可是丝毫没有办法。

冷静！冷静！

她不断告诫自己这是在酒吧，自己是不是有点喝多了？可是，从进来开始，她没有吃过东西也没有喝过饮料。

对面的男人明显注意到了她的盯视，侧过脸望着她笑：“一个人？”

这句话如同四下飞溅的火星，直接溅落在岳茏这颗已经荡漾不止的心上，“啪”的一声就点燃了她。

“跟朋友一起来的，”她的声音带着魅惑，“掉了东西过来找找。”

“哦？”男人像是很有兴致，“掉了什么？我帮你找吧。”

她莞尔：“不用找，就在你身上。”

男人的眼神更是玩味：“哦？是什么？”他也靠过来，“难道是你的心？”

她似是轻嗤：“心哪有那么容易就掉在你身上？”

男人的语调更觉得有趣：“那你掉了什么？”

“兴趣。”她紧盯着他的双眼，发射着诱惑的光，“Interesting。”

他低低笑起来，笑声带着令人柔软的震颤：“这么巧，我也掉了同样的东西在你身上。”

他俯低，在她侧脸轻轻一吻。

她没有拒绝，莞尔变成了露齿浅笑。男人揽着她向酒吧外走去，她脑子里闪过“鬼使神差”这个词儿。

春末夏初的深夜还有些凉意，被冷风一激，岳珑的脑子也清醒了一些，她开始发怔，难道就这么随便让人把自己给吻了？正在犹豫，男人脱下外套给她披上，温柔地询问：“去酒店？”

岳珑本能地想拒绝，但微微抬头就看见男人的高鼻深目，使她的春心又荡漾起来，洪荒之力又喷薄而出——

“好。”

酒吧门口很多出租车在等客，男人随便伸手一招，一辆出租车就靠了过来。男人绅士地打开车门请她进去，她刚往前跨一步，手腕忽然被人捉住，向后使劲一带。

岳珑被拉得略略踉跄，撞在一个人怀里。

宽厚、温暖的怀抱。

那人很快松开了她的手，高大的身影已经挡在了她身前，对那个开着出租车门的男人说：“滚。”

这种要求，竟说得特别平静。

而他的嗓音沉稳有力又略带沙哑，像一台低音炮，竟让岳珑的周身起了一股电流。

岳珑诧异地觉得眼前这个背影怎么看怎么舒服。而那个邀请自己去酒店的男人显然恼了：“你挺嚣张啊？你谁？干吗拉我女朋友？！”

男人说着就伸手来拉岳珑，而手还没有碰到她，就被后来者一把攥住。岳珑看他好像也没怎么用力，可男人已经开始号叫：“疼疼！放手！”

“滚。”他再次平静地吐出这一个字，松开了手。

男人吃痛地揉捏着自己的手臂，埋怨岳珑：“出来玩还拖个尾巴，以后别出来了！”很快气鼓鼓地走远了。

岳珑盯着眼前的背影，浅蓝色短袖T恤和牛仔裤，简单妥帖。这人没有回头看她，立即向前走去，完全没有理会岳珑的意思。岳珑急忙“哎哎哎”地叫唤着追上去，一步抢在他面前挡住他。

他被迫停下，淡淡地看向岳茏。

高鼻深目，眉毛特别黑，睫毛特别长，眼神虽然淡淡的，但眼中光华四射，十分明亮。即使戴着一个很大很宽的黑色口罩遮住了大半张脸，也能感受到他脸孔上坚毅的线条。

岳茏惊讶地微微张着嘴巴，心里似乎有个声音在告诉自己：是他！就是他！

他对她的反应似乎毫不意外，偏转眼神就想走。岳茏一把拉住他的手臂："喂，你是谁？"

他不动声色地挣开她的手，语气淡淡："不重要。"

"那你干吗拉我？关你什么事？"岳茏刚才触摸到他的手臂，触感实在太好。提问的同时她再次抓住他的手臂，只是这次更加用了些力气，还顺带着抚摸了一个来回。

他略略垂眸瞟了一眼赖在自己手臂上的手，伸手招一辆出租车，把她塞进后座，而自己坐在了副驾驶的位置，对司机说了一个地址。

她在后座惊呼："你怎么知道我家的地址？"

他没有回答。

"你到底是谁啊？刚才是在阻拦我跟别的男人去酒店？为什么？现在又送我回家——"岳茏在后座喋喋不休，"我看你跟那个男人也没什么区别。"

副驾驶座上的他仍然没有说话。

岳茏在后座上看向他的侧面，再次觉得哪里都好，内心的波动又强烈了不少，不知道为什么会被他吸引，但这种感觉完全控制不住。

这是一见钟情还是一见疯狂？

岳茏在心里对自己翻了个白眼。

十五分钟的车程里，无论岳茏怎么问，他都一言不发。看着他付钱下车，打开了后座的车门，她也走了下去，望了望近在咫尺的自家楼栋的大门，瞟他："你要上去？"

他拒绝地摇头，告诫她："晚上，在家待着就好。"

她靠近他两步，笑容里带着调侃："为什么？"

"不安全。"

“呵。”她不屑地笑着，“我是成年人。”

他看她一眼不再多说，转身走掉，速度快得岳茏还没有反应过来，竟然已经失去了踪影。

“喂！我还没——”岳茏叫了一声，后面的句子却卡在喉咙里。

还没摸到你的胸肌呢。

好想摸摸看。

岳茏回到家里倒在床上，呆滞地望着天花板。似乎从那人离开，她内心的火热就渐渐冷却，到现在她已经算是平静下来了。想起在酒吧的种种以及后来遇到的男人，她简直要羞愧而死，不自觉地大叫：“天哪！我是在干吗？！”

可是那个人……

一想起他就有点发疯。

面对一个陌生人应有的害怕和不安，只是在她脑海中一闪而过就抛诸脑后，激动亢奋占据了她的所有思想。自她有过恋情以来，她从来没有这么喜欢过一个男人！

岳茏“哎呀呀呀呀”地花痴了半天，在床上翻来覆去思前想后，折腾到半夜终于睡去。

而她家的阳台上似乎一直站着一个人影，见她睡着之后很快一跃而下，离开了。

岳茏家，是十八楼。

第二天早上的地铁上，人多得摩肩接踵，岳茏下意识地四下看去，入眼的都是平平无奇的相貌，没有一个是高鼻深目。

她竟有点失望。

岳茏在开会。总监正说着这一次即将推出的电视剧内容。坐在岳茏身边的男同事肖远谨给岳茏递来一杯茶，正好温热不烫口。岳茏感谢地接过来喝了一口，肖远谨低声说：“下班之后为你庆祝。”

岳茏正要问庆祝什么，只听总监说：“电视剧的大纲和人物设计已经通过了，岳茏，你写得很不错，投资方表示满意，可以开始写分集大纲了。”

岳茏惊讶地盯向总监——之前不是说她只写大纲和人物设计，后面的分集大纲和剧本还是由老编剧来写吗？总监对她点了点头：“前期筹备非常充足，也很尽心，这个剧本就由你全权负责，投资方也是同意的。”

岳茏的心简直要飞起来，但脸上只显露了内心喜悦的五分之一，她站起身对总监致意：“好，我会努力的，请您放心。”

肖远谨望着她笑，满脸的赞赏和衷心高兴。岳茏客气地以笑容回应他的鼓励，却在心里叹气：你眉目不深邃，鼻梁也不够挺呢。

为什么她下意识地把眼前的男人跟那个戴黑色口罩的男人相比较？明明连人家具体长什么样子都没看清楚啊。

加班到深夜对于岳茏来说是常态，只是没想到她走出公司大楼的时候，肖远谨在门口等她，体贴地迎上去：“累了吧？”

“习惯了。”岳茏微笑地调侃，“你不会是在等着为我庆祝吧？”

“就是啊，说好了的嘛。”肖远谨带着她向自己的车走去，温和地笑着，“一直忙宣传的事，我也是才闲下来一会儿，看到你还在忙，就先下来等你了。”

岳茏略带歉意：“晚上的超级外卖还没来得及谢你，怎么好意思又让你破费，我来请。”

“哪有让你请的道理。”肖远谨拉开车门让岳茏坐进副驾驶，又给她系上安全带。在他低头靠近的时候，岳茏本能地向后一靠与他保持一定的距离，之前那种抑制不住的荡漾感一点都没有出现。

挺奇怪。自己不是春心萌动？还分人的？

岳茏正在暗暗思索，肖远谨已经发动了车。她随意瞟向窗外，后视镜里忽然一个黑影一闪，不知为何她觉得十分眼熟。她立即回头向后看去，但除了滚滚车流，什么都没有看见。

2

肖远谨提议去朔月阁，那是市中心相当豪华的一家餐厅，没有预定不可能有位置。

显然他预定了，话里话外透着笃定和安心。

岳茏尽量不着痕迹地拒绝，大大咧咧地嚷嚷起来："哎呀，三更半夜就应该啤酒烧烤啊！我们去吃烧烤吧！"

肖远谨自与她认识以来，从没有反对过她的提议，当即掉头驶向最近的消夜烧烤摊。

岳茏瞥向后视镜，只看到刺眼的车前灯一个接一个闪烁，别的什么也没有。

虽然已经是深夜两点多钟，大排档还是一片明亮欢腾。岳茏一坐下就对老板招呼："十串鸡爪二十串脆骨二十串肉筋，烤花甲烤粉烤臭豆腐各来一份，啤酒来五瓶！"

"好嘞！"老板欢乐地答应着。

岳茏又对肖远谨说："还想吃什么，随便点。"

肖远谨拿起菜单边看边笑："不够再点吧。"他看着端上来的啤酒，"这么晚了也少喝点……"还没说完，岳茏已经用牙直接咬开了一瓶啤酒的瓶盖，"呸"的一声把瓶盖吐在地上，把整瓶酒往自己嘴里灌下去。

肖远谨很是吃惊。他印象里的岳茏是认真努力喜欢笑的白领，虽然有时候大大咧咧但绝不可能与粗俗沾边。

而眼前的女人，脱掉了小香风的外套，跷着二郎腿，正用手抓着鸡爪子大快朵颐，头上已经冒出细细密密的汗珠，嘴边都是油腻腻的残渣，毫无形象可言。

岳茏吃得正欢，抬眼看向盯着自己的肖远谨，咧嘴一笑："干吗不吃？"

肖远谨好脾气地笑："你吃吧，我点了蒸饺。"

岳茏笑得没心没肺："哎哟一个大男人不吃烧烤？大口吃肉大口喝酒才痛快呀！我可不管，我算请过你了，别想让我再请一次。"

肖远谨夹了一个刚端上来的蒸饺放在岳茏的碟里："不管什么时候都是我请你。"

岳茏嘿嘿干笑了几声，继续啃鸡爪。她风卷残云般消灭着桌上所有的烧烤，再没有客气一句让肖远谨吃点，也不问他吃一笼蒸饺会不会饱。

肖远谨吃完一笼蒸饺就放下了筷子，看着桌上一片狼藉："不会不够吧？"

"真的还能再来一遍！"岳茏放肆地打了个嗝，故作不好意思地捂嘴，"还是算了。"

“消夜吃太多不好，会睡不着。”肖远谨看了看手表，“快四点了，你还要回家吗？”

岳茏灌下半瓶啤酒，又打了个酒嗝，微醺的状态让她很放松，笑着问：“不回家，睡哪儿？”

“从这里回你家要一个小时，你回去还没睡两个小时就要起床上班了，不如在公司附近的酒店要个钟点房，还能悠闲地吃了早饭再上班。”

岳茏盯着肖远谨那双看起来真挚温和的眼睛，笑了笑：“你呢，你也不回去了？”

“我陪你，一个女孩子去酒店，我不太放心。”

岳茏从钱包里抽出两张百元大钞扬起来，对老板叫唤：“结账！”

老板笑着快步走过来：“你男朋友刚才付过啦。”

岳茏瞪老板：“他不是我男朋友。”

老板好笑地看他们一眼，肖远谨拿起岳茏的外套，小心地扶着她走向自己的车。岳茏摆摆手表示自己没醉，与他分开一段距离：“我自己打车行了，你回家吧。”

“那怎么行，我送你过去。”肖远谨轻轻握住她的手腕，“我看你睡着再走。”

岳茏轻笑：“这听起来有点像我写的那句台词，后来那男人把女人给睡了。”

肖远谨低声道：“我不会的。”

岳茏微微挣了一下没有挣脱，开始有些不耐烦：“我自己去，你放手。”

肖远谨抓着她的手腕解释道：“我真没有那个意思，你要相信我。”

“放放放！”岳茏烦躁起来，“我要发火了啊。”

一只手介入他们之间。

这只手迅速地掰开肖远谨的手，将岳茏的手腕握在自己手中。

肖远谨吃痛地抽气，看着眼前突然出现的男人：“你是谁？！”

岳茏浑身的血液都开始沸腾，带着酒劲似乎都要燃烧起来了。

戴黑色口罩的男人握着她的手腕，挡在她面前，对肖远谨说：“她，我带走了。”

低音炮响起，电流再次游遍岳茏全身。

岳茏被他拉着向反方向走去，肖远谨追上来要再次拉住岳茏，却被这个男人很轻易地单手挡开，而且看起来并不是很大力的推搡，却让肖远谨一屁股坐在了地上。

“你再不停下，我要报警了！”肖远谨大声威胁，“你凭什么带走她？”

男人停步，看向岳茏：“告诉他。”

“啊？告诉什么？”岳茏莫名其妙，但很快反应过来，立即回头对肖远谨说，“我认识他，没事没事，你走吧。”

肖远谨愕然，男人已经拉着岳茏迅速走远了。

岳茏简直是有些痴傻地跟着他一路前行，光看着他的侧影就觉得分外美妙。他今天穿着墨蓝色长袖T恤，恰到好处地衬托出他背部的肌肉线条，还有手臂上那流线般的肌肉曲线，让岳茏忍不住咽了咽口水。

天哪，又开始荡漾了！

岳茏强制自己把目光移向别处，最终不舍地落在了自己的手腕上。他仍然抓握着她的手腕，手指修长骨节分明，有力而温暖。

岳茏就这么盯着自己的手腕，亦步亦趋地跟着这个男人穿过了街道。明明连他的名字都不知道，可她就是没来由地信任他。

陷入荡漾的女人真是毫无逻辑可言。

太可怕了。

可她仍然不由自主地跟着他，仿佛只有靠得更近，才能让她体内的荡漾找到归属，才可暂时平息她心头滔天的火焰。

但其实，这把火越来越旺，完全没有熄灭的意思。

这感觉太奇怪，但又如此刺激。

男人停下脚步松开手，岳茏抬眼，原来他们已经来到了离公司最近的一家四星酒店。男人递出一张房卡：“3206，明早八点退房。”

“你到底是谁啊？上一次是这样，这次也是这样，现在又开好了房，怎么，等我上去之后你就来个饿虎扑食？”岳茏简直打开了机关枪，“怎么好像什么事情都在你的预料中一样，这房卡是怎么回事儿？你什么时候开的？难道还有别人？你团伙作案啊？你要是不说清楚你到底是谁，是做什么的，有什么目的，我要报警！”

天知道她是多么忍耐才说出这么一大段看似强硬的话，其实——好想推倒他啊！

快说，快说你是个正经人，让我们一起进入生命的大和谐吧！

岳茏觉得自己明明已经发射了无数的诱惑脑电波，然而对方显然并没有接收到任何一条，直接把房卡塞进她手里：“锁好门。”

竟然丢给她一个背影就要走。

“喂！”岳茏大叫了一声，男人没有回头。

“你到底是干吗的？保护贞操协会的吗？怎么总在我要跟男人走的时候就出现？喂！是邪教组织成员吗？！”岳茏喊完一大通，负气地双手叉腰骂了一句，“耍我吗？”

酒店 3206 房。

岳茏倒在床上，困意不断袭来，让她没有空再去想是否真正安全的问题，几乎是沾到枕头就昏睡过去。而梦里却不安生，戴黑色口罩的男人总是不断闪现在眼前，就在她即将触碰到他的时候，他却突然消失了，就像从来没有出现过一样。

凌晨五点，岳茏口渴醒来，到处想找水喝但没有发现，直接开门想出去找服务员，一开门就吓了一大跳。

房门边靠着一个人，正是那个戴黑色口罩的男人。他双臂环抱自己靠在门边的墙壁上，见她出来不经意地瞟了她一眼，眼神安静无波。之后就不再关注她，沉默地靠在门边，仿若一尊雕塑。

高大宽厚又紧实。

岳茏更口渴了。

舔了舔嘴唇，岳茏靠近他，仰头对他绵软地微笑：“喜欢我？”

他立即摇头。

岳茏眯了眯眼，贴得更近些，双手已经扒住他的上臂用力一掐：“跟踪我？变态？”

他再次摇头。

岳茏心里的渴因为他的否认而越发强烈，他却已经把她的双手挡开，甚至挪开了几步，与她保持一定的距离。

岳茏当即就恼了，一把抓住他的衣领就往房间里带，恨恨地质问：“老娘有那么差吗？进来！”

3

然而岳茏并没有拉动。

她的手劲很大，但那男人纹丝未动，表情也没有任何波澜，一双眼睛安安静静地看着岳茏，把她的手从自己衣领上拿下来，虽然力气不小，但并没有让她觉得疼。

也可能因为她的内心一直在叫喊：天哪！手好温热好有安全感！

岳茏气鼓鼓地怒瞪他，见他似乎是要开口说话了，突然就扑上去，对着他的唇直直啃上去。

她速度极快又是突然出击，他避无可避。

但没想到男人的速度更快，而且他很高，稍稍抬头就避开了她的袭击，她吃痛地撞在他的下巴上，发出一声惨叫。

“你！”岳茏捂着嘴巴怒不可遏，但看见他眼里并没有嫌弃和厌恶，仍然是平静甚至无辜的样子，就生生发不出火来，咬牙切齿地瞪着他。

“一百天之后就会好。”他似乎是在解释，“还有九十五天。”

岳茏听得云里雾里：“什么一百天？”

他并不在意她是不是听得懂：“在此期间，我会守着你。”

岳茏更糊涂了：“守着我？守什么？”

“不做后悔的事，不被人趁机伤害。”

岳茏疑惑皱眉地盯着他：“你在说什么？你知道什么都说出来行不行？”

“不该知道的，不必知道。”他瞥向房门，语调带有命令的含义，“进去。”

岳茏再次靠近他，戏谑地盯着他：“你跟我一起进去，我就进去。”

他一言不发地向走廊尽头走去，浑身上下都写着一个字：不。

岳茏在他身后重重地“嘁”了一声，转身进房，重重地摔上门。她气鼓鼓地站了一会儿还是很渴，再次打开房门，没想到门口摆着两大瓶矿泉水。

她愣住了。

从酒店退房的时候，岳龙询问定房的人叫什么名字，前台礼貌地说：“定房的是我们酒店的行政总长，但他是代定的，我们不清楚是为哪位客人预定的，直到见到女士您。”

行政总长。岳龙瞟向酒店门口那个一人高的人形牌，那上面就是酒店的行政总长，正在风度翩翩地欢迎顾客。这位总长已经有四十多岁，而那个戴黑色口罩的男人看起来不过二十七八岁的样子。

前台似乎已经猜到岳龙要继续追问行政总长，体贴地提前回复：“行政总长目前并不在国内，是通过酒店内部系统直接预定的。”

岳龙丧气地看了前台一眼，也不打算追问电话了，那是肯定要不到的。

岳龙思绪混沌地到达公司，肖远谨低声问她：“昨晚那人到底是谁？”

岳龙看肖远谨眼神认真，直接说：“男朋友。”

肖远谨惊讶地瞪大眼睛，沉默了一阵又说：“他是做什么的？”

岳龙的手顿了顿。

问谁呢？他是做什么的天知道啊？她连名字都不清楚啊！

暗自心烦意乱了两秒钟，岳龙的表情浮夸起来，嘚嘚瑟瑟地炫耀：“超级有钱的大款！钱多得没事儿就往外撒一撒那种，嫌太多了占地方。唉，有钱人的世界完全不懂，家里放着几百万给最喜欢的狗垒了一个超大的窝。”

肖远谨的表情十分精彩，岳龙最后补了一刀：“以后缺钱了跟姐说，不要利息。”

肖远谨默然地缓缓离开回到自己的座位，低着头不知在想什么。

岳龙想起闺密说肖远谨挺可靠的，让她一定试着接触看看，肯定是个不错的结婚对象。可她原本就对他无意，现在更是心思无法集中到与他相处上，因为——

她想睡的人出现了！

岳龙无奈又崩溃地闭了闭眼，焦躁和饥渴突然像蚂蚁一样密密麻麻地在她皮肤上游走，激得她浑身发麻。

她抑郁地捶了一下桌子，心里在呐喊：你到底是谁啊？！

自从开始写分集大纲之后，岳茏基本三天开一个小会五天一个大会，忙得头晕脑胀，有时候就直接睡在公司的休息室，第二天继续忙。这毕竟是她头一次作为主笔负责一个电视剧项目，她十分想做出成绩，因此分外努力。

肖远谨虽然不再像以前那样围绕在她身边，但只要她加班就能看见他也在加班，还和从前一样会一起点一些外卖和零食，谈笑自若就和关系要好的同事一样。看着他，岳茏不免想起那个戴黑色口罩的男人——他似乎，有一周多没有出现了？

说也奇怪，忙得想不起他的时候，岳茏一点异样也没有，可一想起他，她几乎是瞬时就浑身燥热。

岳茏懊恼地咬了咬牙。

剧本统筹方妍走过来递给她一沓照片："刚收到投资方的意见，角色大概都有人选了，你看看。"

岳茏立即收拾好情绪翻看照片，很快皱眉："不是说好女主角用白蓉的吗？怎么换成薛灿了？"

方妍无奈地耸肩："投资方力捧，你懂的。"

岳茏摔下照片向外走去："我去跟总监说。"

深夜十一点，岳茏推开某餐厅一个包间的门。总监正在和其他几个人推杯换盏，见她来了有点惊讶，但很快笑着说："正好你来了，来来，坐，认识认识郑总、赵总，都是你正在写的电视剧的投资商。"

岳茏忍耐着没有发作，听话地坐下，对郑总和赵总各自点头致意。两位老总见她颇为知趣的样子，人又高挑耐看，顿时话就多起来，一面大力赞扬她的剧本写得好，一面开始畅想这电视剧会收视长虹。

岳茏陪着喝了几杯，终于听到郑总说出了薛灿的名字："小灿呢还是个新人，不过她很喜欢表演，应该给个机会，至于那个白蓉，傲得很咧，我看没什么意思。"

总监和赵总都明白他这句话的意思，当即发出了然又暧昧的笑声来应和他。郑总得意不已，手已经揽上岳茏的肩，喷着酒气："小岳啊，你就好好写，多给小灿加戏，我不会亏待你的哟。”

岳茏忍住甩开这臭手的冲动：“郑总，不如下次我专门为薛灿写一部戏吧，这部戏还是白蓉演最合适，如果她演，我保证这电视剧能卖得比您理想的价格还要高许多倍，说不定还能拍续集。”

总监一脸要死的表情。

郑总的脸果然垮了下来，斜眼看向总监：“这就是你教出来的人哦？”

总监连忙打哈哈：“她就是这臭脾气，写剧本可是一把好手，都是为了收视率，没什么别的想法。”说着把岳茏往外面轰，“走走，有什么事明天再说。”

岳茏不再多言站起身就往外走，没想到郑总说：“小岳，这是你第一次做主笔编剧，有机会呢就应该好好干，如果你不想要这个机会，大把的人等着呢。”

“我听说您之前投资的电视剧已经赔了个底儿掉，就是薛灿演的吧？”岳茏笑着转头，语气甚至很温和，“不是指着这部电视剧翻身吗？还是说您不在乎，愿意用所有身家来陪薛灿玩儿？等您陪她玩完了，看她还愿不愿意陪您玩儿。”

郑总已经怒目圆睁，总监更是一副要命的表情：“说什么呢，还不快走！”

“您愿意陪她玩给她买包买衣服买车买房子好了，别拿别人的心血一起玩！一群认真做事的人围着一个演技是智障的人转悠，您当我们都很闲呢？”岳茏骂起人来就刹不住车，“有几个钱了不起了？薛灿的演技您倒贴我钱我都不愿意看，那张唯一能看的脸还是整出来的，您喜欢就把她供在家里慢慢欣赏，少拿出来溜达污染屏幕！”岳茏重重地哼了一声，大踏步地走了出去，心里觉得爽翻了，丝毫不理会郑总在后面大呼小叫，还夹杂着总监劝慰的声音。

只是在路上快步走了一阵之后，她还是不可避免地觉得失落和心酸。

这什么世道！都是些什么人在做电视剧！有点敬业的心吗！

她在包里摸了几下，掏出一块巧克力大口地咬，气愤得像是在咬仇人的脑袋，丝毫没有注意到一个女人已经站在了她的背后。

这个女人身材特别窈窕，容貌姣好得比明星更胜几分，穿着打扮更是时髦入骨，从里到外都散发着浓浓的女人味。她玩味儿地紧盯着岳茏看，表情就像是在美术馆看一件造型奇特的艺术品。直到岳茏感受到她的目光，她才妩媚地笑了：“就是你吗？”

4

岳茏迟疑地看着这个女人："我们认识吗？"

女人莞尔的样子很迷人，声调也亲和柔软："你身上有我熟悉的气息。"

岳茏特别想说：你是狗吗？闻味儿啊？但又觉得自己心头有火也不能对无辜的人随便撒，就长叹了一口气："我对女人没兴趣。"

女人掩唇一笑："我也没有。"她盯着岳茏的脸仔细地看，"我就想看看你到底是个什么样的人。"

这话怎么听起来像正宫捉到了小三？自己是不是写过类似的台词？

岳茏摆摆手："没心思陪你玩儿。"

女人拦住她的去路，笑得柔美："不玩儿，我要你的命。"

什么？

岳茏愣了一下，女人的手已经按在她的心脏部位，令她瞬间感觉到一阵钻心的疼。岳茏本能地后退，并且推搡眼前的女人，但没想到完全没有用，女人看起来娇小可力气惊人，那只纤纤玉手像是吸附在她身上，好像马上就要穿进她的胸口里去！

忽然一阵疾风掠过，岳茏根本没有看清发生了什么，回过神来的时候，她已经安稳地落在一个人怀里，而那人的手正抚在她的心口上，仿佛有一阵阵热流涌进她的心口，刚才的疼痛全部消散了。

她抬头，看见了那熟悉的黑色口罩。

顿觉心安。

但没有心安一秒钟，立马开始荡漾，浑身的毛孔都舒张开来，只想跟这个男人贴得更近。

岳茏没有片刻犹豫就贴了上去，双手环抱住男人的腰身，那紧实流畅的触感差点让她腿软。男人感受到她的靠近，出人意料地没有像以前那样跟她保持距离，只是略略僵了僵。

"还真是寸步不离？"女人看着他笑，表情虽然轻松但明显带着怒意。

"与她无关。"男人低沉开口，像是命令，"离开。"

"还真是护着。"女人的嘴角含着些冷意，笑容添了几分冷艳，"有最简单省力的方法不用，还想让我相信你是一时失手？"

“信不信随你。”男人语气冷淡地说完，轻轻揽住岳茏的肩，“跟我走。”

“你以为你能护她多久？”

“等一下！”

女人和岳茏同时出声，男人略微诧异地看向岳茏。

岳茏看了看他俩：“谁跟我解释一下刚才我的心口为什么特别疼，后来又不疼了？”

女人嗤笑：“你就只关心这个？不关心一下你身边这个男人到底是什么来路，和我是什么关系？”

岳茏故作狡黠地眨眨眼：“这不是一目了然吗？你是他前女友呗，看到他现在喜欢我了，心里嫉妒就来找碴。”她大度地挥手，“都是女人我懂的，我不介意的哟。不过下一次我就不会这么轻易原谅你了。”

“哈哈。”女人像是听到了什么不得了的笑话，笑得越发温柔，“下一次你准备怎么办？”

“没有下一次。”男人突然出声，语带警告。

女人对他明显有些忌惮，一时没有说话。男人再次对岳茏说：“走。”

岳茏点点头跟着他走：“刚才她说她要我的命，心口疼是她想杀我吗？是不是要报警？”

男人摇头，却没有解释。

女人那温柔的声音从他们身后传来：“你不可能每一分每一秒都护住她。”

男人眼中划过某种未知的情绪，带着岳茏走得更快了。

岳茏频频回头张望，低音炮在耳边响起：“不会追来。”

“为什么？”

“我在。”

这两个字透着沉稳安心，岳茏的智商被低音炮轰成了碎片。她更紧地抱住他，头蹭在他的胸口大力呼吸了几下，仿佛得到了安慰般喟叹：“你啊……”

男人带着她一直快步而行，淡淡命令：“松手。”

岳茏没有松手，抬头看向他：“你们，有特异功能？”

男人沉默。

“那是什么？法术？巫术？魔术？”岳茏的好奇完全抑制不住，“怎么可能会按在我心口就让我疼呢？还有你和她说的话都好奇怪，你们到底是什么人？是做什么的？怪力科学研究？”她靠在他身上，脸蹭着他的胸口，“难道是来自星星的你？”

男人停步看向她，平静无波的眼眸中终于闪现一点点无奈。他把挂在自己身上的她扯下来放在地上站好：“能回答的，我会说。”

“不能回答的你死都不会说咯？”岳茏极快地接嘴。

“嗯。”

岳茏白他一眼：“跟你说话能被噎死，让我顺顺气。”她夸张地深呼吸，双手缓缓举掌上抬又下坠，像是在给自己顺气。男人沉静地等她做完一套动作，显得很有耐心。

“问题太多了，留着慢慢问吧。现在呢，”她一脸阴谋地贴近他，笑望着他的眼睛，“你是不是该补偿我？”

男人挑眉，一脸疑问。

“你们话里话外我别的没听出来，但能肯定一点，”岳茏肯定地指出，“我是因为你而遭遇现在这些奇奇怪怪的事情。”

男人略略垂眸，默认。

“还有，”岳茏的手指在他胸口划过，戳在他那紧实饱满的胸肌上，“你刚才摸了我的胸。”

男人忽地盯着她看了一眼：“那是救你。”

“不管，我只知道你摸了我的胸。”岳茏一副无赖的样子，“你敢不承认？”她的脸贴向他，逼近得几乎要靠在他的下巴上，“摸了没有？摸了没有？”

周围人来人往，岳茏的声音又很大，引得行人侧目，指指点点。

岳茏清晰地看见男人的喉结动了动，仿佛有点紧张地吞咽了一下口水。果然低音炮按照她的设想说：“怎么补偿？”

她得逞地笑，什么话也不说，只是看着他笑，一副“你知道我要什么”的无赖相。

“不行。”他斩钉截铁地拒绝。

她的眼神立刻变得无辜，忽闪忽闪地望着他，就差没有酝酿出水汽，还略嘟着嘴："不行吗？我就想要你陪我一起吃巧克力而已，这都不行吗？"

男人立即明白自己是被她戏耍了，却立即掩去了眼中的微澜，望向对面的便利店："要什么牌子？"

"随便，我不挑，不过只喜欢长条形的。"

男人点头，走向便利店。岳茏笑嘻嘻地看着他的背影，只见便利店门口有个小男孩正在拧一瓶矿泉水，却怎么也拧不开。他走过去对男孩说了句话伸出了手，男孩把矿泉水递给他，他轻易拧开之后还给男孩，走进了便利店。

岳茏的心忽然柔软得不像话。

他很快买了巧克力出来，递给岳茏。岳茏把巧克力塞进包里，把他的手臂一挽："回家吃。"

这一次，他没有挣开。

出租车很快到达岳茏家楼下，岳茏继续挽着他的手臂向楼内走去，脸蹭在他的胳膊上："真的寸步不离地跟着我吗？"

"基本上。"他说，"一百天里都会这样。"

"一百天到底什么意思？"

他不回答。

岳茏撇撇嘴，换了个问题："一百天后会怎么样呢？"

"恢复如常。"

"如常？怎么个如常法？"

"恢复成我们认识之前的生活。"

岳茏一惊，不由自主地使劲抱住他的胳膊："意思是一百天以后你就再也不会出现了吗？我们还不算朋友吗？朋友为什么只能维持一百天啊？"

此时他们已经走进电梯，男人沉默地按下了十八楼的按键。电梯间里就他们两人，略带回音的回答震荡着岳茏的耳膜："我们不该认识。"

"认都认识了又说什么不该认识？"岳茏的声音提高了八度，"凭什么你说不认识就不认识？那你又凭什么突然说出现就出现啊？经过我同意了吗？出现和离开都这么随便，你当我好欺负啊？就算你会特异功能我也不怕你！"她更紧地抱住他的臂膀，"这事儿没完！"

“叮”的一声，十八楼到了，两人一起走出电梯间，岳茏还在跟他拉拉扯扯地走向自己的家门。他忽然停下脚步，看向她的眼神里有种探究：“不怕吗？”

“怕什么？”

“完全不了解，也不知道带有什么目的的陌生人。”

岳茏滑动密码锁的盒盖开始按密码，门“咔嗒”两声自动打开了。她豪迈地拉着他的胳膊进入屋里，大声地说：“有什么好怕的？你要是想害我根本不费吹灰之力，还用得着遮遮掩掩？再说了，谁知道明天我是不是就死了，看到喜欢的人怎么能害怕？”

喜欢。

男人站在门口，看着在屋里乱窜嚷嚷着要收拾一下让他站着别动的岳茏，欲言又止。

把杂乱的东西更杂乱地胡塞了一通，岳茏张开双臂做欢迎状：“请进呀！”

男人在门口脱下鞋走进去，坐在沙发上，低沉地问：“为什么说也许明天就死了？”

“世事无常呀。”岳茏一屁股坐在他身边，还自顾自地弹了几弹，感叹地说，“你知道吗，我的一个好朋友，跟我差不多大，去年出车祸死了，一个前一天还在跟我说要回来去吃好东西的人，第二天就躺在那里不会动了。”

“所以呀，自此以后，我做什么事情都是想到就去做，先不考虑后果，让自己开心让自己爽快了再说。”岳茏别有深意地看着他，“及时行乐，很重要。”

5

男人站起身：“你休息，我守在外面，没人敢来骚扰你。”

“哎！”岳茏一把拉住他，“你又想哪里去了？巧克力还没有吃呢！”她蛮横地扯住他，要他履行承诺，一副不达目的不罢休的架势。

男人毕竟答应过，于是在岳茏的拉扯下重新坐下，看着岳茏拆开巧克力的包装，对他笑得阴险：“答应了要一起吃的哟。”

岳茏把巧克力咬住，对着男人快速欺过来，长条形巧克力的另一端抵在男人的嘴部，但被黑色口罩挡住了。

看你还不主动摘下口罩？岳茏得意地想着，眼睛都亮了起来。

而男人却抬手掰下一截巧克力，再次站起身：“谢了。”

这也可以？！

岳茏看着他向门口走去，懊恼地咬唇，自己真这么没有魅力？！

“啊……”岳茏忽然捂住心口，皱眉痛苦地呻吟，“为什么又疼起来了……”

男人迅速回到她身边，二话不说就伸手按在她的心口上，见她盯了自己一眼，立即说：“救你。”

岳茏很想笑，好不容易忍住！她看他认真的样子，演得更卖力，痛苦的表情没有丝毫减弱：“你这是什么法术？我还是觉得难受啊，要不要去医院？”

“医生治不了。”他抬起另一只手按在她的后背，更多的热流涌进岳茏体内，激荡着她的四肢百骸，她觉得自己出汗了。

因为两只手都按在她身上，他的头离她近了许多。她捂着心口哼哼唧唧了一阵，缓缓地抬头不被他发现和注意，装作一副想要开口询问他问题的模样，离他的下巴越来越近。她微微张嘴，只轻轻踮脚就贴近了他。

就这么缓慢而不令他察觉地靠近，再靠近。她刻意保持着双手的姿势一动不动。从他的眼神就能知道，他正在全神贯注地戒备着她的手。她知道，她的手绝没有他更迅速——

她极快地咬住了他口罩的边缘！稳、准、狠。

她的牙齿从口罩边缘、他下巴的肌肤上划过，带去异样的触感。

他立即撤手后退，她没有丝毫放松仍然死死咬住——口罩被扯了下来。

仿若一道闪电劈下，岳茏震惊地张开嘴，口罩掉落在地。

他很帅吗？是，很帅。

但有帅到让人震惊吗？并没有。

可岳茏的即时感受，像是心里原本就有一个未来爱人的模子，而眼前这个人往那里随便一站，就与她心里的模子完全重合了。

严丝合缝得像是量“心”定制，精准得没有一点缝隙。

这感觉太令人眩晕，他的面孔对她造成了暴击，泛滥着粉红桃花的重锤对着她狠狠砸下来，一下，又一下，直砸得她头晕目眩，差点生活不能自理。

而他似乎早已预料到这种结果，眼中甚至划过一丝歉意。

她呆愣地看着他走过来捡起口罩，沉默地走了出去，关好了房门。她追过去大力打开房门，他果然站在外面，像之前一样沉静地靠在门边。

岳茏只觉得自己口干舌燥，话都说不完整，也不知道到底想表达什么，干站了半天问出一句：“你叫什么？”

男人看她一眼，没有打算回答。

“万一有危险我怎么叫你？总不能哎哎哎地叫吧？那你怎么知道我在叫你？”岳茏煞有介事地解释，又噘嘴，“名字也不能说吗？”

男人沉定地回答：“你有危险，我能感应到。”

岳茏眨眨眼，好像确实如此，每次她有什么事，他都立即出现了。

还是不甘心，岳茏又说：“那要是我想你了呢？我说哎哎哎你知道是谁吗？”

男人的神情微微凝滞：“知道。”

岳茏气结，很想对他翻个白眼再踹上一脚。但身体已经克制不住地靠近他，直接扑进他怀里撒娇：“我怕！”

男人拉她的胳膊，她却抱得死紧，脸也在他胸口蹭来蹭去：“一个人睡不着！”

“你以前也是一个人。”

“现在不是有你了嘛！怎么能一样！”她耍赖，“黑口罩，你进去陪着我好不好？”

听到“黑口罩”这三个字，男人微微皱了皱眉。

男人把身上的“八爪鱼”扯下来放好，跟着“八爪鱼”进了屋。

岳茏躺在床上，男人坐在沙发上。她租住的这个一室一厅很小，沙发距离床铺也就四五步，但岳茏叫唤起来：“黑口罩，你过来！”

男人没有动。

岳茏作势要起来：“你不过来我就过去了！”

男人站起身走向她，在离床铺两步的地方停住，平静地看着她。

“坐到我边上来。”

男人摇头：“不能再近。”

“我还能吃了你？”岳茏盯着他，“我们到底谁是男的谁是女的？”

男人走近一步，坐在床边的矮凳上：“快睡。”

岳茏听话地闭眼："好像不看着你，就不那么难受了。"

男人沉默了一阵，问："很难受吗？"

"嗯。"岳茏突然翻身坐起又迅速趴在床边，双手撑着头与他对视，"真的很难受，不信你看我脸上。"

男人看了看她的脸，她说："我脸上写了四个字，是跟你有关的，你看出来了吗？"

男人偏转了目光，回答得无关痛痒："不想知道。"

而岳茏并没打算就此作罢，咬牙切齿地恨恨纠正："欲睡不能！"

男人一噎。

岳茏伸着头逼近他："还没有一起吃巧克力呢。"她摸出巧克力迅速塞进嘴里，长条形的另一头再次抵上男人的唇。

她的眼神全是直白的暗示：快吃。

男人向后仰头想躲，岳茏再次逼近，巧克力仍然抵着他的唇。

男人无法，咬了一口，和岳茏的唇还有一些距离。然而岳茏没有打算停止，巧克力再次抵在了男人的唇上。

男人警告地提醒："最后一口。"

岳茏点点头。

然而当男人张嘴去咬的时候，剩下的巧克力突然全部没入他的口中，岳茏直接撞向他，出其不意地吻住了他。

巧克力在口中融化出一片甜腻，而印在唇上的吻却透着湿滑的凉意。两相交替之下激发出的爽澈——男人竟一时忘记拒绝。岳茏的双臂环上他的脖颈，在男人回神想要躲避的前一刻，她的吻在他的唇上一扫而过。

男人拉下她的胳膊，虽然是拒绝但动作并不粗鲁。他重新坐回沙发，静静的不知道在想什么。岳茏没有再追逐，声调里带着笑意："甜吗？"

男人微微叹气："你为什么就不知道怕？"

岳茏好笑："要是人与人之间都这样戒备害怕，哪还有人能成为朋友或是恋人？再说你不是一直在保护我嘛。而且我看到你呀，就觉得亲切可信。我相信自己的直觉。"

"是错觉。"男人提醒她，"你连我的名字都不知道，有什么信任可言。"

“名字就是个代号嘛，你要实在不愿意告诉我，那我就叫你黑口罩好了，反正你知道我是在叫你就行了。”岳茏笑嘻嘻的，“我是不是很好相处？”

“是傻。”

“你说我傻呀？”岳茏的语气里居然透着高兴，“这世上说我傻的人都不在了呢。可是你没有说我笨说我蠢，说我傻呢，我的直觉还是准的。”

男人偏头看向她：“你的亲人——”

“都不在了啊。”岳茏叹气，“傻不傻的，也没人再为我操心了。我经常觉得死了也没人知道。我又不是什么大人物，工作也很平常，同事和朋友即使几天不见我也不会觉得很奇怪，等到有人发现我死在家里，大概已经臭了。”她自嘲地一笑，“我爸妈去世的时候一句话也没能留下，那时候我就很想死了。不过倒也活了这么些年，算是小有成就了吧。”

男人沉默着，眼中泛起些许波澜。

“也谈过几次恋爱，都无疾而终。不是对方觉得我没趣，就是我觉得对方好无聊。吃饭看电影唱歌逛街，我心里一点起伏都没有。即使是很优秀的人，我也没办法爱得死去活来。”岳茏的声音活泼起来，“直到遇见你呀！我觉得生命都被点亮了！看见你就想靠近怎么办？我也没有办法呀！”

男人沉浸在某种情绪里，仍然没有说话。

岳茏不知道什么时候偷偷走过来，坐在男人身边，头靠在他肩上，细细软软地说：“成全我吧。”

男人忽然将她打横抱起，径直走向床铺。岳茏心中警铃大作又兴奋无比——这是要动真格的了吗！被自己的真诚打动了吗！她开心地靠在男人身上，因为靠近心口，她第一次听到了他的心跳声。

咚咚，咚咚。

心跳平缓有力，不紧不慢。

岳茏不满：“喂，都这样了你居然这么平静？！我就这么没有吸引——哎，你干什么呢？”

6

男人把她放在床上，给她盖好薄被。岳茏瞪他：“你要我呢？”

“还有八十三天。”

“那又怎么样？”

“你现在这样的状态，都是身不由己。”男人低沉而平和地说，“如果我‘配合’你，八十三天之后，你会后悔。”

岳茏反应极快：“你是说，我喜欢你、想扑倒你，都是身不由己？”她不等男人回答就笑起来，“怎么可能。你给我催眠了吗？催眠也没有这么强力的。”

“按照你的世界观，你可以理解为某种法术。”

岳茏眯眼：“我的世界观？你跟我不在一个世界？”

男人再次说了那句话：“我们不该认识。”这一次他没有再理会她的叽叽喳喳，但也没有离开房间，而是走向了阳台。

岳茏掀开被子快步走向阳台，而他已经不见踪影，只有低音炮依然稳稳传来：“就当是个梦，一百天的梦。”

手机上有很多未接来电，大部分是总监打来的，还有肖远谨和方妍，但岳茏都没有理。周末的她一向不接任何工作电话，也因此经常被总监训，但她从来没改过。何况现在，她在前一天的晚上当面驳斥了郑总，肯定惹了一屁股麻烦，她才不想这个时候接电话挨骂。再说她的心情很糟，黑口罩又没有踪影了，好像还是从她家那十八楼的阳台消失的，让她觉得浑身发麻，怀疑自己是不是遇到了鬼，可……仍然没出息地想他。

自己真的是中了什么法术？一百天之后就会恢复？

可是，那种平淡如死水的生活，她一点也不想回去。

害怕吗？可能有过那么几个瞬间，因为很多的未知和不确定，因为他的忽然出现又忽然离开。

她没有畏惧威胁生命的危险，却害怕他离去。

着魔了吗？是因为他说的“某种法术”吗？

可人哪，一辈子能有几次这种着魔的机会呢？恢复成死水般的生活再按部就班地找个人结婚生子？

不，她不要这样的生活。

她只想奋力去追求一次，追求她想要的，一切。

咖啡厅。

闺密梁闪闪惊讶地瞪着岳茏：“什么？喜欢了这么久还不知道他叫什么名字？”

岳茏丧气地点头。

“工作、家庭、住址更是一样也不知道？”

岳茏再次无力点头。

“你每次生扑硬贴，他都没有就范？”

岳茏“咚”的一声倒在桌上。

梁闪闪鄙夷地“啧啧”，忽然靠近她隐晦地说：“不会是有问题，不行吧……”

岳茏抬头翻了个白眼儿，梁闪闪断定：“那就是对你没兴趣。”

“我叫你来是让你教我的，不是让你泼冷水的啊！”

梁闪闪笑：“就这么喜欢？换个人绝对不行？”

“嗯！就他了！”岳茏一拍桌子，故作气吞山河，“必须拿下！”

梁闪闪故作深沉地喝咖啡，岳茏催促：“快说啦！你拿下你男人的那些招数，快统统说出来！”

梁闪闪喜欢一个人很多很多年，那人对她一直刻意保持距离，可她从未放弃，不管那人态度如何，她都一直坚持追逐，终于修成正果。

梁闪闪脸上浮现出温柔笑意，伸出八根手指：“死、缠、烂、打、拼、命、撩、拨。”

岳茏瞪眼：“我都撩他一百遍了！还要怎么死缠烂打？！”

“你要撩拨，让他喜欢上你。不然，要是他的定力真的很强，那也没办法。”梁闪闪叹气，“当年我那位，简直就是柳下惠。但只要他喜欢上你，就绝对忍不住。”

岳茏愕然，梁闪闪又说：“我看你有机会，他不是总出现在你可能会有危险的时候吗？先不管他是什么目的什么原因，既然他这样就会出现，那你就知道要怎么找到他。”

“还有，他既然说了什么一百天，你就拿这个说事儿。”

岳茏使劲点头，梁闪闪谨慎地劝了一句：“别陷得太深，万一……”

万一他一直没有喜欢上你呢？

岳茏咬唇："那就当是做了个梦！"

梁闪闪无奈地耸肩，岳茏又补充："但必须是个春梦！"

梁闪闪一口咖啡直接喷了出来。

周一进入公司的时候，岳茏已经做好了最坏的打算，没想到刚在自己的位置上坐下，方妍就走过来低声说："你怎么让总监改主意的？女主角已经换回白蓉了。"

"什么？"岳茏惊得一呆。

方妍奇怪："你不知道？"

"周末没接电话。"岳茏看向总监办公室，狐疑地问，"真的答应让白蓉演了？"

那天晚上总监明明那么气愤地向着郑总来着！

"我也是周末得到消息的，"方妍解释，"总监让我联系白蓉的经纪人查看档期,要定她来演女主角,并且把电视剧的大纲和角色设置都发邮件过去了。"

岳茏讶异地张了张嘴，总监的声音已经响起："岳茏，到我办公室来一下。"

总监坐在沙发椅上看着岳茏："这下满意了？"

岳茏干笑两声："领导说什么呢，以我的智商，不太懂啊。"

"得了吧，别得了便宜还卖乖。我说你怎么突然气性那么大，敢直接跟郑总拍桌子骂人，还把薛灿说成那样，原来后台这么硬。"总监玩味儿地笑，"岳茏，你不厚道啊，这样的后台一丝一毫也不透露，搞得我很被动啊。"

岳茏在脑子里仔细搜寻了一遍，没有想到谁可能是自己的后台。但她也不想让总监察觉自己根本不知道此事，就继续干笑："总监你可得说明白点儿，不然我真不清楚你说的是哪一个后台。"

"后台还挺多？倒是小看你了。"总监哼哼了几声真的开始解释，"郑总最近为这部电视剧谈了一笔大投资，对方直接要求白蓉演。"

岳茏眨眨眼："那这应该是白蓉的后台，不是我吧。"

"本来郑总也觉得这事儿是白蓉的关系，但对方还说了，不准因此更换编剧，否则立即撤资。而且，如果编剧想再次更换主演人选，都随编剧的意思。”

岳茏心里在叫喊：这是谁！这么够意思！这么给面子！

“想起来是哪个后台了？”总监戏谑地看着她。

“起码给个姓吧。这看起来哪个后台都有可能啊。”岳茏的表情很平淡，仿佛不在意的样子，“毕竟每个后台都有这个实力。”

总监哂笑地盯了她一会儿：“海天投资的庄总。你可以啊，倒是不挑。”

岳茏没明白这句话的意思，总监已经开始说正经事：“行了，这样也好，以后你写剧本发挥的空间就更大了，想再换谁麻烦提前告诉我。去忙吧。”

岳茏从总监的办公室出来，立即上网查这位庄总到底长什么样。但希望落了空，页面上显示出来的庄总足有五十多岁，笑眯眯的，像个弥勒佛。

不是他。

可岳茏能想到的可能帮助自己还这么有背景的人，只有他。

好想立即找他问问，可她连他的电话都没有。

名字都不知道还说什么电话？

岳茏灰心地闭了闭眼。

晚上九点回到家，岳茏的肚子饿得咕咕叫，在手机上下单点好外卖，躺在床上挺尸等着送来。她看向阳台：“黑口罩！”然而并没有人应她。

在自己家里能有什么危险？他当然不在。

可是——她不满地嘟嘴，不是说寸步不离的吗？

门铃被按响，岳茏在猫眼里看到一个送外卖的年轻男人，打开了门。岳茏接过外卖致谢，年轻男人不经意地扫视房间，随意聊了一句：“一个人住啊？”

“嗯。”岳茏随口回答。

年轻男人在门口慢吞吞地收拾外卖箱，时不时瞟岳茏几眼。岳茏没有多注意，礼貌地没有催促，先把外卖放在了小客厅里的桌上，打开闻了闻，饿得不行的她拿起勺子快速吃了几口牛肉炒饭。

送外卖的年轻男人已经站进门内，看着岳茏的眼神起了变化，看起来猥琐又得意，甚至手已经扶住了门把手想关上门。

“外卖才来吗？”一个男人从阳台走出，随意看了送外卖的男人一眼，就走向岳茏，十分自然地掰开一次性筷子，夹起蛋炒粉往嘴里送，然后皱皱眉，“味道一般，下次换一家。”

岳茏愕然地看着他自然地吃着炒粉。

男人淡淡瞥了一眼送外卖的年轻男人：“没给你钱吗？”

“啊给了给了，早就在网上付过了，二位慢用，慢用。”送外卖的年轻男人忙不迭地拉开门走了出去。

男人放下筷子，看向岳茏：“嫌弃的话，可以再点一份。”

岳茏的惊愕已经都吞进了肚子，眼神变得暧昧起来，脚一钩把凳子拉近男人身边坐下，脸蹭上他的肩，声音柔得要化成水：“这么想我？一直藏在阳台上？”

7

男人微微避开她的脸：“没有藏。”

“那我叫你，怎么不回答？”

男人顿了顿：“不习惯。”

岳茏哈哈一笑：“黑口罩，这是我给你的代号，你要时刻牢记呀！”

男人略略皱眉，看着眼前的牛肉炒饭和蛋炒粉：“你要吃两份？”

“饿啊！”岳茏的饿劲儿又上来了，用勺子不断舀着牛肉炒饭往嘴里塞，吃了几口觉得舒服了一点，又委屈地看向蛋炒粉，“我最喜欢吃蛋炒粉了。”

“再点，我给钱。”

“可是我害怕。”岳茏搂住他的胳膊，“再来一个坏人怎么办？”

“还知道怕？”男人扬眉，“刚才你也看出来了？”

“没有。”岳茏嘻嘻哈哈，“以我的智商，不太可能看出来。”

男人无语，看向蛋炒粉：“点不点？”

“凑合吃吧，反正是我喜欢的人吃过的，有什么关系。”岳茏拿起筷子递给他，“喂我。”

男人没有接，皱眉：“你有手。”

岳茏忽然不知道从哪里抽出一支棒球棒，作势就要往自己手上砸去，看得出来力气很大！

男人一把抓住棒球棒，语气里带了些责备：“干什么？”

“砸骨折就没有手了。”岳茏死皮赖脸地还要砸，但棒球棒被男人稳稳握住，动也动不了。岳茏松开棒球棒，站起来又要去拿别的“武器”，男人气闷地说：“回来。”

岳茏“唰”地坐在男人面前，像一只讨食的小狗。男人放下棒球棒，拿起了勺子，皱着眉头明显是在犹豫，但最终还是舀了一勺牛肉炒饭递到岳茏嘴前。

岳茏没有立即张嘴吃，而是笑得十分暧昧地看着男人，看得男人避开了目光，才张嘴吃下那一勺饭，笑眯眯地问：“你喂过别的女人吃饭吗？”

男人没有回答这个问题，而是问：“你会打棒球？”

“不会啊。”岳茏就着他的手又吃了一勺，不动声色地默默拿过了炒粉，放在自己面前，用筷子扒拉起来。

男人瞥了一眼棒球棒，深灰的颜色，看起来像是定制，给岳茏又喂了一勺的时候，问：“别人的？”

岳茏嚼着炒饭，含糊不清地说：“我买的呀，放在家里防狼用的。买的时候捡了个漏，别人定制的结果不要了，店家便宜卖我了。你看，这么好看的颜色还这么长，是不是很划算。”她比画了一个动作，“要是有人入室抢劫什么的，我就用棒球棒打昏他！”

“厨房有菜刀。”

“以我的智商肯定会割伤自己。”岳茏哈哈大笑起来，男人嘴角略略上扬。

岳茏见准时机，夹了一块鸡蛋迅速塞进男人嘴里，男人错愕地含着那块鸡蛋，吞也不是，吐也不对。

岳茏笑眯眯的：“辛苦你一直喂我啦，你也吃点儿吧。”

男人的嘴仍然没有动，岳茏怕他吐出来，直接伸手抬他的下巴让他吃下去，又笑着威胁：“是想让我用嘴喂你吗？”

男人立刻开始嚼鸡蛋，迅速吞了下去，之后瞥着她拿筷子的手：“自己吃。”

岳茏立即把筷子一扔，作势又要去拿棒球棒，男人仿佛认命地闭了闭眼，再次舀了一勺牛肉炒饭递到她嘴边。

岳茏开心地一勺又一勺地吃着，还不忘奉承：“牛肉炒饭从来没有这么好吃过！”

男人沉默地喂饭，随着岳茏吞咽的快慢而改变自己的节奏，岳茏感受到他的迁就，眼睛更是笑得看不见：“今天为什么这么乖？”

男人的眉毛微微动了动。

“居然没有一走了之啊？”岳茏笑，“还有多少天？”

“八十一天。”

“哟，你记得这么清楚。每天都在倒数吗？”

男人不回答，手里的牛肉炒饭已经见底。他放下饭盒和勺子，岳茏又把蛋炒粉递给他。他看了一眼还在盯着自己笑的岳茏，夹起炒粉喂进她嘴里。

“明天开始就只剩下八十天了呢。”岳茏的语调很遗憾，又凑近一些，“以后八十天都会像现在这样听话吗？”

男人没有回答，夹起炒粉的手却停了一停。

岳茏得寸进尺地凑近了些：“不是说我这样都是你害的吗？你不打算补偿我？默默守着会让我觉得很奇怪呀，不如这样吧，我们就跟朋友一样相处，你别老躲起来行吗？”

男人放下筷子默默看着她，像是在思考，又像是在犹豫，更像是在考虑如何拒绝。

岳茏根本不给他提前开口的机会，直接扑到他身上死死搂住他的脖子，威胁地叫嚷：“你不答应的话我就见一次亲一次，直到你受不了为止！”

其实这是个悖论。

如果他都不出现，她要怎么办？

岳茏说完就觉得自己说错话了，但她死撑着没有改口，固执地搂住男人的脖子不松手。男人回避着她近在咫尺的脸孔，简单回答：“行。”

“呀！”岳茏没想到他真的会答应，激动地在他的脸颊上亲了一大口，咯咯笑着搂紧他，脸贴在他的侧脸上，开心地说：“太好啦！”

男人的皮肤很烫，岳茏笑嘻嘻地说：“你在害羞吗？”

男人拉她离开自己，虽然没有很用力但力道足够将她扯下来。岳茏不情愿地重新坐好，男人像是警告一般再次提醒：“不要陷进假象。八十一天后一切都会结束。”

“又是你说的那个什么法术？你是不是在忽悠我？这世上哪有这种东西？”

男人的表情很认真：“有。”

岳茏眨眨眼：“你的意思是说，八十一天之后，我就不会这样喜欢你啦？”

“嗯。”

“那——我会忘记你吗？”

男人顿了顿：“如果你想的话，我可以帮你做到。”

岳茏饶有兴致地偏头盯着他：“那你呢，你会忘记我吗？”

男人缓缓摇了摇头。

“那——”岳茏盯着他的眼睛，“你会使用那个什么法术，让你自己忘记我吗？”

这一次，男人没有回避她的眼神，静静地与她四目相接。岳茏眼中波光闪闪，灼热的情感在其中摆荡。然而男人的嘴刚张开要回答她的问题，她却伸出食指挡在他唇上不让他回答，眼中含笑：“一百天到了的时候再告诉我好了。”

男人闭嘴，看向她的眼神又恢复无波无澜。岳茏的眼神扫向餐桌上的饭盒，开玩笑地挑衅：“你收拾。”

男人给了她一个疑问的眼神，岳茏说：“不是答应像朋友一样？我的朋友都帮我收拾。”

男人起身，真的开始收拾餐桌。岳茏贼贼地盯着他看了一阵，忽地从他的后背抱住他，甜甜地说：“这简直是梦想中的家庭生活啊。”

“松开。”男人命令。

“不松。”岳茏笑嘻嘻地更抱紧了些，脸在他背上蹭了蹭，“以前我妈妈就是这样抱着我爸爸的，我爸爸每次都很开心呢，不管干什么活都更卖力啦。我那时候看着他们，就想着以后我也要找一个这样的男人，能帮我干活，还能让我抱着蹭蹭。”

男人的手原本已经伸到岳茏的手臂前想要扯开她，听她这样说，默默放下了手继续收拾餐桌。岳茏见他没有推开自己更是大胆起来，手从他的胸肌摸到了腹肌，啧啧地感叹：“好结实，我喜欢。”

男人看了一眼在自己身上乱摸的手，沉声问：“你对朋友都这样？”

岳茏笑了笑，满足地回答：“喜欢就要这样！”

男人拉开她的手把她扯到一边，看也不看她一眼地命令：“去睡觉。”

岳茏嘟了嘟嘴表示不满，又不害臊地凑近他：“一起吗？”

男人收拾好餐桌拿着垃圾走向垃圾桶，用背影无声地拒绝了她。岳茏嘟着嘴走向床铺，大咧咧地躺下去，目光追随着男人，很大声地叹了一口气：“你是怎么做到的？”

男人已经坐在沙发上，声音平静无波：“什么？”

“怎么能忍住一个美女的主动靠近啊？”岳茏毫不要脸地炫耀，“我就算不是超级大美女，好歹也是五官端正中等以上呀！”

男人依旧不予回答，但看向了岳茏的方向。黑暗中，岳茏看不清他的眼神。

“喂，”岳茏叫他，“你不会已经有喜欢的人了吧？那天那个想要杀我的女人，是她吗？”

“不是。”

“那她是谁？前女友？暗恋你的人？还是跟你有仇呀？她好像是专门来找我的。”岳茏脑洞大开地想象，“因爱生恨就来追杀现在出现在你身边的女人？她的手按在我的心口我就好疼——你和她是一个世界的对吧？”

男人默认，提醒她：“尽量在人多的地方待着，不要独自一人。”

“那天在大街上哎！人还不多吗！”岳茏夸张地叫唤，很快又笑起来，“不过没事，你会寸步不离地保护我的，对不？”

“嗯。”

“上厕所也跟着吗？”

“你该睡了。”

岳茏哼了一声，果然安静了一阵。就在男人以为她睡着了的时候，她又忽然出声：“你是人吧？”

黑暗中，男人动了动，岳茏清晰地感觉到他看着自己，又问了一遍：“你是人类，对吗？”

“是。”男人终究给予了回答，“但跟你不同。”

“哪里不同？《X 战警》那种吗？变异人啊？科学实验的牺牲品什么的？还是吸血鬼那种？要么是半妖？半鬼？半神？”

“都不是。”

“那到底是哪种啦？”岳茏气结，“你说清楚啊，就算我们只能认识一百天，你也应该告诉我，这才是朋友嘛。”

“是和你不同的一种人类，但不是你说的那些。”

岳茏来了兴致：“你快说快说，说出来吓唬吓唬我，也许我害怕了就不缠着你了，快说呀！”

男人似乎想了想，谨慎地回答：“我们这样的人，寿命比你们长很多。”

8

“长多少呀？”岳茏的声音充满好奇，“长生不老吗？”

男人的目光突然变得敏锐，对着阳台的方向说：“出来。”

阳台上走出一个年轻男人，一张脸笑起来很好看，像是天生一副好脾气。他笑着看了看已经闭眼睡去的岳茏，对男人说：“我再不让她睡过去，你准备把一切都告诉她？”

“不会。”

“没多久就结束的事情，干吗跟她解释这么多？”年轻男人凑近岳茏仔细看了看，“没有柏月漂亮。杀了多干脆？”

男人的眼神闪烁着冷冷的光：“杀了柏月也干脆。”

“咦？语气不太一样啊。”年轻男人瞟他一眼，冲睡着的岳茏一笑，“嘴唇是我喜欢的类型！要亲一口才划算！”说着就趴低身子要亲上去。

“从哪儿来滚回哪儿去。”男人的命令冷冷响起，年轻男人在靠近岳茏唇边时停下，得逞地一笑，故作惊讶地说：“我好怕啊，你是在训斥我吗？”

男人没有回答，但整个身影在黑暗中硬挺着，像是一道逐客令。

“族中可能有变，你还是尽快回去吧，老耗在这里算怎么回事儿。再说了，这个普通女人的死活跟你有什么关系？她死了不是更好？别这样看我，我知道你不杀无辜的普通人，不过如果她被别人杀了，跟你又没关系，你也解脱了不是吗？”

“是因为我。”男人下了总结，已有些不耐地皱眉，“还不走。”

年轻男人耸耸肩又笑起来：“那位让我带话给你，族长谁当都可以，但绝不允许你因私连累族人。”

男人沉默两秒，回答：“让他放心。”

年轻男人打个哈欠走向阳台：“哎，我也是累，知道这一趟是白跑还来，真是。我走啦，你要是改变主意再找我。”

“舒广。”男人叫住那个已经打开阳台门的背影，“他是有能力担当一族之长的，你不要再因为我而故意针对他。我若有心族长之位——”男人的目光落在岳茏身上，“这件事就不会发生了。”

舒广没有回头，语调里仍有笑意却带着严肃：“我只服你。”

岳茏醒来时已是第二天早上，房间内只有她自己，那个男人再次不知所终。岳茏怔怔地在床上坐了一阵，最近发生的一切像是一场幻觉，包括昨晚那些对话，是否只是一场梦？

这屋里，除了她自己，没有丝毫其他人来过的痕迹。

岳茏下床走向阳台，打开门的时候略略犹豫，最终下了决心大力扯开，阳台上却空无一人，只有她熟悉的几盆植物静静地待在原地。

昨晚她不是在跟他聊天吗？为什么突然睡着了？之后他就走了？还是他从不曾来过？

岳茏试探地叫了两声，房间里安静如常，并没有任何回答。她丧气地洗漱穿戴出门，坐在公交车靠窗的位置发呆。

公交车后，一辆灰色的车一直默默跟随，开车的男人眼神安静无波。

岳茏进入公司，方妍立即凑过来告诉她：“白蓉出车祸了，挺严重的，恐怕是没办法出演了。”

“什么？！”岳茏瞪大眼睛，“什么时候的事？现在人怎么样了？”

“就昨晚。现在人还在医院抢救，听说很严重。”方妍的声音压得更低，“你快点想个合适的人来补缺吧，不然薛灿又要上位了。”

岳茏简直气不打一处来：“演员那么多，为什么没有白蓉就是薛灿啊？”

“郑总在今早追加了电视剧的投资。”方妍无奈地说，“郑总还是认可你写，但说主角一定要是薛灿，否则就撤回全部资金。”她按住岳茏的肩，“这是你第一部主笔的电视剧，为了署上你的大名，你就忍了吧。等成为知名编剧，什么都好说了啊。”

岳茏咬了咬唇，走向总监办公室。

总监对岳茏仍然客气，语气却不容置疑：“海天的庄总已经从郑总的公司撤资了，但谁能想到郑总仍然有钱给我们的电视剧注资呢？现在有钱就是大爷，你不好好伺候还能怎么办？薛灿就薛灿吧，好歹有张脸哪，你挑几个实力过硬的男演员也能把剧情撑起来。

“再说，”总监似乎别有深意，“白蓉这个突然的意外，小岳啊，你可要多想想。”

岳茏盯向总监：“你知道？”

“郑总的背景很复杂，业内的人能不惹他就尽量避免。”总监笑笑，“你也不是第一天入这个圈子了，多少知道点吧？就算你再有背景，保不齐有更深背景的人出现，何况背景之间穿插交错，并非黑与白那么简单。得饶人处且饶人才是生存之道。何况你又是个真心喜欢写的人，好好写你的剧本就行，别把精力分散到其他事情上去了。”

岳茏默然。她不是不清楚这里面的弯弯绕绕，可每当她想跟这些事情划清界限时，又不知不觉陷入其中，尤其这一次还是被某种背景保护才顺利安全到现在。她无法想象如果是自己单枪匹马与郑总干架，会不会现在躺在医院的就是自己了。

白蓉，算不算是为自己背锅的？

总监见她已经不像之前那样强硬，适时劝说：“一山更比一山高啊，在这圈子多年我就得出了这么个经验，永远不要小看任何人，也别总觉得自己特牛，没准儿就蹦出来一个程咬金狠狠给你一棍子，还不赔医药费的。”

岳茏机械地点点头：“我知道了。”

总监放下心来：“你是个聪明人，就是经常不识时务。去忙吧。”

岳茏把自己埋首在剧本之中，直到临近傍晚才来到茶水间休息。她正在冲咖啡，听到周围几个女同事议论：“我还等着看白蓉的新戏呢，怎么突然就车祸了？”

“是呀，太可怜了，听说她的脸半边都毁了，这以后就算好了可怎么演戏？”

“可以整容嘛！”

“整出来的都怪怪的，哪有自然的好？再说还有后遗症、并发症，万一没整好就成怪物了。”

“白蓉才红了两三年吧，上次跟她的经纪人一起吃饭还说起这个小姑娘特别努力，人品也不错，赚的钱都给妈妈保管，没想到……”

“天灾人祸的可真是难说啊。”

“我昨儿问了她的经纪人，现在还昏迷呢，醒不醒得过来不好说。”

“父母该多难受，唉……”

岳茏看着已经冲好的咖啡，顿时没了喝的心情。

晚上八点多，岳茏走出公司，外面下着暴雨。肖远谨从后面快步而来：“我去开车，你等等。”岳茏想说不用了，肖远谨已经冒雨跑向停车场。

一辆灰色的车停在岳茏面前，车窗缓缓摇下，驾驶座上是她日思夜想的那个男人。

岳茏讶异地看着他：“你？你怎么在这儿？”

“上来。”

岳茏喜滋滋地打开车门钻进去坐好：“是专门来接我下班的？”

“顺便。”

“顺便？怎么个顺便法？”岳茏恍然大悟，“你是不是一直跟着我呀？！”

男人默认，岳茏很开心地挽住他的手臂：“关心我就直说嘛！这么迂回的套路，只有我这样的智商才能迅速明白！”

男人瞥向挽着自己的手：“松手，不安全。”

岳茏稍稍松了点劲，手还是没有离开他的手臂：“不回家！你带我去吃好吃的！”

“不是想去医院吗？”

岳茏诧异地看他：“你不会有读心术吧？”

“不会。”男人解释，“是感应。还有推测。”

“最近的事情你都知道？”岳茏有些低落，“也是，你总跟着我，当然都知道了。我是不是很没用？强出头的后果都没有仔细想，以为不管怎么样也不过是我一个人受罪。”她想起了什么，“背后给我撑腰的人，是你吗？”

男人点头：“举手之劳。”

“这么给力还是举手之劳？”岳茏探究又谄媚地笑，“你是干什么的？”

“做风投。”男人扫她一眼，“当时你那样做，并不明智。”

“你是说我不该当面跟郑总发火？”岳茏撇嘴，“可我忍不住，我不可能忍得住。”

“我没说你错。”

岳茏体会了一下他的话：“你是担心我吧？”

男人是一贯沉默不语，岳茏调侃：“你这么不会说话，以前谈过恋爱吗？”

男人因为红灯而停车，扫她一眼：“你一定谈过很多次。”

“也没有很多啦，”岳茏干笑几声，“主要我太受欢迎了，我也没有办法。”

男人看着红绿灯，再次用余光扫她一眼：“老司机？”

岳茏大笑：“你还知道老司机呢？我从来没见你玩过手机哎，还以为你不怎么上网，居然连老司机都知道呀！”

男人看向眼前的丁字路口：“先吃饭。”

岳茏叫唤起来：“不请我吃大餐我可不会放过你的啊！”

男人开车向前，声音沉稳：“嗯。”

岳茏想的大餐也就是在高档餐厅里来个法式红酒牛排或者深海龙鳕之类，没想到车停在了明月塔下面。

明月塔是这座城市的地标性建筑，高达六百米，最顶层是旋转餐厅，能俯瞰整个城市的夜景。该餐厅以奇贵和高端而闻名，人均消费至少五千元，于是有很多男人会把求婚场地预定在这里，狠心奢侈一把以博得佳人点头。即便如此这里的预定通常要提前两三个月，否则是肯定没有位置的。

岳茏目瞪口呆地仰望着高塔，调侃地对男人叫唤：“你之前都是装的吧，今天是来求婚的吗？”

9

男人停好车走过来，与她一起向塔下的入口大门走去。大门有两人高，十分宽大，带着炫彩花纹的玻璃在灯光的映衬下格外好看。门口的侍者看到有人靠近，很恭敬地打开了大门。岳茏不禁靠近男人低声说："喂，这里是不是要穿晚礼服才能进啊？"

"不用。"男人带着岳茏进入大门，侍者有礼貌地微微躬身："晚上好，请问有预定吗？"

男人说："二层 9 号。"

侍者的语气更加客气，将两人引向直达电梯："先生这边请。"接着用对讲机吩咐，"二层 9VIP 包间的客人到了。"

男人和岳茏进入直达电梯，侍者贴心地按下楼层按键才退出去："祝两位愉快。"

电梯门关闭，虽然知道要去很高的地方，但电梯里没有任何眩晕感。然而岳茏只考虑了一秒就紧紧抱住了男人，眼睛一闭靠在他的胸口，装作柔弱无力的样子说："天哪，我有幽闭恐惧症！"

男人没有动也没有搂住她，瞥向她的眼光带着无语："之前和你乘过电梯，你没有幽闭恐惧症。"

岳茏哽了一下，强横地说："突发了！"

"松开。"

"我不！我怕！"

男人把她从自己身上拉开："闭上眼睛就行，不用抱着。"

岳茏不看他的表情，自顾自地闭上眼睛依偎在他怀里："就要抱。"

男人没有再拉开她，但有隐约的叹息从他的鼻腔发出。岳茏忽略了这叹息，耳朵靠在他的心口处，轻声地说："不喜欢我，为什么要对我好？

"如果只是保护，为什么要带我来这么好的地方？

"如果只能做一百天的朋友，有必要帮我解决工作上的问题吗？"

岳茏一边咄咄逼人一边听着男人的心跳，咚咚，咚咚，还是那样平缓，甚至有越来越慢的趋势。岳茏不死心地继续说："你已经喜欢我了，但自己还不知道。"

男人沉声："对你好是有原因，但不是你想的那种。"

岳茏抬头看他，而电梯已经到达旋转餐厅的包间层，电梯门自动打开，有侍者在门口迎接。岳茏没有再扒着他，改为挽着他的手臂一同走进去。

侍者引着他们进入了9号包间，里面的一切已经布置妥当，侍者按下遥控器上的按钮，除了门这一侧之外的三面墙壁上的窗帘都缓缓升起，巨大的落地玻璃慢慢露出，整个城市的夜景展现在眼前，点点霓虹在夜色之下闪烁跳动，温馨又恢宏。

岳茏不由自主地走到落地玻璃前欣赏夜景，感慨："我还从来没有站在这么高的地方看过这座城市！"

男人坐在桌边对侍者说："招牌和特色菜各来五样，其他的你看着配。"

侍者答应着离开包间，男人看向岳茏："有特别想吃的吗？"

岳茏回头，眼神中带了些玩味，一勾唇："你。"

男人避开她的目光："这就是我对你好的原因。"

岳茏不解："什么意思？"

"一百天内你都会是这样的状态，"男人看向她，"你去扑别人，不如扑我。"

岳茏有些不确信地笑了一笑："这算是嫉妒吧？不想让我扑倒别人呀？"

"是保护。"男人认真解释，"与我长相类似的人你都会心生扑意，但别的人都忍不住，你可能会有危险。"

岳茏总算听明白他的意思，眼中已经有了怒意，很快靠近他，盯着他的眼睛冷哼："意思是你忍得住哦？"

男人的眼神带着清澈的光，认真点头："嗯。"

岳茏逼近，鼻子都要贴到他的鼻尖上，眯着眼危险地盯着他笑："真的怎样都能忍住？"

男人下意识向后仰去想要避开她，但她不依不饶随着他的后仰而前倾，让他避无可避。岳茏两只手各揪住他的一只耳朵，干笑着说："每次你都是以力气取胜，你要是不用力气还忍得住，我就服你，就不骚扰你。"

"快放手！"男人忽然厉声道，抬手抓住岳茏的手腕想让她的手从自己的耳朵上离开，岳茏却把他的耳朵揪得更紧："呀？好像很紧张？你怕揪耳朵吗？是不是小时候经常被妈妈揪耳朵呀？"

男人的脸忽然红了，用力把岳茏的双手扯开，耳朵都被拉红了也丝毫不在意，起身快步走了出去。

岳茏傻愣愣地看着他嚷嚷："耳朵又不是丁丁，揪一下也这么小气。"

男人停在门口，背影僵硬且愤慨，再动起来时简直是疾走而去。

岳茏翻了个白眼。

很快，侍者推门而入送来了各色菜品铺满了一桌。岳茏开心地欢呼，刚想动筷想起这是男人请客，就走出房间想去叫他一起吃，没想到刚打开门，男人已经站在门口正要进来，看到她不由得微怔："找我？"

"我饿啦！"岳茏拉他进来坐在桌边，开心不已，"点了这么多！吃不完我能不能打包？！"

男人坐下，看起来已经恢复平静："能。"

"太好啦！"岳茏欢呼，"我还担心打包会丢你的脸呢。"

"不会。特别喜欢的可以再点。"男人看向一道菜，"这个不错。"

"你喜欢的？"岳茏的筷子直接伸向那盘菜："那我要多吃一点！"

男人眉目微动，看着岳茏夹菜塞进嘴里，嚼了几口立即称赞："真的好好吃！你会做吗？"她又吃了几口，含糊不清地命令，"以后做给我吃呀！"

男人安静地吃菜，并不想接话，但岳茏一直盯着他等回答，他淡淡拒绝："没有以后。"

岳茏正在嚼动的嘴一停，很快笑着说："一百天还没到呢，怎么就没有以后啦？"

男人看了看岳茏，又说："以后不要再揪我的耳朵。"

岳茏笑眯眯地盯着他："不是说没有以后？"

男人一噎："你懂。"

岳茏眨眨眼："以我的智商，不太懂啊。"

男人并不看她，认真切着面前的食物，语气更淡："不懂可以装懂。"

岳茏感觉到他的语气与平常不同，淡漠之中带着懊恼愤懑的些许波澜，却不知他这情绪从何而来。她虽然往嘴里塞着吃的，目光却一直紧盯着他，一眨不眨，像是能从他脸上找出答案似的。

男人被盯得不自在，抬眼扫过她，却忽地眼神一移看向窗外，眉头微微皱起。

岳茏顺着他的目光看去，窗外一轮满月分外明亮，倾洒着莹润的光华。

男人皱眉凝视窗外的银盘，眼中神色晦暗不明。突然眼前一花，岳茏已经跳到他眼前，站在玻璃前正好挡住月光，歪头看着他笑：“看月亮还不如看我。”

男人静静地凝视她，看着她的眼神中有复杂的情绪翻涌。而忽然之间他双眼一眯，飞快地冲向岳茏，一把抱住她向玻璃靠过去，身体狠狠地将她抵在厚重的多层玻璃上，使劲将她搂在怀里，像是用整个人罩住了她。

岳茏还没反应过来就听见阵阵嘶吼，还有某种不知道是什么东西击打刮擦在人身上的重重闷响。而她被男人紧紧搂住还罩着头部，根本看不见男人身后到底发生了什么，只听熟悉的低音炮在耳畔响起：“别看。”

男人猛然转身，高大的身躯遮挡住了岳茏的视线，背部依然与她十分贴近，似乎是想完全挡住她的目光。

但岳茏还是看见了。

男人身前有三个体形巨大的“人”。说是人，但脸上和四肢都有浓长的毛发覆盖，一个是灰色，另两个是褐色，个头都高出男人一个头多。他们穿着的好像是侍者的衣服，但都已经破破烂烂，像是突然被撑开而破裂。而他们的五官，像是狼的样子。

岳茏瞪大了眼睛怔怔看着——狼人？！

三个狼人一直在对男人嘶吼咆哮，却没有真正与他交手，反而不断地想拉开男人，手一直伸向男人的身后。男人站在这些狼人面前，体格上没有丝毫优势，但不知道他是怎么单手就举起了一个狼人大力摔向一边，撞在墙上发出巨响。接着又两手交替拉扯另外两个狼人伸向岳茏的手臂，狠狠一扭，骨节断裂声震得岳茏心里一阵发麻。

三个狼人还想站起身扑过来，门口却突然拥进三个年轻男人，极为迅速地一人一个上前各自对着狼人的心口就是狠命一拍！

狼人都不动了，僵硬地躺在地上。

岳茏震惊地看着眼前的一切，嘴巴都合不拢。

男人沉声命令：“悄然无息地带走，别惊动人。另外，派人警告柏月，再有下一次，我会让黑狼全族都在月圆之夜被扒光了躺在空地上。”

“是。”三个年轻男人一起回答，其中一人望了岳茏一眼，男人立即说：

“处理完了再来。”

“是。”三人中的两人迅速拖着狼人离去，迅疾得如同一阵风，另一个在屋内十分迅速地整理好被打翻的碗碟和歪倒的沙发，动作快得像是按了快进键。

岳珑对眼前的一切完全说不出话来，只安静看着那人收拾，直到他出门离去。

男人回头看向她，她也抬眼看向男人。

刚才那些长毛的是什么东西？

什么柏月？什么黑狼族？

那三个人又是谁？还来是什么意思？

他似乎在等着她问，像是静静地等着一个宣判和结局。而她静默半晌，开口却是：“你后背，受伤了。”

10

起伏的波澜在男人眼中流动，他第一次逼近岳珑，声音里带着莫名的愠怒：“后背是重点吗？”

岳珑抬眼，像是一眼望进他的心底：“问清楚，你就走了。”

男人眉目微动，眸中漆黑显得更为幽暗，沉闷地吐出一句话：“会回来。”

他离她这样近而没有回避、没有躲闪、没有后退——还是第一次。她心中的冲动再次翻滚上来，完全压制了那些许的对于巨大狼头怪物的恐惧和疑问，她只想做一件事。

她伸手就环住了他的腰身，紧紧抱住他，靠在他的怀里。

他的喉结滚了一滚，却没有动。

低音炮在她头顶回旋：“为什么不知道怕？”

“怕。”她蹭在他的脖颈上，抱着他的手更用力了些，“好怕。”

怕你突然出现，又怕你突然离开。

前一个怕是相思的担忧，后一个怕是分离的恐惧。

“理智告诉我应该怕刚才那些狼人怪物，可情感上，我只怕你离开我。”岳珑的脸微微发红，“我也不知道为什么。”

男人垂眸，声音略带叹息：“因为标记。”

岳茏抬头看他："什么标记？"

"你因为一个失误的标记，才会对我这样。"男人定定看她，"我的种族有一种神奇的标记力量，会让被标记的人陷入——"他似乎有些不好启齿，岳茏思忖了一下，接话："莫名的荡漾？"

男人点头。

岳茏眨了眨眼，忽然盯着他双眉倒竖："失误？！你本来打算标记谁？想让哪个女人对你生吞活剥天天往上扑？"

男人似乎有点想笑，无奈地说："你的重点总是不对。"

"快说！"岳茏不依不饶，又直接伸手揪住了他的两只耳朵，龇牙咧嘴地咆哮，"快交代！"

男人的表情又变了，就像被定身似的，被揪住耳朵的瞬间就一动不动地盯着她。

岳茏使劲捏了几下他的耳朵，追问："是不是上次要杀我的那个女人？叫什么月？你和她到底什么关系？刚才那三个怪物也是她派来杀我的吗？不然你为什么威胁他们什么在月圆之夜躺在空地上？躺在空地上能干吗？这算什么威胁？"她忽然又想到了什么，恍然大悟的样子，"月圆之夜！狼人变身吗？你也是狼人？也会变身吗？"

他握住她的手腕从自己耳朵上拉下来："我要走了。如果能回来，我会跟你解释清楚。"他又补充，"一切。"

她拉住他不让走："什么叫'如果能回来'？你要干什么去？很危险吗？"

"对付刚才那样的狼人。它们发起狂来会四处伤人。"他看了一眼她还紧紧握住他的手，"我必须去。"

敲门声响起。他回应："马上来。"又对岳茏说，"他们三个会保护你。"

她依然拉着他不放，眼神和语气里都是怒意："意思是说现在，眼前，很有可能是我们最后一次见面了？"

男人没有回答，但眼神已经肯定了她的说法。

她更是不肯松开他，双手牢牢锁住他的胳膊紧紧抱住："知道有那么大的危险为什么还要去！不准去！"

男人无奈却认真地回答："必须去。那是我的责任。"他对门口命令，

“进来。”

三个年轻男人推门而入，看见岳茏抱着男人不撒手，表情都变得有点暧昧，眼神在男人和岳茏之间来来回回。

男人略略尴尬，对三个男人说：“把她拉开，看好。”

三个男人听命上前，纷纷伸手想拉岳茏，却又不知道如何下手，尤其岳茏还叫唤起来：“谁敢动我！我是你们直属领导的女人！”

三人看向男人的眼神中，暧昧更多了，还有一点……同情。

男人警告的眼神迅速扫过三人，命令：“拉胳膊。”

三人会意，一起拉住岳茏的胳膊，很轻易就把她从男人身上扯了下来。岳茏被三个男人制住动弹不得，叫嚷得更大声：“你浑蛋！每次都仗着力气大！你给我站住！我也要一起去！”

男人已经走到门口，回头看了岳茏一眼，很快走远了。

男人的身影刚一消失，束缚住岳茏的手臂就松开了。而岳茏奔向门口一看，男人已经不见了踪迹。她愤愤回头对三个男人发怒：“你们都会飞吗？”

其中一个看起来很友好的人回答：“不会，不过跑得非常快。”

“有多快？”

“追赛车不是问题。”

岳茏瞪大眼睛：“这么快？！”

另一个看起来有些冷漠的人提醒：“不要跟她多说。”

那人悻悻闭嘴，最后一个人认真地开玩笑：“我看说了也不会怎样。”

岳茏盯着他们三人：“你们去帮他吧，我不用保护。我回家！”

三人一起摇头：“虽然我们也很想参战，但我们必须服从命令。”

岳茏急切：“但他很危险啊！你们就干坐着吗？”

三人突然表情各异，不知道是什么意思。

岳茏疑惑地看着他们，“友好脸”立即解释：“危险是有的，你也看到了刚才那些狼人，它们的速度和力量与我们相同，在月圆之夜甚至胜过我们，而且发狂之后爆发力惊人，又数量众多，并不是很好对付。不然他刚才怎么会受伤？”

他背上被抓破的伤口触目惊心，她看得很清楚。

“不过他也不是吃素的，应该能应付。”“认真脸”认真地问，“喂，你很担心他？要是他回不来，你打算怎么办？”

怎么办？

岳茏脑子里忽然一片空白。她从来没仔细想过这个问题。如果他回不来，如果他就此从她的世界消失……

她心口骤然一缩，像针扎一样疼了几下。她皱眉捂住心口，呼吸都有些吃力。“友好脸”立即靠近她，刚想伸手按住她的心口却又缩了回去，只是问：“没事吗？”

心口的疼痛并没有一直持续，她渐渐觉得舒畅了许多，摇头说：“不要紧。”

“标记的力量还真是强大。”“认真脸”嘟囔了一句，被她听见，立即盯向那人，却被那人回避目光，一副不会跟她多说的样子。

“友好脸”提议：“我们送你回家吧。”

坐在车里，岳茏一路沉默无话。“友好脸”频频看向她，被“冷漠脸”的目光几次瞪回去。“友好脸”无聊地对“认真脸”感叹：“话痨也有沉默的时候啊，看来是真的很担心。”

“认真脸”认真地回答：“果然是不知道怕，只知道扑。”

“冷漠脸”：“都闭嘴。”

这下彻底沉默了。

三个人送岳茏直至家门口，看她打开门，三人入内转了一圈确认没有什么危险又退到门外，“友好脸”笑笑：“晚安。”

岳茏看着他们：“你们一直暗中保护我？”

“友好脸”回答：“他不在的时候，都是我们。他在的话，我们就不来。”

“都……躲在我家阳台？”

“认真脸”认真地反驳：“啊，那不敢，那是他的地儿。”

“冷漠脸”一脸无语：“闭嘴！”

岳茏还在疑惑：“那你们都待在哪儿？”

“就在——”“友好脸”刚要说话就被“冷漠脸”一把捂住了嘴，后面的话没说出来。“冷漠脸”不管岳茏还有多少疑问，半是命令半是回答：“我们离你不远但不会干扰你的生活，有危险也会立即感应到，你可以放心去睡。另外，不用试图去找他，你找不到。”说完就一手一个揪着两个人走了，“友好脸”还跟岳茏挥了挥手。

岳茏环抱双膝坐在床上发呆。

她要想的问题有很多，可她什么都没想，脑袋里空空荡荡一片迷茫。这世上的对错与是非，她从来都不是那么在意，没有什么能比遵从本心更让人觉得痛快。

是狼人还是人，是不是与她一样的普通人……这些从来不是她关心的重点。

就像他说的，她的重点总是不对。

她只知道——

她像一艘漫无目的的宇宙飞艇，明明知道他是前方的黑洞，却仍飞蛾扑火般急速前行。

即使他说这一切都是因为某种失误的标记，她在意的却仅仅是他原本想标记的人并不是自己。

即使亲眼看着他与狼人怪物搏斗，也没有丝毫阻拦她抱住他的冲动。

是因为自己喜欢写各种故事，所以并不会被这样奇特的情境惊呆吗？是因为自己曾一遍遍暗自演绎笔下的各色人物，早已习惯面对非普通的人类吗？

她不知道，但又十分清楚。

岳茏深吸一口气，对自己说：“睡觉。等他回来，听他解释。”她钻进被子闭上了眼睛。

不知道睡了多久，蒙眬中隐约听见有几个人在说话。

“让她再睡一会儿吧。”

“都睡一天一夜了，不用吃东西吗？”

“又饿不死。”

“那我们出去吧，不能老待在这里。”

“不仅话痨而且嗜睡，看起来也不是特别美。”

“闭嘴。”

岳茏醒来的时候，发现自己竟然并不在家中的床上，而是身处一个并不熟悉的野外，周围全是茂密的树林草丛，一眼望去无边无际。岳茏靠在一棵大树下坐着，而她的双手双脚都被绳索绑缚，完全动弹不了。

岳茏大吃一惊，使劲挣扎却一点用也没有，一个好听的女人声音渐渐靠近：“醒了？睡得好吗？”

第二章

傍上了富二代？

11

岳茏抬头，眼前站着一个妖娆的女人，正是那个曾经想要她命的女人。

岳茏心里发紧："这是哪里？我怎么会在这里？那三个人呢？"

"问题真多，"女人笑笑，"还有闲心关心别人？"

周围树丛之中传来窸窸窣窣的声响，还有仿佛从胸腔传出的嘶吼和咆哮，正在越靠越近。

这种声音听一次就不会忘记。

狼人。

岳茏只觉得浑身汗毛倒竖："你想干什么？！"

"就想试试。"女人笑得很惬意，"感应再强大，也没办法从那么远的地方赶来救你吧？何况他现在分身乏术。如果看到被撕成碎片的你，好想看看他是什么表情呢。"

周围的声音越来越近，甚至隐约已经能看到狼人的高大身影。

女人高傲地俯视她："在狼人靠近的时候，你就高呼他的名字，那些狼人一时半会儿是不敢靠近的，你可以利用这个时间差来逃跑。他可是对付狼人的那些人中最勇猛的战士，所有狼人听到他的名字都会抖三抖呢。"

岳茏像是被点到死穴，原本微微发颤的身体都僵硬了。

女人笑得更厉害："怎么，还不知道他的名字吗？"她盯着岳茏灰白的脸孔，"也是，他那一族的人规矩特别多，如果不是重要的人，是绝对不可能告知名字呢，何况你还是外族的普通人类。"女人故意叹息，"口口声声说要保护你，却连最能震慑狼人的名字也不肯告诉你吗？"

岳茏咬紧牙关，瞪视着女人，字句都像是从唇齿间挤压而出："告诉我你的名字。”

“柏月。”女人傲视着她，“你肯定听过。你是我用来测试自己的未婚夫是否忠贞的诱饵。”

未婚夫？

岳茏惊疑不定地在柏月脸上睃巡，想看出她刻意的痕迹，可是一点也没有。柏月十分满意岳茏的反应，笑着说：“不然以我的身份，为什么跟你这样一个普通人类过不去？你抢了我的东西，自然要付出代价。”

心口那种针扎一样的刺痛再次出现，但比上次更急更猛。岳茏痛苦地皱眉却强撑着不让自己歪倒在地，不受控制地问：“他原本想标记的人，是你？”

柏月笑笑：“说对了一半。我们原本是要互相标记的，我和他是你情我愿欲成好事的呢，谁知道你横插了一杠子。”

扎向岳茏心口的针仿佛更多了，她开始冒冷汗，浑身哆嗦起来，却仍是不愿示弱，强撑着冷笑：“欲成好事……还需要标记这种东西吗？”

柏月的眼眸忽地变冷，利刃一般斩过岳茏的眉眼，但很快她就笑起来，因为已有七八个狼人从树丛里钻出，正对着岳茏和柏月所在的地方奔来，嘶吼声更大了。

“记住我说的方法哦，大声呼叫他的名字就有时间逃跑，不然就等着被撕成碎片。”柏月忽地顺着大树向上跃去，速度快得惊人，几乎是瞬间就跃上了树梢，调笑声还远远传来，“记得叫他的名字哦！”

岳茏再也坚持不住，歪倒在地上大口喘息。迷蒙之间看到高大的怪物身影已近在眼前，而自己还被五花大绑，一点力气也没有。唯一能拯救自己的方法，她却根本就不知道。

他从不肯告诉她，他到底叫什么名字。

是像柏月说的那样，因为她根本不重要吗？

是了，他也说过，他们不该认识，不过是一百天的一场梦而已。

他是谁，她从来就没有真正弄清楚过。

即使他已经明说了是因为标记，她还是不害臊不要脸地一次次扑上去。

连这个标记，都是个失误。

可笑。

太可笑了。

愤怒狂躁的嘶吼声回荡在岳茏的耳边，眼前的视线突然变得黑压压一片，狼头、灰色褐色的毛发、利爪、腥臭味纷纷向她袭来，一阵尖锐的剧痛刮伤她的手臂，激得她眼泪迸出，却只能低低地唤一句：“黑口罩……”

头上狠狠一痛，鲜血不知道从哪里流下，迷糊了岳茏的眼睛。她无力地倒在地上，头痛欲裂到想立时死去，耳边那些嘶吼声似乎正在离她远去，暴烈的怒吼和频繁紧密的厮打声突兀地出现在周围，身边似乎一下露出了许多空当，嘈杂声渐渐远离了自己。

模糊的视线中恍然有几个身影跳跃着迅速闪至眼前，为首的人看不清是谁，却一把将绑缚她的绳索扯断，将她横抱在怀里立即奔跑起来。她不知道自己伤了哪里却浑身都疼，眼皮越来越累完全没有办法睁开，想抬头看看到底是谁都没有力气……

这个怀抱太温暖太舒适，她闭上了双眼。

“岳茏！”低音炮第一次调到了最高音，而她并没有听见。

岳茏醒来时发现自己躺在医院的病床上，病房里就她一个人一张床，周围的布置摆设温馨细致，房间又很大，还带洗手间和小厨房，看来是个豪华单间。她的头部和四肢都裹着厚厚的纱布，身上盖着薄被，稍稍动一下就浑身酸痛。

自己怎么到医院来了？不是正要被一群狼人撕裂吗？

想不起来。

岳茏头很晕，感觉自己像散架了一样，一点力气都没有。怔了一会儿之后她开始沮丧，柏月的话再次回荡在脑海中，提醒着她的失败和无能。可她又不争气地担心起来，不知道他到底怎么样了？是不是有危险所以一直没有出现？还是……已经被狼人给撕碎了？

房门被轻轻敲了三下。

岳茏心中一紧，房门已被推开，三个男人很快却很轻地走进来，正是之前见过的友好、认真、冷漠三张熟悉的脸。他们三个人虽然表情各异，但眼里都有一种情绪——愧疚。

岳茏想问的问题很多，却不知道要如何开口，正在犹豫，这三个人突然在她面前单膝跪地，垂着头一起说："对不起。"

岳宠讶异，他们继续说："我们没想到柏月会引来那么多狼人调虎离山，我们高估了自己的力量，被狼人缠得没有办法脱身，使你轻易被她带走。真的很对不起。"

"友好脸"抬眼看向岳宠："害你受伤真抱歉，你想怎么惩罚我们都行。我叫樊澄。"

"认真脸"立即说："我是白真。"

"冷漠脸"说："楚寒。"

樊澄："我们三人本就是负责保护你的，以后会任你驱遣为你挡死，这种事情不会再发生。"

白真认真发誓："要是再发生，我们会自裁谢罪。"

樊澄使劲点头，楚寒也点了点头。

岳宠心里却泛起阵阵寒意，沉默半晌问了一句："你们，都是听从他的命令对吗？"

樊澄立即反应过来这个"他"是谁，回答说："是！"

"现在为什么任我驱遣了？"岳宠的声音有些不受控制地颤抖，"他……他是不是……死了？"

"没有。"楚寒冷静出声，"他有重要的事去办，晚上会过来。"

岳宠盯着他："真的？"

楚寒略微凝眉："我从不说谎。"

岳宠喉咙发紧："你们起来。"

三人站起，有些局促地看了看岳宠身上各处裹着的纱布，樊澄最先开口："疼吗？"

岳宠眼眶一热："疼。"

樊澄有些焦虑地抓了抓耳朵："那我让医生来看看？"

白真仔细地看着输液袋上的标签："已经在打镇痛药，不必叫医生。"

楚寒的声音依然冷静："普通人类的药没有用。"

樊澄和白真都闭了嘴，同情地看着岳宠。岳宠挣扎着说："帮我打个电话吧，我要跟公司的人说一声，请几天假。"

樊澄给她一个安心的微笑："早就给你请过假啦，你都睡了四天了。"

"四天？"岳茏吃惊，"居然这么久？我一直昏迷吗？"

"可不是嘛，发现你的时候就昏迷了，一直不醒，抱着你一路飞奔，连暴露都不管了，跑到医院的时候也就四五分钟吧，抢救挺及时的，虽然你伤得挺重但都是皮外伤，没想到昏了四天，可把我们吓死啦。"樊澄拍拍胸口，"你要是再不醒，我们就要被低气压给压死了。"

白真偷笑，楚寒却横了樊澄一眼，警告他不准再说。樊澄撇嘴，果然没有再说下去，岳茏却敏锐地听出话外音，直接问："谁把我抱来医院的？"

三个人都沉默了，岳茏却眼睛发亮："是你们其中的谁吗？"

樊澄率先摇头，白真也摇头，楚寒盯了岳茏一眼："明知故问。"

岳茏追问："然后呢？他很着急吗？"

"当然着急啊！我从来没见过他那样！"樊澄语速极快生怕被人打断似的，"要不是急着救你他能那样跑吗？极速暴露在普通人面前是大忌！他急得都现形了！"

"闭嘴！"楚寒怒喝，"再说一句我撕了你！"

12

樊澄噤声，哀怨地看着岳茏。楚寒压住火气，对岳茏客气地说："我们先出去，不会走远。"

岳茏看着三人的背影："不是说任我驱遣吗？现在我有个事情要你们办。"

白真认真地问："什么事？"

"把他给我找来。"岳茏虽然是躺在床上发号施令，眼神却是俯视的样子。

樊澄和白真都瞟向楚寒，楚寒没有回答也没有拒绝，毕竟刚才答应过要任由岳茏驱遣，可现在这个要求……

岳茏一脸得逞地期待着，没想到楚寒直接向外走去，完全不理会这个要求。岳茏有点发蒙，樊澄连忙致歉："你别担心，他晚上肯定会来的。"

白真认真地补充："他说来，就一定会来。"

"啊对了，现形是什么意思？"岳茏好奇地问，"变成狼人吗？"

樊澄立即回答："不不不，我们不是狼人，不会变成狼人，现形就是——

啊！”樊澄的脖子被突然又出现的楚寒掐住，直接拖出了门外。白真看着目瞪口呆的岳珑，认真地解释：“没事的，他们平时就这样相处，我们先出去，你休息吧。”

三个人很快离开房间，轻轻带上了房门。岳珑心里的疑问更多更大，但只能干等。她看向墙壁上的挂钟，才刚刚过了十点，离晚上还有很久啊。

临近中午，护士来给岳珑换药。纱布一层层打开，岳珑才第一次看到自己身上的伤口，每一处都触目惊心。最长的一道从背部直划到左手臂接近手肘的部位，血红的肉全部翻出，伤可见骨。而背部和四肢的小伤口随处可见，最小的也有一指长。头部的伤口在拆纱布的时候就疼得让她掉泪，更别提上药了。护士十分小心轻柔，岳珑却还是一个劲咬牙发抖掉眼泪。

护士小心翼翼地给她裹好最后一层纱布，又扶着她躺好，将床摇起来一些让她能坐一会儿，体贴地说：“医生会尽力不让你的疤痕太明显，现在医疗技术发达，你别担心哦！”

岳珑的心情瞬间低落，闷闷地不说话。护士继续安慰：“你男朋友很紧张你呢，照我看，他肯定不会嫌弃你的。你刚送进来的那天，他一直跟进了手术室呢，后来连着三天守着你，我看他都没怎么睡。”

岳珑讶异震惊地微微张嘴：“他……他怎么会……”

“本来是不可能让进手术室的呀！”护士笑起来，“可是他打电话把几个院长都叫来了，院长们都同意他进入手术室。你男友全程紧张脸，就算院长们都说不会危及性命了，他还是很紧张。”

护士说的，是他吗？他在……担心紧张自己？

岳珑的情绪波动得很厉害，不敢相信又特别愿意相信。护士收拾着药箱还在絮叨：“我看你男朋友身上也有伤，但他没有接受治疗，只是守着你。最开始来的那天衣服都是破破烂烂的，你们是遇到打劫的了吗？但看你的伤口又像是野兽伤的。等你男朋友来了你可要劝劝他，那些伤口可不是小事，一定让他接受治疗，不然会感染的。”

护士推着药箱往外走，岳珑问：“他，一直陪着我？”

“当然啦，你醒之前他才走呢，我猜他肯定给你买黑鱼粥去了，因为我跟他说黑鱼对伤口恢复很有利。”护士笑笑，“好好休息，有事儿按铃。”

“谢谢。”

“不客气啦，你是尊贵的VIP客户呀。”护士打开门，“哎呀，正说着呢，你来啦。”

岳茏蓦然看向门口，男人笔挺地站在那里，正定定地望着她。他向护士微一点头：“辛苦。”

护士开心地笑得眉眼不见，寒暄了几句立即知趣地走了。

男人的步速不急不缓，岳茏却数清了每一步——九步，他走了九步，就到了她跟前。他在她的脸上凝望了一阵，随即看向她其他被纱布包裹的地方，有愧疚和担忧在脸上翻来覆去，最终话出口时却是一片淡然：“我去晚了，还好赶上了。”

岳茏挑眉，却什么都没说，只是看着他，眼神锋利如刀。

男人被看得有些不自然，提起手中一直拿着的东西放在一旁的桌上：“黑鱼粥。”

岳茏仍然没有说话，只是面无表情地紧盯着他。

男人坐在床边的单人沙发上，沉静的目光包裹着岳茏，温暖轻柔。岳茏盯了他一阵，看向黑鱼粥，冷哼：“要不是我一动就疼，早把这粥泼你脸上了。”

男人略略低头，岳茏偏头不看他，气鼓鼓地说：“你走吧，不用等一百天了，也不用再来。”

男人没有动。

岳茏故意赌气不去看他，心里却直打鼓，万一他真的走了怎么办？

“我是天狼族后裔。”男人开口，语气平静而舒缓，“天狼族是上古部族，守护三皇之一的神农，因为忠诚勇猛持续千年，被神农以自身鲜血点化，从兽类进化为拥有神农血脉的人族。

“我们相对于普通人类，力量和速度都更强，每个人还会有自己的特殊能力，寿命也比普通人类长很多。”

岳茏觉得听到了天方夜谭，渐渐转过头来看着他。

他也望向她，神色平静却十分诚恳：“守护神农的职责结束后，天狼族人隐匿在普通人之间生活，但并不与人类交往。只是其他狼族觊觎天狼族的人族身份，一直想变得与天狼族人一样，能自在地行走在月光下。

“原本除了天狼族之外，其他的狼族都是兽类，永远无法成为人类，但多年以来，其他狼族通过各种方法将天狼族血液凝入自己血脉，渐渐也有狼族能化为人类，但他们仍然无法在月光下暴露。

“每逢月圆之夜，这样血脉不纯的狼族若暴露在月光下，浑身的肌肉就会急速撕裂胀大，变成一个体格壮硕的狼人。你那天在明月塔看到的就是这种狼人。

“柏月是黑狼族的首领，她的祖先在多年前与天狼族人通婚，致使后代能变成人类，但终究因为血脉不纯，月圆之夜还是会变身狼人，并且一旦变成狼人就无法恢复，只会四处撕咬活人活物，最终忍受不了肌肉不断撕裂的痛楚而死。”

岳茏震惊，干眨眼不说话。

“柏月一直在寻找能解决血脉不纯问题的方法，联合了其他狼族一起攻击天狼族。因为我们人数并不多，而其他狼族数量庞大，一直处于下风，上任族长也因此战死。于是我们被迫向柏月求和，希望能争取更多时间来解决这个问题。

“我们族中所有人，只要遇见狼人就必须执行猎杀，这是为了保护本族，也是保护普通人类。”

岳茏终于忍不住：“你编故事逗我呢？神农？天狼族后裔？你以为说这些有的没的我就会原谅你啊？！”

男人没有理会这句话，继续说：“名字并非一定要保密，但我已是其他狼族的公敌，若你当众叫出我的名字被他们知道我们的关系，你会非常危险。”

岳茏眼睛一横：“我们是什么关系？”

男人的语气依旧沉静：“你是被我标记过的人。”

岳茏不满地瞪眼：“标记标记的，到底是什么意思？我又不是你那一族的！说点我能听懂的话！”

“你是我的女人。”男人的眼神澄澈纯粹，凝视得岳茏心里一片温柔，刚才的火气瞬间烟消云散，瞪视渐渐变成了嗔怒。

男人似乎还想补充几句，岳茏立即阻止：“后面的话不要说了，不就是一百天内嘛，我不想听。”

“一百天后如果狼人还来骚扰你，我不会不管。”男人承诺。

岳茏冷哼：“我不用你管。说完了吗？说完了滚蛋。”她使劲闭上眼睛，偏着头装睡。

没有任何站起来走出去的声响，男人依旧沉稳地坐着。岳茏回头瞪他：“我要睡了！”

男人看着她：“我想留下。”

“不好！”岳茏再次故意恼怒，“看见你就生气！”

男人沉默了一阵，忽然开始摆弄黑鱼粥。他把黑鱼粥从保温桶里舀出来一碗，拿着勺子坐到了岳茏面前，轻声说：“我喂你吃粥。”

岳茏瞟他一眼：“不饿！”

男人把勺子往岳茏嘴前递了递，岳茏紧闭着嘴不理，他又递了一次，勺子已挨到岳茏唇上，岳茏被迫吃了一口，开始嚷嚷：“又想用蛮力了是吗？就会欺负我没有你力气大！”

勺子退了半寸，男人说：“以后都不用。”

岳茏抬眼盯他：“真的？”

“嗯。”

岳茏心里简直乐开了花，不用蛮力你还对付得了我？迟早不被我捏在手里？但她面上还是气鼓鼓的样子，恶狠狠地吃着粥，一勺又一勺。男人没有说话，认真地喂她吃粥，一勺又一勺。

末了，男人拿来纸巾，抚上了岳茏的唇，给她擦嘴。岳茏听话地任他擦完，又哼了一声：“不好吃。”

“等会儿还有。”男人收拾保温桶，随意地说着。

岳茏想问还有什么，却又想留给自己一个惊喜，憋着没有问。她还是很想知道他的名字，可他仍然没有主动告诉她的意思，而柏月的那些话更是如鲠在喉。

岳茏看着男人忙碌，终于还是问出口：“柏月，是你的未婚妻吗？”

13

男人的动作没有停顿，简单回答：“不是。”他看了岳茏一眼，见她一脸不信的样子，又解释，“因为求和，被迫要与她互相标记，但事到临头，我没有标记她。”

“那怎么标记了我？”

男人停手看向她：“等你的伤全好了，我会告诉你。”

“现在说！”

“几句话说不清。”

岳茏气结，但她知道如果男人不想说，她是问不出来的。她看着男人洗刷保温桶又擦好，洗干净手重新坐回床边的单人沙发，又问：“刚才你在门口站了多久？”

男人抿唇不答，岳茏挑眉：“不会是我刚开始换药你就在吧？”

“我想知道你的伤口怎么样了。”

“那不是被你全看光了？！”岳茏刻意惊呼，显得一脸慌乱，“居然被你看光了？！”

男人盯她一眼：“你介意？”

“为什么不介意？你又不是我老公！”岳茏重重地哼出声，“以前被你摸胸，你说是救我，现在被你看光，你说是关心我，你理由可真多，以前都是这样泡妹子的吗？”

“从没有。”

“鬼才信。要是像你说的，你这么多不同于常人的能力，寿命又这么长，那肯定不知道和多少女人纠缠不清了。”岳茏不停地叨叨着，语气里已经出现醋意，但她自己并没有发觉。

男人起先严肃的表情渐渐放松，一抹似有若无的笑意噙在唇边：“族训有言，不得与普通人类过从甚密。”

“呵，那你怎么还不走？”岳茏瞪他，“欺负我现在打不了你吗？”

男人沉默地看了她一阵，看得岳茏都有些心里发麻，又突然很想扑进他的怀里。正在艰难抑制内心的荡漾，男人已经再次坐在她身边，伸出一只胳膊送到她嘴边，分外诚恳地说：“给你解气。”

岳茏怔了怔才明白：“给我咬？”

“嗯。”

岳茏张嘴就要咬上去，却在牙齿碰到胳膊的瞬间停住。那只胳膊的肌肉如此紧实，线条如此流畅，导致岳茏立即改变了嘴唇的姿态，忽地在这胳膊上一吻。

男人的手臂紧了紧，更是肌肉毕现。

岳茏默默地咽了咽口水，抬眼：“胳膊不好咬，头伸过来。”

男人犹豫了半秒，头低下来靠近岳茏。

近在咫尺。

为什么脖颈也这么好看？！颜色！线条！肌肉！统统喜欢！

岳茏忍住了想扑上去的冲动，一口咬住了他的耳朵。不是怕揪耳朵吗？那咬耳朵肯定更怕！

男人果然全身都僵硬了，像被戳中了死穴，一动也不动。岳茏下口毫不含糊，重重地咬住了他的耳朵，嘴里都尝到了血腥味。

半晌，岳茏松开男人的耳朵，看了一眼上面带着血丝的咬痕，心里疼了一下，却还是狠心地说：“别以为这就完了，一点都不解气。”

男人似乎终于从僵硬中恢复过来，稍微动了动，看向岳茏的眼神里多了些柔软：“你说。”

岳茏的眼神带着热辣的命令：“抱紧我。”

男人略带无奈又温和地看着她：“你有伤。”

“我不怕疼。”岳茏倔强地逼视他，“等纱布拆掉，你更不会抱我了。”

男人长臂一展，轻轻地把岳茏搂在怀里：“不会留疤。”

岳茏被圈在他的怀抱中，浑身都笼罩在他的气息之下，感觉自己的每个毛孔都舒展开来，疼痛的感觉似乎也减轻了不少，只是内心又开始叫嚣，只想与这个男人贴得更紧更近。她不可控制地艰难抬起受伤疼痛的手臂，抱住了他。

只是岳茏没有想到，当她抱住他，他的下巴就轻轻地抵在了她的颈窝中，侧脸碰在她的脸上，微小的胡楂触感令她起了一阵鸡皮疙瘩。她更紧密地贴近他，嘟囔着“抱得不够紧”，他没有在她缠满纱布的双臂上用力，而是抬手扣住了她的后颈，压向自己。

第一次被他抱个满怀，岳茏浑身都有些发抖，他的气息劈头盖脸地砸下来，跌碎在她周身各处，缭绕成绵密的网。他的味道干净清澈，像清冽的泉水潺潺流淌，滋润着她的每个毛孔，令她发出满足的喟叹：“一百天后，可能，我还是会这样。”

他的喉头滚了一滚，低沉地回应：“不会的。”

她的语调里带了委屈：“如果还是这样，你管吗？”

他温热的鼻息长长地喷散在她的颈窝，吐出一个字：“管。”

她雀跃不已，更紧地搂住他却牵动了伤口，疼得直抽气。他的手默默按在她背后，舒缓温暖的热力逐渐进入她体内，安抚着她的疼痛。

得到他肯定的答复，她又开始得寸进尺：“要怎么管？”

“管到你不再这样为止。”

她抬头瞪眼：“你浑蛋！”

他凝视着她，竟然回答：“是。”

她怔住，他看着她，从她的双眼望进了她的内心，清澈见底的深邃眼眸沉沉如水，声音里沾染着由衷的叹息：“我们真的没有以后。”

岳茏是真的恼了，清脆的一巴掌拍在他脸上，又直接上嘴咬在他唇上，又狠又准。他吃痛皱眉却没有避开，也没有像以前那样扯开她，任由她肆意用力咬着。岳茏却没有再狠命下口，而是开始用力地吻他，带着报复的意味。

男人没有躲却也没有回应，任由她在自己唇齿之间长驱直入，眸中情绪翻滚，浑身僵直，两手也已紧握成拳。

“呃……”门口忽然有人出现，尴尬得要命，“我……什么都没看见……”

岳茏离开了男人的唇，对着门口剜了一眼，吓得樊澄连连摆手：“我真的没看见！”

岳茏白了他一眼，没好气地说：“看就看见了，是他亲我！”

男人略略咬牙，没有辩解。

樊澄扫了一眼男人唇上那清晰可见的咬痕，又看向瞪眼的岳茏，连忙说：“是是是，肯定是他肯定是他。我就是来问问，那些菜是不是现在端过来？”

男人点头：“端过来。”

樊澄一溜烟跑了，岳茏一脸烦躁气鼓鼓的，男人把她床上的餐桌架好，樊澄已经推了一个大餐车进入房间，麻溜地把餐车上的几盘菜摆在餐桌上，对岳茏说：“我什么都没看见，真的！”然后推着餐车迅速离开房间，还带上了门。

岳茏扫了一眼，发现都是在明月塔吃过的，有她很喜欢的那几道菜。她赌气闭眼：“拿走！不跟没有以后的人吃饭！”

“我做的。”男人拿起筷子递给她，见她不接，塞进了她手里。

岳茏捏着筷子盯着男人：“不是说没有以后吗！做什么做！”虽然是这样说，她却还是夹起了菜，愤怒地塞进嘴里，嚼了几下表情却变了，狐疑地看着男人，“你以前做过厨子？”

“学过一点。”男人重新坐在沙发上，淡淡看着她。

岳茏被美食吸引，夹菜的速度都变快了许多，时不时抱怨“淡了点儿”，男人解释：“几天没有吃东西，必须清淡。”

岳茏瞟他一眼：“还知道关心我了？”她继续扒拉着饭菜，男人的目光轻柔地覆盖着她。只是吃着吃着她眼中逐渐水汽氤氲，咬牙切齿又委屈地哼了一句：“不准再说没有以后！”

14

男人良久没有说话，岳茏一直盯着他看，在他的眼睛上扫来扫去。男人看她一眼：“看什么？”

岳茏偏头：“我才不会说在看你的眼睛！”

男人抿唇，岳茏的声音还是气鼓鼓的：“眼睛长这么好看干吗！”

男人端着碗筷去洗，不禁莞尔。

岳茏的药品里有镇痛的成分，她吃饱喝足很快昏昏欲睡，没多久就睡着了。男人起身走到输液管前，伸手握住了输液管，很快有殷红的液体流入输液管内，顺着一路流向岳茏的血脉。男人静静地站了一会儿，殷红色的液体源源不断地输入岳茏体内，待他松开输液管，手上并没有一滴血，输液管上也干净如初。

男人向门外走去，打开门就看见楚寒立在那里，克制地质问：“怎么能这么做？”

男人简短地回答：“她不想留疤。”

楚寒冷声：“她就算活到一百五十岁，也没有可能。”

男人低沉回应：“我知道。”

岳茏睡醒时已是傍晚，男人闭眼靠在沙发椅上，不知道是睡着了还是假寐。岳茏安静地看了他一阵，手伸到枕头下，摸到了一个东西。

拿出来一看是一张字条，上面写着一个名字和一个电话。

黎苍。139××××××××。

这是……他的名字和电话？

字条已经有些褶皱，看来这张字条已经压在枕头下有几天，这是他写的？前几天就压在这里给她的？

岳茏咬唇，心里窃笑，名字和电话已经熟记于心，她把字条重新塞回枕头下，对着男人叫了一声："喂，黑口罩。"

黎苍睁眼，略微皱眉："醒了。"

岳茏："白蓉也住在这里，我想去看看她。"岳茏伸展四肢给他看，"我好多啦，能起来走动了呢。"

黎苍见她下床，上前扶住她的胳膊，她却突然一崴脚："哎哟！"就斜倚在他身上，一脸哀怨，"好疼！"

黎苍瞥她一眼："那就不去了。"

"要去！"岳茏一把抱住他的胳膊，"现在就去！"她抬起他的手臂绕过头顶揽在自己腰上，满意地说，"走。"

黎苍没有再多说，揽着她向外走去。

白蓉依然在重症监护室，门口有两三个挎着相机的狗仔蹲守，有护士刚从室内走出。岳茏松开黎苍："我自己过去，你站在这儿别被拍到。"

黎苍疑惑地看着她，岳茏解释："你这么显眼的一个大帅哥去看白蓉肯定会被狗仔拍下来，明天你就上头条了，万一你有了粉丝，那可太多可怕凶残的女人跟我抢你了，这可不行。"

玩笑话被她说得一本正经，黎苍的嘴角有了弧度。岳茏自己向前走去，低音炮响在身后："脚不疼了？"

呃，忘了……

岳茏头也不回地豪气摆手："我坚强！"

黎苍嘴角的弧度更甚。

几个狗仔看到岳茏靠近白蓉的病房都上前问她是谁，岳茏回答是一个朋友，随意说了几句，几个狗仔见没有什么可挖的新闻价值就又退回一边去了，彼此说着“白蓉就算恢复健康也不可能再入演艺圈，伤得太厉害了，估计过两天就不用蹲守这里”之类的话，听得岳茏一阵悲哀。

岳茏进入重症监护室，里面还有一个隔层，能透过窗户看到躺在病床上的白蓉。病床边的仪器很多，白蓉身上连接着各种管子，看起来可怜又无助。白蓉的妈妈坐在床边给她擦手，之后走了出来。

白母看见岳茏：“你是？”

“我是白蓉的朋友，”岳茏客气地回答，“听说她出事了我来看看。她现在情况怎么样？”

“唉，头部重伤有瘀血，右脸毁了，医生说后期要做植皮手术才行，可也不见得能恢复到原来的样子……”白母说着就要掉泪，“真是没想到，怎么会突然就出车祸了，让她开车小心小心……”

岳茏一阵低落，白母抬头看她：“你有没有什么办法能筹集到钱？阿蓉的公司只负担一小部分，这几天连来看她的人都没有了。我看他们是见阿蓉以后不能给公司赚钱了就不想管了，可我不能不管阿蓉啊，这些年她都是为了我，为了家里，为了她弟弟，还有她那个该死的赌鬼老爸……阿蓉一分钱都没有享受过……你，你有什么办法吗？”

岳茏：“需要多少钱？”

“五十八万。”白母抱着希望看着岳茏，“我打借条，我有一些首饰先抵押给你行不行？”

“阿姨，我没有那么多钱……”岳茏为难地说，“但我可以试着想想办法。”

白母握住她的手：“麻烦你想想办法！钱我当牛做马都会还给你！”

岳茏与白母告辞，回到黎苍身边时有些沉默。黎苍问：“需要帮忙？”

岳茏抬眼看了看他，摇了摇头：“我能搞定。”

她不想让他们之间的关系沾染上金钱的成分，她也害怕他一旦开始给予，就意味着是某种弥补，会让他即使离开也没有丝毫犹豫。所以即使她的卡里只有几万块，即使她知道他有能力帮助她，她也不想跟他开口。

黎苍没有追问，淡淡地说："你没有五十八万。"

15

岳茏惊讶："你怎么知道？还说不会读心术？"

"听到的。"

"这么远怎么可能听到？我还在屋里面！"

"我跟你不一样。"黎苍解释，"我能听到很远的声音。"

岳茏："有多远？"

黎苍："没有算过。"

岳茏歪头盯着他："我心里能听到吗？"

"不能。"

岳茏翻了个白眼："那看来咱俩的心的距离远得不行。"

黎苍语塞，叹了一口气："这些话，张口就来。"

岳茏挽住他的手臂："那是对你才这样，跟别人我可懒得说。"

些许笑意闪过黎苍的眼眸，很快消失。

回到病房，正好护士前来换药，黎苍自觉地退到门外回避。护士解开纱布后惊叹："居然这么快就愈合了？"

岳茏也惊讶地看着自己手臂上的伤口，明明前两天换药的时候还狰狞恐怖，而现在竟然已经开始结痂，疤痕的颜色也很浅淡。护士在她背后查看，继续惊呼："背上的伤口也愈合了！明明那么深！怎么就突然愈合了？按理说还应该有半个月啊！"

岳茏下意识看向门口，只隐约看见一个侧影静静伫立。

是他吗？是他做了什么吗？

护士给岳茏上好药："行啦，既然已经愈合成这样了，纱布就不用了，看你这状况没几天就能出院了。年轻就是恢复能力强，也不枉费几个院长一起连夜开会给你定治疗方案。

护士出去了。黎苍走进来，岳茏看着他笑：“你是不是趁着我睡着非礼我了？”

黎苍面色一凛：“怎么可能？”

“那我的伤口为什么愈合得那么快？电视上不是都那样演的嘛，你要是给我传功的话，我肯定好得特别快，”她阴笑着靠近他，“你对我做了什么？”

“没有。”黎苍只否认，并不解释。

岳茏一伸手抱住他，嘟嘴装委屈：“做点什么我也不介意呀，你怎么这么吝啬。”

黎苍想把她从自己身上扯下来，岳茏的声音提高了八度：“是谁说不用蛮力了，嗯？！”

黎苍放下手不再动，岳茏靠在他胸口听见他的心跳，咚咚，咚咚，越来越慢。她忽然想起了什么，松开黎苍对他说：“转过去。”

黎苍不解却顺从地转身背对着她，岳茏直接伸手掀开了他的衣服，精壮的后背露在她眼前。黎苍霍然转身迅速拉下衣服，语气里带了点责备：“干什么？”

“护士说你身上也有伤，但你没有治！我就想看看你是不是还有伤！那天我看到你背上受伤了！”岳茏的语气委屈得不行，“我都没看清你就合上了！这次真没想别的！一点都没有！”

黎苍的眼神柔软下来，道歉的话却说不出口。他看着她嘟嘴瞪眼的样子，叹息：“下次说清楚。”

“你还能让我有下次？”岳茏恨恨出声，“恐怕从此以后就要躲得我远远的，我挨一下你的衣服你都要跳起来，你力气又大，我还能有下次？”

黎苍只简单一句：“有下次。”说着再次转身背对着她，还往后退了一点靠近她。

下次说来就来了？！这人给惊喜都不带喘气的！

岳茏毫不客气就再次掀开黎苍的上衣，后背别说伤口了，一点疤痕都没有。岳茏仔细看了又看，到最后变成了欣赏。黎苍背部的肌肉紧实分明，透着健康诱人的气息，每一条肌肉线条似乎都在向岳茏招手。岳茏贴近黎苍，轻柔地抱住他，脸贴在他的后背蹭了蹭。

黎苍的肌肉顿时一紧，岳茏已经提前警告：“说了不准用蛮力的，对吧？”

她继续在他后背磨蹭，感觉到他似乎越来越僵硬，皮肤却越来越滚烫，偷笑着在他后背咬了一口，拉下他的衣服，绕到他面前，心满意足地看着他硬撑的表情，调笑地唱了起来："我的爱，哪里找，我的心，你要不要？我不想，跟你吵，如果你懂，多好？我的爱，哪里找，我的话，重不重要？我只要，你过来，抱一抱。"

黎苍霍地向前近了一步，手按在岳茏的后颈，要将她贴向自己。岳茏心跳如擂鼓地由着他动作，两个人已经贴得极近，他的脸孔也在她眼前放大，头低下来的时候他却忽然硬生生停下，手也放下了，长出一口气，大踏步就往外走，速度快得让岳茏眼前都出现了幻影。

"喂！你！"岳茏恼恨地叫了一声，黎苍却没有回来。

刚才气氛不是很好吗？他居然也能忍住？这回倒是不用蛮力了，开始用忍术了？

岳茏简直气不打一处来，白眼儿都快翻到天上。房间里却突然出现了另一个声音："色诱，没有成功吗？"

这声音让岳茏如坠冰窟。她难以置信地回头，柏月正望着她笑："姿色不够呢，怎么样，要不要我出钱给你整容？"

16

岳茏往后退到了墙角，柏月逼上来靠近她："他走得很快很快，你觉得他还能听到我们俩说话吗？"她抚上岳茏的头发，"一百天之内，真的能拿下他吗？你有几分把握啊？"

岳茏的心都要跳出来，柏月又说："这几天，他杀了我不少族人。那些异变成狼人的也就罢了，他们天狼族从来都是以正统自居，总是会猎杀狼人的，但我族里其他人为什么也要被杀？"她的眼神变得狠戾，"都是因为你。"

"下个月圆之夜，只怕他是真的要将我的族人绑缚在月色之下，活生生让他们都变成狼人，痛苦而死。"柏月抓住了岳茏的前襟，"你觉得我能放过你吗？"

岳茏还没反应过来就被柏月一手提起，被她几步带向阳台，按在阳台栏杆上，还冲她笑了一笑："准备好飞翔了吗？"

岳茏吓得脑子都空了，却在这关键时刻撕心裂肺地叫了一声："黎苍——"

柏月听到这个名字更是恼怒，手一掀就将岳茏抛下阳台。

岳茏所在的楼层，是二十六楼。

岳茏连惊呼都来不及出口，径直快速下坠。就在她觉得必死无疑之时，一个身影凭空呼啸而来，在她即将落地的前一瞬将她稳稳接住，死死抱住。

惊魂未定的岳茏根本就反应不过来这些突如其来的变化，傻愣在这个温暖安心的怀抱里，眼神发直不说话。接住她的人死死搂了她一阵，呼吸起伏剧烈，见她没有反应，伸手抚在她脸上："岳茏，看着我，岳茏！"

岳茏被拍了几下才回神，眼神仍然有点呆滞，看了半天才发现眼前是黎苍，又仰头看向二十六楼，还在发蒙："我……从二十六楼……掉下来了？"

"我接住你了。"黎苍简短解释，"待在这里不要动。"他一个眼色，樊澄等三人不知道从哪里冒出来，立即将岳茏扶起来带到一边，而柏月已经从二十六楼直接跃了下来，几步就到了面前。她怒视着黎苍："你杀了我的族人，我杀你一个无关紧要的人，还不够公平吗？"

黎苍没有说话直接上前，掐着柏月的脖子就按在了地上，眼神冷若刀锋："跟我谈公平？"

柏月被掐得脸色涨红发紫："我就不信……你敢……杀了我……"

黎苍一拳挥下，打在柏月头边的硬地上，生生砸出一个坑，震得柏月耳膜一阵麻痹。她惊惧地看着黎苍，听着他一字一句地警告："我的女人，你再动一下试试。"

柏月眼中精光一闪："一个普通人类，你跟她能怎么样？！"

"不关你事。"黎苍掐着她脖子的手又紧了紧，"我不杀你是因为池森，这一次已经还了他的情，再有下一次，我不会手软。你应当知道，女人我也照杀不误。"

柏月的喉咙简直要被掐断，她痛苦地抓着黎苍的手臂让他放开，而黎苍似乎真的起了杀心，手上的力量一直没有放松。

边上的三人都想上去劝却都没敢，楚寒直接推了一把，将岳茏推到了黎苍眼前。

岳茏愣了两秒，立即说："掐死她！"

楚寒的眼睛差点瞪出来，樊澄和白真都吓傻了。

黎苍应声：“好。”他手上用力，柏月的双腿拼命地挣扎，脸已经涨得青紫。楚寒上前一把握住黎苍的手臂：“想在人前杀人吗？！”

黎苍瞥了岳茏一眼：“确实不妥。”紧接着立即提起柏月就飞奔离去，速度快得刮起了一阵风。楚寒拔脚追去，瞬间不见了踪影。

岳茏目瞪口呆地看着三人离去的方向，樊澄“啧啧”了两声：“杀人你也不怕啊？”

岳茏的声音有点抖：“她……不是你们要消灭的那种狼人吗……”

樊澄和白真对视一眼，白真问：“谁跟你说的？”

“黎苍啊。”岳茏有点担心，“他真的会杀了那女的？我就随口一说……”

白真：“这真不能随便说。”

樊澄：“你知道他的名字了？他告诉你的？”

岳茏：“嗯，怎么了？”她又嚷嚷起来，“她要杀我哎！两次！我报仇雪恨有什么错？”

樊澄对白真低声咋舌：“一开始不知道是谁信誓旦旦说肯定不会告诉名字的。”白真点头：“我跟你说过的，肯定会告诉。”

岳茏靠近他俩：“说什么呢？”

樊澄咳嗽掩饰：“这个柏月不能轻易杀掉，她一死，会牵动多方势力变化的，现在局势好不容易稳定一点，再有什么大变动恐怕谁都吃不消。要是她能轻易就被杀了，当初哪还有你被标记的事儿？”

岳茏连连点头：“说得有理，那当初我是怎么被标记的呢？”

“你啊，就是在西安——”樊澄刚要说就被白真撞了一下，他立即闭嘴，“这个事情你还是问他，我不能再说了。”

岳茏翻了个白眼儿：“我们去找他，现在就去还来得及阻止他呀！”

白真看向不远处：“回来了。”

黎苍和楚寒正一前一后走过来，黎苍神色平静，楚寒却一脸郁郁。岳茏迎上去紧张地问：“不会真的杀人了吧？”

黎苍还没回答，楚寒已经咄咄逼人：“不是你让杀的吗？现在又装什么担心？”

黎苍凌厉的眼神在楚寒的脸上一扫而过，楚寒竟低下头单膝跪地，右手放在左心口上，恭谨地致歉：“苍王，属下知道这是僭越，但这个女人是个巨大的变数，您留在她身边实在不妥。如果苍王担心她因为标记而受到伤害，属下愿意日夜守护她，若有差池愿以死谢罪。”

“谁要你日夜守护了？”岳茏嚷嚷起来，直接把黎苍的胳膊一搂，“我只要他！”

楚寒低着头没有说话，看得出来在黎苍面前十分克制，不然肯定很想给岳茏几巴掌让她离自家主子远点。

17

白真见楚寒跪着也想跪下去，被樊澄默默拉住，一脸“你看着就好”的表情。

黎苍伸手拉起楚寒：“自己的命，留给该留的人。”他看向樊澄和白真，“樊澄留下，白真和楚寒都回去，池森现在十分需要人手。”

“苍王！”楚寒和白真一起反对，“您这里危险！”

黎苍的语调不容反驳：“刚才池森的话你也听见了，柏月由他带走安抚，黑狼族暂时不会有异动，但其余各狼族虎视眈眈，池森一人难以应付。你们都是族中最为骁勇的战士，不必在我身上浪费时间。”他顿了顿，“我从来无意于族长之位，你们再如何跟随劝说，我也还是那句话——池森成为族长是应当应分的，我支持他。”

楚寒和白真都沉默下去，樊澄自动站在黎苍身后，对岳茏笑嘻嘻地眨眨眼。

黎苍看了岳茏一眼，对楚寒说：“以后再见到她，不可不敬。”

楚寒没有回应，白真连忙回答：“是，我们记住了。”说完拉着楚寒就要走。楚寒却再次呛声：“苍王，您不当族长，于公于私都是极大的损失。池森虽好，我们却只愿追随您。我愿意听从您的命令回去协助池森办妥族中事，但让我承认他是族长，我绝不愿意。”

黎苍微微皱眉，樊澄和白真都颇为无奈地看着这位老友，显然他们都对楚寒的固执很有体会。岳茏却没想那么多，直接说：“你这人怎么这么不开窍呢？人家都说了不想当族长，你非要拉他去当，真把他当朋友吗？朋友不应该互相尊重吗？你为什么不尊重他的意愿和感受呢？”

楚寒语塞，黎苍望向岳茏的眼中明显带了些暖意。樊澄促狭地看着楚寒，楚寒一贯冷肃的语气里有明显的恼怒："你知道什么？苍王说不想当就是真的不想当吗？那都是为了给池森让位罢了！什么都不知道有什么好说的？"

黎苍沉声："我刚才说的话，你并没有听进去。"

楚寒面色一寒，略微低头："下次注意。可她——"

岳茏完全不在意楚寒对自己的态度，居然喜滋滋地紧挽着黎苍的手臂，笑嘻嘻地问他："你是个口是心非的人吗？对族长之位都这样啊？那你平时一副不喜欢我的样子都是装的吧？说让我离你远点其实是让我靠近你对不？"她故作了解地紧靠在黎苍身边，大声感叹，"我明白了，以后会死死扒住你不放手的，免得你口是心非难受。"

黎苍一噎，樊澄已经笑出来。楚寒没料到岳茏会这样混淆逻辑，一时不知道要说什么才能反驳她，在原地干瞪眼。樊澄对白真使个眼色，白真立即拉着楚寒向黎苍道别："苍王，我们先回去了，有事情的话随时召唤。"

黎苍点头，白真拉着楚寒很快走远了。

岳茏原本欢悦的神色却变得忧郁，她有些不安地看着黎苍："是不是因为我，耽误了你很多事？如果有事情急着办你就去办吧，我没事的。"

"没有。"黎苍温和地看着她，"不要多想。"

"你去办事的时间，要从一百天里扣除，"岳茏一本正经地说，"别想拖延时间，我数学可好了。"

"噗。"樊澄又没憋住笑，促狭地看着黎苍。

黎苍还没回答，岳茏又问："柏月呢？到底怎么样了？"

"池森突然出现阻止了我。"黎苍简单回答，"被他带走了。"他拉着她的胳膊向住院楼走去，"上去让医生检查一下。"

"我没事呀，你不是接住我了嘛。"岳茏把他拉胳膊的姿势改为拉住她的手，紧紧握好，笑着说，"就是受到了巨大的惊吓，你要是松开我的手，那我可更害怕了。"

黎苍依言没有松手，牵着她一路进入住院楼内，一起走入电梯间。樊澄跟在他们身后一直默不作声，只是总瞟向黎苍，满脸的"你可真行"来揶揄他。而在电梯间内见识了岳茏突发的幽闭恐惧症，以及扒在黎苍身上不下来的章鱼大法，受到了实打实的惊吓，眼珠一直都是要瞪出来的模样。

此时正是夜晚十一点多，住院楼内很安静，岳茏所在的VIP楼层因为人少更是寂静得很。黎苍找到护士要给岳茏做个详细检查，护士很快将岳茏带进检查室。

岳茏已经走进检查室又探头回望黎苍：“黎苍？你不会走吧？”

“不走。”

岳茏甜甜一笑：“好。”她开心地进去，护士关上了门。

樊澄看向自家主子，黎苍的目光落在检查室的门上，久久没有移开。樊澄笑了两声：“为什么留下我呀？”

黎苍瞥他一眼：“为什么不反对？”

樊澄笑：“苍王您都多大了，还不该谈个恋爱？”

“你知道我的意思。”

樊澄略略收了一点笑意：“我就是看您现在挺高兴的，不想打断，其他的事情懒得仔细想。船到桥头自然直嘛。”

黎苍略略垂头：“直不了。”

樊澄也叹了口气：“我看小丫头特别黏您，一百天之后您要是就这么走了，她怕是要闹翻天。”

“那时没有标记的力量，她不会再黏我。”

“您说这话，自己信吗？”樊澄笑起来，但看着黎苍面无表情，连忙正色，“要不再问问池森吧，那事儿只有他最清楚。”

“上次提及，他醉了三天。”黎苍眼中覆盖着同情，“他毕生之痛，不便再多问。”

樊澄撇嘴无言，检查室的门打开，岳茏瘪着嘴走出来悻悻地望着黎苍。护士对黎苍说：“身上倒没有什么伤痕，但脑震荡有些严重，需要观察。这一周最好卧床休息，别随意走动。”

黎苍疑惑地看向护士：“有这么严重？”

岳茏的头已经靠在黎苍胸口，郁郁地诉苦：“头疼……”

18

黎苍的手覆上岳茏的头，岳茏很快感受到温暖和舒适，更加贴近黎苍，双手也环住他的腰。黎苍没有扯开她，低声问：“头晕？”

“头疼，很疼。”岳茏委屈地看着他，凑近他耳边说，“是不是你接住我的时候太用力了？那么大力气抱住我来着，担心过头了吧？”

黎苍没了言语，岳茏哼哼唧唧地蹭在他胸口，他本想扯开她的手放下。樊澄像看戏一样在旁边偷笑，黎苍揽了一下岳茏的肩想带她回病房，岳茏却不满地说：“走不动，头疼得眼前都花了。”

护士也说：“能躺就别站，抱回去吧。”

樊澄想笑却死死忍住，黎苍对护士说：“那麻烦你给我一张轮椅。”

护士两手一摊：“没有。”

樊澄再也忍不住，对护士笑：“VIP 楼层没有轮椅？打算接投诉？”

护士明显受到惊吓，求救似的看向岳茏。岳茏狠狠瞪了樊澄一眼，摆摆手让护士离去，半是撒娇半是威胁地对黎苍说：“要什么轮椅？我要抱！”说着就对黎苍伸开双臂，笑吟吟地望着他。

樊澄很想把自己隐形，但黎苍到底瞟了他一眼，之后背对着岳茏蹲下去，低音炮响起：“上来。”

岳茏嘟嘴不高兴，但立即扑向黎苍的背，双臂紧紧搂住他的肩颈，满意地在他耳边说：“好啦。”

黎苍稳稳站起，两手握拳揽住岳茏的腿，向病房走去。樊澄跟在后面，眼中的情绪有些复杂，似是怀疑，又像是不太相信。而当他看见岳茏毫不客气地揪住了黎苍的一只耳朵，眼睛再次要瞪出来了。但看黎苍的表情，明显这已经不是第一次被揪。

樊澄默默地跟着他俩回到病房，看着黎苍把岳茏轻轻放在床上，岳茏还抓着他不放。樊澄略略咳了两声打破尴尬：“那个，我是不是能走了？”

岳茏看向他：“你不是能不能走了，是该走了。”

樊澄无语地看向黎苍：“我自己找个地方睡？”

黎苍：“隔壁栋。”

“良心还在。”樊澄笑起来，“那我先去了。”然而他很快变了表情，似乎受到惊吓，“你的意思是要带她去？”

黎苍点头：“你去准备。”樊澄龇牙咧嘴地告辞了。

岳龙问：“带我去哪里？”

“等出院就知道。”黎苍给她盖上薄被，“睡吧。”

岳龙握住黎苍的手，听话地闭上眼睛。黎苍想抽出手却被她紧紧拽住，她又闭着眼不看他，他无奈地坐在床边，静静任她握着。

阳台上响起一个声音：“睡着了还不舍得松开？”

纱帘一掀，舒广走进来，看着黎苍笑：“这是真的喜欢了？”

黎苍默默抽出手，看向舒广：“族中怎样了？”

“柏月重伤，你下手还真狠。”舒广微笑，“要是池森没及时出现，她的脖子肯定断了。不过池森带她回族中医治，族里的人颇有微词，但因此得到了黑狼族暂时的平静和支持，族里的人也不便多说什么。尤其知道是你重伤柏月之后，为避免黑狼族的怒意和攻击，族里的人对柏月留下治伤还是很容忍的。”

黎苍吐出三个字：“慢慢治。”

舒广笑意更甚：“我会转告池森的。不过他的性子你也知道，耿直得厉害，谁知道会不会接受，何况柏月还救过他。”他话锋一转，“你就打算待在这儿不回去了？”

黎苍语气淡淡：“还有七十二天。”

舒广靠近岳龙仔细看了看：“咦？她身上的气息——”他立即转头盯向黎苍，“脑震荡的是你吧。”

黎苍眼神一凛：“你早来了？”

舒广一笑：“你太专注听她的病情了，都没发现我也在呢。”

黎苍面上微哂，舒广又说：“以你的实力，摸她的头就知道她到底有没有脑震荡了，后面是在做什么呢？”

黎苍的耳朵已经微红，沉声低斥：“从哪儿来滚回哪儿去。”

舒广故意撒娇：“你就会对我说这一句！对她怎么那么百依百顺啊！我会伤心的呀！”他终于带了点正经，“我已经按照你之前吩咐的计划重创了赤狼族和白狼族，柏月又在我们手中，这段时间应该是安全的，不必担心。”

“做得好。”黎苍叮嘱，“但黑狼族数量庞大，不能掉以轻心。”

“是。”舒广走向阳台打算离开，又很严肃地说，“苍王，若是玩玩就罢了，我绝不多说一句，但丢了心的下场你已经见识过，不用我多说吧。”

黎苍沉默，舒广很快翻下阳台离去。

自从岳茏被护士宣布脑震荡，她就变成了生活不能自理。下床也要抱，走路也要抱，除了上厕所，恨不能时时刻刻赖在黎苍身上不下来。黎苍大多时候是背她，实在拗不过也会正面抱起来，每当此时岳茏就笑得格外开心。

这样过了两天，岳茏在医院待烦了，嚷嚷着不头疼了要出院。黎苍打电话给樊澄，要他开车过来，又找护士长去办理出院手续。

护士很快来给岳茏拆纱布，边拆边惊讶地说："居然一点疤痕都没有？！我从来没见过能愈合到这种程度的！"

"怎么会？那天看到的伤口都见到骨头了！"岳茏奔向浴室的镜子仔细看自己周身，"哇！真的一点疤痕都没有！你们医院用的是仙丹吗！"

病房外，已经赶来的樊澄听到岳茏和护士叽叽喳喳的对话，看向一旁静立的黎苍。黎苍神色平静，坦荡地看向樊澄。樊澄没忍住："她真的活到一百五十岁，也挺吓人的。"

19

"普通人类接受天狼族血液后，活得最长的不过一百二十五岁，一百五十岁只是传言。"黎苍淡淡回应，"一百二十五岁，普通人类也有活这么久的。"

樊澄咋舌："活这么久有意思吗？最后身边的人都没了，只剩下她自己。"

黎苍略略低头："如果真这样，我会管。"

"苍王，她又没有生命危险，你为什么要把自己的血输给她？"樊澄摇头，"这以后比如她切水果割伤了自己，边上朋友看着她的伤口没几秒就愈合了，不诡异吗？她要是因此没朋友了怎么办？"

黎苍只一句："她不想留疤。"

樊澄揶揄地笑："她不会留疤，你会。"

黎苍盯了樊澄一眼，樊澄装作没有看见地转头。正好岳茏打开门走出来，拎着一个行李包开心地宣布："能走啦！"

樊澄开车，黎苍和岳茏坐在后排。岳茏看着车开出医院上了大路，兴奋地问：“我们去哪里？”

“回家。”

“我家不是这条路啊？”

“我家。”

岳茏“呀”了一声挽住他：“你应该说‘我们家’。”

黎苍看她一眼，没有反驳。岳茏笑嘻嘻地靠在黎苍肩上：“为什么要去你家？”

“去我家住。”

黎苍回答得很简单，却让岳茏的眼睛瞪得老大：“什么？去你家住？我们这是要同居了吗？”岳茏捧着自己的脸难以置信，“天哪！居然这么快！我还没有心理准备！不不不，我已经准备好了！去去去！马上就去！”

樊澄在前座大笑，方向盘拍得啪啪响。黎苍从后视镜看向他：“认真开车。”

岳茏自己兴奋了一阵又奇怪地看向黎苍：“为什么突然让我住你家？你之前总是跟我保持距离来着。”

“还有七十天。”黎苍淡淡地说，“越到后面，你会越控制不住自己，我在你附近比较安全。”

岳茏听他这样说就不太高兴，但即将与他同住一个屋檐下的心情实在太好，就自动忽略了这句话：“那我要先回家拿行李呀。”

“准备好了。”黎苍回应，“什么都有。”

岳茏盯着他的眼睛：“有过很多任同居女友吗？居然什么都有？连卫生巾都有吗？！”

黎苍语塞地看她：“刚准备的，没有的再买。”

樊澄又笑得不行：“苍王这个样子，像有过很多女友的？还同居。哈哈。”

黎苍：“话多。”

樊澄闭嘴开车，岳茏却高兴起来：“你谈过几次恋爱？”

黎苍显然不想回答这个问题，偏头看向窗外。岳茏双手捧住他的脸掰正对着自己，笑得眼里都在冒泡：“一次也没有吗？”

黎苍扯下她的手：“肯定不如你。”

“哈哈哈哈，”岳茏笑得厉害，又眨眼，“那你猜我谈过几次？”

黎苍闭眼：“不想猜。”

樊澄“嘿嘿”两声：“我猜至少五次。”

黎苍的余光瞟向岳茏，显然是在等她回答，但岳茏敏锐地发现他在等回答，立即盯向他的双眼：“很想知道？”

黎苍收回目光，淡淡地说：“随便听听。”

岳茏一脸优哉地不说话，吊了半天胃口，凑到黎苍耳边轻声说：“什么时候你主动吻我了，我就告诉你。”

黎苍的耳朵已经泛红，脸上还撑着面不改色的样子。樊澄把这句话听得清清楚楚，手一抖按响了喇叭，引得岳茏翻了个白眼过来：“知道你们这个族的人耳力过人，就不能当没听见吗？自己有多亮还没感觉到？”

樊澄默默戴上墨镜，在自己的嘴巴上做了一个“拉上拉链”的动作，安静地做一个锃光瓦亮的灯泡。

岳茏心满意足地靠在黎苍肩上：“苍王是什么意思？”

黎苍淡淡：“族里的一种称呼罢了。”

“哪呢？”樊澄又开口了，“族里能称王的只有一个！那是最勇猛的战士才能有的称呼，而且这名战士必须从无败绩。”樊澄夸耀起自己的主子十分卖力，“从无败绩可不是专门指苍王能打，那还要脑子，要跟别族斗智斗勇！我们族的人本来就少，次次都要带着族人以少胜多，苍王太厉害！”

黎苍扫了樊澄一眼，樊澄装作没看见，在那里偷笑。

“从无败绩？”岳茏惊呼，“那是跟谁战斗啊？狼人吗？打过多少次啊？”

“那哪里数得清？”樊澄笑，“都打了一百多年了。”

岳茏的眼睛瞪得更大，看向黎苍：“你多少岁？”

黎苍：“按你们的算法，比你大。”

“那按你们的算法呢？”

黎苍扫她一眼，眼中略带笑意，学着她刚才的语气：“等我知道你谈过几次，我就告诉你。”

樊澄从后视镜里瞟向岳茏，等着看她吃瘪的表情，没想到岳茏毫不在意地大笑：“好呀！那还是你要先吻我呀，不然你是知道不了的。”

黎苍扫她一眼："已经知道了。"

岳茏："哦？怎么知道的？"

黎苍总结："情话张口就来，次数少不了。"

岳茏哈哈大笑，又蹭在他肩膀上软软糯糯地说："你还知道是情话呢？"

20

樊澄的手又要抖，黎苍倒是面不改色："知道。"

岳茏笑："看来是说过。说过的次数多，还是被说的次数多？"

黎苍又不说话了，岳茏看向樊澄："你知道吗？"

樊澄瞟了一眼后视镜里正扫向自己的黎苍，迅速摇了摇头："不知道！我什么都不知道！"

岳茏不再纠缠这个问题，笑着说："以后不仅不能跟别的女人说，有人跟你说你也要拒绝听，只能听我说。"

樊澄："要怎么拒绝听？耳朵又关不上。"

"这样。"岳茏双手捂住黎苍的耳朵，对着他笑，"要跟对你表白的女人说：'我不听我不听！'哈哈。"

樊澄从后视镜里瞟到这一幕，吓得踩了一下刹车，让本来就近在咫尺的两人一个摇晃，岳茏的唇蹭上黎苍的鼻尖，像是蜻蜓点水的一个轻吻。意外的吻让两个人都是一怔，岳茏反应过来就要继续亲，结果樊澄一个急转弯，岳茏被惯性甩得向边上倒去，黎苍手疾眼快地将她一搂，岳茏立即趁势搂住黎苍的脖颈，蹭在他的颈窝里说："抱好。"

黎苍扯了一下岳茏的双臂，没有扯动，叹气："到了。"

岳茏看向窗外，车正开在一条林荫道上，清幽干净的道路两旁是独栋别墅区，红白相间的颜色透着温馨大方。岳茏松开黎苍，忽然变得有些沉默。黎苍不知道她这沉默从何而来，略略看了她几眼。樊澄轻车熟路地将车停在一栋别墅前，遥控开了车库门开车进去，对岳茏调侃："看呆了吗？"

岳茏下车，没有从车库直接进入房中，特意绕到别墅门口站了一阵，才跟随黎苍进入房中。樊澄将岳茏的行李提上楼，岳茏站在客厅中央仰头四下望着，黎苍看着她："你有点难过。"

岳茏微微一笑：“感应到的吗？”

“嗯。”

“这个别墅区几年前就有了。”岳茏的微笑里掺杂了惨淡，“以前爸妈还在的时候，我们一起来这里看过房子，还说好好攒钱，以后在这里买一套别墅住。没想到后来……就没有后来了。”

黎苍的语气分外诚恳：“想住多久都可以。”

岳茏失笑：“不是一百天了吗？”

黎苍一噎，岳茏凑近他：“这种时候，你应该说：‘没关系，你有我。’下次记得。”说着长舒一口气，把黎苍一挽，“好啦，带我参观一下吧。”

黎苍带着她在一楼转悠，从客厅到餐厅到厨房，又到书房和卫生间，之后上二楼，介绍卧房和几间客房，和另外的休闲室、卫生间、浴室。岳茏走进卧室左看右看，说：“卧室好简单，连一点多余的点缀都没有，你真的住这里？”

“很少。”

岳茏打开衣柜，里面一水儿的深色系服装，码放挂置得整整齐齐，颜色由深到浅层次分明，还带着淡淡的熏香味道，却不太像平常的香气。

黎苍见她在那里使劲吸鼻子，说：“月下兰的味道。是我们那里的一种香草。”

“月下兰？名字好听，味道也清淡好闻，能给我一点吗？”

“好。”黎苍走过去打开衣柜下面的一个小抽屉，取出几个淡蓝色的小袋子递给岳茏。岳茏接过一看，每个淡蓝透明的小袋子里都有一些月白色的草状物，介于蓝白之间的淡淡颜色，特别好看。她开心地收在贴身小包里：“以后就跟你有一样的味道啦。”

黎苍没有说话，眼中却充盈着暖意。岳茏又问：“那我睡哪儿？”

黎苍：“客房随你挑。”

“我不！”岳茏拒绝，“我要睡这间！”

黎苍深深看她一眼：“行。”说着走向衣柜开始收拾衣物，被岳茏一把拉住：“喂！你故意的！”

黎苍一脸认真：“住一间房，不可能。”

“你不会晚上还要锁门吧？”岳茏“啧啧”了两声，“怕我非礼你？”

黎苍像是在帮她解释："你也是不得已。"

岳芜故作严肃地说："知道我是不得已还拒绝我？那我又要难过了，还浑身难受。"

黎苍沉吟："难受的时候，我带你出去散心。"

岳芜瞪他："散心就能不难受了？你那个标记要是散散心就能散掉，你为什么让我住进来？"

黎苍垂眸："你想做什么我会尽量配合，除了——"

"真的？"岳芜欺近他，"说话可要算话。"

黎苍向后退了一步："尽量。"

岳芜故意越靠越近，黎苍的背已经靠上了衣柜门，尽量安静又不动声色地俯视她。岳芜的双手猛地往他头两边的衣柜门上一拍，给他来了个壁咚。黎苍神色无波地与岳芜对视，岳芜光顾着盯他的眼睛，没有注意到他按在衣柜门上的手已经压迫得骨节都泛白了。

"你没有谈过恋爱吧，"岳芜促狭地看着他，"像你这样说话，有哪个女人受得了？"

"所以说，是标记的力量。"黎苍垂眸，"七十天之后，你也不会再对我这样。"

岳芜双手在他脸上一捏："那可不一定。"她放开他到处找，"有笔吗？要一支红色一支黑色。"

黎苍从抽屉里找出笔给她，她开始在桌上的台历上写写画画，然后举起台历给黎苍看："七十天倒计时开始。我如果这一天成功扑倒你，就会在这天的日期下面画一颗红心，要是没有扑倒，就画一颗黑心。"

"扑倒？"

"就是这样。"岳芜突然跳起来向前一扑，黎苍完全没有防备地接住她，因重力惯性向后倒去，正倒在床上。岳芜在黎苍唇上突袭一吻，欢呼："今天要画个红心！"

岳芜枕在他的心口，听着黎苍的咚咚心跳声，越来越缓慢，她不满地嘟囔："一点感觉都没有吗？心跳还慢了？"

咚。

居然只跳了一下，之后竟然有两三分钟都没有跳。

岳茏惊讶地抬头看着黎苍："怎么不跳了？这也是你们特殊的地方？"

21

黎苍没有回答，咬了咬后槽牙："起来。"

岳茏干脆枕在他胸口，胸腔里的心跳渐渐恢复，平静有力。岳茏手一伸就扒开了他的衣襟，直接趴在他的心口与他肌肤相贴，果然听到他的心跳声再次缓慢下去，很快就没了声响。

岳茏狐疑地抬眼："难道你与我这样的人类是相反的？越紧张的时候心跳越慢？"

"没有紧张。"黎苍两手一举将岳茏直接举起来放在地上，自己迅速从床上站起来，径直走出了房间。

岳茏慢慢踱步到门口，果然黎苍已经不见踪影，她靠在门口笑，樊澄从另一间房走出来，故意皱着眉头："啧啧，真的是不能听啊，你刚才打算干什么？"

岳茏横他一眼："打算吃了你家苍王，怎么着？"

樊澄龇牙咧嘴："好歹是位女性！注意点！"

"哼！"岳茏白他一眼，忽然又笑起来打探，"是不是越激动的时候，你们的心跳就越慢啊？"

"是啊。"樊澄随口回答，很快立即问，"怎么了？"

岳茏故作得意："你家苍王啊，抱着我的时候，心就不跳了呢。"

樊澄瞪大眼睛："真的？！"

"不信你去问他。"岳茏狡黠地笑，"他是不是第一次这样？"

樊澄闭眼："不能说。"

岳茏白他一眼："叫什么樊澄，叫烦人得了。"

岳茏选择住在黎苍卧室的隔壁房间。这间房的主色调是月白色，岳茏很喜欢这种安静的淡雅，就像黎苍给人的感觉。房间衣柜里有很多崭新的女装，从内衣内裤到家居服、职业装到休闲装甚至晚礼服一应俱全。梳妆台上有各种化妆品，都是香奈儿系列的高端产品，几乎每种都买来了，明显吃不准她到底会用什么。抽屉里还摆着各式各样的首饰配饰，都是偏活泼张扬的风格，岳茏非常喜欢。

她坐在床边给总监打电话，说自己明天就去上班。总监说起了另一件事："现在有个新入行的编剧要你带，等你来了介绍给你认识，不过这次你这个剧本，要署他的名。"

岳茏一听就炸了："你说什么？你再给我说一遍？！"

"你先别急着闹，这不白署名。"总监说，"一口价给你六十万，怎么样？这剧本一共二十集，你赚到手也就不到三十万，署名权和六十万，你选吧。"

"我当然要——"岳茏本来想力争署名权，但她突然想起白蓉那五十八万的事情。

总监敏锐地听出岳茏的犹豫，补充说："这次不给你署名确实不地道，但这个新编剧的背景很深，如果没伺候好，以后恐怕公司发展都会困难，你就委屈一下。背景方已经表态了，你的下一个剧本他们会全力支持，并且给现在稿费的两倍。你考虑考虑？一时忍让能换来一片海阔天空。"

岳茏略微沉默，开口："我要一百万。"

"你这个小丫头还挺狠。"总监虽然这样说，语气里却有明显的放松，"我去申请一下，应该没有问题，申请下来会直接打给你。"

"好。"

岳茏挂了电话，心里有点空落落的，不知道自己的决定是对还是错。只短短两三分钟，她的手机就响了，拿起来一看是银行卡入账的提示短信，一百万竟然已经打到她的户头。岳茏冷笑，这都是已经算计好的，如果她接受六十万，他们乐得省钱，如果她不接受，恐怕这事儿最后也不可能由着她，说不定会找个什么理由就撤了她的职位。

好在，现在有了一百万。

岳茏深吸一口气平静心情，抓起包走出去直接到了别墅外。别墅区内并没有任何的士，岳茏这才想起这里是高级住宅区，的士是不能随意入内的。正想着打电话叫车，身后的车库门缓缓上升，一辆路虎开出来停在她身边，车窗摇下露出黎苍的脸："我送你。"

岳茏欢快地坐上车："你知道我要出去？"

“嗯。”黎苍驱车向前，“看你像是要叫车。”

“我想去人民医院。”岳茏拍拍自己的包，“有钱了。”

黎苍点头，没有问她钱从哪里来，而是叮嘱：“别都给了。”

岳茏哈哈一笑：“你当我傻呢？没有存款就没有安全感，我当然不能全给呀！”

黎苍放心地“嗯”了一声，向着医院开去。

人民医院。

白蓉的病房外已经没有狗仔蹲守，病房内只有一个护士守在床边。岳茏客气地问：“护士你好，白蓉的母亲每天大概什么时候来？”

“她母亲有一个星期都没来过了，”护士鄙夷地说，“看账单越来越厚就跑了，连亲生女儿都不要了，明天要是再不结款，我们只好把病人移出去了。”

岳茏惊讶地微微张嘴，问护士：“手术做了吗？”

护士摇头：“没有，费用没有到位，做不了。”

岳茏：“还差多少钱？”

“六十五万。”

“那天不是还说五十八万？”

护士无奈摊手：“她这么严重，每天在病房里这些监控仪器都是钱，账单就是滚雪球。”

岳茏咬了咬牙：“我付。什么时候安排手术？”

护士讶异：“你付？你是她什么人？”

岳茏：“一个朋友。”

“那你跟我来吧，不过后续还有治疗费用的，你都能付吗？”

岳茏不知道该说能还是不能，因为按她自己的能力肯定是付不了的。正在犹豫如何回答，就听身后的低音炮沉稳地说：“能。”

22

护士开始办理付款手续，岳茏低声问黎苍：“这你也管？”

黎苍的声音沉静如水：“嗯。”

岳茏歪头看他：“你又不认识白蓉。”

黎苍看她一眼：“与她无关，说了尽量配合。”

“还包括这呢？”岳茏笑起来，“你很有钱哦？”

“有一点。”

“一点是多少？”

护士整理好单据递过来，岳茏在包里翻钱包，黎苍已经把一张卡递给了护士。岳茏阻止：“哎别啊，我有钱啊！”

黎苍眼神示意护士快点刷卡，对岳茏说：“留着。”说着拿起一旁的便笺和笔写了一串号码递给护士，“后续费用打这个电话。”

护士接过号码收好，又把黎苍的卡递出来，态度十分恭敬。岳茏眼尖地看出这张信用卡是某银行的黑金卡，伸手：“给我见识见识！我还没见过黑金卡呢！”

黎苍把卡给她，她在手里翻来覆去地看了一阵：“这就是传说中无限额的黑金信用卡？”

“嗯。”黎苍见她一脸艳羡，又说，“你喜欢的话，就留着，密码是——”

“停。”岳茏打断他，“谁说要了，我就是看看。”她把卡塞回他手里，又笑，“你给我卡的话，感觉是想包养我。是这个意思的话，我就接着。”

黎苍将卡塞进她的包里：“不是这个意思，也可以接着。”

岳茏还想找卡还给他，黎苍按住她正在翻包的手：“拿着。”

肌肤相触的温热令岳茏的手腕一阵酥麻，她又不可控制地贴近了他，一手抓住他腰间的衣服，语气带了些恨恨不得的诱惑：“亲我一下，我就拿着。”

黎苍的表情明显是拒绝，却忽然低下头在岳茏的额头轻轻一吻。

岳茏呆住了。

他竟然真的亲了？！

黎苍耳朵泛红却面不改色：“是不是该说点什么？”

岳茏没反应过来：“说什么？”然后猛地想起之前说过“什么时候你主动吻我了，我就告诉你”这样的话，立即笑起来，“你吻我了？亲额头也叫吻？”

黎苍不反驳不多话，立马在她唇上啄了一下。

岳茏又呆住了。

今天这是怎么了？他转性了？！

黎苍的耳朵已经全部染红，丢出一个字：“说。”

岳珑简直要憋不住笑，强撑着一本正经地说：“吻是什么，你知道吗？吃到舌头才算。”

黎苍无语地瞥她一眼就自顾自地往前走去，岳珑笑了一阵追上去，一把挽住他：“生气啦？”

黎苍看她一眼，摇了摇头。

“那为什么突然就走呀？”岳珑存心撩他，看着他的眼睛都笑弯了。

黎苍的眼神变成无奈，再次摇摇头。

岳珑没再追问：“你刚才让我很不高兴。”

黎苍疑惑地看向她。

岳珑哼了一声：“哪能那么随便就把自己的电话给别的女人？你没看到那个护士看你的眼神，都快把你的衣服看穿了好吗？”

笑意爬上黎苍的嘴角：“那不是私人号码。”

岳珑的问题一迭声地出来：“不是私人号码？你有几个号码？你给我的是私人的吗？”

“我有两个号码，给你的是私人的，另一个用来联系公事。”黎苍扫她一眼，“你手机里有。”

“我手机里有你的公事号码？我怎么不知道？”岳珑翻出手机查找，只有一个黎苍的名字，并没有另一个。她奇怪地看向黎苍：“哪里还有？你自己输进去的吗？什么时候输的啊？”

黎苍顿了顿：“你搜‘黑口罩’。”

岳珑一下笑出声来，搜“黑口罩”果然有，更笑得不可遏止：“你偷偷输进去的？怎么不告诉我？”

“跟你说过。”黎苍的语气里略带了笑意，“你快睡着的时候答应了一声。”

岳珑瞪他：“为什么不在我清醒的时候说？”

黎苍没有说话，但岳珑从他的表情里判断出了原因：“觉得自己是黑口罩不好意思？”

黎苍默认，岳珑的心情像是开了花，靠在黎苍的肩上：“你真好。”

黎苍的余光看着她，眼中尽是暖意。岳茏叹息：“治病真的要好多好多钱，我要努力赚钱，免得生病了没钱治。”

“我有。”

岳茏一笑：“你的就是我的吗？”

“嗯。”

“七十天后还是吗？”岳茏调皮地盯着他看。

“如果你想的话，”黎苍肯定地答复，“都是你的。”

岳茏停下脚步站到他对面，脸色都严肃起来：“你认真的？”

“嗯。”

岳茏却没有一点高兴的意思：“我不要钱，我要你。”

黎苍的回应里带了些解释：“我这个族的人，这么多年，从没有一个人能和普通人类在一起。”

“为什么？”

“尝试过的人都失败了，并且后果十分惨烈。”

“有多惨烈？”

黎苍认真又略带警告：“惨烈到你后悔认识我。”

岳茏哈哈一笑：“危言耸听。”她靠在他肩上，“死也不后悔。还有比死更惨烈的事吗？”

黎苍的神情黯然下去：“有。”

岳茏忽然想起那天自己被狼人袭击，如果不是黎苍及时赶到，自己将被狼人活生生撕成碎片，在还有意识的情况下被活活吞进它们的口中咀嚼……她不禁打了个哆嗦，瞬间有点无法接话。

黎苍眼中的黯然更甚，但很快一扫而空，淡淡地说：“白蓉的手术并不是百分百有把握成功。”

岳茏低头：“我知道。那些钱，我肯定会还给你的，只是可能要很久。”

“不用。”

“债主也不肯当吗？”岳茏埋怨地看着他，“怕我借口还债而一直追着你不放？”

“不是。”

岳茏嘟嘴不说话，一路走出医院到了停车场又上了车，她仍然沉默。黎苍虽然不知道她具体在想什么，但能感应到她的失落和沮丧，略略犹豫，问她：“想坐过山车吗？”

岳茏疑惑地看他：“现在？”

“嗯。”

岳茏看了看时间：“这个点公园都关门了。”

“能开。”黎苍简短两个字，将车掉头驶向公园。

23

此时天已擦黑，公园的大门也已经关闭了一半，工作人员在做最后的清场。

黎苍的车停在门口，岳茏笑笑：“你怎么知道我想玩？又是感应到的？”

“只能感应到情绪，感应不到具体事件。”黎苍解释，“你家桌上有照片。”

岳茏租住的房中，餐桌边柜上摆着一个相框，是岳茏玩过山车的时候拍的。照片里的岳茏兴奋异常，振臂欢呼，照片的右下角写着一句话：“越不爽，越要 high 起来。”

因为看到了照片和上面的那句话，所以他就理所当然地认为她不开心就想坐过山车？还是说他轻易就记住了有关她的喜好？

岳茏心里很想笑，脸上却很严肃：“你会错意了。”

黎苍不解，岳茏一个猛扑：“是你惹我不高兴的，当然只有你能让我 high 起来。比如这样——”她摸上他的脸，顺手钩住他的后脖颈就往自己面前拉，想来一次热吻。但他握住了她的手腕，轻声说：“这个不能配合。”

岳茏翻了个白眼，哼了一声。

黎苍拿出手机打电话：

“是我。”

“我就在公园门口。”

“没有指示，想玩过山车。”

黎苍挂了电话，安静地等着。岳茏揣摩地看着他：“这公园的负责人也听你指挥？为什么？”

“有投资。”

“股东？”岳茏微微瞪大双眼，“你那一点钱可真不少。”她蹭上他的肩，一副得意的口气，“我这是傍上了富二代？”

黎苍纠正：“一代。”

岳茏笑：“一代？富一代一般不都是糟老头子？啊，也对，你的年纪比普通人类要大多了——我要是问你多大年纪了你肯定不会告诉我。”

毕竟还没完成那些个来来去去的“你先怎么样，我就怎么样”。

然而黎苍却回答了：“四百一十八岁。”

岳茏傻眼：“四百一十八？！”

“嗯。”

“谁信啊？你是老妖精吗？！”岳茏嚷嚷，“怎么证明？”

“你可以问樊澄。”

“他是你的狗腿子，问了也白问。”岳茏想了想，“你都四百岁了，上次说换算下来比我大一些？大多少？”

“近十岁。”

“哦哟。”岳茏瞟了他一眼，黎苍看她：“介意？”

“哈哈哈，”岳茏笑着掐他的脸，“四百一十八岁都不介意，还介意十岁？”

黎苍任由她捏脸，岳茏捏了两下又给他揉了揉脸：“疼不疼？”

“你没使劲。”

岳茏使劲一捏，忽地转向他的耳朵一把揪住，果然黎苍的表情变了，僵硬的表情实在太过明显，惹得岳茏一乐：“真的很怕揪耳朵呀！”

黎苍也不恼也不躲，耳朵任由她揪着。岳茏只觉得他的耳朵越来越热，甚至有点烫手，仔细一看，他的耳朵都红透了。

岳茏在他的耳朵上轻轻捏了捏，手指顺着他的耳郭滑下，停留在他的耳垂上，用力捏了捏，轻声问：“舒服吗？”

黎苍神色一震，眸中闪过危险的信号。岳茏敏锐地在他眼中发现了进攻的火光，手上再度用力一捏——

“黎、黎总？”车窗外出现一个人影，见到岳茏揪着黎苍的耳朵，而黎苍的身子已经前倾，就要压上去。

黎苍眼中的火焰迅速退去，将岳茏的手从自己耳朵上拿下来。岳茏悻悻地把头偏向一边，一点也不想看那个人影。

黎苍摇下车窗，公园负责人一脸抱歉："黎总，过山车那边已经准备好了，请进，快请进。"

黎苍发动车缓缓开入公园内，公园内大部分设施都已关闭，四下黑漆漆的，路灯却都亮着，远远望去犹如引路的灯塔，一路照亮他们前往过山车的路途。

车一路开到了过山车下，还没有下车就听到过山车设备启动的声响，岳茏走下车看到过山车已经运行起来，绕了一圈又一圈。

负责人对黎苍说："黎总，您请，您随意，玩通宵这里也有人守着。"

黎苍点头，看向岳茏："去吧。"

岳茏把黎苍一拉："一起去。"

黎苍的表情有些不自在："玩腻了。"

岳茏看出他的紧张，故意说："不是说尽量配合我？这么简单的要求都不配合！"说着拉起黎苍就向入口走去。

黎苍平常一贯轻快的步履明显变得缓慢，岳茏故作不知的样子拉着他开开心心走近过山车，顺手把他推上过山车的座位，亲手把安全设备给他架好，一副幸灾乐祸的样子。

安全员过来检查两人的座位之后，向控制室举了举手，过山车开始缓缓前进，岳茏饶有兴致地盯着黎苍的脸，看着那张脸渐渐变得苍白。

过山车已经爬到了一个顶点，马上就要下滑，岳茏摸了摸黎苍的手："怕的话就握住我的手呀！"

岳茏以为黎苍会拒绝，没想到黎苍迅速握住了她的手，拽得死死的。

"哈哈哈哈！"岳茏大笑，然而过山车忽地下坠，她的笑声顿时变成了尖叫，黎苍的手也迅速收紧，死死握住她，岳茏的尖叫里开始夹杂断断续续的笑声，随着过山车上下翻腾而改变。

过山车转了两圈，岳茏的高分贝一直没停，而黎苍的手越抓越紧，几乎要把她的手握断。等到过山车停下的时候，岳茏见黎苍嘴唇紧闭一脸苍白，握着自己的手还没有松开，立刻对着控制室一伸手，豪迈地喊了一句："再来两圈！"

黎苍很想说一声停止，然而过山车已经再次前行，轰隆隆地朝着高处爬去。黎苍已经闭上眼不想再睁开，而他突然听到一旁的岳茏大喊："黎苍！我喜欢你！我要一直缠着你！”黎苍蓦然睁眼，眼前闪过岳茏的脸孔，头被她使劲一钩，温热的唇就印了下来。

24

岳茏的气息劈头盖脸地砸下来，将黎苍本就一团混乱的脑子震得一片破碎。

而她这一次没有纠缠，在他的唇上啃了两下就迅速离开，紧接着，过山车从高处降落，又急速抬升而再次降落，起起落落翻滚绕圈，仿如他此刻的心情。

这一次过山车停下，控制室的人清晰地看到黎苍摆了摆手。岳茏也没有再继续的意思，虽然她喜欢玩，但连着玩了三遍也有点吃不消。她下座位的时候觉得腿有点发软，死撑着笑话黎苍：“怎么样？是不是特别爽？”

黎苍坐在过山车的座位上没有站起来，脸色苍白得不像话。岳茏看了他一阵觉得不对劲，上前帮他把安全设备解开，见他仍然紧皱眉头，不由得担心地拍了拍他的脸：“还好吗？”

黎苍的神情有些痛苦，岳茏搀着他的胳膊把他扶出来，慢慢地走着。控制室的人有些担心地跑过来：“黎总不舒服吗？”

岳茏点头：“好像不太舒服，这附近有医院吗？麻烦你们开车送一下？”

“可以可以，我立即去安排！哎，黎总从来没玩过过山车，今天这是怎么了？”他立即走到一旁打电话。

岳茏担心地看向黎苍：“从来不玩啊？你刚才怎么不说？我还以为你这种体格至少能转三圈。”

黎苍咬牙回答：“说了……尽量……”

“傻瓜。”岳茏抱住黎苍，“靠在我身上，别费劲儿站着了，等会儿车来了我带你去医院。”

温暖和柔软的触感包裹住了黎苍，他没有犹豫地靠过去抱住她，下巴抵在她的颈窝里。

他的味道充盈在她鼻间，他的力量将她包裹，他从没有这样安然地与她相拥过，疏离和客气是他一贯的态度。而现在，他这样温柔地拥着她，如此贴近，如此驯服，即便是因为他不舒服需要依靠，她的心情也如同一只雀跃的鸟儿，瞬间就飞上了天。

她贪婪地呼吸他的味道。是月下兰的淡淡香气吗？如他一般清新淡雅却带着神秘的诱惑，吸引人一直一直陷进去。

“黎总，黎总？”公园负责人小声地叫着，“车来了。”

岳茏扶着黎苍向车走去。他们一同坐进后座，而黎苍的头又歪在了她的肩上，额头贴着她的侧脸。

岳茏轻声安慰：“很快就到医院了，没关系的，肯定是吓到啦。你恐高吗？我还以为你什么都不怕呢。”她的语调变得有些柔柔糯糯，“能一直这样就好了。虽然我也不希望你难受，可是只有这样的时候你才会靠近我啊。”

黎苍半睁的双眸缓缓闭上，更近地靠近岳茏。岳茏以为他只是不舒服换了换姿势，握住了他的手，他轻轻地回握她，令她微微讶异。

车行进了一段时间遇到红灯，黎苍吩咐：“掉头，去金湾。”

金湾，是他家所在地。

岳茏奇怪地问：“不去医院了？你不难受了啊？”

“好多了。”低音炮在她耳边沉缓发声，“我们回家。”

岳茏的心柔软下去：“好。”

车将他们二人送到别墅门口，岳茏扶着黎苍走向大门，黎苍伸手去按指纹锁却又放下手，打开一旁的设置盒按了几下，对岳茏说：“按上你的手指。”

“啊？”岳茏愣了一下反应极快，“哈哈，这是要我成为女主人吗？”

黎苍抓起她的手，捏着食指按上去。设置盒嘀嘀响了几下，黎苍又按了一些键设置好，说：“你开。”

岳茏将食指按上门锁，门响了两声，开了。

岳茏一阵欢呼：“这感觉真棒！”她对着黎苍就是一抱，在他侧脸上亲了一口，“我们到家啦。”

黎苍一反常态没有反驳，更奇怪的是，他迅速低头在岳茏的侧脸上也印下一吻，才说：“嗯。”

岳茏惊呆。

一直以来她的主动和热切，几乎都没有回应，而眼前，他居然回应了她？

坐过山车的后遗症？玩傻了？

早知道过山车还有这种功效，是不是该早点带他去？

岳茏还在发傻，黎苍已经揽住她的腰一起进入屋内大厅。岳茏毫不客气地也揽住他的腰，笑嘻嘻地说："以后每天都这样，好不好？"

"好。"黎苍搂她搂得更紧，贴在自己已经有些发烫的肌肤上。她攀住他的肩膀奋力一跳，他下意识地接住她牢牢抱在怀里，而下一秒，她的吻再次劈头盖脸又准确无误地砸在他唇上。

她啃噬辗转得毫无章法却分外执着，他的理智似乎稍有回归，头微微偏转想要回避她，她却一把捧住他的脑袋不让他动，更加用力地啃咬他的唇。他抱着她的双臂越收越紧，几乎不受控制地要把她紧紧箍在怀里不能动弹才放心。而岳茏本来是在抱着他死亲，却突然停下了，伸手放在他的额头上："你发烧了？"

黎苍有些迷茫地看着她："我？"

岳茏又探了探他的额头："真的发烧了！好烫！"她从他身上跳下来，扶着他往二楼带去，"去床上躺着休息！我去给你买药，先多喝点水。"

黎苍听话地随着她上楼进入卧室，岳茏一边把他按在床上一边打开被子，还不停叨叨："你怎么突然发烧了？难道是被吓的？不是说你们这个族的人这里也比普通人类强那里也比普通人类强，怎么还没我一个普通人类受得了过山车？"

黎苍坐在床边不知道在想什么，只是看着岳茏。岳茏给黎苍倒了杯水递给他："喝完水就躺下，我出去买药。"

黎苍将水一饮而尽，岳茏已经要离开房间去买药。却没想到刚走到门口，背后贴上来一个怀抱，一把搂住了她，低音炮在她耳边温柔回荡："别走。"

25

岳茏不由自主地颤抖了一下，身后的怀抱完全没有离开的意思，黎苍的脸颊贴在她的侧脸上，热得发烫。岳茏只觉得自己全身的花痴细胞都被唤醒，叫嚣着让自己快点转身扑过去把他抱住，立即吃干抹净！

克制！要克制！

现在乘人之危那还算是个人吗？他在发烧哎！

天哪，为什么我是乘人之危的那个人？我才是女的啊？！

岳茏颤颤巍巍地按住黎苍正搂在自己肩颈处的臂膀，咬牙说："你你你，你回去躺下，我不去买药的话你怎么好？都这么烫了。刚才应该去医院的。我先出去了啊。"她挣脱他的怀抱，却一下没有挣开又被他揽回怀里，皮肤的温度更滚烫，像是马上就要把自己烧着。

岳茏回身想抱住黎苍，却看见他通红的脸和一双略带虚弱的眼眸。她摸了摸他的额头，似乎比刚才更烫了，她摇了摇头深吸一口气，把他往床上推搡过去。黎苍没有用劲任她推着坐在床边，又由着她推倒自己盖上薄被，听见她说："乖乖等我回来。"

黎苍没有再反抗，点了点头。他在她面前从未展现过这种带着病弱的顺从，令她心底一颤。她愤愤地命令："闭上眼睛睡觉！"

黎苍看着她的眼神里有种不舍。

不舍。她没有看错。

她不知道这种情绪从何而来，觉得自己需要立即逃离这个暧昧的现场，不然她不能保证下一秒她是不是真的会爱上他。

岳茏离开一阵后，黎苍的手机响起，接起来是樊澄的声音："病了啊？刚看到你那小丫头提着一袋子药正在往回走呢，"樊澄笑起来，"你还会生病？"

黎苍沉默了一阵，说："坐了过山车。"

樊澄受到了惊吓："为什么去坐？疯了吗？"樊澄反应过来："小丫头要求的？你可真是舍命陪美人儿。"

"还有别的事吗？"

"关心你呢！你什么时候病过啊？跟狼人最惨烈的那一仗，你也不过躺了半天。"樊澄叹气，"过山车不是说再也不坐了吗？那玩意儿一坐你就失控，身体还会发烫吧？小丫头是不是以为你发烧了？"

"是。"

"怪不得去买药了。你是不是吓唬她来着？"樊澄阴笑，"你故意的吧？是不是忍得很辛苦憋得很难受？过山车一绕就给你绕出来了？"

黎苍垂下眼眸不说话，樊澄几乎以为他要挂电话了，他却说："差点没有忍住。”

樊澄更震惊了，声音却充满了八卦的欢快：“怎么没有忍住？差点干什么了？难道你这次没有被扑，而是自己扑上去了？！”

黎苍沉闷地叹气，忽然眼神一动，说：“她回来了。”立即挂了电话。

樊澄在电话那头叫：“重色轻友这就开始了吗！”

岳茏推开门进入屋内，到厨房倒了温水，拿着药上楼。黎苍仍然躺在床上，见她进来就看过来，眼中的情绪又恢复了淡然无波，只是与以前不同，这些平静之下的暗涌，仔细一瞧就能看出来。

但岳茏自己正在心虚，脑子里还在想着要不要乘人之危，压根儿没注意黎苍眼底隐藏的波澜。她把药递给黎苍，扶他坐起来喝下去，摸了摸他的额头：“好多了？好像退烧了呢。”

黎苍靠在床头静静看着她：“心情好了吗？”

岳茏一瞬间有些感动：“就是为了让我心情好点，所以就算自己害怕得要死，也陪我坐过山车吗？”

黎苍微微发窘：“不是害怕。”

“还嘴硬？”岳茏戳他的额头，“刚才那么烫，不是吓出来的？”

黎苍没有再辩解：“那不是发烧，我没有生过病。”

岳茏惊讶：“没有生过病？从来没有？可我看你也吃饭喝水，怎么会不生病呢？你们那个族的人都不生病吗？”

“不，只有我。因为我的血液跟其他人不太一样。我们族中的每个人，都有一个与其他人不同的能力。”

岳茏的眼睛瞪得更大：“那你可千万不要被别的人知道这个事！不然你肯定就被抓去做研究了！”

黎苍浅笑：“你的重点。”

“啊对，一般人也抓不住你。”岳茏的表情是真的放下心来，又好奇地问，“不会生病，跟血液有什么关系？”

黎苍看了看她：“拿把刀来。”

“干吗？”岳茏出去找了把水果刀来。

黎苍拿着水果刀对着自己的手臂就是一划，鲜血顿时迸射出来，引得岳茏连连惊叫："你干吗？！"

26

岳茏惊慌失措地想要按住他正在流血的伤口，被他一把捉住手腕，语气十分镇定："你等等看。"

"等什么啊？在流血啊！我去拿纱布绷带！"岳茏想跑出去，手腕却被黎苍牢牢握住，他眼中的沉稳令她莫名心安："很快就好，不用去。"

岳茏还想说点什么，但注意力很快就被黎苍的伤口吸引，震惊地看着他那鲜血淋漓肌肉翻出的伤口，正在以肉眼可见的速度愈合，短短几分钟之内，伤口竟然完全愈合了！黎苍的手臂上虽然还有刚才的血迹，但皮肤完好无损，就像从来没有被划伤过一样！

岳茏彻底呆住了。

魔幻片？还是眼花？

黎苍用毛巾擦掉自己手臂上的血迹，轻缓地说："伤口愈合和机体恢复能力不仅比普通人类快数十倍，就连我同族的人，也没有能这样的。其他的族人受伤后，愈合速度只是比普通人类稍快而已。"

"所谓族中最勇猛并且从无败绩的战士，不过是因为我比别人多了一些特殊的能力罢了。"黎苍语气淡淡。

"好神奇！"岳茏握住黎苍的手臂翻来覆去地看，赞叹不已，"这能力真好！要是我也有这能力，遇到贱人就能一顿暴打，反正我死不了！"

黎苍微微一笑，认真地看着她："有了这样的能力，真的会随意打人？"

"当然是遇到贱人的情况下！"岳茏张嘴做了一个要咬他胳膊的样子，"喝点你的血就能有这样的能力吗？"

黎苍摇头："不能。"

"那要怎么才能啊？"

"输血。"黎苍顿了顿，"有了这种能力，也不能乱打人。如果正好遇到——"

"你这样有点像长生不老！"岳茏打断他，"你的细胞再生能力肯定很强！所以四百岁了还这么年轻！"她忽然捂着自己的脸惊呼，"天哪！我每天都比你老得快！十年以后你还是这个模样我已经是中年妇女死三八了！”

“别这样说自己。”

岳茏嘟嘴，忽然又笑：“要是输了你的血，是不是也能长生不老了？”

“不能，普通人类只会伤口愈合的速度加快。”

岳茏撇嘴不高兴：“那我以后看起来老你十岁要怎么办？”

黎苍脱口而出：“可以化妆。”

岳茏叫唤：“化妆也不可能把四五十岁的化得像二十多啊，那是要涂一脸厚厚的妆啊，随便动动就跟下雪似的。”她又开始琢磨，“这只怕是要整容啊……”忽然她发觉黎苍的表情不对劲，反应了两秒叫声更大，“你是说你化妆？！”

黎苍又窘：“没有化过。”

“哈哈，我给你化！”岳茏开心地搂住他，“你愿意为了我化老吗？”她凑近他，声音翩跹如蝶，颤动在他的心尖，“是愿意跟我有以后的意思吗？”

黎苍的眼眸中翻涌着千万种情绪，拒绝的话哽在嘴边，无论如何无法像以前一样迅速出口。他觉得自己的额头又开始发烫，迎着岳茏期待的眼神，低沉回应：“如果能有的话。”

岳茏追问：“如果能有的话，你是愿意的，对吗？”

黎苍心里不安，坐过山车的感觉仿佛又回来了，几乎是下意识地回答：“嗯。”

岳茏高兴地抱住他就亲了下去，然而没等黎苍的手搂住她，她就已经跳起来，又摸他的额头：“怎么又烫了？不是退烧了吗？”

黎苍轻柔的眼神覆盖着她：“我没事，过一会儿就好。”

岳茏又给他灌了一杯温水：“白粥你吃吗？发烧就要吃粥呢，我去熬粥。”

黎苍看着她起身离去的背影，语气里带了点笑意：“吃什么都行——我不是发烧。”

岳茏回头，有点生气：“虽然说你能愈合得很快，但割伤自己的时候不疼吗？”

黎苍略笑：“疼。”

“我给你揉揉。”岳茏很不满地重新在床边坐下给黎苍揉手臂，一个劲儿地叨叨，“下次不准这样了，吓得我心脏病都要发了。”

“你有心脏病？”

“就不能突发啊？被你吓出来的。”

“跟你的幽闭恐惧症一样？”

岳茏掐他的手臂：“那能一样吗？你是不是故意找碴？我说的你听见没？”

“嗯，听见了。”

岳茏满意地笑起来，拍拍他的脸：“好啦，我去熬粥，你休息一会儿。”

厨房。

岳茏熬粥的动作十分熟稔，很快撒米下锅，还拌了一盘清爽的凉菜，看冰箱里有一些小米和糯米还有桂花粉，又蒸了几个小米糕。她满意地在厨房里转了一圈，把每个橱柜都打开到处看，几乎翻遍了厨房的每个角落。黎苍不知道什么时候走进厨房，看着她四下翻找，奇怪地问：“找什么？”

岳茏回头看着他笑：“女人的痕迹。”

“没有那种东西。”黎苍看她，“不是应该在卧室找吗？”

“卧室这么明显的地方，要是有肯定也被你清理干净了，厨房是最明显的啦。比如有女人用过的勺子筷子和碗，女人都喜欢买好看的碗筷呀，还有漂亮的围裙。”岳茏还是什么都没找到，笑着走向黎苍，“我能买自己喜欢的东西放在这里吗？”

“当然。”

“为什么是当然？”岳茏抓住黎苍衣服的前襟靠上去，“真的成为女主人了吗？”

“男主人和女主人，”黎苍语调平静，“也可能没有任何关系。”

岳茏本来喜悦的脸庞染上了怒色，瞪他：“怎么变了一个人？烧糊涂了吗？”她的手抚上他的额头，皱着眉还没感受出什么，他淡淡地说：“清醒了。”

第三章

其实我不坚强

27

黎苍见岳茏已经有些不高兴，没有继续这个话题，问：“你会做饭？”

“会一点。”岳茏重新去看粥，边搅动粥边说，“做得也不是很好，跟你没法比呀。”

“我不过是时间多，学得多一些。”黎苍像是安慰，“你也可以做得更好。”

“你教我吗？”岳茏对他笑。

黎苍又说不出拒绝的话，点了一下头。

“我才不要学呢。”岳茏把勺子递给他，看着他自觉地开始搅动粥，笑嘻嘻地扒在他背后，“你做给我吃不就好了。”

黎苍淡淡地说：“我不在了呢？”

岳茏故意曲解他的意思：“你这个活了这么久的老妖怪都死了，我还能活着吗？你就给我做饭做到我死好了。”她的语气里多了点醋意，“等我死了你还可以去给别的小姑娘做饭。”

黎苍暗暗叹气，岳茏也没再多说，开始把凉菜和碗筷摆在餐桌上。黎苍发现餐桌的桌布换了，从前素雅的纯色桌布换成了一块印有深邃星空的桌布，格外显眼。

岳茏见他看过来，得意地拍了拍桌布：“好看吗？刚才顺手在一个小摊上买的，我好喜欢，你喜欢吗？”

“好看。”

“问你喜欢吗？”

“不喜欢就不会觉得好看。”

“谁说的呀，柏月也长得好看，但你不喜欢她。”岳茏笑嘻嘻的，“还是说，你喜欢她呀？”

黎苍舀了一碗粥放在她面前，语气不容置疑：“她不好看。”

“那我——”岳茏想问的话被黎苍夹起的一筷子凉菜堵住，她瞪眼看着他，使劲嚼了几口，气鼓鼓地说，“你不想回答啊，哼。”

“我见过很多好看的姑娘。”黎苍见她的眉头皱得更厉害，补充说，“只是见过。”

岳茏白他一眼。

黎苍继续说：“我很久没有觉得谁特别好看了。”他看进她的眼眸，“你例外。”

岳茏没有想象中的高兴，嘟嘴不太开心：“我预感你的下一句是：‘这都是因为标记。’对不对？”

“我答应过你，不再说这样的话。”黎苍语气中多了些无奈，“但，你不让我说的那些，都是事实，并不会因为不说就不存在。”岳茏接嘴：“那就在剩下的时间里，假装一下吧。”

“假装？”

“假装很喜欢我，假装跟我是情侣，假装对我很好很好，行不行？”

黎苍的喉咙有些发涩：“为什么要假装？”

“因为你说不可能和我有以后。”岳茏严肃地瞪他，“既然没有以后，那我要现在。”

“假装——也要？”

“要。”岳茏的神情简直有些肃穆，“等剩下的时间消耗完了，你离开我了，起码回忆起来，这段时间你对我很好，想起来就会觉得很温暖。不然，我每次想起这段时间的事情，都会觉得很难过，那我们不是白白相识一场？”

黎苍望进她的眼，良久没有说话。

岳茏察觉到他的动摇，走到他面前轻轻靠进他怀里，声音软软地缠绕住他的心：“你不是说当做一个一百天的梦吗？就不能是个好梦？非要是个噩梦你才高兴啊？如果一百天后我真的就不再喜欢你，能断得干脆利索，为什么不在这一百天里让我高兴一点？”她仰头望着他，气息都吐在他的脖颈里，“你是怕我喜欢上你，还是——怕什么别的？”

你在担心自己沦陷，对吗？

岳茏没有直白说出的话，已经回荡在黎苍心里。他的喉头滚了一滚，后槽牙略紧了紧，低头看着她：“我有两个条件。”

岳茏连连点头：“你说你说！”

“一，结束时如果你无法断得干脆，必须同意我的人帮你。”

岳茏眼看着就要暴怒，却还是狠狠忍住：“怎么帮？！”

“我族中有一人，可以抹去记忆。”

岳茏吃了一惊：“还有这种技术？”

“有。你必须同意。”

“我要是不同意呢？”

黎苍移开目光：“必须同意，否则我不会答应你的要求。”

岳茏的心思转得极快——必须同意，看来，如果我不同意，这个技术根本就施展不了吧？她心里窃笑，那到时候就死不同意，看你怎么办！于是她故作生气地哼了一声：“行行行，说第二个条件。”

黎苍似乎有些不便启齿，顿了顿才说：“二，不上床。”

岳茏差点一口气噎住自己，掐着黎苍的脖子叫唤：“这种要求你是怎么提出来的？假装情侣难道不是情侣吗？我是有多糟糕居然让你提出这种条件？”

黎苍抓住她正在又掐又摸的手，正色：“与你无关，是为了你好。”

岳茏半天没有讲话，像是真的被气到了。忽然又笑起来：“你这个不上床的意思，到底是不在一张床上睡，还是不在床上进行某种运动？”

黎苍的耳朵微微泛红：“后一种。”

“那我懂了。我都答应。”岳茏过了一阵看着他：“我答应了，你也绝不反悔吗？除了这两个条件，其他情侣能做的事情你都会做吗？”

黎苍的耳朵红得更厉害：“嗯。”

岳茏哈哈一笑：“好！就这么定了！”她像小兔子一样扑进他怀里，“以后，就不能推开我了哦。”

黎苍任她抱着，低低回应：“嗯。”

“不仅不能推，我一扑向你，你就应该立即接住我，然后紧紧抱住我。”岳茏忽地离开他的怀抱后退几步，笑着说，“再来一次！”

话音刚落，岳茏就再次扑向黎苍。黎苍顿时张开手臂迎接她，一把将她抱了个满怀，紧紧拥住。

28

岳茏开心地靠在他怀里，黎苍低头，下巴枕在她的颈窝，与她紧紧相拥。岳茏在他怀里满足了一阵，又命令："抱起来。"

黎苍依言将她抱起，她的手撑在黎苍的肩头，开心得眉毛都在笑，"吧唧"一个吻落在黎苍的额头上，又命令："公主抱！"

岳茏的身体迅速悬空，紧接着被黎苍稳稳接住变成横抱，岳茏欢呼一声搂住黎苍的脖颈："居然真的这么听话？！"

"答应的事一定会做到。"

岳茏掐他的脸："答应过别的女人什么事吗？"

"没有。"

"四百年了一次都没有？骗谁呢？"

"以前并不与普通人类交往。偶然的交集都没有什么好结果，持续的容貌不变会引起他们的恐慌，没有遇到过真心相交的普通人类。"

"那真遗憾。"岳茏靠在他肩上搂住他，"你的好朋友都是族里的人吗？樊澄他们？"

"嗯。"

岳茏依然在黎苍怀里，黎苍公主抱她已经有一阵子，怀抱却依然稳如磐石。岳茏不肯下来，又担心他累："坐下吧。"

黎苍将她放在椅子上坐好，自己坐在她对面："粥都要凉了。"

岳茏故意瞪他："我是要你抱着我一起坐下，谁让你放下我了？"

黎苍浅笑："吃完。"

"吃完再抱？"

"嗯。"

"哈哈哈哈。"岳茏笑得停不下来，"一变成男朋友你好像整个人都不一样了啊。"她瞅着他，"假装也这么敬业，你一向这样认真吗？"

黎苍有一阵没有说话，只是带着浅笑喝粥，岳茏"喂"地叫了他一声，他答："你总能让我哑口无言。"

岳茏笑："有什么好哑口无言的？怎么想就怎么说嘛。"

"喝完粥早点休息。"黎苍看她，"明天要去上班？"

"要去，已经很久没去了，挺多事的。"岳茏想起跟总监的约定，心里就不太舒服，但想着已经到手的一百万，心里似乎又好过了一点，说，"白蓉的医药费，以后的我来付。"

"小事不必再提。"黎苍见岳茏也喝完了粥，开始收拾碗筷，岳茏美滋滋地看着他端着碗筷走向洗碗台，走过去："我来洗吧。"

"不用。"

"每次都是你洗的话，我会不好意思的。"

"没关系。"

"那，我陪着你。"岳茏靠在一旁就这么盯着黎苍看，笑眯眯的样子。

黎苍的嘴角弯起一个弧度："看什么？"

"你的眼睛里有星星。"她轻柔地抚上他的眼睛，"真好看，我喜欢。"

黎苍叹息："张口就来。"

"不知道为什么，对着你就忍不住想说。"她又笑，"大概是真的太喜欢你了吧。"

黎苍和岳茏一起从餐厅走出去，岳茏亲昵地挽着他的手臂，一同走上二楼，来到岳茏的房间门口，黎苍看着她："晚安。"

岳茏偏头："没了？"她将脸颊凑近了些，正对着他。

黎苍脸上浮现笑意，上前低头吻在她脸上。岳茏没有让他立即离开，一伸手就抱住他，腻歪地说："亲都不亲在嘴上，不开心。"

黎苍淡淡微笑："去睡吧。"

岳茏拉住他的手，委屈地说："一个人睡不着。"

黎苍回握住她的手哄慰："去睡，我就在隔壁，没有人能伤害你。"

岳茏一脸"我又不是那个意思"，但黎苍的眼神十分坚决，岳茏悻悻地"哦"了一声，嘟着嘴进入自己房间。关门的时候又哀怨地看了黎苍一眼，黎苍报以宽慰的微笑。岳茏在门缝里哀怨了半天，黎苍只是微笑看着她。

如此反复了十来分钟，岳茏的门终于关上了。

黎苍的笑意渐渐隐去，整个人都变得有些凝肃。他无声地叹息，一个人在走廊上静默半晌，缓缓推门进入自己房内，在门口犹豫了片刻，反锁了房门。

岳茏在自己房中的浴室迅速洗了澡，站在穿衣镜前照了照。镜中的自己穿着浅蓝色的浴袍，微卷的长发披散在肩上，脸颊红扑扑地闪着兴奋的光。

“OK，就这样！”岳茏对着自己打了个响指，开门走了出去。

她来到黎苍的房门前，轻轻转动门把手。

房中的黎苍就站在门边，神情复杂地看着正在转动的门把手，之后走向床铺躺下，背对着门不去看。

岳茏在外面摆弄了一阵没有打开，本来轻柔的动作开始变得野蛮，把门把手摇晃得咯咯响，感觉下一秒就能被她直接拧下来。很快她直接开始拍门：“黎苍！你居然锁门！”

黎苍没有回答，装睡。

岳茏又叫：“不是说假装情侣的吗？哪有情侣晚上睡隔壁还锁门的？你耍赖！”

黎苍无奈地出声：“你忘记我的第二个要求了。”

岳茏恨恨地在门上踹了一脚，疼得自己龇牙咧嘴叫唤了几声。黎苍一把握住门把手，却听见岳茏已经气愤地回到自己房间，“砰”的一声关上了门。

黎苍那握在门把手上的手缓缓放下，坐在沙发椅内微微皱着眉头。很快，他听见岳茏又打开房门走出去，却没有再敲自己的门，而是走过他的房门下楼去了。

这么晚了去哪儿？

黎苍刚想出门去看看，却听见窗外有响动。他走到窗边，惊讶地看着岳茏的脸出现在窗口，得意地拍窗：“还不打开！我快掉下去啦！”

29

黎苍立即打开窗户，双手抓住岳茏的胳膊轻轻一提，就把她从窗外提到了屋内。岳茏开心地炫耀：“有本事你不要给我开窗户！”

黎苍的语气里带着怒意：“你搬梯子爬上来的？！”

“是呀！是不是很机智？”

“为什么从来不知道怕？！”黎苍的双眼内闪动着怒意，“这么高爬上来就不怕摔下去吗？脑震荡、骨折甚至残废，都不怕吗？！”

岳茏乖乖地听他发火，一副怯怯的样子看着他，声音小了很多：“你会救我的。”

“来不及呢？”

“每次都来得及呀。”岳茏讨好地笑了一笑，又贼兮兮地说，“你紧张我呀？”

黎苍使劲闭了闭眼吸一口气，尽量克制住情绪：“回去睡，不准再爬。”

“哦。”岳茏故意听话地往门口走，边走边说，“可我觉得控制不住自己——你不会锁窗户吧？”

“回来！”黎苍在她身后命令，语气里又带了怒意，却还夹杂一点紧张。

岳茏停住脚步站在门口，仍然背对着黎苍，故意说：“你要是觉得不该救我，看着我趴在窗户上又睡不着，那你就拉上窗帘好了，再戴个耳塞，免得我拍窗户吵你。”

黎苍盯着她的背影沉默。岳茏也不着急，就站在门口摇头晃脑，似乎笃定他会对自己妥协。果然低音炮在身后如愿响起：“你留下。”

岳茏回头瞟向他：“你呢？”

“我不走。”

“耶！”岳茏欢呼地冲过去扑在黎苍身上，“你早说不就好了嘛！爬窗户好累的！”

黎苍拥住她：“下次不会了。”

岳茏开心地从他怀里钻出来，简直像跳水一样往床上一扑，张开双臂邀请黎苍：“好困，睡觉吧！”

黎苍不再多说，躺在她身边，把被子拉过来给她盖上。岳茏瞪大眼睛看着他：“喂，我穿着什么？”

黎苍拉过另一床被子盖住自己，平静地回答：“浴袍。”

“穿成这样你也能这么淡定？”岳茏用手撑大他的眼皮，“我里面什么都没穿哎！”

黎苍哭笑不得地拿开她的手：“哪有这样的。”

岳茏瞪眼：“你嫌弃我如此奔放？你以前的女朋友们都是温柔内敛的小白兔吗？”

“没有。”黎苍把她的手塞回被子里，“我跟普通人类没有交往经验。”

“哦——”岳茏的声音拉长，“那，有几个同族女朋友？”

黎苍浅笑：“也没有。”

“怎么可能？！”岳茏夸张地大叫，“几百年都不恋爱？不无聊吗？”

“恋爱，不该是因为无聊才想谈的。”黎苍的声调平静舒缓，“你都是因为无聊才谈吗？”

“嗯……”岳茏想了想：“也不是，大概是因为有的人觉得无聊才追求我吧。不过通常情况是，聊着聊着就更无聊了。”岳茏又想起了什么，笑着说，“你不是不肯告诉我你谈过几次嘛，今天怎么说了？”

黎苍浅笑：“不告诉你，不知道你又要做什么。”

岳茏笑着捏他的鼻子：“怕了吧？”

黎苍微微一笑：“嗯。”

他的笑容温和清润，透着包容和些许宠爱，眼眸中有光芒流转，分外好看。岳茏怔怔地看了一会儿，忽地凑到他怀里，抓着他的衣服说：“抱着睡，好不好？”

黎苍的身体变得有些不自在，用被子隔住两人，轻轻拍了拍她的后背，虚虚一抱：“睡吧。”

岳茏靠在他的肩膀上，低声说：“你知不知道，我其实没有看起来那么坚强。

“你每次推开我，我都很难过，心酸得跟碳酸饮料似的，一直冒泡。

“可我还是会装作不在意，下一次重新高高兴兴地扑向你。

“你知道为什么吗？”

她抬头看他，他停在她背后的手微微动了动。见他不回答，她复又低下头：“你知道的。”

她向他怀里更近地凑了凑，没再说话也没再动，呼吸声渐渐均匀悠长，就这么睡着了。

黎苍却失去了睡意。他抚上岳茏的脸颊，轻柔得像一阵风拂过，又仿佛一声叹息无言滑落。

第二天一大早，黎苍就被岳茏一个吻啃在脸上，听着岳茏得意地笑着说：“早安吻！开心吗？第一次同床共枕要不要庆祝一下？！”

黎苍其实早就醒了，睁眼看着她笑：“好。”

“答应啦？”岳茏开心地扑在他身上，“要怎么庆祝？”

“你定。”

“啧啧。”岳茏鄙夷地看着他，“果然是没有恋爱过。这种事要女方定？那你就等着挨敲吧。知道意外惊喜吗？”

黎苍了然一笑：“明白了。”

岳茏双眼放光：“那要怎么庆祝？”

“说了，就没有惊喜了。”黎苍坐起身掀开被子下床，整了整衣服问，“想吃什么？”

“你。”岳茏抱着被子笑，抓起一个枕头砸向他，“你肯定不给。”

黎苍接住枕头，声音里带着笑意：“给。”

“真的？”岳茏一骨碌就从床上站起来，俯视着他，“现在就给吗？！”

黎苍一笑，打开房门走出去前留了一句：“等一刻钟。”

岳茏看着他的背影跳起来：“真的吗！那你昨晚在别扭什么？欲拒还迎吗？我一点都没看出来啊！”

岳茏跳下床奔向洗手间，飞快又仔细地洗漱，认真擦了润肤乳，又在衣柜里左挑右挑，穿上一件休闲风的长裙，自言自语：“这个看起来比那些便宜点，撕坏了也不要紧吧？”

岳茏喜滋滋地坐在床边等黎苍，过了一刻钟他却还是没有来。她刚有点烦躁，就听到黎苍的声音在楼下响起：“下来。”

岳茏出门在栏杆边向下看，黎苍站在餐厅入口处：“快下来。”

岳茏略略惊讶，又带着点窃笑说：“你喜欢……在餐厅？”

30

黎苍无奈又好笑地略瞪她一眼：“下来吃早饭。”

岳茏嘟嘴不开心地走下楼：“不是吃你吗？”她三步并作两步地走过去，只见餐桌上的盘子里有五六个三明治，摆在一起露出白色面包的部分，拼成一个方形，方形上面居然用番茄酱画了一个头像，正是黎苍自己。虽然只有寥寥几笔，却一看就知道是他。

黎苍又端来一个碗放在岳茏面前，碗里有两个荷包蛋，荷包蛋上居然撒着芝麻，芝麻拼出了一个“苍”字。

“不是要吃我吗，吃吧。”黎苍好整以暇地坐在岳茏对面，给她倒了一杯热牛奶。

岳茏翻了个大大的白眼给他：“糊弄我，开心哦？”

黎苍居然一笑：“嗯。”

“呵。”岳茏重重出气，拿起三明治狠狠咬了一口，没嚼几下就露出惊奇的表情，“好好吃！一刻钟弄出来的怎么能这么好吃？！这里面是什么，吞拿鱼？”

黎苍浅笑不语，安静地吃着三明治。岳茏吃完一块又抓起一块，眼睛又瞪大了：“哎？金枪鱼？居然每种都不一样吗？”

“嗯。”

“五六个吃不下，我能每个咬一口吗？”

“随你。”

“可是剩下的怎么办，好浪费。”岳茏看着三明治发愁，黎苍接话，“我吃，没关系。”

“我吃剩下的你也吃？”岳茏的笑意荡漾起来，“这么不嫌弃我呀？”

黎苍垂眸喝牛奶，不理她。

“干脆我切开吧。”岳茏拿刀切三明治，每一块都切成两半，忽然手一抖，刀摔在桌上清脆一响，她捂着手指叫唤起来。黎苍立即冲过来握住她的手：“切到了？手拿开给我看。”

岳茏紧捏着手指不放，一个劲儿地哼哼唧唧：“疼，好疼！”

“给我看。”黎苍掰她的手指却又没有十分用力，岳茏还死死捏着她自己的手指哼唧，说：“流血了要怎么办？”

“很快会好。”

“应该给我吮吮。”岳茏把自己的手指塞进黎苍的嘴里，“这样好多了。”

黎苍怔住，含着她的手指愣在当场。她的脸庞近在咫尺，温柔渴切的眼神一如既往地召唤着他，而她身上有他熟悉的月下兰香气，令他不由得放松，不由得忘记了戒备和紧张，竟真的在她手指上细细一吮，他抓住她的手腕从自己嘴里拿开，将她整个人使劲向自己一拉，另一只手搂住了她的后背。

他的脸孔欺下来。

然而岳茏速度更快，像是生怕他反悔，嘴唇碰上去。

黎苍头一次没有任何拒绝地回应着她，只是他的吻轻浅柔和，带着小心和克制，不似岳茏那般强取豪夺，好像有这次没下次一样死命啃噬。而当岳茏感受到他的回应，忽然就停下了攻城略地，动作轻缓了很多很多，静静感受他的吻。

黎苍的吻虽带着浅尝辄止的意味，却令岳茏激动到微微颤抖。她睁开眼睛看他，他闭着双眼似乎动了情。她一瞬间有些想要流泪，不知道这是梦境还是现实，直到他缓缓离开了她的唇，她仍然怔怔地看着他，一动不动。

黎苍轻轻捂住她的双眼，似乎在叹气。岳茏抓住他的手拿开，问：“后悔啦？”

“后悔什么？”

“后悔答应假装我男友，假装很喜欢我，假装对我好。”岳茏故意笑得没心没肺，“刚才那个吻假装得挺好呀，我给八十分。”

不是假装。

话已经到了黎苍的嘴边，而岳茏也在期待这句话，但他终究没有说出口。

说出口又怎样？结局一样不会改变。

岳茏眼中的等待变成失望，却很快遮掩下去：“你知道为什么扣了二十分吗？”她笑嘻嘻地靠近他的耳朵，“下次要用力一点哦。”

黎苍的耳朵红了，头却点了一下，引得岳茏哈哈哈大笑。

吃完早餐换好职业装，岳茏走出别墅没几步，路虎停在她面前，黎苍从驾驶座走下来，在她面前打开副驾驶的车门：“我送你。”

岳茏嘿嘿一笑就坐上副驾驶，笑容满面地看着黎苍坐上来，一勾手挽住他靠上去：“怎么这么好呀？”

黎苍浅笑：“系好安全带。”

“你给我系。”岳茏坐好看他，黎苍俯身过来给她系安全带，岳茏趁机抱住他的脖颈，在他耳朵上亲了一口，“哈哈，捉到了。”

黎苍的耳朵红了个全透，岳茏在一旁笑得开心：“其实呀，我的手没被切到，你别担心。”

黎苍语气平静：“我不担心。”

岳茏倒是恼了：“为什么不担心？”

“当时，没有一丝血腥味。”黎苍瞥了她一眼，似乎又想起了那个吻，两人一时都有些脸热。

“哈。”岳茏干笑了几声，“忘了你属狼的，嗅觉味觉肯定比一般人灵敏多了。”

“别再开这种玩笑。”黎苍的语调严肃了很多，“总会失手。”

“无所谓，有你就行了。”

黎苍有短暂的沉默，之后说：“会疼。”

岳茏挑唇坏笑：“我是疼，你也疼吗？”

“疼。”

岳茏没有料到黎苍真的会这样回答，一直盯着他看。黎苍看了她一眼又看向前方：“我要开车。”

“你开你的呀，我又没抓你的手。”

“你在看我。”

“嗯，看着呢。”岳茏故意装作不明白的样子，“看着又怎么了？”

“分心。”

岳茏心头一甜：“哎呀，你今天怎么这么会说情话？”

“没有说。”

“刚才还说了！”

“哪一句？”

岳茏的笑声带着满足的暖意：“每一句。”

31

车停在岳茏公司楼下，岳茏不急着下车，伸着脸等着黎苍来吻。黎苍在她侧脸上轻轻落下一吻，岳茏称赞：“悟性极高！你经过我的调教，以后绝对是个响当当的情圣！再去拿下哪个姑娘都不在话下！”

黎苍的脸色沉下去，岳茏故意当作没看见继续说：“不过要等我死了以后哈！反正你又不会老，不耽误的！”

岳茏呵呵地笑着打开车门跳下车，黎苍低沉的声音在身后响起：“我跟你没有的，跟别人更不会有。”

岳茏扒住车窗边沿：“这是在说只想跟我有吗？”她歪头看着他笑，“有什么？”

黎苍看她一眼：“下班我接你。你公司的事，不想做的就拒绝，不必顾忌后果。”

“我就没顾忌过。”岳茏笑，“大不了就是被炒鱿鱼咯，又不是没被炒过。”她突然叹了口气，“不过没工作就没钱吃饭了，你养我啊？”

“养。”

“噗。”岳茏哈哈一笑，“你看你，情话说得这么顺溜，没有恋爱过是骗我的吧？”

“不是。”

“你养也就只养剩下的这两个多月，那之后我要怎么办？”岳茏见黎苍要开口，又阻止他，“得了，别说你要给我留很多钱，我要你，不要钱。”

已经到嘴边的话只能咽回去，黎苍暗自叹气：“我说的后果不是失去工作，其他更严重的后果，也不用担心害怕。”

岳茏被这句话吸引了注意力，问：“还有什么更严重的后果？”

“类似白蓉的车祸。”

“你也觉得不是意外？”岳茏盯着他，“你肯定比我知道的多，你还知道什么？”

“罪魁祸首是郑总，你们总监也是帮凶，但他的罪证并不明显。要提防的是你身边的方妍。”

“方妍？！”岳茏震惊，“跟她有什么关系？”

黎苍一句话点出关键：“她和薛灿是表姐妹。”

“什么？！”岳茏更为震惊，“怎么从来没听她提过？公司也没有人知道啊？！”

“要是都知道了，你还会相信她吗？”黎苍略微犹豫还是告诉了她更残酷的事实，“白蓉出车祸那天晚上，是方妍以谈剧本为由约她见面的。就在白蓉的车驶向约见的餐厅时，被大卡车撞上，出了意外。”

岳茏惊得说不出话，黎苍叮嘱：“如果方妍约你去做什么，你先答应，不要引她怀疑，之后立刻给我打电话。”黎苍见她有点发愣，又问一遍，“听见了吗？”

“听见了……”岳茏有些泄气，闷闷地说，“真的是我害了白蓉……”

“没有白蓉，还会有黑蓉，谁在这个阻挡薛灿的路上，倒霉的就是谁。”黎苍见岳茏皱着眉头，“收起你的愧疚心。”

岳茏点点头，跟黎苍挥挥手。黎苍看了看她，说：“别人的事情不要往自己身上揽。”顿了顿又补充，“除了我。”

岳茏眼睛一亮：“你今天的情话技能是满点了吗？”她看了看手表，“来不及了，我真走了啊。”

“嗯。”黎苍目送她进入公司大楼，驱车离去。

黎苍开车并没有走远，绕到岳茏公司大楼背后的露天停车场把车停好，就坐在车里。很快有人影闪过，一前一后上了他的车，正是舒广与樊澄。

舒广斜斜瞟着黎苍：“别人的事情不要往自己身上揽，除了我。”

樊澄接嘴：“我养你啊。”

黎苍面上一哂：“听了多久？”

“十来分钟吧。”舒广鄙视地看着他，“怎么从来不知道你说话这么酸？啊呀呀，认识你这么多年，你怎么从来没说要养我啊？”

黎苍无语地闭了闭眼，樊澄接着说：“苍王您这很危险啊，您这一点都不像假装啊。”

黎苍一眼盯过来：“这个你也知道？”

樊澄神色一凛，黎苍命令：“搬到最远的别墅去。”

樊澄撇嘴：“哦。好狠心。”

舒广鄙夷的眼神更甚：“不是说只是守着她不被人占便宜嘛，不让别人占，自己把便宜都占了？”

黎苍没有理会他们俩的揶揄，问：“找我什么事？”

“来看看你啊，”舒广依旧在嘲笑，“我们的苍王谈恋爱了，这等大事还不值得来看看？”

黎苍无语地瞥他一眼，樊澄立即说：“不不不，我是来看那个小丫头的。”

黎苍瞟他：“找她什么事？”

樊澄神色又一凛：“没事没事，就是想逗她玩，她挺有意思的。”

“不准逗。”

樊澄一脸“万万没想到”的表情，舒广还不死心地又补了一句：“我也要去逗！”

“你们是不是很闲？”黎苍的眼神已经有了压迫的意思，“没事就走。”

舒广学着岳茏的样子扒在黎苍身上：“不要，我不走，我就要你抱！”

黎苍一掌将舒广掀翻，嫌恶地甩头：“离我远点。”

舒广又装作岳茏的样子翻了个白眼儿，黎苍低斥：“再偷听偷看就给我去密室蹲着别出来！”

舒广倏地闭嘴，缓了几秒又不甘心地说：“你对她那么好，怎么对我这样啊。”

黎苍垂眸：“好不了多久了。”

舒广和樊澄察觉到黎苍的失落，一时都没有再调侃他，黎苍又问：“事情都查清楚了？”

舒广正色：“白蓉遭遇车祸的那个路段有视频，但监控的角度不太好，只能看到是卡车撞过去，看不清楚别的。不过可以肯定那绝不是意外，视频证据已经交给警方了。卡车司机应该能交代出一些东西，牵出幕后主使，但是否能牵出郑伦不太好说。”

“郑伦下手一向黑，年轻时坐过牢，前科很多，买凶杀人这种事对他来说太平常了。”樊澄补充说，“不过眼前的问题不是这个，而是小丫头要带的那个新编剧。”

黎苍挑眉：“怎么？”

樊澄酝酿了一下措辞，舒广已经幸灾乐祸地开口：“是她前男友呀。”

第四章

如你所愿

32

岳茏刚走进办公室，方妍就迎了上来：“你可来啦！”

岳茏打着哈哈说：“下次你也这样休息，让我羡慕羡慕。”

“我可没本事让总监乖乖点头同意休息这么久。”方妍用眼神示意了一下总监办公室的方向，“正等你呢，新编剧就在他的办公室，让你来了就去见见。”方妍凑近她说，“我听说白蓉那边本来付不起医药费要被赶出医院了，结果突然有人给付了，而且以后的医药费也有着落了呢！”

岳茏故作惊讶：“真的？谁付的啊？”

方妍不动声色地仔细观察岳茏的表情，笑着说：“我哪知道，都是听来的，还以为你会有什么消息呢。”

“我哪有闲工夫关心这个。”岳茏向总监办公室走去，“我先过去啦。”

“好。”方妍答应着走开了。

岳茏稍稍松懈，进入总监办公室。

“来了啊。”总监见岳茏走进来，对她介绍，“来认识一下，这位就是以后要跟你学习的新编剧郭洋。”

郭洋坐在沙发角落正好被总监挡住，岳茏刚进门的时候并没有注意。而一听到他的名字，岳茏愣了一下。

郭洋站起身伸出手，笑起来特别谦虚，像一个初出社会的大学毕业生那样简单无害：“岳大编剧，久仰，幸会。”

岳茏没有伸手，笑容里带着冷意：“不是退出编剧圈了吗？居然又回来了？”

总监讶异地问：“你们认识？”

郭洋笑笑：“认识，还挺熟的。”

岳茏冷哼："不熟。"

总监的目光在他俩之间睃巡了一阵，笑了笑："认识就好，以后工作起来也方便。小岳，你手上的项目带着郭洋一起做，让他熟悉剧情，等开机发布会他去参加的时候，被记者问到什么也好说。"

郭洋一直笑得很轻松愉快，令岳茏的火气一下就蹿到脑门，她立即反驳："你怎么不早告诉我是他？！我不同意！我拒绝！"

总监脸色一沉："不是已经说好了吗？你怎么又反悔了？"

"是他就不行！你给我五百万都没用！"

"小岳！"总监已经有了怒意。

郭洋笑着劝慰："没关系，你要多少钱才肯呢？"

"多少钱都免谈。"岳茏怒视他，"我跟你不可能有任何合作！"

郭洋对总监低声笑着说："她还在生我的气，气性真大。"

总监立即会意，哈哈地笑起来："原来如此，那就交给你自己去解决吧。你的办公桌就安排在岳茏边上，好好交流哦。"

岳茏气得咬牙切齿，郭洋已经向门口走去，对岳茏笑笑："我先出去熟悉一下环境，你们聊。"

岳茏见郭洋走出去，立即对总监说："一百万还你，我绝不可能跟他合作！"

"还我？"总监的表情有点云里雾里，"钱已经到账了？我刚让财务去打。"

岳茏愣了愣："才去打款？"

总监点头，说："郭洋以前的事情我也听说过一些，人嘛，哪能不犯错误？人家现在可是华茂传媒的第一红人，谁不巴结着？华茂传媒现在要打造他的编剧品牌，正好我们这个电视剧也有华茂的投资，郭洋可是在那么多剧本里点名要你的本子——看起来是羞辱了你，其实是个巨大的机会。华茂的意向书发来了，这次合作完成之后，下一部电视剧绝对署你的名，将你捧红。"

"他点名要我的本子？"岳茏的怒意更甚，"真是小人。"

总监试探地问："被他抄袭的人，莫非是你？"

岳茏哼了一声表示肯定，总监了然地点头："怪不得。"之后又十分八卦地问，"他额角上那道疤，真的是你用板砖拍的？"

岳茏没好气地白他一眼："这是重点吗？"

总监笑得不怀好意："你是不是对人家还有什么想法，不然能气成这样？"

"抄袭我的作品，现在又要占用我的署名，我对他还能有什么想法？！"

"我可听说他和以前抄袭的那位有点不清不楚，没想到当事人是你。"总监笑，"都是成年人，谁还没点儿过去？不要把私人情绪带到工作里来，多想想这件事对你的好处，别让以前那些陈芝麻烂谷子影响你的前途。"总监的表情严肃起来，"你后台有人家硬吗就这样闹？能出头的都是什么样的人，你最好看清楚。该迂回的时候必须迂回，何况这事情对公司有百利而无一害，不允许你拒绝。"

岳茏紧盯着总监："我一定要拒绝呢？"

"他特别点了你的本子要署名，你觉得是什么意思？"总监也盯着她，"他是为什么退出编剧圈，又是为什么能回来，你自己掂量掂量，别没整到别人，反而丢了自己的前途！"

岳茏离开总监的办公室之后觉得脑子有些发蒙。从前的事情纷至沓来，令她心绪翻滚，没有片刻安宁。

岳茏最初毕业时应聘到一家影视剧公司，跟着一位编剧老师写剧本写了两年，终于能有一次联合署名的机会，她为此每天加班至深夜，只希望能把剧本打磨得更好。而那时一直在追求她的同公司的编剧郭洋，每天晚上都在公司陪她，甚至在她困倦的时候，替她把一些修改在手稿上的东西输入电脑，帮她整理到凌晨。

即使她对郭洋并不来电，她真的挺感动。

只是她没有发现，她的每一份手稿和修改记录，以及每一次的修改文档，都被郭洋暗暗保存了。

就在岳茏辛辛苦苦一心一意打磨作品的时候，郭洋与编剧老师的来往越来越频繁，岳茏只是感觉到老师对自己越来越挑剔，甚至脾气也比以前坏了很多，却不知道是为什么。终于有一天，编剧老师毫不客气地骂了她，说她犯了一个不可原谅的错误——抄袭。

33

岳龙蒙了，蒙得彻底。

而此时，郭洋拿出了“所有证据”——那些他宣称是他自己修改和创作的剧本以及手稿，声泪俱下地说为了“女朋友”甘愿做幕后编剧，让她成名，而最近因为她的劈腿，他实在是无法忍受，决心为自己争一口气。

岳龙什么都说不出来，愤怒和难堪都不足以形容她当时的心情。她恨自己为什么那么相信郭洋，就任由他帮自己整理文档和手稿而没有一点戒心，还跟他详细地讨论剧情，把自己所有的想法都告诉他，导致他跟编剧老师讨论剧情的时候头头是道，把自己的创意想法都说了出去，而她自己无话可说。

更可笑的是，当时周围的大部分人，选择相信郭洋。

因为郭洋高大帅气的外貌，平时对所有人的和善和温柔，又会做人又会做事，为他赢得了非常多的信任和口碑，而岳龙那时初出茅庐，一心想做出一番事业，突出的才华和偶尔的傲气难免惹得周围一些人不那么愉快，加上郭洋对她的公开追求，引得很多女编剧暗暗嫉恨。

结果可想而知。

编剧老师当场宣布封杀岳龙，而岳龙当时也是年轻气盛，直接从公司茶水间抽了一把菜刀架在郭洋面前，双目赤红地发狠说：“你拍着良心说，到底是你抄袭我，还是我抄袭你。你说一句谎话，我立马剁了你的手。”

周围人都倒抽一口冷气，郭洋也吓得不轻，菜刀压迫在他的脖颈上，因为岳龙气得发抖而导致脖子上已被划出一道血痕。编剧老师立即命令打电话报警，而岳龙的菜刀依旧抵在郭洋的脖子上，恶狠狠地愤怒咆哮：“说！”

接着，真的一刀剁在他正放在桌上的右手上，只不过用的是刀背。

这一剁把郭洋吓得不轻，差点跪在地上，不知道是被吓蒙了还是真的问心有愧，机关枪一样把如何抄袭诬陷岳龙的事情全抖了出来，生怕没有抖干净，还加了很多细节和心理活动。

编剧老师的脸色越来越难看，周围的人也全变了表情。等郭洋说完，岳龙一把菜刀直接摔在郭洋的脚背上，锋利的刀刃正好砸在他的皮鞋上，划出一个大切口。

郭洋灰溜溜地离开了这家公司，而编剧老师也无法再与岳龙共事，只是那位老师毕竟名气大，公司很需要她，就委婉地表示希望岳龙离开，并且给予一定的补偿，联合署名也仍然有效。做完这个项目之后，岳龙也离开了公司。

不过她余怒未消，在与郭洋偶遇于街上的时候，顺手就用板砖给他开了瓢。

杂七杂八的事情像电影一样在脑子里过了一遍，岳龙觉得真是心累。本以为他再也不可能出现在编剧圈，因为那位编剧老师后来也宣布再也不会与此人合作，对他的评价极为负面，其他的影视公司也不可能再录用他，没想到他竟然重新出现，还成为华茂传媒的红人，竟有能力来左右自己的剧本。

无耻的人越来越无耻，果然是人至贱则天下无敌吗？

而现在想这些根本没有用。岳龙要面对的是前途与屈辱的问题，可她又忽然想起黎苍的话："你公司的事，不想做的就拒绝，不必顾忌后果。"

她的心情忽然变得飞扬起来。

黎苍的这句承诺，她很想试试。

岳龙下楼买咖啡，没想到郭洋也在这里。看到岳龙，他熟络地对店员说："加一杯拿铁，双倍糖浆。"

岳龙毫不领情地拒绝，对店员说："我不喝拿铁，要焦糖玛奇朵。"

郭洋看着她笑："改口味了？"

岳龙略瞟他一眼，不说话。

郭洋没有拐弯抹角，直接说："当年的事，是编剧老师的主意。不然凭我那些话，她怎么可能就相信了？你跟着她做了那么长时间，她还能不知道你的能力？"

岳龙诧异地看向他，郭洋笑了笑："她嫉妒你的才华，所以利用了想得到署名权的我。但没想到你那么强硬。"

那位编剧老师，是岳龙一直很尊敬的人。即使当年她误会自己，岳龙也从没有记恨过她。郭洋看了看岳龙的表情，说："你也可以不相信，不过我说的都是实话。"

"事到如今讲这些还有什么意义？"岳龙冷冷地说，"你跟我说这些，我就能同意把现在的署名权让给你？做梦。"

“华茂传媒在业界的影响力你是知道的，如果能得到华茂的力捧，你以后有能力拒绝任何人。”郭洋看着她，“不过是一时牺牲罢了。”

“我不会为你做任何牺牲。”岳茏斩钉截铁地否定，“绝不。”

这时咖啡已经做好，店员递给岳茏。岳茏付钱接过咖啡就准备离开，郭洋又说：“你的事我都知道，虽然不清楚到底傍上了什么靠山，但你的那些后台，比不上华茂的一根手指。这一点，你比我清楚吧。”

岳茏的战斗意志简直被全面唤醒，她看着郭洋笑意如刀：“那麻烦你告诉我，你到底是华茂的什么人呢？我左思右想，他们不可能看上你的才华，也不可能是喜欢你的名声，而华茂老总并没有女儿可以让你勾搭，想来想去——”岳茏的笑意里带了嘲讽，“似乎只有副总能跟你这样的人渣扯上关系。”

华茂的副总是个五十出头的贵妇，一向以喜爱包养各种类型的年轻男人出名。

郭洋一点愧色也无，不在意地笑了笑：“你还是那么聪明，不用点就透了。”

岳茏：“跟你多说一句我都嫌恶心。”

“谈那些有什么用？现在谈的是你的问题。不管我做了什么，我现在也是真心希望你好。只要你同意给我署名，华茂之后的两部大制作，你都可以参与，你应该知道那意味着什么吧。”

华茂之后的两部大制作，一部是与好莱坞合作的电影，另一部是全明星阵容的大制作电视剧，预热期就十分火爆。如果能担任这种制作程度的项目的编剧，就算只是其中之一，那以后的编剧事业必会一帆风顺，起码是一片平坦。

岳茏有两秒钟没说话。

郭洋的笑里带了得意：“你好好想想吧。能不能告诉我，你那靠山是谁？我太好奇了。”

“是我。”低音炮在门口响起，一个高大的身影稳稳地走了进来。

34

岳茏诧异地看着黎苍走近自己，接过她手中的咖啡放在桌上：“这里的不好喝，我们去别处喝。”

黎苍揽住岳茏的腰身贴近自己，犹如一对亲密的情侣。

郭洋冷眼看着，勾唇笑了一下：“这位是？”

岳茏还没想好要如何介绍，黎苍已经开口：“我是茏宝的男朋友，我姓黎。”

茏……茏宝？

岳茏被这个称呼搅得浑身一酥，差点腿软。黎苍的手在她腰上紧了紧，稳住了她。

郭洋明显被酸到了，微眯起眼睛：“黎先生是做什么的？”

“现阶段的主要工作，就是茏宝的靠山。”黎苍对岳茏温柔一笑，岳茏有些呆。

郭洋看不得岳茏那副花痴的模样，语气变得有些不善：“具体是做什么的？你这样说，我会误会你是无业游民。”

“我具体是做什么的，你可以问问华允龄。”黎苍比郭洋高半个头，居高临下地俯视他，带着迫人的威逼感，“她要是回答得不够清楚，你可以再问问华松。”

华允龄正是华茂的副总，而华松是她的哥哥——华茂传媒的最大Boss。

黎苍轻易就说出这两个人的名字而且连基本的客气礼貌都没有，不免令郭洋有些心惊，不敢像之前那样放肆，狐疑的目光在黎苍身上来回打量，却无论如何也看不透。

“岳茏担任编剧的电视剧，就是岳茏的，跟你没有任何关系。”黎苍的语气里带着警告，“你最好不要觊觎任何有关岳茏的东西，否则你会享受到比死还可怕的滋味。”

郭洋听了这一句倒笑了：“哦？我倒想知道知道什么是比死还可怕的滋味？”

黎苍冷冷看他：“生理上的和心理上的，你要先试哪一种？”

郭洋看了看黎苍的体格：“我可是跆拳道黑带三段，你确定要试试？”

黎苍的手直接掐上了郭洋的脖颈，速度快得惊人，郭洋完全没有反应过来就被制住，震惊地看着黎苍：“你，你……”

黎苍手上用劲，郭洋吃痛之下施展功夫踢打黎苍，但黎苍单手制住郭洋的脖颈，另一手看似随意地格挡着郭洋的攻击，郭洋连他的一片衣角都无法碰到，反而把自己累得气喘吁吁。黎苍掐着郭洋的脖颈再次用力，略带轻蔑地说：“三段？九段我也捏死过。”说着手上一丢，郭洋立即坐倒在地。

郭洋猛烈地咳嗽了一阵，黎苍已经揽着岳茏向外走去。郭洋的声音断断续续地飘来：“你等着！喀喀喀……你给我等着！”

岳茏眼中的惊讶一直没有退去，被黎苍带出咖啡厅之后立即开启了无敌赞美模式：“九段你都随便捏死了？你功夫这么厉害？郭洋的功夫我见识过哎，还得过不少全国奖项呢！哎呀你刚才太帅了！”

黎苍一言不发地带着她继续走，岳茏又说：“你怎么知道我跟郭洋正对峙呢？郭洋的背景你也很清楚？怎么你总是比我提前知道？”

黎苍的回答很简短：“有情报。”

“早知道是他就算是五百万我也不会答应！”岳茏停下脚步看着黎苍，“那一百万，是你打给我的，对吗？”

“你不是早就知道了？”

“哪儿跟哪儿啊！”岳茏急切地说，“时间也太恰好了！我还以为是我们总监打给我的补偿费呢！”她见黎苍有些不解，摆摆手说，“算了算了，这都不重要——你为什么打给我一百万？”

“你需要。”

“我需要你就打给我了？”岳茏扑进黎苍怀里，“你真好！”说完又抬头瞪他，“我还需要你跟我做点别的，你怎么不给？”

黎苍语塞，岳茏笑嘻嘻地说：“你出现得真及时，我正不知道要怎么反驳他才能有那种气震山河的效果，哈哈，你一来就立刻霸气威武了！下次见到他，狠狠揍他！”

“不过，”岳茏又有些担心，“华茂传媒在这个圈子里真的是大佬，得罪了华茂恐怕我以后真的不用做编剧了，你真的认识华茂的两大 Boss ？”

“不认识。”

“啊？！”岳茏惊讶地张大嘴巴，“刚才都是吓唬郭洋随便说说的吗？”

“我不认识他们，他们认识我。”

岳茏一把掐住黎苍的脸：“啊呀！说话不要大喘气啊！”她八卦地笑着，“华茂这么大的树，也有你浇过的水？你不要太可怕啊！”

“哼，等郭洋回去问过他那位富婆，就知道我的厉害了，”岳茏脑补着笑出声来，“你说，富婆会不会因为他得罪了你而立即甩了他？你到底有多大能耐，能让华茂也对你忌惮几分啊？”

黎苍一直只是看着她不停地叽叽咕咕，并不多话，眼中有某种情绪翻来覆去，似是在克制，又像是忍耐。此时他终于开口，却没有说出什么来，只是叫她的名字：“岳茏。”

他很少叫她的名字，在她的印象里几乎没有。于是她愣了一下，看向他：“啊？”

然而黎苍还没说话，岳茏又笑起来：“你叫我什么？刚才叫我茏宝来着，再叫一次听听。”

黎苍微窘，却很听话地叫出口：“茏宝。”

他的声音很低，比平时的低音炮还要深沉，夹杂着不可察觉的轻颤和一丝莫名的宠溺，仿如一股电流，瞬间激荡了岳茏全身，令她不由自主更深地靠近他怀里，贪婪地呼吸着他的味道，手伸向他的脖颈向下一钩——

此时此刻，她只想狠狠地，用力地吻他。

黎苍这次却没有听话，他的头没有低下来，而是一眨不眨地望进岳茏的眼里：“岳茏。”

岳茏嘟嘴：“怎么不叫茏宝了？”她感受到黎苍不太对劲，似乎有什么严重的事情要说，连忙认真地看了看他，“叫了两次我的名字，有什么大事要说？”

“有。”黎苍的表情更严肃了几分。

岳茏也做出一副严肃的样子：“你说。”

黎苍似乎仍有些欲言又止，最终还是问出口：“他是你前男友？”

35

“谁？”岳茏有点蒙，但立即反应过来，“郭洋？”

黎苍点头。

“是个屁！”岳茏简直气不打一处来，“他那种人渣怎么会是我的前男友？以前是追过我，不过后来发现都是想利用我。当时虽然也有一点点感动啦，但我没想过跟他成为恋人。”岳茏摊手，“不来电，没办法。”她又恨恨地说，“我怎么能跟这种人渣抄袭狗来电？我可是原创界的代表！”

黎苍的表情明显轻松下来，甚至带着一些掩藏不住的愉悦，手也轻快地搭在岳龙的肩上，揽着她走。岳龙突然想起什么停下脚步：“我还要上班呢，你带我去哪儿？”

黎苍抬手看了看表：“去吃午饭。”“好呀。”岳龙见黎苍又很熟练自然地揽住自己的肩头，开心地靠近他，“去哪儿吃？”

“微格。”

“中午随便吃点吧，不用去那么贵的地方。”

“不贵。”

岳龙笑着挽住黎苍的胳膊：“忘记我傍了个大款！走！”

微格餐厅离岳龙的公司不远，是这写字楼集中的繁华地段最为出名的十家餐厅之首，岳龙只来过两次，还是跟着公司领导与重要客户会面时才来的，知道里面的菜品贵得令人咋舌，却也好吃得让人想咬掉自己的舌头。

午饭时间这里通常是客满，现在只剩下二楼偏厅还有位置。黎苍却说：“顶层花园还有位置吗？”

服务员热情地回应：“还有的，不过服务费会多收百分之四十。”

黎苍点头，服务员立即引领两人进入直升顶层的电梯。岳龙在电梯里小声地问：“干吗非去顶层？二楼就挺好的呀！”

黎苍对着她浅笑：“幽闭恐惧症没发？”

岳龙立即靠在他身上，故作紧张地闭眼：“天哪，发作了！”

黎苍的笑意更深，任由岳龙靠近自己。服务员十分贴心地询问：“这位女士不太舒服吗？我们这里有专门的医生，我等会儿为您叫来。”

黎苍客气地回应：“不用，我就是医生。”

到了顶层花园，岳龙满意地看着周围的环境，又看向黎苍：“喂，你也会骗人啊？居然说自己是医生。”

“我是你的医生。”黎苍面不改色地看着菜单，声音浅浅淡淡却带着笑意，“专属的。”

岳龙讶异地张了张嘴：“你你你，情话张口就来啊！”

“你的幽闭恐惧症只跟我在一起的时候才发作吧。”黎苍抬眼看她，“那我还不是专门能治你的医生？”

“你是专门诱发我的病因。”岳茏笑着白他一眼，“搞清楚因果关系。”

“差不多。”

岳茏笑得很舒心：“我发现啊，自从你开始假装喜欢我，装得可是越来越自然了。”

黎苍略略垂眸，微窘之中带着些许失落，再抬眼时已是温润平和。他将菜单递给岳茏：“我点了几个特色菜，你看看还有什么需要的。”

岳茏推开菜单：“你点就行啦，我负责吃。”

黎苍把菜单递给服务员。岳茏看他熟练的样子，问：“有名气的餐厅你好像都很熟啊？带过多少女人来吃饭呀？”

黎苍的眼中沾染了笑意：“两个。”

岳茏瞪大眼：“谁？！”

黎苍的唇边带了促狭的微笑：“我母亲。”

“哦。”岳茏的脸色缓和很多，又瞪眼，“那还有一个呢？”

“你。”黎苍望向她的眼神柔润如水，仿若潺潺清泉。

一直盯着他准备吃个醋发个火的岳茏被这个回答震住，一时没了声音。黎苍的目光轻柔地覆盖在她身上，欣赏着她难得的哑口无言。

岳茏端起杯子喝了口水，轻声问：“现在还经常跟妈妈一起来吗？”

“她过世了。”

岳茏顿了一下：“抱歉。”

“没关系。”黎苍浅笑，“很多年前的事了。生老病死是很正常的事情。”

“生老病死？你们也会有？”

“我们只是寿命比你们长一些，其他方面基本一致。”黎苍强调，“我们也是人类，只不过不是普通人类。”

岳茏笑起来：“我又没说你不是人。你觉得我当你是狼妖？”

黎苍也笑：“嗯。”

“有时候我真希望你就是一只妖。”岳茏缓缓地说，“妖就不会顾忌那么多了吧。”

黎苍的目光依然温润如水，静静地望了她一阵，右手忽地覆在她的手上，轻轻握住，目光深沉地看着她。

岳茏也安静地看着他。

他什么都没说，她什么都知道。

他抱歉，他无奈，甚至也许有什么苦衷，但都无法说与她知晓。她注定是他漫长生命中的过客，他能给予的只有这些，也只能是这些吧？

他们本不该相逢，更不该有这些羁绊。

这些天来她对他的纠缠，他都照单全收，她虽然知道有他的承诺在其中，却还是痴心妄想将来和永远。

是她太贪心了是吗？恋上另一个世界的人，有这一段美好的日子就已是奢求，还在盼望着以后？

以为能得到，其实每天都在失去。

有那么一瞬间，岳茏几乎想哭。

然而她却笑起来，以一贯明媚的样子对着他笑："舍不得离开我吧？"

黎苍没有回答，表情已是默认，覆盖在岳茏手上的手紧了紧。

岳茏回握他，在他手上捏了一捏："你们族里有没有那种人，能把一个月变成两个月，两个月变成四个月，然后变成几年的？"

黎苍失笑："哪有这种能力？"忽然明白了她的意思，目光瞬间一黯。

服务员端上了菜品在桌上摆开，岳茏开心地拿筷子夹菜，不住地说："每次来吃都是跟领导还有客户一起，都没有工夫好好享受美食，这里的东西确实好吃！"

黎苍有节奏地给她布菜换碟，浅笑着看她狼吞虎咽。岳茏吃了一会儿突然停下说："最近好像吃胖了。"

"不胖。"

"真不胖？"

"嗯。"

岳茏眨眨眼："你抱我的时候感觉出来的？"

黎苍有些窘，拿起红酒给岳茏倒了一点，说：“健康就好，其他的不重要。”

“我胖到一百五十斤你也喜欢吗？”

“嗯。”

岳茏笑得奸诈：“你这是变相承认喜欢我？”

“没有变相，”黎苍认真看着她，“是直接承认的。”

岳茏有点呆住：“也对，你发烧的时候说过，如果能跟我有以后的话，你是愿意的。”她笑得更开心，“你早就承认了呢。”

黎苍浅笑，看着她喜欢的菜已经见底，又招呼侍者加了菜。他看似无意地瞟向不远处用餐的人们，对岳茏说：“吃太急了，口红花了。”

“啊，是吗？”岳茏站起身，“我去一下洗手间。”

黎苍目送她走远，继续安静低头吃东西。一个人很快小跑过来，对着黎苍点头哈腰十分恭敬：“哎呀黎总！居然能碰上黎总，这可真是我的运气。黎总还记得我吗？我是宣腾传媒的李霖，几年前在华茂的酒会上见过。真没想到能在这里巧遇您，真是我的运气。”

黎苍放下餐具，轻缓优雅地用方巾擦了擦嘴，淡淡地问：“有事？”

“没事没事，真是不好意思打扰您用餐。”李霖注意着措辞，委婉地说，“刚才看见您的女伴，好像是我们公司的人，她是不是姓岳？”

黎苍语气更淡：“打听我的私事？”

李霖急忙摆手致歉：“不不不，绝不是，就是有那么一点点好奇，想着如果您的女伴在我们公司，那我肯定要好好照顾，好好培养，特别关心……”

黎苍打断了他的话：“她快回来了。她不喜欢我在私人时间谈工作。”

李霖知趣地立即结束谈话：“是是是，打扰您了，真是抱歉，您慢慢吃，这一餐算在我的账上。”

“不必。”黎苍说完就不再看他一眼，李霖急匆匆地退回自己的座位，还不住地往这边看。

岳茏果然很快回来坐下，笑着抱怨：“口红哪里花啦？你骗我呀。现在都会逗我玩了？”

“吃多了走动一下，可以吃得更多。”

“哈哈哈，”岳茏大笑，“这逻辑你是哪里听来的？”

黎苍莞尔："自己想的。"

岳茏看着桌上又多出来的新菜："天哪，你还真又点了一堆？我已经饱啦。"

"慢慢吃，不急。"

岳茏看了看手表："都快到上班的时间了呢。总监已经看我不爽了，早上又惹了郭洋，要是我迟到了，总监肯定拿这个事情说我。"

"你可以试试。"黎苍给她夹菜，"他不敢。"

岳茏吃了几口菜："他可是一切向钱向权看的人，根本不会在乎我这个小透明的心情。"

黎苍垂眸浅笑："尽管试试。"

岳茏探究地看着他："背着我做了什么呀？"

黎苍笑而不答，岳茏也笑："要是试了之后把工作给试丢了，你负责不？"

黎苍抬眼："负责。"

"好。"岳茏得意，"那就试试。"

吃完午饭，岳茏被黎苍送回公司，到达办公室的时候看到自己的办公桌对面正坐着郭洋，他意味不明地看着她笑，见她看到自己就点头算是打个招呼。岳茏不想理他不予回应，直接坐在自己位置上，用闲置的海报在他们之间竖起屏障，连看都不想看他。

郭洋却伸手拿开海报，友好地对她微笑："你那靠山，走了？"

"关你什么事儿。"岳茏再次把海报挡在两人中间，郭洋略带了冷笑："我问过了，华副总并不认识什么姓黎的。"

岳茏心里紧了一紧，面上却冷哼："还真是姘头。你好意思说我都不好意思听。"

郭洋并不恼怒，而是调笑："我期待李总监等会儿好好调教你，让你知道知道人情世故，别那么狂。"

"我狂碍着你了？"

郭洋笑得意味深长："我喜欢你这个劲儿，但也就只能是喜欢而已，你太不懂事了。"

岳茏已经烦躁地站起："拜托你别喜欢我，我觉得恶心。"

郭洋正要说话，肖远谨从门口进来，笑着跟岳芃打招呼：“岳芃，好久没见。”

岳芃平静了一下心情，微笑回应：“是啊，听说你出差去跟项目了，才回来吗？”

“昨天才回来，给你带了礼物。”肖远谨把手里的一个纸箱放在岳芃的桌上，“都是特色小吃，能带的都带回来了。”

岳芃笑着感谢：“麻烦你辛苦带回来，真是谢谢了。”

“搞这么客气。”肖远谨说，“不知道你喜欢吃什么，各种都带了一些。对了，听说你这边来了一个新同事一起跟进你那个电视剧项目，”肖远谨认真地看着她，“据说这个人的口碑很不好，以前还抄袭过，我建议你不要跟他合作。”

肖远谨的视线一直落在岳芃身上，对近在咫尺的郭洋视而不见。岳芃忽然反应过来，立即接着他的话说：“对啊，我断断不能跟他合作，不然岂不是自降身价？我跟抄袭狗势不两立！”

“我也是。”肖远谨认真地说，还故意握了握拳头，“要是有抄袭狗黏上你，你就告诉我，我来把他揍扁。”

“好！”岳芃撸起袖子配合他，“一起揍！”

肖远谨重重点头：“就这么说定了，狗来烦你的时候就叫我。”

“好！”岳芃豪气地大声答应，肖远谨对她笑笑，看也没看郭洋一眼就走了出去。

郭洋的脸色不太好看，但还是嗤笑：“不幼稚吗？”

岳芃根本不回答，自顾自地做事。

总监的声音在门口响起，很客气地说：“岳芃，你能来一下吗？”

37

进入总监办公室，总监没有像往常那样坐在他那宽大的办公桌后面，而是坐在了岳芃对面。岳芃一般是坐在办公桌对面的沙发上，这样无聊的时候能盯着办公桌上那个刻着“李霖”两个字的名牌腹诽，把他诅咒一千遍。

李霖看着岳芃微笑：“跟郭洋的合作，你不想接啊？”

岳芃挺直了脊背：“不接。”

李霖竟然也没有反驳没有嘲笑，点了点头：“那电视剧你还是接着写吧，署名也是你的，没有人跟你抢。”

岳茏疑惑地看着总监，一句话脱口而出：“你没事儿吧？”

“看你说的，能有什么事儿。”总监笑笑，看似不经意地说，“中午饭在哪儿吃的？我看到一个人不知道是不是你。”

“微格。总监你也去了？”

“去了，你没注意到我。”李霖打着哈哈，一副八卦的样子，“我看你有男伴就没有过去打扰，什么时候交男朋友了？瞒得密不透风啊。”

岳茏隐约察觉到什么，强忍住说点什么的冲动，只是笑了笑，什么都不说。这下李霖更确定她就是黎苍的女伴，因为黎苍那样的身份，女伴确实是应该为他隐瞒并且越低调越好。

李霖有些尴尬地笑着：“那还真是要恭喜啊，什么时候带来认识认识。”

岳茏挑了挑眉毛：“为什么？”

“就是关心关心你嘛，领导关心下属不是很应该的吗？”

“都关心到把我的署名权出卖给一个抄袭狗了呢。”岳茏越发觉得可以随意说话，大大咧咧地说，“总监你对我还真好。”

李霖干笑：“那，那不是经你同意了嘛。一百万，也不少啊。”

“给我了吗？”岳茏调侃地看他，“还给吗？”

李霖头大如斗：“既然没有要你的署名权，那就……”

“看你吓的。”岳茏笑，“找我进来到底什么事儿？”

李霖：“以后华茂那边的内容对接，由你来负责。”

“我负责？”岳茏很是吃惊，“这么重要的工作不是一直给你的心腹爱将来做的吗？怎么轮到我了？”

“哎，新编剧也是需要成长的嘛，”李霖哈哈笑着，“多跟华茂的人学习，你成长起来肯定很快。”

“那就谢谢总监了。”岳茏起身，“没什么事儿的话我先出去了。”

“好，去忙吧。”

岳茏回到座位上，郭洋似笑非笑地看着她：“挨骂了？”

“呵，你看他客气成那样，能是骂我？”岳茏盯着郭洋笑，“你是不是太自信了？”

郭洋有些疑惑，他的手机忽然响起。岳茏看着他接起电话，本来还是调笑的表情，听着听着就变了脸色，狐疑地盯着岳茏，然后走出去接电话。

岳茏忽然觉得很有趣，坐在位置上跷起二郎腿等着郭洋。没一会儿郭洋走进来开始收拾东西，看也不看岳茏一眼。岳茏来劲儿了，故意装作好奇的样子问：“哟，郭大编剧这是干什么呢？去哪儿啊？”

郭洋一言不发继续收拾东西，岳茏又问：“不合作啦？”

“明知故问。”郭洋丢下一句拿着东西就准备走，岳茏也不想多废话，只冷冷看着他。

郭洋又说：“听说你那位靠山神出鬼没的，很少有人搞清楚他到底是什么来头，你觉得你能在他身边待多久？”

待多久？

还剩两个多月吧。

岳茏的心情莫名糟糕，一句话也无法回应。

“我知道你心里在鄙视我，我也承认自己并不光明，”郭洋看着她的眼神竟然有些认真，“如果不是在一个圈子里，我们不会是这种结局。”他更深地看了岳茏一眼，“我对你，是有真心的。这句话不为博你同情，因为以后我们不可能再见面。”

郭洋最后说：“希望他和我不一样，不会骗你。”

下班后，岳茏抱着纸箱走出公司大楼，黎苍看见立即上前接过箱子：“什么东西？”

“都是吃的，同事出差带回来的。”岳茏看着黎苍把箱子放进后备厢，两人上车坐好。岳茏不经意地说：“你帮我做了很多事吧？”

黎苍发动了车子，看她一眼：“不多。”

岳茏笑笑：“谢谢。”

黎苍握在方向盘上的手紧了紧，不知道她为什么突然这么客气。岳茏笑着瞟他一眼：“我想着两个月以后我就没有你这个大靠山了，到时候不知道他们会把我整成什么样。所以想着是不是要早点跟你划清界限比较好。”

黎苍咬了咬后槽牙，侧脸的线条明显变得僵硬。岳茏没有放过他任何一个细微的表情变化，又补了一刀：“早点跟你划清界限，早点让他们不要对我那么客气，大概以后整我的时候也会手下留情吧。现在跟他们玩得越久，只怕我以后会死得越惨。”

黎苍的牙咬得更紧了。

岳茏再补第二刀：“省得以后被他们嘲笑我是被你抛弃的女人，那多掉价啊，还是先抛弃你比较好。”

“再说，”岳茏发出终极第三刀，“现在还有个帅气温柔的男人在喜欢我呢，我要是跟你在一起太久了，说不定他就转移目标了，以后想吃这么多零食也没人送了。”

车忽然刹住，黎苍看向她，低音炮里带着醋意：“零食是谁送的？”

38

“同事啊。”岳茏一脸无辜地看着黎苍，“怎么了？”

“肖远谨？”

“对啊，你知道？”岳茏若无其事地点头，“哦对，你见过。”

“他还在追求你？”

“是啊，”岳茏嚼得更香，“一直就没停嘛。”

黎苍沉闷地出气，忽然打开车门下车打开了后备厢把纸箱搬出来直接走向路边，又把纸箱里的东西都倒进了垃圾桶，再把纸箱几下就揉成一团也塞了进去。

岳茏目瞪口呆地看着他行云流水地处理完那一箱零食，再回到车上时似乎恢复了一贯的平静，又发动车子向前开去。

岳茏嚷嚷起来：“为什么扔掉我的零食？！”

“不好吃。”

“你又还没吃，怎么知道好不好吃？”岳茏嚷嚷得更大声，“我觉得挺好吃！再说就那么扔了多浪费！”

黎苍不说话只是开车，岳茏还在叫唤：“我要去捡回来！”

“我给你买。”黎苍瞥她一眼，“更多。”

岳茏嘟嘴："你给我买就买呗，为什么扔掉人家的？"

黎苍不答，但眉头微微皱着。岳茏哼哼两声："我的东西你凭什么扔掉啊？你是我的谁哦？"

车再次停下，低音炮里已经夹杂了怒气："不是男朋友吗？"

岳茏无辜地看着他："假装的。"

"那就变成真的。"黎苍斩钉截铁地下结论，"现在，立即，马上开始。"

岳茏的眼睛都亮起来，表情却故作平静："哦，你说开始就开始？"她嘟嘴，"两个多月后你说结束就结束，凭什么啊？"

黎苍似乎有很多话想要说，眼中翻滚着各种不同的情绪，让岳茏摸不着头脑，而最终他眼中的滚滚波涛渐渐归于沉寂平静，语调里有着以往不曾出现的落寞："我怀疑是你标记了我，而不是我标记了你。"

岳茏明知故问："有什么不同？"

"我抵抗不了你。"黎苍低沉的声音回荡在岳茏耳边，激荡着她的耳膜，"和我以为的完全相反。"

岳茏的呼吸都开始泛着甜意："我看你抵抗得挺好。"

"我能抵抗到现在不是因为我的意志力有多强悍，而是因为你。"黎苍深深看向她，"我要你好好活着。"

岳茏听得云里雾里："什么意思？"

"没有什么比生命更重要。"黎苍不再看她，沉郁而又落寞地看着前方，"你的生命如此短暂，更应珍惜。"

岳茏恼了："我不知道你跟我好为什么跟我的生命有关联，我只知道我就是想跟你在一起！你却总是把我推开！我很不开心！每天都不开心！每天都不开心还不如死了算了，活着的意义在哪里？！"

黎苍额上青筋暴起，眼中沉郁着怒气："不要轻言生死！"

"偏要！两个月后你走就是了，你走我就死给你看！"岳茏不管不顾地激怒黎苍，完全没有形象可言。

黎苍却当了真，忽然发动车子向前疾驰，吓了岳茏一跳。

"我带你去个地方。"黎苍怒气未退，"不准再随便说死！"

车在盘山公路上飞奔。黎苍沉默得吓人。岳茏沉默地盯着前方，偶尔看看黎苍。她不明白他突如其来的怒气，也不知道他现在要带她去哪里。她隐隐觉得黎苍做出了什么重大的决定，而这个决定对他而言一定倍感艰难，还跟自己密切相关。

她很不安，而一丝期待却又在她心底潜行。

车以极快的速度拐进山林深处，一些不知名的小路缭乱了岳茏的双眼。她知道这里是城市的远郊，却搞不清楚这没有任何路牌指示的地方到底是哪里。眼看着树林在道路两旁急速向后退去约莫有二十分钟，路的正前方出现了一片空地。

空旷的圆形空地像是人为打造，虽然原始却透着一种仪式感。圆形空地仿佛一块低洼的盆地中心，两旁的地势渐高，就像是看台。岳茏不知道这是做什么的地方，只见黎苍毫不犹豫地冲着高台开了过去。

而就在即将接近高台的前一刻，忽然有三个身影唰唰唰地出现在车前不远处，挡住了去路。黎苍一个急刹，岳茏向前一栽，被黎苍护住，没有磕上前方的挡板。

岳茏还没从惊讶中回过神来，眼前一花，黎苍已经下了车，跟前面几个身影争吵起来。岳茏仔细看过去，其中两个人正是之前见过的楚寒、白真，另一个不知道是谁。

另外一个人，正是舒广。

楚寒最先出声："苍王您怎么能带她来这里？！"

舒广语气十分冰冷："昏头了！"

白真还是客气的："苍王快离开吧，等会儿其他人来了就不好收拾了。"

黎苍的声音坚定而冷酷："让开。"

楚寒急得目眦欲裂："宁死不让！"

舒广已经开始撸袖子："有本事打死我们三个。"

白真也很着急，但仍然保持着礼貌："苍王别逼迫我们，您可要为自己多想想，裂骨之刑您也亲眼见过，您没有必要承受这个！她只是个普通人类！何况还是失误才认识！"

黎苍还是那两个字："让开。"

“她愿意像如真那样过一辈子？”楚寒急不可耐，“她那个性子根本不可能！苍王您为什么要为她做这种牺牲？！”

舒广冷哼：“愚蠢。”

白真还要说话，黎苍扫视他们三个：“这是我的事。不想重伤就让开！”

楚寒再也忍不住，几个跳跃就到了车前，一把拉开岳珑这一侧的车门，伸手就将她提了出来，大喝一声：“我立即了结了你这祸害！”

岳珑惊恐地看着楚寒的手刀对着自己劈下。

第五章 如果我失忆

39

岳茏闭上了眼睛准备承受重击，却只感觉到一阵风而没有感觉到疼。再睁眼时就听“啪”的一声，楚寒已经被黎苍摔在了不远处的地上。

黎苍站在岳茏身前护住她，周身散发着怒气：“放肆！”

舒广和白真立即冲着黎苍单膝跪地，垂头致歉：“苍王息怒！楚寒只是一时情急！”

“情急？预谋多时吧！”黎苍怒视着还躺在地上的楚寒，“去密室思过，没有我的允准不许出来！”

楚寒挣扎着半坐，低头应声：“是……”

黎苍看向舒广和白真，刚想惩处，胳膊却被岳茏拉了一下。他回头看向她，她小声地说：“虽然不知道你们在吵什么，不过我看得出来，他们都是为你好。”

岳茏的声音很低，但对于耳力比普通人类好很多倍的天狼族来说，他们都清晰地听见了她的话。

岳茏没有想到这一点，仍然小声地跟黎苍说：“他们都是你的好朋友吧？你不要惩罚他们，不然你肯定会后悔。刚才他们阻止你做的事情，现在如果不进行，对我们俩的关系有很大的影响吗？”

黎苍凝望了她一阵，摇头。

岳茏一副安心的表情：“我听不太懂他们在说什么，但能明白他们的意思——这件事情对你有危险。既然有危险，现在不做吧。”

黎苍凝视她的双眼：“即使做了可能会达成你的心愿，也可以不做吗？”

“你有危险的事，不做。”岳茏的回答坚定干脆，没有半点犹豫。

黎苍的心底涌动着柔情，眼中波光闪耀。岳茏目光灼灼地看着他：“你这么强大的人都会有危险，一定是很可怕的事。裂骨什么的，听起来就很疼。”她双手握住他的胳膊，定定看着他，“我们回家吧。”

我们回家吧。

黎苍被这句话震得内心一片柔软，却又遗憾地看向圆台。舒广和白真一直没有说话地垂头跪着，此时不免抬头看向岳茏。岳茏却傲娇地轻哼：“我可不是为了你们。”

白真一笑，舒广“嘁”了一声，立即低头，不想跟岳茏对视。

黎苍全身的怒火已经消失不见，仿佛岳茏能灭他一切火焰。他看向楚寒，对白真和舒广吩咐：“好好带回去养着。”

“是。”

车缓缓驶出山林，回到盘山公路。岳茏静静坐在副驾驶位置上，望着两旁的景色出神。黎苍看了看她，说：“想问什么，说吧。”

岳茏微微一笑：“如真是谁？”她看向他，“重点没错，我最先关心的是这个好像是女人的人，到底和你有什么关系。”

静默的气氛开始缓和，黎苍浅笑：“她确实是个女人，而且是跟你一样的普通人类。”

“哦？她怎么了？为什么他们说我不会愿意像她一样过一辈子？”

黎苍略略沉默，说：“十几年前的事情了。如真和我们族里的一个男人相爱了，男人陪伴了她一辈子，直到她死去。”

“这不挺好的吗？”

“不是你想的那种。”黎苍有点难以启齿的样子，“他们虽然住在一个屋檐下，但——各睡各的。”

岳茏惊讶：“为什么？！”

“普通人类和天狼族人想要在一起，只有这一种方法。”黎苍目不斜视，似乎有点不敢看她。

“精神恋爱一辈子？”岳茏瞪大眼睛，“怪不得说我做不到！这有什么意思？天天看着肉在眼前不能吃！”

黎苍对她的回答并不意外，却还是略带失落地看了她一眼。岳茏敏锐地捕捉到了他的目光，反问：“你愿意啊？”

黎苍一噎，声音小了很多：“刚才，是愿意的。”

“现在呢？”岳茏凑近他，“现在仔细想了想，还愿意吗？”

黎苍不说话，岳茏哼了一声：“为什么要这样？为什么不能在一起啊？你们的身体构造跟我们有什么不同？为什么不能那啥啊？”

黎苍的耳根开始泛红，艰难地回答：“有过……先例，普通人类死亡了。”

“死了？！”岳茏震惊，“那啥之后就死了？”

黎苍点头。

岳茏彻底傻了。不过很快她就有点欣慰：“这样想来你对我的那些拒绝，心里好受多了。”

黎苍看了看她：“也许是我想多了。标记效力过去之后，你不会再对我有这些执念。”

车开进市区，岳茏问：“如真和那个男人在一起，是不是要去那圆台上进行某种仪式？”

“对。得到族人的认可才行，否则如真会被族人追杀。”黎苍的回答很简单，更多吓人的细节他并不想多说。

“那个男人陪着如真直到她去世吗？然后呢？”岳茏有些紧张，“那个男人还能活很久对不对？”

“他还在。”黎苍的声音充斥着同情和孤寂，“只是已经很多年没有听过他说话了。”

“他……还在怀念吗……”

“他没有办法爱上别人了。圆台仪式之后，他的心完全属于如真，即使如真死去，也如此。”

岳茏震惊地看着黎苍：“还有这种效力？”

“是自愿的。一旦心意改变——”黎苍见岳茏很紧张，没有再说下去，总结性地说，“总之是他自愿的，没有人能强迫他。”

岳茏再次陷入沉默。良久，她问：“已经……想和我一直在一起了吗？”

红灯，停车。

黎苍看向岳茏，眼神认真而笃定：“是。”

岳茏原本寂静的眼神变得活跃而明亮，声音都略带颤抖：“即使永远不能有肌肤之亲，即使我只能在你那么漫长的生命中停留几十年，以后都要一个人孤独地过，即使会跟族人决裂——也愿意吗？”

黎苍没有任何犹豫：“愿意。”

红灯结束，黎苍重新开车上路。岳茏怔怔出了会儿神，轻声说：“即使，标记效力过去之后，我就不会这样黏着你，甚至可能对你疏离，你也愿意？”

40

“如何对你，是我自己的事。”黎苍已经把车开到了别墅门口，停车后看向岳茏，“你不用有负担。”

岳茏故意用手比画了很大一个圈：“压力真的好——大！你们族里那个能消除他人记忆的人是谁？我看要让他来给我消除一下，免得我天天晚上因为这么大的负担而失眠。”

黎苍浅笑：“樊澄。”

“居然是他？”岳茏笑起来，“看起来不靠谱，居然有这么神奇的力量。”

黎苍和岳茏下车走进别墅，黎苍洗手之后开始做菜，岳茏坐在桌边，目光随着黎苍而移动。餐厅里的光线柔和温馨，高大的黎苍那些平时看起来坚毅的线条似乎都变得柔软生动，时光仿佛凝滞在他身上，映衬在岳茏的眼中一片宁静。

家。

这是岳茏唯一能想到的字眼。

父母意外离世后，她以为自己不会再有家，即使结婚仍然是孤孤单单的，毕竟没有直系血亲在身边。可在黎苍身边，她感到安全，感到亲近，发自肺腑地想一直待在他身边。这种仿佛天生的渴望真的都是因为标记吗？

她开始好奇标记失效之后，自己到底会有什么变化。

掩盖住心底涌动的不安，刻意忘却之前在圆台那里的经历，不去想有关生死的问题，只静静看着眼前的男人，在这一刻完完全全属于她的男人。

饭菜很快端上桌，黎苍坐在岳茏身旁，两人安静地吃饭。偶尔岳茏冲黎苍张嘴，黎苍就喂她一口，亲密得与真正恋人无异。饭后，黎苍要去洗碗，岳茏坚持自己来洗，在水池边上忙碌，黎苍靠在一旁看着她。

“等会儿我出去一趟，一个小时左右回来。”黎苍浅笑，“跟你请假。”

岳茏笑得很温柔：“说得好像我是你老婆。”

黎苍伸手抚上她的头顶摸了摸：“嗯。”

岳茏的心忽地使劲一跳，干笑着化解窘态：“不能做真夫妻，谁要当你老婆。”

黎苍的脸上仍然带着浅浅的笑意，只是眸中闪动着些许悲悯，不知是为岳茏还是为自己，也许是为他们两人的命运。

岳茏在别墅门口目送黎苍的路虎离去，向别墅区深处走去，敲了樊澄的门。樊澄开门诧异地笑：“小丫头还想起我了，有点奇特啊。”

岳茏进去坐在沙发上直接进入主题：“黎苍今天带我去了山林深处的圆台，被白真和楚寒，还有一个我不认识的人拦住了。”

“什么？！”樊澄惊诧地跳起来，“带你去了圆台？！居然带你去铭刻？！妈呀！是不是真的？！”

岳茏十分冷静地看着他：“是真的。”她揣摩着说，“但铭刻被阻断了，没有成功。”

樊澄重新坐下大喘气：“没有成功就好，没有成功就好。”

岳茏盯他一眼，他立即摆手：“不不不，我不是反对你们俩，只是吧，这个铭刻，对你们俩都没有好处。”

岳茏很想问到底对黎苍有什么坏处，但又怕樊澄不说，于是深沉地微微低下头，一副伤心欲绝的样子：“如真的事情，我知道，那个死亡的先例，我也知道。”

樊澄立刻转为安慰：“别伤心，别伤心。这不还没有铭刻吗？虽然说你们现在也不能那啥那啥，但苍王还一直在你身边呢，也不会因为铭刻普通人类而受刑，更不会因为你的生命结束就孤单到死，也不可能马上就被你牵着鼻子走连反抗都不行，啧啧，我是一向反对铭刻仪式的，太反男权了。”

岳茏机敏地听出了话里的意思。

那个仪式叫作铭刻。

铭刻普通人类会受刑，也许就是那个裂骨之刑。

铭刻之后，如果一方死去，另一方只能孤单到死。

被铭刻的人对铭刻者有绝对统治权。

黎苍竟然要与自己做一场这样根本没有丝毫公平可言的仪式，如果自己被他铭刻，等自己自然死亡了，他就要一个人度过孤单漫长的数十年甚至百年。她不清楚他的寿命到底有多长，可按照他之前说的换算成普通人类的年龄，他现在算是与她同时代，那几十年过去，他起码还有几十年要活啊。

岳茏心里狠狠一痛。

“如果他铭刻了我，”岳茏抬眼看向樊澄，“我会怎么样？”

“你？”樊澄愣了愣，“不怎么样啊，还是跟平常一样没什么分别。不过我们族人如果偶遇你有危险，一定会出手救你，其他狼族见到你，轻易不敢冒犯你。”

对她，只有好处，没有坏处。

岳茏的心又是一揪。

樊澄见她不说话，打开知心大哥的谈话模式：“所以啊，你别说我偏心，我对普通人类没什么偏见，就是吧——”他直接总结，“跨物种结合是没有好结果的！”

岳茏像是沉思了很久，说：“我来找你，是想求你抹去我这一段的记忆。”

樊澄有点结巴：“哪一段？跟苍王从认识到现在这一段吗？”

41

樊澄立刻否决：“不行不行，我要是私下抹去你的记忆，苍王还不一掌拍死我！绝对不行！你都是他想铭刻的人了，我怎么能抹去你们俩的记忆？这不是找死吗！你就是杀了我也是不行的！”

岳茏无语地看着他：“我杀得了你？”

“你是苍王要铭刻的人，你杀我，我不会反抗的！”樊澄一副舍生取义的样子，“想杀就杀！我绝不会皱一下眉头！”

岳茏一巴掌拍在他肩上：“发什么疯！谁要杀你！”她叹气，“我想抹去的是跟他去圆台的经历。”

樊澄又愣了：“为什么？”

“我害怕自己会害怕。”岳茏的声音带着凄惶，“我怕死。但如果要我跟他精神恋爱一辈子，那还不如死了。”

樊澄还是没明白：“所以呢？”

“从圆台回来之后，他看我的眼神都变了。”

“怎么……变了？”

“不像以前那样戒备克制，看着我的时候就跟男朋友一样。”

樊澄更糊涂了：“那不就是你希望的吗？”

“他这样看我，就好像是看一个战壕的战友，看一个深知他一切弱点的爱人。”岳茏的眉目之间笼罩着浅淡的愁云，“他知道我不可能在这种什么都明白的情况下，还强行扑倒他，就算我自己不怕死，也会顾及他的心情——他比我自己更担心我的死活。”

樊澄的声音瞬间拔高：“你想忘记圆台的事情，忘记自己可能会死，忘记苍王担心你会死，能没有任何负担地去扑倒他？”

“对。”

“对什么啊？”樊澄很不开心，“如果你成功扑倒苍王之后就死了，苍王要怎么办？你想让他愧疚到死吗？”

岳茏看着樊澄：“我死以后，你抹去他的记忆就行了。本来，我就应该是他生命里的过客。”

樊澄哑了，没有想到岳茏会这样说。

“如果我被他铭刻，顺利活到七老八十，他迟早也会面对我的死亡，然后一个人孤寂到死；如果到死我都没能跟他真正相爱一回，我这辈子过得也没有意思。你可以说我太看重那些欲望，可我不愿意两个人一直在一起却永远无法真正接近。我好不容易遇到一个真心喜爱的人，既然命中注定没有办法长久在一起，那我愿意为在一起的日子付出最大的努力和牺牲。”

樊澄叹气：“抹除记忆是需要本人同意的。”

岳茏笃定地看着他：“弄晕他，灌醉他，让他同意就好。这个不难。”

樊澄还是摇头：“这对苍王不公平。他肯定不愿意忘记你。”

“迂腐。”岳茏拍在他的肩膀上，“就不能当作我们俩之间的秘密吗？再说他忘记了就没有痛苦了。”她抬手看了看表，“你快点抹去我的记忆，他就快回来了。”

樊澄抓耳挠腮：“你容我想想，这不是能轻易下决定的事儿……”

岳茏恳求：“求你帮我。除了你没有人能帮到我和黎苍了，你也不想看着他痛苦对吧？”

二十分钟后，岳茏回到家中，很快接到黎苍的电话：“你待在二楼先别下来，等我布置好再叫你。”

岳茏乖乖地待在房间里，竖起耳朵听着外面的动静。房门被打开，似乎有五六个人的脚步声杂沓而来，黎苍低声指挥着他们在做什么，好像有很多东西被搬进客厅，然后就是窸窸窣窣的声响，可能是在布置什么。

又过了一阵，几个人的脚步声离开了客厅，门“咔嗒”一声关上了。黎苍的声音稳稳传来：“出来吧。”

岳茏欢快地打开房门跑出去，从二楼上惊讶地望着一楼的客厅。

客厅中央堆满了各式各样的纸箱子，纸箱子排列出一个心的形状，而纸箱中都装满了各种各样的零食小吃，花花绿绿什么颜色的包装都有，看起来像是从很多不同的地方搜刮而来。

岳茏傻眼：“这，这都是什么？”

“零食。”黎苍站在一旁浅笑，“说了我给你买。”

“这么多？你哪儿买的？”

42

“我认为好吃的基本都买来了。”黎苍随意扫了一眼零食，“有些地方实在太远，一时来不及，也保证不了新鲜度，就没有买。”

岳茏仔细思考了一下这句话的意思，震惊地问：“难道是世界各地都买了一点吗？”

“嗯。”

“我的天！你这是用飞的吗？”岳茏惊讶得合不拢嘴，傻看了半天，问，

“你的特殊能力不会真的是飞吧？”

黎苍笑笑：“想知道？”

“当然呀！”岳茏兴奋起来，“可以展示给我看吗？现在？”

“行。”黎苍说完就冲着岳茏伸开双臂，岳茏不知道他要做什么，却忽然觉得自己身体一轻，双脚离开了地面。

“啊？！”岳茏在震惊中离开了二楼走廊，直接飞向黎苍的怀里。

黎苍稳稳地接住了她，搂在怀里。

岳茏惊魂未定，一脸难以置信。

黎苍轻声笑着说：“这就是我的特殊能力——隔空取物。”

“好可怕！”岳茏一副惊恐的表情抬头看他，很快又笑起来抱住他，“但是好有趣呀！再来一次！”说着她就从他的怀抱里跑出去，噔噔噔地奔上二楼，站在刚才的地方对他伸开双臂，“来！”

黎苍一笑，再次张开双臂迎接岳茏的到来。而岳茏玩上了瘾，再次奔上二楼，这次换了一个姿势，居然自己直接从二楼栏杆翻下来，也没有提前告知黎苍，惊得黎苍冲上一步将她一捞，仍然稳稳地搂在怀里。

岳茏像是玩熟了，在黎苍怀里咯咯地笑，黎苍的语气里带着惊怒：“怎么不说一声？！”

“哈哈，就是要吓唬你。”岳茏搂住他的脖颈亲了一口，跳下来四下查看零食，满意地点头，“哇哦，种类真多呢，好多外国字我都不认识，这些国家你都去过？”

“嗯。你喜欢旅行吗？”

“喜欢呀！不过我只在国内玩过很多地方，国外去得很少。”

“我带你去。”

岳茏回头，眼睛里闪着光：“真的？”

“嗯。”

“可是两个多月里去这么多地方，时间不够呢，难道我要辞职吗？”岳茏自言自语地嘟囔，还随手拿起零食开吃，低音炮在她身后响起：“你愿意的话，有一辈子的时间去世界各地，足够。”

岳茏惊讶地回头：“不是只剩下六十六天了吗？你改主意啦？”

黎苍疑惑地看了看她，淡淡地说：“还记得楚寒吗？”

“楚寒？记得呀，他怎么啦？”

“没什么，出去的时候遇见了，他还问起你。”黎苍仔细看着岳茏。

她大大咧咧地说：“哦，他居然还会问起我，我觉得他挺讨厌我的。”

黎苍的心沉了下去。他借口去洗手间，拨通了樊澄的电话：“你做了什么？岳茏的记忆不对。”

樊澄的声音十分无辜：“没做什么啊，有什么不对？”

“自己交代，还是等我拷问。”

樊澄立马缴枪投降，大略讲述了一下岳茏去找他的经过，总结说：“她那样求我，我一时心软就答应了……小姑娘噼里啪啦掉眼泪，说不想留遗憾什么的……”

黎苍愠怒：“她会死的，你不知道吗？”

樊澄说出岳茏教过他的话，装作无辜的样子摆脱责任：“只要苍王您坚定立场死扛到底，她就不会死的嘛，您对自己这么没有信心啊？”

黎苍气闷得说不出话，樊澄好死不死地追问：“苍王是不是已经很想把她给办……”

“以后再帮她做类似的事情，我就先把你办了。”黎苍摁下电话，语气愤愤。

黎苍从洗手间出来，藏在门口的岳茏一头扎进他的怀抱，笑嘻嘻地抬头看他：“我吃多了。陪我出去散步消食吧。”

夜晚的街道两旁霓虹闪烁，有很多情侣手挽手亲昵地走过。岳茏开心地说着话，黎苍略略低头浅笑听她说，间或插一两句话。

走过广场的时候，有很多人聚集在广场中央，像是在等待什么。有四五个提着花篮的孩子在卖花，很多情侣买了花。岳茏看着那些孩子走过来就开始笑，黎苍已经开始掏钱包。

卖花的男孩对他们笑：“哥哥给姐姐买一枝花吧。”

黎苍也笑：“你的花，我都要了。不过，刚才的话要重说一遍。”

男孩不解：“重说？”

黎苍微笑着低头凑在男孩耳边说了句什么，男孩会意，把花篮里的花都拿出来，用丝带捆成一束递给岳茏，笑得十分开心：“嫂子，哥哥送你一束花！”

“哈哈哈哈，”岳茏接过花大笑起来，男孩接过黎苍递来的钱，黎苍说：“不用找了。”男孩说了谢谢，一溜烟跑远了。

岳茏捧着花依偎在黎苍身边，笑着说：“哥哥嫂嫂的，我嫁给你了吗？”她立即伸手阻止，“别！别问我愿不愿意，求婚可没这么容易！”

黎苍忍俊不禁，抬手想抚岳茏的侧脸：“我心里你已经——”

43

“哎呀！”岳茏忽然跑出去奔向广场中央，黎苍的手停在半空中，看着岳茏正在对他挥手，“快过来！”

黎苍低头自嘲地一笑，剩下半句话咽下肚里，冲着岳茏快步走过去。

黎苍刚走到岳茏身边，广场的地面上忽然冲起很多股水柱，周围的人都开始欢快地大叫。岳茏正好站在一股喷泉上方，水柱顿时就冲湿了她的衣服，喷了她一头一脸，可她哈哈大笑着，兴奋地拉着黎苍在喷泉里面穿行，跟旁边嬉闹的小孩子一样天真调皮。

黎苍被她故意拉到喷泉水柱上方站定，然后被喷泉冲得稀里哗啦。整个广场上的年轻人都在嬉闹，认识的不认识的都闹在一起，跟泼水节似的。

闹了十来分钟喷泉不再喷水，人们三三两两地渐渐散开。黎苍拉着意犹未尽的岳茏向回家的路上走去，岳茏已经浑身湿透，连衣裙都贴在肌肤上，隐约可见里面的内衣。黎苍立即移开目光，脱下外套罩在她身上。岳茏笑着抬眼看他：“干吗？好热呀！”

黎苍见她要脱下外套，连忙搂住她不让她动：“容易感冒。”

岳茏一笑，发觉自己靠在他的胸口，而他的衣服也打湿了很多，此时胸口一片濡湿，她几乎就贴在他精壮的胸膛上，连肌肤的触感都隐约感受到了。

她忽然就欢喜起来，抱住他的腰身，侧脸在他胸口蹭来蹭去，软绵绵地说：“黎苍，我爱你。”

她很少叫他的名字，而在此情此景下，她的声音软糯甜腻，黎苍只觉周身血液瞬间乱窜，下意识抱住岳茏，将自己的唇印在她的唇上。他没有像往常那样浅尝辄止，虽然仍带着克制，却辗转流连缠绵厮磨，甚至撬开她的齿关，像是试探，更像是霸占。

岳茏没有料到黎苍真的会与自己深吻，一时有些愣怔。转瞬之间整个唇齿便被黎苍侵占，她的鼻息之间尽是他的味道，萦绕震慑她的呼吸和感官，令她完全不能自已地紧紧攀附他，仿佛拥抱着整个世界。

也不知道深吻了多久，岳茏被黎苍抱了起来，脚尖都已微微离开地面，他的怀抱太过坚实紧迫，加上他的吻完全不给她呼吸的余地，令她难以克制地喘息。他惊觉她的难受，连忙放开她细细查看，语气中带着不好意思：“没事吗？”

她的双唇嘟起好看的轻微红肿，像是他给的烙印，眼睛闪亮地看着他：“这次给一百分。我的话，你真的听进去了呢。”

他的耳朵全然泛红。

是呢，上次她说“下次用力一点”，他竟然还记得。

不过这不是为了迎合她，而是他忘记克制——但他不会告诉她。

黎苍平复了一下自己的心绪，揽着岳茏向回家的方向走。岳茏靠在他身边，轻声说：“黎苍，我很高兴。”

黎苍揽着她的手紧了紧：“我也是。”

岳茏抬头看他，眼中荡漾的愉悦像是万丈流云：“你会让我一直高兴的，对吗？”

什么提醒、警告、戒备，各种残忍的话，黎苍一个字也说不出口。他迎上她的目光，低音炮只能环绕出一个字：“对。”

岳茏开心地笑着：“就算你是骗我的，我也相信。”

“为什么这么相信我？”黎苍的声音更为低沉，“我与你，甚至都不是同族。你们不是有句话说：‘非我族类，其心必异。’”

“我如果被你骗了，会失去什么？”岳茏笑得坦荡，“被骗财骗色？财嘛，显然我没有你多，色？”她笑得阴险又惋惜，“我倒巴不得你骗色，可惜你就是不肯。”

黎苍略略垂眸，岳茏又说：“大概是我没什么可失去的吧。我现在最怕的就是失去你啦，你可不要抛弃我，不然我在这世上可真的一个亲人都没了。”

黎苍凝视向她：“亲人？”

“对呀，”岳茏抱住他的腰身，头靠在他的胸口，“你给我的感觉，像亲人一样。”

黎苍微微皱眉，想说什么却终究闭了嘴。岳茏抬头看他，笑嘻嘻地说：“我叫你哥哥吧？”

黎苍的眉头皱得更紧：“哥哥？”

“嗯，哥哥。”岳茏抱着他笑，“这样你就没有负担啦，可以安心对我好，不用担心我对你有非分之想，是不是很好？”

黎苍的表情简直有些悲愤，却不知道如何反驳才能不与自己之前说的话自相矛盾。岳茏贼兮兮地笑着靠在他胸前，憋笑都快憋岔气了。

说话间他们已经进了家门，黎苍语调有些生硬：“先去洗澡，你浑身湿透了。”

“好。”岳茏故意认真地问，“哥哥等下可以帮我吹头发吗？”

黎苍噎了一下，咬牙：“可以。”

岳茏喜滋滋地离开他的怀抱走向浴室：“那我去啦。”

黎苍看着浴室的门关上，觉得心里有股无名火正在乱窜。他知道岳茏是故意逗他，但心里就是不舒服，整个脑子里都是“哥哥”两个字，令他烦躁不安。

浴室里的水哗哗地响着，岳茏叫了一声：“哥哥，我忘记拿睡衣了，你帮我拿进来吧。”

黎苍的声音第一次有些走调：“浴室里有睡袍。”

“没有呀。”岳茏欢快地回答，“我上次穿过之后忘记拿进来了呢。”

44

黎苍走进岳茏的房间打开衣柜，在一众睡衣之中选了一件最保守的睡裙。他拿着睡裙走到浴室门口敲了敲门，岳茏的声音带着邀请：“我被沐浴露迷眼睛啦看不见，你放在里面的桌上吧。”

黎苍觉得人生受到了巨大的考验，握着门把手半天没有动。

浴室里水仍然哗啦啦地响着，岳茏又在叫唤：“放好了吗？”

黎苍打开浴室的门，走了进去。

浴室很大，推门进去之后还有长桌和沙发，周边是存放换洗衣物的高低柜组合，再往里走才是沐浴间。因为岳茏要住在这里，又特意配了一个梳妆台和沙发椅。

黎苍把睡裙放在长桌上准备出去，眼神却不受控制地看向沐浴间。宽大的雕纹玻璃上隐约可见岳茏的身影，热气氤氲之间并看不真切，而他的耳朵却全红了。

黎苍迅速向门口走去，却听见“哎呀”一声惨叫，岳茏滑倒了！

黎苍没有多想就冲了过去，一把推开沐浴间的门，看见岳茏坐在地上正在龇牙咧嘴，忍住去看她的冲动，只盯着她的双眼：“摔到哪里了？”

岳茏委屈地揉着头，却说：“腿。”

黎苍此时不仅耳朵红，连脸都是红的，恨不得自己的双眼闭起来，却没办法回避，只是问：“腿怎么样？能动吗？”

“动不了，好像扭到脚了。”

到底是腿还是脚？岳茏说完就有些后悔——逻辑呢？合理性呢？

然而黎苍根本就没有多余的思想去考虑这些问题，眼睛不自在地看向别处，说：“我扶你起来。”他迅速在外间拿了一条大毛巾，上前一把裹住岳茏，顺手将她扶起来就要往外走。岳茏却哎哎呀呀地不肯走，双眼几乎蕴泪，一脸疼得要死的凄惨样子可怜兮兮地看着黎苍：“好疼，走一下下都好疼。”

黎苍在她面前蹲下：“我背你。”

岳茏装模作样地趴向他的背，却又叫唤着脚疼一点也动不了，一脸虚弱地靠在沐浴间的门上。黎苍没再勉强，起身将她打横抱起。

黎苍抱着她往二楼走去，虽然她看起来被毛巾裹得严严实实，但毕竟只隔着一条毛巾，黎苍手中的触感与以往大不相同，导致他有些心猿意马。

岳茏就像知道他的心思似的，两只手还不安分地在他身上游走。黎苍心里仿佛擂起战鼓，岳茏的每一下触摸都像是正打在他的鼓点上，催促他无所顾忌地奋勇向前。

他从不知道，忍耐是这般磨人心神。

他曾为了猎杀一头异常凶悍残忍的狼人而独自卧在雪地三天三夜，那时的忍耐漫长而孤寂，却没有让他感到一丝一毫的折磨与无奈。而今，却像是被百爪挠心，一贯的镇定早都不知道飞去了哪里。

从一楼到二楼，漫长得简直像一个世纪。

黎苍抱着岳茏走到她的房门口，岳茏却死死拽住他：“你不给我擦药吗？

晚上我要是疼醒了怎么办？”

“我会来。”黎苍抱她进屋把她放在床上，取了跌打伤药回来，问：“右脚？”

岳茏伸出右脚，黎苍半蹲在她面前，把她的脚放在自己的膝盖上，打开跌打伤药倒在自己手里，轻轻揉在她的脚踝上。

岳茏微微嘟嘴看着他，见他很细心地给自己擦完药，没好气地说：“你喜欢男人吗？”

黎苍立即明白了她的意思，抬眼望进她的双眸：“你明知道不是。”

“哼。”岳茏白他一眼，“在你这里尝到的挫败感太猛烈了，我的小心脏有点受不了。”

黎苍盖好药瓶站起来，拉过薄被盖在她的腿上：“睡觉。”

岳茏瞪了他一阵，忽然眉目顺从地点点头：“哥哥说的话，妹妹还是要听的，那我就睡了，晚安。”

她说完就真的躺下去盖好被子，眼睛一闭。

黎苍被这个称呼噎得站也不是走也不是，在原地闷闷叹气，还是打算离开。然而刚转身，那个“妹妹”就祭出了撒手锏：“对了哥哥，你看肖远谨这个人怎么样，要是你也觉得挺好的，我就跟他结个婚生个孩子，好歹有个家了。”

黎苍向床前逼近两步，低回的声音里带着抑郁：“我不是你哥哥。”

岳茏背对着他：“呵，那是什么？”

黎苍盯着她的背影，忽然走上前去直接躺在她身边，对着她使劲一搂贴近自己。带有警告意味的低音炮回荡在岳茏耳畔：“就是这个。”

岳茏浑身的毛孔都被这句话炸开，她一个翻身就抱住了他，亲昵又得意地低笑：“我就知道。”

黎苍将她重重扣进自己怀中，下巴抵在她的头顶，收紧怀抱像是要把她融化在自己的怀抱里。岳茏也抱紧他，低声软糯有点撒娇又有些委屈地说：“别再推开我好不好？你喜欢我，我知道的。”

黎苍的手抚上她的后脑，唇贴上了她的额头，轻轻烙下一吻。岳茏惊讶于他的主动和温存，略带小心地回应着他，忐忑地观察他的反应，生怕他突然又停止，或者突然又离开，抱着他的双手搂得更紧。

“岳茏……”黎苍唤了一声她的名字，带着些潮湿的情意。岳茏感受到他这一声呼唤中别样的情愫，抬眼望他："你后悔吗？"

黎苍微怔："后悔什么？"

"后悔标记了我，"岳茏的声音低下去，"如果你没有失手，如果你失误在你同族的人身上，你会不会就不像现在这样纠结了？"

岳茏蹭在他的颈窝里："我是你的累赘。"她委屈地总结，"你的朋友们都这样觉得。"

黎苍没有说话，捧起她的脸，准确无误地吻在她的唇上，强装平稳的呼吸声渐渐粗重起来。

45

岳茏迷醉在黎苍的深吻之中，仿若一叶扁舟漂浮大海，浮浮沉沉不知归路。她感觉到黎苍的手扣在她的后脑上，紧紧拥着她，令她脑子里一片混沌，而渐渐地，她感受到一阵阵热力从头涌入四肢百骸，冲击着她的神经，竟让她有了困意。

黎苍的吻没有停，还如刚才那般热切柔情。而他怀里的人渐渐没有了回应，呼吸悠长均匀起来，竟睡去了。

黎苍凝神看着他怀里的人儿，手指轻轻抚过她那被自己吻得有些红肿的双唇，眸中翻涌着种种复杂的情绪，轻柔地将她搂进怀里。良久，他放开了她，起身离开床榻，给她盖好薄被，走出了房间。

宽大的露天阳台上，黎苍点燃了一支烟。他立在阳台栏杆边，没有目的地向下看着，背影十分孤寂。

阳台下走过一个人，发现黎苍就敏捷地攀着墙壁几个起落跳了上来，笑了一笑："怎么抽起烟来了？"

来人正是樊澄。

黎苍没有回答，沉默地抽了一口烟。

"这都多少年没见你抽烟了？上次你抽烟，是母亲过世的时候吧。"

黎苍点头，再次陷入沉默。樊澄试探地问："吵架了？"樊澄自己摇头："不像。小丫头要是跟人吵架肯定是鸡飞狗跳一直折腾，还能让你在这儿安静抽烟？”

黎苍听到这句话倒是有了点表情，不过是苦笑。

樊澄又问：“小丫头要扑你，又被你拒绝了？”

黎苍抬起指间的烟放在唇边，沉闷地吸着，烟头的光点明明灭灭。樊澄四下看了看，疑惑地问：“怎么没听到小丫头的声音？这大好的良辰，她舍得浪费？”

黎苍言语淡淡：“她睡了。”

“居然睡了？真是不争气。”樊澄嘟囔了两句被黎苍听见，立即迎来一个警告的眼神：“你给她抹除记忆的事，还没找你算账。”

樊澄不死心地说：“小丫头都愿意试试，你就不想……”

锋利如刀的视线直逼过来，震得樊澄不敢直视，略微低下头。黎苍的眼神已经表明一切，樊澄顿时不敢再开玩笑。黎苍不再看他，掐灭手中还剩下的半支烟，深叹：“我打算解除标记。”

“啊？！”樊澄受到惊吓，“你，你不是从不杀无辜的人吗……”

黎苍无语地闭眼。

樊澄仔细想了想，觉得直接杀掉岳茏那是不可能发生的事情，但解除标记不是只有这一种方法吗？另外一种方法只是听说啊，难道……

“不行！”樊澄惊叫：“那绝对不行！传说里的法子能随便用吗？再说那样一用只怕死的就是你了！”

黎苍垂眸：“死不了。”

“你的伤口愈合得再快，在心脏上扎三刀你也得死！”樊澄激动地扶住黎苍的双臂，“你是不是疯了？楚寒、舒广、白真都跟我说你疯了，我还没料到疯得这么厉害！”

黎苍并不回话，但坚定的眼神已经清晰传达了他内心所想。樊澄更是紧张：“你可别犯傻，小丫头再怎么吸引你也不过就是个普通人类，不过是一次失误才认识，你没必要为了一个普通人类搭上性命！”

黎苍挣开樊澄的手：“不要告诉他们三个，你去准备仪式。”

“我不去！”樊澄这么多年来第一次跟黎苍发火，“把你送上死路这种缺德事儿我做不出来！”

黎苍的眼神仍然平静："我并非不会准备仪式，只是太耗费时间。"

樊澄一语道破："既然一分钟都不想离开她，为什么非要解除标记？"

因为自己就快坚持不住。

因为怕她死去。

更因为——仍然执迷地坚信她现在这样黏着自己是因为标记的力量，如果标记解除，她是不是就会立即毫不留恋地离开自己？

这些纠结的心思，他并没有对樊澄轻易说出口，只简单回答："提前解除对彼此都好。"

樊澄气呼呼地瞪眼，还想说点什么来反驳，却和黎苍一起听见了"咚"的一响，像是人撞在地板上的声音。黎苍以迅雷不及掩耳之势打开阳台门冲进屋内，从樊澄身侧路过的时候简直卷起一阵风。

黎苍冲进岳茏房中，果然见到她摔在地板上，像是从床上滚下来的，连带着薄被一起卷在身上。床并不太高，所以岳茏还是迷迷糊糊的样子，并没有完全醒来，揉着屁股在那里哼哼，眼睛想睁开却又没睁开。

黎苍立即上前抱起她重新放回床上，把卷在她身上乱七八糟的薄被拉好，却又在拉扯之中看到了被子里的岳茏——

看见了什么都没穿的心上人，是什么心情？该如何反应？

黎苍只觉得自己的脑子有一瞬间的空白，紧接着不受控制地热血上涌。他飞快地拉好薄被盖住岳茏，却仍然面红心跳，还没等自己平静下来，岳茏已经手脚并用地扒住了他，眼睛仍然没有睁开，嘴里喃喃咕咕："抱……抱……"

黎苍无法判断她是睡着还是醒着，但她的样子显得无助又无辜，激得他心底一片柔软，轻手轻脚地躺在她身边，连着被子一起拥住了她。

岳茏似乎得到了安慰和依靠，凑进他怀里，呼吸又陷入悠长。

黎苍抱紧她，下巴与她的额头相挨，蹙眉难眠。

次日凌晨，岳茏醒来，发现自己枕着黎苍的臂膀，在他的怀抱中。她心里一惊，仔细想了想昨晚的事情，懊恼地发现自己竟然在关键时刻睡着了。

是白痴吗？！

岳茏愤愤地咬牙，还不忘在黎苍唇上啄一口。黎苍睁眼浅笑：“早。”

“早什么呀！什么都晚了。”岳茏不开心，很不开心。

46

岳茏走进餐厅的时候，桌上已经摆好了热气腾腾的早餐。牛奶燕麦粥、鸡肉蔬菜卷、水果、坚果，简单又可口。黎苍坐在桌边等着她，见她走过来就起身给她拉开靠椅，岳茏坐好后赞美他：“真体贴。”

黎苍笑纳了她的赞美，两人一起吃早饭。岳茏吃着吃着就瞟向黎苍：“给别的女人做过饭吗？”

黎苍看着她：“为什么老问别人？”

“因为想证明自己最重要呀。”岳茏直言不讳，“你老拒绝我，我很伤心的呢，自信心已经 down 到谷底了。”

“你对我非常重要，不用怀疑。”黎苍肯定地答复，“与标记无关。”

岳茏眨眨眼：“可惜还没重要到你想扑倒我。”

黎苍不自然地微微低头，以极低的声音说：“没那回事。”可是岳茏并没听清，而她追问，他却并不回答了。

岳茏不开心地继续吃早饭。黎苍又问：“有什么一定要实现的事吗？”他看着她的表情就知道她要问什么，立即补充，“除了我。”

岳茏悻悻地撇嘴：“要是跟我聊梦想的话，那我最希望自己写的东西能拍成影视剧，成为知名作家之后呢，我就做个自己的频道，只播由我的作品改编的影视剧，成为影视界的独裁大佬，走上人生巅峰。”

黎苍认真地听着她的梦想，没想岳茏换了话题，“我想好了，等你抛弃我以后，我就每天找一个男人，只要跟你有点像就行。这样我就不会想你想得难受得要死了。”

黎苍的眼神黯淡下去：“你后悔被我标记吗？”

岳茏没有犹豫：“后悔。”

黎苍的眸子里不出意外地闪过酸涩，岳茏捧起他的脸：“你在失望什么？”

“没有。”

“哈哈，明明就有。”岳茏得意起来，“我可后悔死了，后悔没投胎到你那一族去，太心塞了。”

黎苍的心情好了很多，他继续问：“还有什么想实现的心愿？”

“那些抄袭狗啊，我想整死他们。”岳茏冷哼，“好多抄袭别人作品的人，比被抄袭的人混得还好赚得还多，凭什么啊？”

黎苍莞尔：“打抱不平？”

“我要是会功夫就直接上去把他们给犀利咔嚓了！哪有这样欺负人的？我自己也被抄袭过，那一次虽然说我自己勇猛地解决了，但是看到郭洋这个人渣我还是只有一个想法：揍他！”

黎苍轻笑出声：“知道了。下次我会揍他。”

“哈哈，一起揍！”岳茏开心地笑起来，“你一揍估计他直接就挂了。”

黎苍看她一眼：“心疼？”

岳茏立即反问：“吃醋？”

接着两人一起笑起来，岳茏在黎苍脸上一掐：“你有什么想做的事情呢？活了四百多年，想做的事情，是不是都已经做完了？”

“确实做过很多事，也去过很多地方。普通人穷尽一生也许都无法完成的事情，我都完成了。”黎苍的语气里带着些不自知的浅淡哀愁，岳茏很敏感地听出来，柔声问：“觉得没意思了？”

“生命太过漫长，有些不知所措，甚至怀疑存在的意义。”黎苍语气淡淡，透着些许自嘲的寒凉。

岳茏认真地看着他听他说，很少有这样正经严肃的表情，似乎真的在为他担忧和伤心。

黎苍觉得自己感染了她，伸手揉了揉她的头：“我们族里人都是这样，都习惯了。没有乐趣就自己找点乐趣好了，日子没那么难挨的。”

岳茏还在刨根问底：“就真的没什么没做过的事情吗？一件都没有？”

黎苍略略垂眸浅笑：“我知道你想问什么。”

岳茏的双眼都在发光：“所以，做过吗？”

黎苍轻笑了一下，眼神变得严肃认真：“没有，从没有。”

岳茏不可控制地跳起来：“四百一十八年的老男生吗？！”

黎苍手上的筷子“当”地掉了一根。

岳茏捡起筷子放在他面前，拍拍他的肩："淡定淡定，我不嫌弃你！"

黎苍的耳朵全红了，站起身开始收拾碗筷，打算回避这个话题。然而岳茏语不惊人死不休，又问了一句："四百多年，你忍得很辛苦吧？"

"当"的一声，黎苍手里的勺子掉在了地上。

47

黎苍站在水槽面前半天没有动，良久才开始洗碗。岳茏在他身后默默打量了他一阵，走过去靠在他背部轻声说："真的没有谈过恋爱吗？"

黎苍诚恳地回答："没有遇到喜欢的人。"

"这么多年都没有遇到过？"岳茏惊讶，"就算你没有遇到喜欢的，但肯定有很多人喜欢你呀，追求你的人之中，没有你能喜欢上的吗？"

"有过好感，但喜欢，真的没有。"黎苍的声音更为认真，"爱上就更无从谈起。"

岳茏嘟囔："喜欢一个人不是挺简单的一件事儿吗？"

黎苍偏头用余光看了看她："嗯。"

"那你们喜欢上一个人，跟普通的我们，有什么不一样吗？"岳茏好奇地问，"喜欢上一个人就会标记她？标记要怎么做？"

"我所说的标记，就相当于你们所说的'订婚'。在我的族中，两个人互相喜欢就会在族人的见证下进行标记的仪式，仪式完成之后，互相标记的两个人会得到大家的承认与祝福，并且如果有一方背叛，会受到万箭穿心般疼痛的惩罚，每天三次，三年才会停止。"

"哦！"岳茏恍然，"这个好！要是普通人也有这样神奇的标记仪式，那大概背叛的人会少很多，哈哈。"

"标记仪式很简单，类似你们的'歃血为盟'，交换血液就可以了。"

岳茏贼笑："标记之后是不是就要进入生命的大和谐了？"

黎苍微微脸热："标记分很多种，普通标记是不会的。"

岳茏的声音高了八度："你和柏月还是高级标记？感情这么深？用了最高级哦？"

黎苍微微一笑："是迫于形势的无奈之举。"

“最终还是被你逃脱了，柏月一定气得够呛，所以才想杀了我吧。”岳茏绕到黎苍面前，“那你们喜欢一个人会怎么样呢？除了标记，跟我们一样吗？看到她会心跳加速，看不到会很难过之类的？”

黎苍看向她的目光变得有些深邃：“我们有一个跟你们很不同的地方，所以能清楚地分辨自己到底是不是喜欢上一个人。”

“是什么？”

黎苍忽地将她拥进怀里，将她的头贴在自己心口，胸腔震颤出两个字激荡着岳茏的耳膜：“你听。”

咚咚，咚咚。

他的心跳有力沉稳，听起来无比安心。然而随着她依靠的时间越长，他的心跳渐渐慢下去。

咚，咚。

她隐隐感觉到了什么，欢欣雀跃得不能自已，只听低音炮回荡起来：“岳茏，说点什么。”

她抱住他的腰身，在他的心口蹭了蹭，唤了一声她想了很久却从来没有叫出口的昵称：“苍苍，我喜欢你。”

咚。

这一声过后，黎苍的心跳声久久没再响起。

岳茏震惊又讶异地紧紧靠在他的胸口，估摸着有两三分钟，他的心都没有跳，时间在他这里仿佛停滞了，他的怀抱一片沉静。岳茏忍不住抬头看他，他也正望着她：“问你最想问的。”

最想问的？

岳茏紧张得靠在他身上微微颤抖。他更紧地搂住她，低音炮在她头顶回旋：“说话可以骗人，但心，绝不会。”

岳茏抓着黎苍的衣服，在他心口清晰有力地问：“苍苍喜欢我吗？”

咚。

岳茏抬眼，黎苍微有羞赧，认真地翻译：“是。”

岳茏的心跳更为剧烈，还强撑着保持清醒：“谁信？说不定说的是‘不’。我再试试。”

“苍苍讨厌我吗？”

咚咚。

岳茏瞪眼：“你说‘讨厌’。”

黎苍失笑：“我说的是‘不是’。”

“那谁知道？都是你翻译的。”

黎苍莞尔：“只能回答肯定或者否定，回答不出别的。”

岳茏暗暗深吸一口气：“黎苍会离开我吗？”

她静静地听着，然而胸腔内静如死水。她抬眼看了看他，他的神色倒是一点不急，眼神似乎在示意她静静等待。

她紧张得手心冒汗，他在她背上轻轻拍了拍，像是一种安慰。他的胸腔微微起伏了一下，她立即惊得弹开，连连摆手：“不听了不听了，肯定不是我想听的结果。”

黎苍的双臂还为她敞开着，温润的眼神中充盈着包容与理解，似乎还暗含期待，希望岳茏能听见。而岳茏已经打定主意不再听，又退后了两步。

最终，心里的答案，只有黎苍自己听见。

岳茏看起来有点无奈和难过：“男朋友最重要的一点是什么你知道吗？”

黎苍定定地凝视她，岳茏哼了一声：“安全感。”

黎苍上前几步再次抱住她拥在怀里，低音炮环绕在她头顶，令她笃定又安心：“好。”

岳茏不由自主地抱住他，半是撒娇半带委屈地问：“好什么？”

“给你安全感，”黎苍在她耳边承诺：“我会做到。”

“你真知道怎么做？”岳茏哼哼，“我要的你从来都不给。小气鬼。”

“如果让你有安全感需要做一百件事，我愿意做两百件，除了那一件。”黎苍低沉的声音中带着落寞的遗憾，“原谅我。就这一件事，请你原谅我。”

他的语气没有平时的半分硬朗，柔软得有些无助。岳茏的心都要化成一片汪洋，脑子一热就想答应，然而她忍了忍，说的却是：“我要用你那两百件，换这一件，行不行？”

第六章

嫁给我就知道了

48

黎苍低头看向她："如果标记失效之后你还这样执着，我就答应你。"

"真的？"岳笼兴奋了一下，又歪头审视他，"今天为什么松口了？不太像你呀。"

因为已经打定主意解除标记。

因为解除标记之后，你就不会像现在这样执着。

黎苍隐去心中难言的酸涩，淡淡一笑："你是希望我一直不松口？"

岳笼捶他："哪有这样的！你讨厌！"

黎苍任她捶打，浅笑着揽住她向外走："送你上班。"

岳笼跟着他一起走，抬眼看他："每天都送？"

"每天。"

"每天都接？"

"每天。"

黎苍将岳笼送到公司，打电话问樊澄准备仪式的事情，樊澄在电话那头叫嚷了半天仍然拒绝，黎苍没有打消念头的意思，吩咐他十天之内准备好一切。之后又打电话给舒广，让他加快调查白蓉车祸事件，尽速将郑伦一锅端掉。又安排白真去与华茂传媒方面联系，明里暗里给岳笼各种支持。最后拿起电话打给白真，让他预订城中湖局的位置，晚上要和岳笼一起去。

而岳笼在公司想着黎苍早上说的话——"如果标记失效之后你还这样执着，我就答应你。"这是什么意思呢？他怎么会突然动摇？

臣服在自己的魅力之下啦？！

岳茏自己都觉得好笑。他那样一个有着四百多年阅历的人，怎么可能突然就动摇了？

标记这个事情，他似乎很在意。总是觉得标记期过去之后，她就真的不会喜欢他了。

呵，有点傻。

标记期结束了，难道她就失忆了吗？

“蠢萌。”岳茏自言自语，然后拨通了樊澄的电话，找他要一种东西。

一种可以让男人臣服的东西，天狼族特有的植物。

下班的时候，黎苍发现岳茏换了一件衣服。吊带镂空长裙，优雅中透着小性感，连鞋子也不是早上那双小白鞋，而是与长裙的颜色和风格都十分搭配的高跟鞋。黎苍不免多看了她几眼，岳茏笑：“是不是很好看？”

“嗯。”

岳茏笑得开心：“这还是以前参加华茂年会的时候买的，贵死了，平时也穿不上，好浪费，我就一直放在公司了，想着有什么事情要穿的时候就不用回家换了。”

黎苍点头：“那就先去买衣服。”

岳茏：“啊？”

49

黎苍驱车带岳茏来到市中心的一家独栋服装店，以量身定制高端礼服出名，很多明星都是这里的常客。黎苍揽着岳茏的肩膀，她穿了高跟鞋高了不少，得意地说：“今天我要是想亲你，不用再钩你的脖子了。”

黎苍莞尔，揽着岳茏走进店门，立即有店员上前：“黎先生来了，这边请。”

黎苍：“麻烦你先帮我拿一双女式拖鞋过来，要新的。谢谢。”

边上的店员立即去拿拖鞋，岳茏望向他：“要拖鞋干吗？”

黎苍不答，而是问店员：“更衣室在哪边？”

店员指引他们进入更衣室，递上了一双新拖鞋，退了出去。更衣室内陈设奢华，都是暗紫色的欧式风格。黎苍让岳茏坐在沙发椅上，自己蹲下给她脱掉高跟鞋，换上了拖鞋。

岳茏惊讶地看着他给自己换鞋，满脸都是感动和疑问。黎苍给她换好鞋，抬眼看她，解释：“拖鞋舒服。”

岳茏笑，又撇嘴：“高跟鞋好亲。”

黎苍站起身，有些不好意思：“什么鞋都——”他实在是说不出“好亲”这两个字，转而说，“我会配合。”

岳茏也站起来，穿着拖鞋的她比他矮了大半个头，只在他肩膀上冒出一点，她仰头看着他：“干吗长那么高？都快一米九了。你看这样想亲就好艰难！”

黎苍低头吻她，一秒钟都没犹豫。

岳茏微微诧异之后就投入到他的亲吻之中，他对她仍是一贯妥帖温柔，只是这次带着某种深切之意，在她的唇齿之间辗转来去，似乎要将她的每一寸都仔仔细细揣摩清晰，深深烙进他的脑海永不忘记。

岳茏被他吻得浑身酸软，又被他抱了起来。然而店员的声音在更衣室外响起：“黎先生，需要什么帮助吗？”

黎苍缓缓放开岳茏，耳朵又红了，对外面应了一句：“没事，马上出来。”

岳茏盯着黎苍笑：“你有预谋的吧？不然为什么刚才要到更衣室来？外面也可以换拖鞋呀。”

黎苍浅笑不语，打开更衣室的门，牵着岳茏走出去。店员礼貌地询问：“不知道两位今天打算看一些什么样风格的礼服呢？”

岳茏有点蒙，看向黎苍：“我们是来挑礼服的？”她凑近他小声道，“我没说要买啊！”

黎苍对店员说：“给她挑各种场合需要的各种款。”

“好，我去准备，麻烦二位稍等。”店员脚下生风地去忙了。

岳茏：“这里超贵的，有钱也不能这样撒吧？何况我也不需要这么多礼服，我没有什么时候需要穿。”

黎苍浅笑：“等你登上人生巅峰，就经常需要了。”

岳茏不由得笑了：“那可太难了。我们走吧，我饿了要吃饭。”

“不是你要买，是我要送给你。”黎苍看着她，“这样行吗？”

岳茏眨眨眼：“为什么要送我？”

“庆祝。”

“庆祝什么？”

黎苍的声音放低：“之前你说第一次什么什么，要庆祝一下。”他见她还是呆呆的样子想不起来，再次莞尔，“自己想。”

岳茏皱眉想了想，还是没想起来。五六个店员走过来，每个人都推着一组长架，上面挂满了各种款式的礼服，搭配的鞋子也放在礼服下端，一齐推到岳茏面前。黎苍走到不远处的软椅上坐下，静静望着岳茏。

店员开始带着岳茏挑礼服，问她的喜好和习惯，连惯用左手还是右手都问到了，礼服设计的细节居然会因此而稍有不同，岳茏算是长见识了。她随意拿了一件礼服看向黎苍：“真要试啊？”

黎苍点头，给她鼓励的微笑。

岳茏走向更衣室却突然回头：“你是说同床共枕要庆祝吗？”

店员们惊呆了，都把目光转向黎苍，眼神里是暧昧和调侃，期待地等着黎苍的回答。

黎苍正喝的一口茶差点呛出来，耳朵明明已经泛红，脸上却还是不动声色：“嗯。”

岳茏笑得开怀，蹦跶几步就到了黎苍面前，毫不含糊地在他唇上大力亲了一口，又笑嘻嘻地蹦跶到更衣室里去了。

黎苍继续喝茶，年轻的店员姑娘们都不着痕迹地凑过来靠近他，虽然还是好好站着，却明显都在用眼神扫视他，将他从头到尾扫描了N遍。

黎苍被盯得不自在，脸上还是十分镇静。然而更衣室立马传出一个问题打破了他的镇静：“苍苍！你喜欢我穿优雅一点，还是性感一点？”

店员们的目光顿时集中在黎苍身上，就像所有狙击步枪的红点都点在了黎苍脸上。

黎苍张了张嘴却没说出什么来，只觉得浑身更不自在。岳茏的声音又响起来：“颜色呢？你喜欢什么颜色？”

黎苍在店员们的盯视下，略不自然却清晰有力地说：“你喜欢就好。”

店员们又开始窃窃私语，看黎苍的眼神里全是八卦。更衣室的门很快打开，出来的却是刚才跟着岳茏进去帮忙的店员，她几步走过来，眉飞色舞地对黎苍说：“黎先生，岳小姐请您进去帮她拉上拉链。”

50

有个店员脱口而出：“你在里面，她不让你拉？”

那个走出来的店员无奈摊手：“她说黎先生不愿让别人碰到她的……呃……身体……所以……”她像看杂志上的头条八卦一样看向黎苍，“黎先生请进去吧。”

黎苍脸上的微笑已经有些僵硬，站起身向更衣室走去。他明显感到店员们无声地将各种标签钉在了自己的后背上——“霸道”“控制欲强”“占有欲程度极高”“宠妻狂魔”“变态”……

当黎苍拉开更衣室的门再迅速关上之后，才觉得喘气顺畅了一点。然而一抬眼，面前正是岳茏光洁的后背，又让他呼吸一窒。

黎苍站在门口刚进来的地方没有动，岳茏“哎呀”一声，礼服的肩带又滑落了半寸，她撒娇地抱怨：“笨蛋，快过来给我拉上呀。”

从无败绩的坚毅战士黎苍同志，被这一句呼唤弄得浑身发麻。

黎苍稳住心神走过去，认真地捏住拉链向上提。而他的手仍然不可避免地碰到她，令他有些不自在，只觉得自己的耳根生出了酥麻的感觉。

“好痒，你还没拉上？”岳茏的声音里明显带着调笑。

黎苍轻缓又准确地向上一提，拉链稳当地拉到了礼服的尽头。岳茏笑着转身：“好看吗？”

黎苍的眼神温柔地覆盖着她：“好看。”

岳茏握住他的手：“配得上你吗？四百多岁的神仙？”

“绰绰有余。”

“你怎么不问我为什么那样说呀？”岳茏歪头看着他笑，“不怕别人误会你？”

黎苍柔柔地看向她：“你没说错。”

岳茏抬起头轻笑：“要霸占我吗？”

“想。”黎苍低头在她唇上啄了一下。

岳茏呆了一呆，黎苍浅笑着拉她走出更衣室。门一打开，原本在门口偷听的店员们迅速散开，故作无事地站到远一些的地方。黎苍若无其事地牵着岳茏走到店中最大的镜子前面。镜中的岳茏身穿一袭浅紫色的优雅长裙，剪裁简单妥帖，只在肩颈和裙摆处别出心裁地有特殊设计。

岳茏开心地转了一圈，走到黎苍身边与他并排站，看着镜子里的两人赞叹："般配！"

黎苍搂住她："绝配。"

岳茏开心地摸上他的额头："又发烧啦？"

黎苍摇头："只是想到什么就说什么。"

"以前怎么不说？"

黎苍看向她，眼中仿若一片沉静却又波涛暗涌的大海，其中倒映着岳茏的影子就像海面上的点点星辰。他那凝肃的沉默让岳茏没来由地有些紧张，忽然她捂住自己的心口，说："猜猜我现在的心情。"

"愉悦，激动，"黎苍感受了一下，有些奇怪，"忐忑？"

岳茏嘟嘴："你突然这样说情话，我有点不习惯。你以前都是各种拒绝呀，总是提醒我戒备我。"她认真地问，"出了什么事吗？"

黎苍没有料到她如此敏感，看事情的眼光可以用毒辣来形容。而他什么都不能告诉她，什么都不会告诉她。"

黎苍笑着搂岳茏站在镜子前看，一对璧人映衬得整个店内璀璨生辉，温馨喜悦。岳茏注意力被转移，手臂挽上黎苍的臂弯，头靠在他肩上，甜甜糯糯地说："像要结婚一样。"

黎苍的神情似是受到震动，看向岳茏的眼神变成凝重的温柔："我愿意。"

岳茏眼睛瞪大看着他，愣了一阵就笑出声来，两手捏上他的耳朵："干吗？以为我跟你求婚呢？我才不会呢！"

黎苍被她揪住耳朵就开始浑身僵硬，她还一个劲儿揉揉捏捏，导致他的声音都有点变调："为——什么？"

"哪有女的跟男的求婚的？"岳茏在他耳朵上使劲一揪，"喜欢死你了我也不会求婚，哼！"

岳茏松开手，笑呵呵地走到一边的沙发椅上坐下，甩掉了鞋子，对黎苍说："我饿啦！我们去吃饭吧。"

黎苍点头，对店员说："麻烦把刚才试过的，合适她的款式都包起来。"

店员笑得十分开心："好的，黎先生请稍等。"

"那太多了，我怎么穿得完？"岳茏连连摆手，"一件就好，买那么多不穿也是浪费。"

黎苍面不改色："多浪费几次就习惯了。"

岳茏故意挑衅："天天都这样浪费也行？"

"行。"

岳茏跳起来扑向他："怎么这么好呀！"

黎苍展臂稳稳抱住她："嗯。"

店员们又是羡慕又是嫌弃地包装着二十来件晚礼服，岳茏走进更衣室换回了自己的衣服。黎苍在一旁等她，看着店员们把衣服都装进了车子的后备箱。

岳茏走到黎苍身边，很自然地挽住他："有些晚礼服好难穿。一个人肯定穿不上去。你不在，我怎么穿？"

51

岳茏嘟嘴："我肯定不会跟别人合住的。"接着又笑，"你例外。"

不知道是第几次，她再次诉说着离开他不行。

她的笑容明媚光亮，像是夜空中最明亮的星星那样照耀着他的双眼，点燃他眸中所有深色的阴暗。他知道她刻意隐藏了心底的不安和紧张，给予他的全是明白确定的肯定爱意，从无保留。即使她知道可能发生的结果，即使每天都在倒数时间——她虽然从不提起，但他看到家里的日历上，每天都会画一颗红心。

红心一天天增多，可剩下的日子在一天天地减少。

即便如此，她仍然在对他笑，那样由衷的娇艳明媚。

他看着她笑，却觉得眼眶发涩。

黎苍牵住岳茏的手，送她进入副驾驶座。开车的时候，他左手握着方向盘，右手握住了她的手。

岳茏抽出手，故意刻板地命令："好好开车。"

黎苍再次握住她的手，牢牢握住不松开，眼神却依旧是看着前方路面的，一脸正经。

“噗。”岳茏失笑，也就由着他握着自己，笑着问：“今天是怎么啦？”

怎么了？

她的倒数计时还有两个月，而他的，只剩下十天。

想到这里，他一脚踩下油门，几乎有些烦躁地冲了出去。岳茏诧异：“哟？果真是老司机，这种堵死人的路段也能飙车。”

路虎一路疾行地开出了拥堵路段。岳茏的手一直被他牢牢握着，没有放开。

城中湖居。

这家餐厅在繁华城中心的一片湖水旁，整个餐厅环湖而建，最核心的一片区域建在湖中央，碧波荡漾之上全是透明的玻璃房，轻纱环绕下显得十分浪漫。只是这会儿里面一个人也没有，侍者很体贴地解释：“白先生交代包场。”

岳茏：“白真？”

黎苍点头，给岳茏拉开了座椅。

岳茏往外看去，湖面上水汽氤氲，玻璃房周遭花团锦簇，美好得不像人间。她不由得感叹：“这么好的地方你怎么找到的？”

“时间多，总要打发掉。”黎苍招来侍者点菜。岳茏打开自己随身携带的小包，看了看里面的小盒子。那是樊澄那天给她弄来的天狼族某种特殊植物的粉末，她摸了摸这个盒子，顿时有点紧张。她有点苦恼，要怎么把粉末让他吃下去呢？混在哪里？

于是岳茏开口：“这里什么东西好喝？口渴了。”

黎苍：“花茶？牛奶或者——”

“酒。”岳茏立即决定了，“多来几瓶。”

黎苍点好酒菜，侍者拿着菜单下去了。黎苍问：“怎么想喝酒了？”

“因为酒后——”岳茏笑得阴险，“可以乱来……”

黎苍虽然已经习惯她随时随地突然的勾引和挑衅，但双耳仍然无法自制地泛红。他尽量平静地问：“你酒量好吗？”

岳茏豪气地挥手：“没醉过！来拼！”

黎苍含笑看她：“是没喝过还是没醉过？”

“你怎么知道？！”岳茏傻眼。

“我感应到你心虚。”黎苍看着端着酒走过来的侍者，对岳茏莞尔：“确定要拼？”

岳茏咬牙：“拼！”

侍者给他们倒好红酒。岳茏看了看自己跟黎苍坐的位置是面对面，挤到黎苍身边坐下，笑嘻嘻地说：“靠近一点。”她举起酒杯对着黎苍，“来，干！”

黎苍按住她的手：“吃点东西再喝。”

“好。”岳茏放下酒杯，却在放在桌上的时候手一歪，一杯红酒全泼在了黎苍的胸口，滴滴答答往下流淌。

“啊！对不起对不起！”岳茏连忙拿纸巾给他擦拭，侍者也走过来帮忙。黎苍倒是很镇定，只安静地擦了擦，安慰岳茏：“小事不必道歉。”

侍者询问：“黎先生需要换一下衣服吗？我们这里有合适您的尺码，都是全新的。”

“不用。”

“好！”

黎苍和岳茏一起回答，却是完全相反的意思。黎苍看向岳茏：“一点酒而已，没关系的。”

岳茏摇头：“这样看着怪怪的，不符合你高雅的气质。”

黎苍深沉探究地看着她，并不说话，看得岳茏心里更虚，结果也不知道有意还是无意，她手一抖，一瓶红酒倾倒下去，黎苍的裤子瞬间湿了一大片。

两人一齐无语地看着黎苍的裤子，之后大眼瞪小眼地对视。岳茏干巴巴地无力解释：“我真……不是故意的……”

侍者知道这次不换裤子是不可能了，做了“请”的手势：“黎先生请跟我来。”

黎苍站起身，红酒还在顺着裤子往下流。岳茏抱歉地看着他离开，等他走得不见人影，她的眼底尽是得逞的偷笑。她深吸一口气，迅速打开包掏出小盒子，拿出盒子里的一个透明小瓶子打开，把里面的白色粉末全倒进了黎苍的酒杯里。

她忽然想起樊澄叮嘱过这是三次的量，又连忙倒出来一些，再加了一些酒进去。收拾好现场，她大大地舒一口气，跟做贼一样心虚了很久。

樊澄说这种天狼族特有的植物能让天狼族男子陷入一种迷醉。

是一种完全跟随自己心意而走的迷醉。

岳茏很期待。

黎苍出现在她的视线里，已经换上了全套崭新的衣服裤子，看起来干练精致。岳茏的视线随着他一直到他走近坐下，仍然盯在他的脸上。黎苍也看着她，声音浅浅柔柔："看什么？"

岳茏盯着他的眼神柔软又含情脉脉，带着自豪的情意："我男人。"

52

黎苍迎着她深情款款的目光，语气也变得轻缓："你想说的，我都知道。"他抬手抚了抚岳茏的脸庞，"今天的庆祝只是个借口，我也有话想对你说。"

岳茏原本柔润淡然的眼神突然开始紧张，戒备地盯着他："说什么？坏话就别说了，我不想听！"

黎苍见她反应激烈，难免有些愧疚，哄慰地说："不是你想的那些。都是好话。"

岳茏半信半疑："真的？"岳茏盯着他的双眼仔细研究了一阵，嘟嘴："好吧，那你慢慢说。"

黎苍握住她的手："别怕。"

他忽地打了个响指，四周的灯光瞬间全部熄灭，四下一片漆黑。岳茏微惊，手却更紧地被黎苍握住。她回握住他，轻声说："你在，我不怕。"

黑暗中看不清楚黎苍的表情，岳茏却清晰地感觉到他在笑，笑得很温柔。

餐厅内花团锦簇的鲜花带突然闪烁起来，点点霓虹闪烁在周边，围绕着他们二人。黎苍牵着岳茏向餐厅中央走去，在穹顶下站定。忽然之间，餐厅内的其余餐桌和靠椅都向地下陷落，只剩下他们那一桌还稳稳地停在一边。原来地上竟然有机关，可以收纳桌椅，使整个地面变成一片开阔没有障碍的场地。

岳茏还来不及惊叹，头顶突然炸开一道白光，她抬头一看，穹顶忽然坠落无数股明亮绚丽的烟花瀑布，从穹顶渐渐散开到四周，不一会儿整个屋顶都往下坠落烟花瀑布，岳茏整个人被笼罩在绚烂的烟花之下，忍不住欢快地大叫起来："哇！好好看！"

烟花瀑布一直在缤纷地落下，而周围的玻璃墙竟然也向地下缓缓降落，到最后四周的玻璃墙都消失了，能非常清晰地看到周围的湖水，水汽的味道扑面而来，清凉润心。

岳茏惊讶地看着四周：“这地方好神奇！”

黎苍一直含笑看着她，目光没有离开一瞬。

穹顶的烟花瀑布渐渐减少直至熄灭，湖面上却渐渐升腾起数十个手掌大小的圆台，围着餐厅渐次浮出水面，等全部露出来之后，突然一齐向上喷发烟花，还边喷发边旋转，于是湖面上四处都是绚烂多彩的旋转烟花，仿佛在湖面上盛开了各色的巨大荷花。

黎苍牵着已经看呆的岳茏向前走去，站在湖边看着盛景。岳茏的脸上映照着缤纷的光亮，眼中盛开的愉悦和惊讶已经溢于言表。黎苍从背后轻轻拥住她搂在怀里，侧脸贴着她的额角，低音炮又开始环绕：“茏宝。”

岳茏不可抑制地轻颤了一下。

“遇到你之前，我从不想以后。

“遇到你之后，我想不出未来。

“和你相处的这段日子所得到的快乐和忧愁，比四百多年来得到的都多。

“我仔细思考过离开你之后的日子，我想那对我来说，都是余生。”

“砰”的一声，一个巨大的烟花从水面直冲天际，炸开一朵巨型花朵，短暂的璀璨过后很快没入黑暗，仿佛岳茏此刻的心情。她的胸口剧烈起伏着，激动、兴奋、紧张、期待、惶恐种种复杂的情绪堆积在她的脸上，她不由自主地抱住了黎苍拢在自己身上的手臂，紧紧攥住。

黎苍感受到她的情绪，收紧手臂，侧脸在她的额角挨挨蹭蹭，低音炮更是像深水炸弹一样直接击中她的心：

“起初我很后悔没有管住自己，现在却是每天都在遗憾恐惧。”黎苍将岳茏的身子扳正对着自己，凝视着她的双眼，“有句话，我一定要告诉你。”

岳茏只觉自己的心跳急速得像是要跳出胸膛，声音大得仿佛周边都在一起轰鸣，令她有些混混沌沌。而黎苍的那一句话如盘古之斧劈开了她的混沌，响彻脑海：“你是我认定的女人，唯一，永远。”

三颗巨大的烟花在空中炸开，照亮了整个夜空。黎苍和岳茏却都没有抬头看，欣赏着对方眼中璀璨的光芒。瑰丽的烟花光亮映照在岳茏的双眼之中，令她本来就欣喜激动的面庞更加夺魂摄魄，似乎有某种光彩在她面部流动，衬托得她整个人无比娇艳。而黎苍眸中涌动的柔情，仿佛海潮般翻涌，片刻不停。

几乎是同时，他低头，她抬头，双唇准确而紧密地贴合在一起。

没有任何犹豫地攻城略地，他的热切头一次全情释放，柔情尽现。她沉醉在他的浓情蜜意中不知归路，他越发紧地抱住她，深吻到她无力站立，用自己的臂弯牢牢撑住她。

餐厅经理眼看着湖边VIP餐厅的烟花还在继续，心里感叹黎先生真会讨女朋友欢心，然后就接到了白真的电话，他忙不迭地客气示好，白真只是问："他们还在那里？饭吃了这么久还没有结束？"

"饭……还没吃，他们……"

餐厅经理觉得不好启齿，白真却催促："快说。"

他只好如实回答："还在湖边……呃……热吻……"

电话那头的白真有好一阵没有说话。餐厅经理"喂"了两声，只听见电话那头似乎争吵起来。

"我说什么？你还不信！现在信了吗？"

"别冲动，没有得到苍王允许，你不能……"

"再不动手，苍王迟早死在她手里！"

"别吵了！都闭嘴！"

经理不明所以地听了一阵，那边挂断了电话。

天空中的烟花还在继续绽开，湖边的一对人仍然在亲吻，丝毫没有停下来的意思。待水中的烟花全部炸上天空，周围恢复一片寂静与漆黑，黎苍缓缓离开岳茏的唇，意犹未尽地将她的头扣在自己怀里，在她耳畔轻叹："岳茏，你一定要好好的。"

53

岳茏抬头盯着他："你是不是有事瞒着我？"

"从来都不会这么直接跟我表白的，今天却拉着我去买礼服，还带我来这里吃饭看烟花，又对我说了那么多好听的话，就像是以后再也没机会说了一样。”岳茏瞪他，“你又要去猎杀狼人了是不是？很危险是不是？”

原来她是这样理解的。

也好。

黎苍再次将她的头扣在自己怀里，搂紧她。岳茏在他怀里闷闷地说：“这次一定很危险，是吗？你想把心里的话都告诉我，免得……免得没有回来，会很遗憾，对吗？”

黎苍轻轻吻在她的额角：“以后的事，别多想。”

说不想以后的人都知道，根本没有以后。

“我以为我们至少还有六十二天。”岳茏的声音更闷，“原来连六十二天都没有了吗？”她抬眼看他，眼睛里已经隐隐含泪：“那你说，还有几天？”

十天。

他的心被重重一捶。

岳茏定定地盯着他看，想从他脸上看出蛛丝马迹，看出他是诚实还是撒谎。黎苍不动声色地安慰她：“别担心，没有那么快。”他的声音终于还是没有忍住，沾染了一丝凝重：“离开之前，我一定会告诉你。”

岳茏闷闷不乐地不说话，黎苍忽地微微一蹲将她打横抱起，岳茏略略惊呼就抱住他的脖颈，不开心地说：“干吗？”

“菜都凉了。”黎苍抱着她向餐桌走去。

“哼，哪里还有胃口。”岳茏蜷在他怀里既担心又不高兴，却在靠近餐桌时瞥见那个倒过植物粉末的酒杯，顿时一个激灵。

黎苍敏锐地感觉到她的反应，问：“怎么了？”

“我不高兴，陪我喝酒！”岳茏从他身上跳下来，率先拿起自己的酒杯，“直接干了！”

黎苍举起酒杯跟她的酒杯轻轻相碰：“我干杯，你随意就好。”

岳茏仰头一饮而尽：“随意什么随意，我跟你从来就不随意。”

黎苍没有话说，一仰头也是全部喝下。岳茏不着痕迹地盯着他的酒杯看了一阵，心里开始有点发痒。

岳茏又给黎苍倒了一杯酒，自己也添了一杯。

黎苍看了看酒：“少喝点。”

“你喝了酒还能开车回家吗？”岳茏歪着头用手臂撑着自己，“这里有酒店吗？”

黎苍深深盯她一眼：“这里的人可以派车送我们回去。”

“哦。”岳茏不再多问，又举起酒杯，这次也不跟黎苍干杯了，直接就灌向自己口中，喝完还咂咂嘴：“还行。”

“最多的一次喝过多少？”黎苍收了她的酒杯放在自己手边，不让她再喝。

“七八杯？”岳茏的眼神有些迷蒙：“不记得了。”

“这样也敢拼酒？”黎苍看着她：“我不在的话，不许再跟别人拼酒。”

岳茏听了这话倒是笑了：“你在的时候呢？随意拼？”

“嗯。有我。”

“哈哈哈，好，我记得了。”岳茏说完就歪在桌上，头碰到桌面“砰”的一响。

黎苍连忙扶住她，她却像一摊烂泥一样就是扶不起来。黎苍暗暗叹气，再次将她横抱起来搂在怀里，她恰好滑进他的怀抱，手稳稳地搂在他的脖子上。

黎苍有点想笑。

这个女人为了扑倒他，开始装醉了。

他一本正经地问：“还能走吗？我让人派车——”

“不，我不回去。”

“为什么？”

“那是你家，不是我家，也不是我们家。”岳茏的语气里都是控诉，“你迟早要离开的地方，我不回去！”

虽然是故意的借口，他听起来却觉得分外刺耳，格外戳心。

他很想说，我不离开。

却没有办法说出口。

这么多年来，他从来都是坦坦荡荡，无事不可对人言，说话从来没有吞吐含混过。而今面对她，却经常话在嘴边无法出口。

黎苍心中略略苦笑，叹了一口气，对侍者吩咐：“麻烦帮我开一间房，要清静些的。”

“好，您稍等。”

酒店顶层豪华套房内。

黎苍将岳茏放在床上，给她拉上薄被，刚想起身却被她一把拉住衣领用力向下一扯。她睁开看似醉意蒙眬的双眼，呼吸间的酒气飘散着蛊惑：“你去哪儿？”她紧紧箍住他的脖颈，“不准动。”

他靠在她身上，每寸肌肤都能感受到她的柔软，每个毛孔都在浸润着她的气息，令他瞬间开始燥热，理智抽离身体的速度极快，快到他想挣扎都无力。而岳茏的唇又贴了上来，在他的唇齿之间流连来去，仿佛只短短几秒就吸走了他残存的定力。

他只觉得自己浑身的细胞都开始沸腾，热血上涌得凶猛又湍急。他的手从她的脖颈一路往下，抚过她柔软的腰身，带起她的一阵战栗。而她，才发觉自己在迷乱的期待之中还夹杂了很多紧张和害怕，不可抑制地颤抖起来。

她的感受准确地被他感应到，让他那些原本已经飞出天外的理智稍稍回魂。他艰难地从她的热吻中离开，然而刚想说话，岳茏抬起头一脸傲娇地说：“我爱你。”

54

黎苍脑中的理智被岳茏这三个字击得粉碎。

他的吻密密匝匝地落在她身上，热烈又绵密。她渐渐变得绵软，像是飘浮半空找不到支点，只能无力地攀附着他，紧跟着他。

他完全忘记了可能出现的危险，族中曾经发生过的先例，压根一点想不起来。此刻，他只想深深地、完全地与她融为一体。她近在眼前，触手可得，又与他真心相对，如此热恋着他，渴盼着他。

他只觉得自己的心脏都要裂开，浑身都在爆炸。

除了将眼前的心上人吃干抹净生吞下肚，他一点别的想法都想不起来。

感受到她的紧张，他停下亲吻，双手捧住她的脸轻轻吻了一下，低声唤她的名字：“岳茏……”

她害羞得不敢看他，低声在他耳边说：“其实……其实我……”

他再次开始吻她，不过轻柔低缓了很多，轻声地问：“嗯？”

“我……”她的脸又涨红了，头埋在他的颈窝里，声音低得如同蚊蚋，“我没有……没有过……这……这是第一次……”

她搂住他的脖颈不敢看他，像是平时的老司机形象彻底破灭那样不好意思，又像是怕他笑话。而他丝毫没有笑话她的意思，而是十分慎重地在她耳边回答：“我也是。”

虽然先前就知道这个事实，然而他再次承认，像是要打消她的顾虑，又像是某种笃定的承诺，让她心里一暖。

经过这一个停歇，他看清自己正压制着她，而她的肩颈处细细密密地布满了他烙下的痕迹，无声地对他宣告着刚才那些难以克制的情真意切。他暗暗心惊自己的莽撞，酸涩难言却又抑制不住浑身奔涌的躁动渴念，低头再次吻住她。

岳茏在他的深吻中再次陷入混沌无力，迷醉地随着他浮浮沉沉，缓缓闭上了眼睛。

良久，他离开她的唇，凝视着已经陷入沉睡的她，神色复杂又愧疚。他轻轻抚摸着她的脸庞，抽出自己还搂着她的手臂，将她稳妥地放好，盖上薄被。

黎苍在浴室里待了很久，持续地用冷水浇淋自己，心头的热火却久久无法平息。他努力平复自己的情绪，渐渐察觉到身上似乎有某种奇怪的气息。他仔细回想，发觉可能是红酒的问题。天狼族的嗅觉比普通人类灵敏很多倍，如果是平常，酒杯一到唇边他就能闻出来，而当时，他的所有注意力都在岳茏身上，根本没有在意酒会有什么问题，即使已经闻到轻微异样的气味，他也没有多想。

黎苍苦笑。

他的推拒，竟让她开始利用天狼族的特殊植物了。

她不知道怎样才能得到她喜欢的人，心里一定很难过。

而自己，明明知道应该冷酷到底，却一次次压抑不住对她好的冲动，甚至这一次，差点没有控制住那份深藏心底一直想要完全占有她的心情。

冷水哗啦啦地冲下，直喷在黎苍脸上，他闭眼皱眉地站在原地，很久都没有动一下。

半小时后，黎苍穿着睡袍走出浴室，来到卧室门口停住，看向不远处仍在沉睡的岳笼。浅淡的愁云笼罩在黎苍的眉眼之间，显得他整个人有些哀伤。片刻之后他离开卧室进入客厅，坐在正对落地玻璃的软榻上，拿起了手机。

手机上很多未接来电，樊澄十八通，白真十五通。黎苍有些奇怪，给樊澄拨过去，樊澄的声音十分焦急："死了吗？她死了吗？"

黎苍莫名其妙："谁死了？"

"小丫头啊，她还活着吗？"

"这是什么意思？她很好。"黎苍略略沉吟，"楚寒擅自离开密室了？"

樊澄的声音立即显得放心不少："还好还好，没事就好，吓死我了。"

黎苍沉声："怎么回事，说。"

"我来说。"窗户忽然被拉开，舒广撑手一跳就跃了进来。

樊澄在电话那边叫唤："冷静！冷静！我马上就到！你们冷静！"

黎苍放下手机，很自然地挡住了去往卧室的方向，眉目略为阴沉地盯着舒广："什么事？"

舒广的笑容有些冷，向卧室方向瞟了一眼："呼吸悠长，睡着呢？"他看着黎苍笑了笑，"戒备我？找我借能力的时候好像不是这样的？"

黎苍眸中的神色微暗，舒广又笑："看来能力用得挺顺手。她知道吗？"

黎苍摇头。

"就不觉得奇怪？没心没肺的家伙。"舒广往前走了两步，黎苍挡在他面前。

舒广的笑容更凉："听说你要解除标记，我本来挺高兴的，还想着如果你下不了手，我就帮你杀了她。怎么，原来是另一种方法？还让樊澄十天内准备好仪式？"

黎苍："这是我的事，你们不准插手。"

"早知如此我不可能把能力借给你，"舒广冷哼："她死了就一了百了了，还用你费这么大劲？"他的声音开始愤愤不平，"你已经控制不住你自己，迟早会上了她，到时候她就直接死了，多好？我是怎么鬼迷心窍听了你的狗屁理由把自己的能力借给你用？！"

"够了没有？"黎苍忍着怒气，"你立刻离开，还是我扔你出去。"

"我知道我打不过你，但我会拖延到他们来，等他们来了你就是一打四，我不相信你还有工夫去救那个随便一捏就能捏死的普通人类。"

黎苍听完这话就急速向卧室里退去，瞬时来到岳茏身旁，直接将她打横抱起护在胸口，对着跟进来的舒广怒斥：“你们敢！”

55

舒广活动着自己的手腕：“有什么不敢？又不是第一次杀人，何况不就是个普通人类嘛，命如草芥。”他的眼神严肃起来，“是我出的主意。你恨我我也认了，但我不能看你毁在这个女人手里。”

黎苍眼中的愤怒忽然消散了一部分，转而变为理解，但他仍护着岳茏，手不动声色地按在她的后脑上。

舒广瞥了一眼黎苍的手：“你担心她醒来？可真是体贴。”他甩了甩手，“我一直想打赢你，看来今天能一偿夙愿，虽然你抱着一个人挺吃亏的。”

黎苍单手抱着岳茏，另一只手做出了防卫的姿势：“现在停止还来得及。”顿了顿又说，“你可以去问问你爸，再给他一次机会，他是选择从来没有遇见过如真，还是选择即使知道结果也一定要与如真相遇。”

舒广听了这话简直怒不可遏，不再多说直接出手对着岳茏的脖颈抓过去。黎苍轻易化解了他的攻击，抓着他的手腕一甩。舒广被甩得跳向一边，另一只手趁着空隙再次袭来。黎苍抱牢岳茏向后跃去，直接上脚对着舒广踹过去。舒广上蹿下跳还在找时机进攻，被突然从门口冲进来的樊澄使劲一抓。

舒广见樊澄来了立即指挥：“我们左右夹击，就不信动不了他！”

樊澄死死抓住舒广的胳膊：“别闹了，我们四个加一起也不见得打得过他，何况他俩——没来。”

舒广顿时不动了，回头一脸诧异中带着恼怒：“他们人呢？！”

“白真做事都要讲规矩，苍王没犯事他是不可能打苍王的，楚寒嘛……不敢违背苍王命令走出密室。”

舒广恨铁不成钢：“都是废物！”

黎苍抱着岳茏坐下，盯着他俩，语气是从未有过的严肃凝重：“这么多年，我和你们之间与亲人无异。但如果你们伤害岳茏甚至打算杀了她，我不介意与你们恩断义绝，再把你们丢进狼人堆里。”

樊澄打了个寒噤，哭丧着脸看着黎苍：“我真不是故意告诉他们的，谁知道我去准备仪式要用的东西的时候被他们看见了，一猜就猜到了嘛……”

黎苍瞥他一眼：“我知道瞒不住。”

舒广眸色阴沉：“恩断义绝我也要杀了她，留着她就是祸害，跟如真一样毁人一生！”

黎苍眼中的怒意渐散：“你有问过舒林是否后悔吗？不要用自己的猜测去推测他人的想法。”

舒林是舒广的父亲。多年前，舒林与如真一见钟情，那时舒林的发妻已经去世多年，只留下一个儿子舒广。如真照顾舒广长达十年，本来感情胜似母子，但没想到当舒广得知舒林铭刻了如真之后，竟勃然大怒一去不复返，再也不与他俩来往。直到如真去世，他都没有出现在葬礼上。而那之后，舒林就一直颓废至今，一句话都没有再说过。

与如真精神恋爱了三十年，最终一个人孤独到老，直至死亡。舒林的所有忧伤颓唐，都被舒广看在眼里。

而他们天狼族的孤独，漫长得令人心寒又绝望。

“我不用去问，我只知道如真毁了他！”舒广愤恨不已，“如果不是如真，他起码能笑能哭，能正常地生活！你看他现在跟个活死人有什么分别？”他逼近黎苍，“你要是再这样执迷下去，就跟他一个下场！你要让我眼睁睁看你变成这样，我绝对做不到！”

“那是我的事。”黎苍的语气已经归于平静，“你为我着想我很感激，但，你的决断我绝不允许。”

舒广愤愤地盯视着他，像是想直接扑上去咬死岳茏。樊澄连忙打圆场：“好了好了，我们先回去了。”

樊澄使劲拖拽着舒广往外走，舒广一脸怒容却也打算妥协离开，退了几步却突然吸了吸鼻子，鄙夷地说：“用上特殊植物了？卑劣。”

黎苍的表情有些不自然，樊澄心虚地瞟了他一眼。

舒广使劲瞪了樊澄一眼，樊澄连忙转移话题：“怪不得你要借用舒广的能力啊，这丫头扑你扑得已经没有下限了，你要是不把她弄睡着，没准就真的被她扑倒了哦。”

“自己意志不坚定，还怪别人。”舒广冷哼。

樊澄耸耸肩，黎苍却说：“确实。”他看了看怀里的人，低叹，“如果我足够坚定，就不用找你借用能力了。”他看向舒广，目光坦荡，“是我先动心，是我无法克制。她想扑我完全是因为标记的效力，她一直是无辜的。”

“别伤害她。”黎苍的眼眸沉静如水，透着深邃的坚定波光，又带了些几不可察的恳求。

舒广定定地凝视他，仿佛看到多年前的父亲，他们说的话完全不同，但含义惊人地相似。

舒广霍然扭头迅速离去，迅疾得像是一阵风，很快就没了踪影。

黎苍略略松了口气，把岳茏重新放回床上安置好，走出来时见樊澄还在，问：“仪式准备得怎么样了？”

樊澄刚放下去的心又提起来：“还真的要做啊……”

“当然。”

“仪式有点复杂，你知道的。”樊澄琢磨着措辞，“基本的一些东西已经准备好了，不过……”樊澄嘿嘿笑了两声，“苍王，你说老实话，你是不是很担心小丫头不是真的喜欢你？”

黎苍被戳中心事，脸色有些不自在。

樊澄：“解除标记的事情你再考虑考虑吧，扎自己心脏三刀，你当是玩具刀？”

黎苍并不回答，而站立的姿势和表情全是逐客令。

“好好好我走我走，”樊澄边往外走边叹气；“我这是招谁惹谁了。”

黎苍的声音在他身后响起：“我还需要一点时间。”

樊澄停步：“多久？”

黎苍很久没有说话，最终，他说：“当她不再需要我，当我能够安心离开。”

56

黎苍来到卧室，坐在岳茏身边，轻轻抚摸她的额头，为她拂开贴在脸颊的发丝。岳茏依然睡得很沉，神情无辜而美好，像是一个从未经历过痛苦的小女孩。他的目光停留在她的脸庞上，一遍遍描摹着她的五官。

他的手抚过她的肩颈，只觉得自己内心好不容易压下去的火热又开始燃烧，连忙远离床边，站在窗边静默了一阵，才又回到床边的沙发椅上坐下，静静地看着她。

从深夜到清晨，他只是静静地坐在她对面看着她，一动未动。

岳茏醒来的时候天已大亮，她迷茫地看着已经穿戴整齐、正走进来的黎苍，问："我们……"

黎苍的语气故作轻松："你昨晚喝多了，睡着了。"

岳茏一脸难以置信："我又睡着了？！"

"嗯。"

"这不科学！"岳茏一扫困意嚷嚷起来，"我没醉！怎么就睡着了？我明明记得你跟我……我们……明明都要……"她咬牙切齿地说不出口，恨恨地一拍被子，"怎么能睡着？"

黎苍眼中有千言万语，却只能看着她浅笑。

岳茏十分不开心地坐在被子里，直到起来吃过早饭，坐上黎苍的车，她仍然瘪着嘴，后悔得要死的样子。

黎苍平稳地开着车，眉目间轻锁着淡淡的哀伤。岳茏丧气懊恼地偏头看向窗外，还在生自己的气。

手机铃声响起，黎苍戴上蓝牙耳机，静静听了一阵，语气有些低沉："知道了。"

岳茏听出他的语气不太对劲，问："怎么了？"

黎苍看她一眼："白蓉刚刚去世了。"

"啊？！"岳茏惊讶得半天没说出一句话，好一阵才说，"前几天不是还说手术很顺利吗？"

"并发症。离开得很突然。"

岳茏不知道要说些什么，心里空落落的。黎苍已经掉转车头开往医院的方向，右手握住岳茏的手，给予她无声的安慰。

医院。

黎苍和岳茏来到白蓉的病房前，有护士认出他们是付住院费和治疗费的人，立即走过来说："白蓉的遗体正准备运去太平间。"

黎苍问："后续的丧葬是哪位在主持？"

"喏。"护士指向病房门口蹲着的一个男人，"不知道他是谁，但白小姐的身后事都是他办的。他挡在那里要死要活地不准别人碰白蓉，我们没办法运送遗体。"护士掏出一个手掌大的盒子递给岳茏，"是岳茏吧？这是白蓉还清醒的时候嘱托我一定交给你的。"

岳茏接过盒子打开，里面是一部手机。她按了 Home 键，屏幕没有反应，再按开机键，屏幕仍然一片死寂。

"也许没电了。"黎苍说。

"她为什么要给我一部手机？这是她的手机吗？"

"这个手机的牌子型号都很常见，配一个充电器就知道了。"

岳茏点头收好手机，看向病房前的那个男人。他依然蹲在地上出神，整个人显得呆滞而空洞，像是被掏空了灵魂。岳茏走上前去想问他是谁，却发现男人的眼泪像断了线的珠子，一个劲地往下掉。

岳茏从没有见过一个男人哭成这样，顿时有点心慌。黎苍蹲身递给那男人纸巾："请节哀。我们是白蓉的朋友，之前来的时候没有见过你，请问你是？"

男人声音沙哑："我是她的……未婚夫。"

岳茏从没听说过白蓉有未婚夫，立即给了黎苍一个否定的眼神。那男人像是知道他们在怀疑，又说："她是明星，我们一直是地下恋情。"

明星有地下恋情，似乎并不奇怪。

"白小姐已经去了，你拦在这里……"岳茏小心翼翼地措辞，"还是让她早点安息吧。"

男人的泪水汩汩而下："不，她没有死，她还是温热的！为什么不抢救？他们就是懒得管她，一个毁容的明星有谁要管？连狗仔都不稀罕来！可我不同，她对我的意义跟你们都不同……她没死，她没死，她不能死……"他开始絮絮叨叨，整个人都有些失常，"她不会死的，不会的，她说要跟我结婚的，还要一起去沙漠看星星，还要生一男一女……怎么会死？肯定不会的。"男人一直摇头，眼神已有点疯癫，"不会不会，她从来不骗我，不会死，不会死的。"

岳茏心酸地看着这个男人，他突然站起来抓住岳茏的双肩："她提起过你，说你救了她的命，你再救救她，你再救她一次好不好？”他突然大力摇晃岳茏，发疯一般叫喊，“你救救她！快救救她！她还没死！她还活着！你能救她一次为什么不能救第二次？快救她啊！”

岳茏被摇得头晕目眩，黎苍一把架开男人的双手，将岳茏护在身后。男人被黎苍架开有些站不稳，摇晃了几步撞在墙壁上，愣怔了几秒就开始号啕大哭，哭得撕心裂肺肝肠寸断。

岳茏失神地看着他，眼中尽是哀痛。黎苍也不忍再看下去，揽着岳茏向外走：“他这个样子不太能主持后续事宜，我会安排好的。”

岳茏缓缓看向他：“你说，过一段时间，比如几年，他会不会重新振作，再找到一个他喜欢的人？”

黎苍看她：“我不了解他。”

“没有谁是不可替代的。失去的痛苦虽然要度过去很艰难，但终究是能克服的，对吗？”岳茏停下脚步凝视着黎苍，“活着的人快乐地好好生活下去，才是真正完成逝者的心愿，你说是吗？”

57

黎苍望进岳茏的眼眸深处，一字一顿地说：“他会怎样我不清楚，但若是我，不会独活。”

岳茏一惊：“为什么？！”

“没有意义。”

岳茏紧盯着黎苍的双眼细细观察，发觉他完全没有半点开玩笑的意思，一时有些慌神，掩饰着自己的情绪，干巴巴地说：“你逗我呢吧？你一个天狼族最勇猛的战士，活了这么多年都快成仙了，会为了一段感情自杀？”

黎苍平静的语气中带着警告：“你可以试试。”

岳茏怔怔地看着他，很多话哽在喉咙里却说不出来。黎苍揽着她继续向外走，她回头看向那个男人，他抱头蹲在地上不住颤抖，显然已经到达崩溃边缘。

黎苍也会这样吗？他刚才明明是在警告。警告她不要随便就想即使死了也没关系，警告她若是死了，他就不会继续活着。

他用自己威胁她。

他知道她对他的感情的浓烈程度。

他眼眸中的难过和酸涩已经遮不住。

一路走出医院的间隙，黎苍打了几个电话安排好了白蓉的身后事，特别交代关照白蓉的未婚夫。岳茏心事重重地在医院门口等黎苍开车过来，给樊澄发了一条消息：“你都告诉他了？”

樊澄很快回复：“没有！苍王知道我骗他那还了得？！”

岳茏稍微安心，樊澄又发来一条：“露馅了？苍王知道你是装作被抹除记忆了？”

“不确定。只是我有点怀疑，因为他警告我不准随便想到死。”

岳茏坐上黎苍的车，路过手机店时进去买了充电器。一路上她都没怎么说话，靠在一边歪坐着发呆。黎苍看了她几眼，她都没有像往常那样回应他，仍然坐着发呆。黎苍咬咬牙，说：“你是不是又想坐过山车了？”

岳茏想笑，却一脸深沉地斜眼看他：“除了过山车你还怕什么？”

黎苍掉转车头向另一个方向开去，岳茏眼尖地认出这是去湖心公园的路，哈哈大笑：“快说！大声说出来你怕什么！”

黎苍眉眼含笑地看向她，低音炮轰鸣出一个字：“你。”

岳茏顿时安静了。

黎苍温柔地握住她的手，她立即回握住他，眼睛亮亮地冲他笑。

湖心公园，湖面上荡漾着很多小船。

然而黎苍跟岳茏在一艘快艇上。艇开得很快，还不断地转弯旋转，岳茏激动地欢呼着，黎苍坐在船尾一脸生无可恋。开快艇的工作人员听着岳茏的欢呼更是开得卖力，开始在湖面上花式变换方向和快慢，花样多得令周围的快艇和小船上的人都开始叫好。

岳茏兴奋地对工作人员说：“哇！你是不是这里快艇开得最好的？！”

“对！你走运了知道吧！你男朋友随便一指，就指到我了呢。”

黎苍暗暗浅笑。

岳茏再次兴奋地叫喊："再来一个神龙摆尾！"

"好嘞！"

快艇再次一个急速甩尾，岳茏没有抓稳一个趔趄，被黎苍稳稳抱在怀里接住。岳茏冲他一笑，在他侧脸上咬了一口，又站起来兴奋地欢呼。

她的快乐，如此轻易。

而他也许连最简单的快乐都不能给得长久。

只能奢望眼下，能让她多快乐一些，就更多一些。

快艇花式玩耍之后终于靠岸，黎苍一脸被转晕的样子，岳茏笑嘻嘻地搀着他："老爷爷，你要注意身体啊。"

黎苍低头惩罚似的在她的下唇咬了一下。岳茏惊奇又开心地看着他，窃喜了没有两秒就毫不示弱地搂住他的脖颈。黎苍很体贴地送上自己的唇，岳茏却将他拉得更低，在他耳朵上咬了一口。

黎苍顿时浑身一僵，被岳茏挽着走都有些机械。岳茏贼兮兮地看着他："耳朵是你的死穴吗？"

黎苍的耳朵泛红，轻声回答："分人。"

岳茏追问："怎么个分法呢？"

"别人碰到我的耳朵，我并没有什么反应。"

岳茏眼睛一瞪："谁摸了？"

黎苍莞尔："他们几个闹着玩的时候碰到过，也曾经被狼人抓过。"

"那……都是男的吧，女的摸过吗？"

"无意中的触碰有过，也没有感觉。"

岳茏的双眼又亮起来："这也跟你的心脏一样那么智能？只对喜欢的人有反应？"

"嗯。"

"你们这个族的人还能骗人吗？这么多简单直接的特征。"

"如果不说，没有人知道。"

岳茏乐了："你这全告诉我了，岂不是暴露了大大的弱点？"

"没关系。"

岳茏盯着他笑："告诉过其他人吗？"

“没有。”

“打算告诉其他人吗？”

“不会。”

岳茏蹭进他怀里，笑得没心没肺：“你这么在乎我，要怎么离开我呢？”她笑嘻嘻地说，“我去一下洗手间。”

黎苍在门口等着，忽然发觉一些不同，目光机敏地看向左前方不远处。

舒广正站在树下对他笑，笑容依旧有些冷。

黎苍快步走过去，眼中已有戒备，盯着他明显克制着怒气。

舒广笑了笑：“别紧张，我不是来杀人的。我就是想来看看，你们俩到了什么程度。”他嗤笑，“比当年舒林和如真，有过之而无不及，真是有点悲伤。”

“看来你找舒林谈过了。”

“谈了，他来来回回就那几句，说什么不后悔，真是可笑。日子都已经过成垃圾了，居然还不后悔。”舒广说完突然一阵沉默。

他问舒林为什么不干脆跟如真一起去死，舒林的回答是：“我活着，你还有个念想。对不起儿子，这些年我没有照顾好你，但我想告诉你，漫长的生命中能遇到这样一个人，一个你愿意为她耗尽一生的人，实在是太值得了。”

黎苍不清楚舒广的脸色为什么阴晴不定，却听见身后岳茏“哎呀”了一声，黎苍回头，发现有一个卖小吃的推车正失去控制向自己撞来，推车的主人在后面追，大声嚷嚷前面的人让开。岳茏手疾眼快地对着推车就是一踹，推车立即偏转了方向，而推车上的一锅玉米哗啦啦地撒下来，开水都浇在岳茏的小腿上。

58

黎苍扑过去抱住站立不稳的岳茏，眉头都凝在一起：“烫伤了？疼吗？”

岳茏疼得咝咝抽气，冷汗都下来了，还勉强笑着对黎苍说：“还好还好，不是很疼啦。”

黎苍打横抱起岳茏快步向洗手间走去，将她的腿放在冷水下一个劲儿地冲淋。岳茏靠在黎苍怀里忍着不叫疼，但隐隐的抽气声还是传入黎苍耳中。他将她搂得更紧，心疼得无以复加：“撞到我也没关系，下次不要这样了。”

岳茏抬眼不解：“撞到你为什么没关系？”她又恍然大悟，“你是说你很经撞吗？可是，”她戳戳他的胸肌，“摸起来跟普通人没什么不同啊。”她凑近他低声说，“虽然愈合能力很生猛，但烫到了还是会疼呀。”

黎苍心里的柔软简直化成了水，一句话脱口而出：“哪有现在疼。”

黎苍抱起她走出去，岳茏开心地搂着他的脖子：“要一直抱到停车场吗？”

黎苍点头，看了看她在自己身上乱摸的手：“别乱动。”

“我不。”岳茏笑着摸上他的后脖颈，轻柔的酥麻感令黎苍起了鸡皮疙瘩。

舒广站在他们正对面，挑唇而笑：“小女友不错，还知道给你挡危险。”

岳茏看了看舒广，装作没有见过的样子：“你是谁？”

“苍王的朋友。”舒广笑得很和善，“我叫舒广。你应该见过我。”

岳茏摇头装无辜：“没印象。”又说，“找他有事呀？他正跟我约会呢。”

“本来是想劝他离开你的。”舒广笑，“看你们这么恩爱，不太好开口呢。”

“为什么要劝他离开我？”

“跨种族结合是没有好结果的。”舒广笑得一脸真诚，“关于不好的后果，你可以问问苍王。”

黎苍的脸色有些晦暗。

岳茏毫不在意地摆手：“那你就先回去吧，我来劝他就行。”

舒广这次的笑很由衷：“哟？你打算怎么劝？”

“劝他跟我用尽全力相爱，这样等我死了，他就不会因为任何遗憾而难过了。”岳茏一本正经，“没办法活到你们那么长久，就只能让活着的时间加倍厚重了。”她一点不害臊地在黎苍脸上“吧唧”亲了一口，看着他笑，“对吧？”

黎苍神色一震，舒广笑不出来了，面目凝重地看着她。

岳茏又十分霸气地俯视舒广：“你放心好了，等标记效力没了，他自然会离开我的，就算那时候我要死要活也跟他没关系，何况他一直说标记效力没了我就不会黏着他的，到时候皆大欢喜，多好。也就两个月了，你别老来打扰我们最后的时间行不行？怎么那么没眼色呢？”

舒广诧异又震惊地看着岳茏，之后看向黎苍，有些难以置信。黎苍倒像是习惯了岳茏的说话方式，眉目未动地看着舒广：“注意眼色。”

舒广瞪眼，差点把眼珠子瞪出来。而他干瞪眼一阵，却又笑了笑，像是非要戳到黎苍心上去，说：“我看她这个架势，可以为你挡死哦。”

黎苍的眼神明显暗了下去。

岳茏不明所以，已经有点烦舒广，声调也高起来："我爱为他怎么着是我的事，你要怎么的啊？"

"小姑娘，我提醒你一下，你现在这个奋不顾身的状态，都是因为标记的效力，越到后期你会越严重，严重到为他死都可以。所以为了标记效力过后不要后悔，你还是珍惜一下自己的性命比较好。"舒广挑唇，"毕竟你们普通人类，十分脆弱。"

岳茏咬牙切齿，看样子恨不得上去揍舒广，然而自己腿上有伤又被黎苍抱在怀里实在不方便，就对黎苍命令："这人实在讨厌，揍他！"

黎苍似乎正有此意，立即朝着舒广走了两步。舒广一脸惊讶："哦哟？又想抱着她动手吗？你自大得可以啊！"然而下一秒已经急速后退，瞬间跑远，只飘来一句话，"我等着看你们后悔。"

岳茏一脸得意地搂住黎苍："还是我男人厉害，不用打就把他吓跑了。天狼族第一战士果然不是吹的！"

黎苍脸色稍霁，继续抱着岳茏走向停车场。岳茏又问："不过，他为什么说又？抱着我动手不是第一次吗？什么时候还有过？"

"你睡着的时候，他来过，对我发火了。"黎苍简单回答，不想说舒广曾经想杀了她，免得她害怕。

然而岳茏的关注点又偏了："哈哈，真的这么厉害？！那你教我几招，下次我亲自动手。"

黎苍被她逗笑："我在，不用你。"

黎苍走到停车场，把岳茏稳妥地放在副驾驶位置，给她系好安全带，自己坐到驾驶座发动了车。岳茏很认真地问："他们为什么这么着急？"

黎苍握在方向盘上的手微紧，语气仍然平静："着急什么？"

"他们不想让你跟我在一起，我能理解，可是为什么不能等到失去标记效力？也就两个月了……"岳茏盯着黎苍，"他们在着急什么？害怕什么？"

黎苍沉吟着，不知道该不该回答。

他没有问岳茏，为什么不问跨种族结合到底有什么后果。按照她的性格肯定是要打破砂锅问到底的，然而她什么也没有问。他隐隐猜到她之前的种种都是伪装，她根本从来没有被抹去那一段关于圆台的记忆。而她为什么要这样做的目的，他也心知肚明——她所做的一切都是为他考虑，现在他应该再次告诉她那些残忍的事实吗？然后她再想办法去遗忘，或是装作忘记？

他不知道。

几百年来的阅历并不能告诉他该如何应对。

遇上她，他就无措、忧心，甚至失控。

“你有事瞒着我？”岳茏紧盯着他，“快说。”

黎苍将车停在路边，沉吟良久，诚恳地开口：“是我自己做了一个决定，引起他们恐慌。这个决定其实也没有什么，只是他们认为我会伤到自己。”

“是什么决定？”岳茏似乎预料到了什么，“我要一句实话。”

59

我决定提前解除标记。

我想知道没有标记之后，你还会不会这样对我。

我已经控制不住自己，我只怕我一不小心就会真的要了你。

我怕你死。

我不能接受你死。

黎苍想说的话都哽在喉咙里，没有一句能直接表达。所有的担忧、忐忑、无措都夹杂着他深藏心底的心疼怜惜，又带着几许痛苦无奈和对于没有未来的清醒认知，使得他最终出口的只是那句最伤人的结论：“我决定，提前解除标记。”

他本以为自己还能再解释几句，却没想到岳茏听完这句话就直接打开车门下车，将车门一摔，怒气冲冲又决绝地向前走去。

黎苍立即下车追上她拉住：“你腿上有伤，回车里去。”

岳茏用力甩开他的手，一脸怒容地继续往前走。黎苍再次拉住她直接抱起来往回走，她在他身上挣扎：“放开！都要解除标记了装什么恩爱情侣？！给我放开！不就仗着我没有你力气大吗！”

黎苍直接把她塞进车里，然而刚系好安全带，他要回到驾驶位的时候，岳茏又打开车门走了出去，一路小跑向前。黎苍几步赶上她，再次抱起来，她双脚不能着地又开始胡乱挣扎，他牢牢抱着她紧紧地箍在怀里，任她胡闹到累得没劲儿，停在他怀里恨恨地说：“浑蛋！放开我！”

“不是想提前离开你。”黎苍一语道破岳茏最介意的事实，“绝对没有一点这个意思。”

岳茏根本不问原因，只是说：“不管你是因为什么，解除标记之后你就会离开我了，对不对？”

黎苍没有办法反驳，只能点了一下头。

“那还抱着我干什么？！”岳茏捶他，“你跟我商量了吗？问过我的意思吗？突然标记我的是你，突然解除的也是你，凭什么说来就来说走就走？！”

黎苍再也忍不住，原本横抱的姿势改为直接面对面拥进怀里，抱着她不让她推开自己。岳茏的声音里已经带了哭腔：“是其他的狼族攻击你们了吗？你要离开我去打群架吗……”

黎苍心里一沉，却又稍感安慰，他的岳茏如果只是想到是因为狼族，那大概受的伤害会小一些吧？

“可是你跟狼族打群架跟解除标记有什么关系，为什么会伤害到自己？解除标记要耗费很大力气吗？会伤元气吗？是不是之后你去打群架就会轻易被狼人打倒？”

烈火焚臂，心口三刀，以惩罚自己标记他人之后始乱终弃。

岳茏在他怀里低泣：“怕我一直黏着你跟着去吗？还是因为标记一直在，如果……如果你回不来，担心我会为你殉情？”

被标记的人，会心甘情愿为标记者而死。

黎苍低叹：“瞒不过你。”

“那也没有这样的！为什么不跟我说一声就做了决定？”岳茏质问他，“不是说我是你认定的女人吗？随便就做了一个关于我的重大决定也不告诉我，你对吗？”

黎苍无奈地叹息：“不对。”

“哼。”岳茏止住了泪，头埋在他怀里生气，“认错态度好也没有用，你犯的是原则性错误。”

“我会好好认错。”

岳茏刚止住的泪又落下来：“反正不会让我真正满意……”

黎苍语塞，岳茏抽抽噎噎地提要求：“吻我一百次，就原谅你。”

黎苍毫不含糊，捧起她的脸就吻下去。他温柔缱绻地吻着她，她却略带惩罚地咬住他的舌头，咬住一阵又松开，乖乖接受他的攻城略地。

之后两人重新上车，黎苍直接开到医院，详细检查了岳茏腿部的烫伤，开好药之后才回家。

家中。

岳茏在卧室里傻坐了一会儿，想起刚才的对话，心里实在很不安稳，就给樊澄发了一条消息：“解除标记需要怎么做？”

樊澄半天才回复：“你问这个干什么？”

“他想提前解除标记。”岳茏失落地看着手机屏幕，继续打字，“我不敢追问原因，问他是不是因为狼人……其实我怕他真的跟我说，因为害怕我死，因为不能再跟我在一起。”

樊澄发了个叹气的表情，说：“你明知道他的担心是为你好。何况就算你不怕死，他也不想让你死。说到底，你们确实不应该认识。”

岳茏握着手机半天没回复，樊澄又发来一条：“以前族里有个男人总是去勾搭普通人类女性，跟很多女性发生了关系，害死了很多人。后来是苍王亲自去了结他的。”

“死了很多人？所有的都死了？”

四个字震惊着岳茏：“无一幸免。”

岳茏怔怔地看着这四个字发了很久的呆，发过去一句话：“解除标记会很伤害他是吗？”

“是。”

“我要怎么做才能帮到他？这肯定跟我有关对吗？”

“本来最简单的就是杀了你。不过你不用想着自杀，自杀是没有用的。”

“谢谢你告诉我。”

樊澄发了个无奈的表情：“我不想说的，苍王不想让你知道这么多，怕吓着你。但我看现在这种情况，你还是知道比较好，知道了才能做出最正确的选择。相信你知道应该怎么做。”

是的，她知道。

分开就是最好的选择。

当作没有认识过，当作一切都不曾发生，两人都回到各自的轨道上去。

不然呢？

上床就是个死，精神恋爱一辈子？

即便如此也会因为她那短暂的一生转瞬即逝，徒留他一个人孤独地在人世间游荡。

又或者在她死后，他立即殉情？

岳茏内心开始咆哮：这什么狗屁规则？！逗我呢？！

60

岳茏气得不行，觉得老天简直是在耍自己。按照她的性格，要是遇上这种事肯定要跟黎苍发一大通脾气，至少冷战个几天不理他，折腾够他才算数。可是现在，她的生气只能维持几分钟，因为她担心和他在一起的时间越来越少，她害怕得不敢浪费。

尤其她知道，他没有错。

岳茏烦躁地随便一挥手就把包摔在地上，本来就没扣紧的包里滑出一个东西——白蓉的手机。

岳茏的怒气被这个手机转移，她拿出新买的充电器给手机充电，过了一会儿就开机了。

白蓉的手机里没什么特别的东西，短信都是和朋友、经纪人还有未婚夫发的，相册里也都是类似关系的人的照片。

只是有一个视频，藏在一个文件夹中，被随便翻的岳茏看到了。

岳茏点开了这个视频。

视频里有一个年轻男人正在奔跑，逃命似的乱叫，正对着手机拍摄的方向，而没跑几步就听“砰”的一声枪响，男人头部中弹倒在地上。而男人背后仍然举着枪的，是岳茏认识的一个男人——郑伦。

手机里传来白蓉的惊呼，郑伦的枪仍然没有放下，他威胁白蓉立刻放下手机，然后忽然眼前一黑，电梯门关闭，白蓉的手开始剧烈颤抖起来，屏幕一直在摇晃。

视频结束。

岳茏震惊地看完整个视频，半天回不过神来，但她的脑子转得飞快：这么说白蓉的车祸确实是郑伦刻意做的，不是因为薛灿，不是因为什么角色，而是因为白蓉掌握了他杀人的证据。说不定白蓉的抢救无效死亡，也是人为……

岳茏惊得猛然站起来就往外奔，大声嚷嚷："黎苍黎苍黎苍！快来快来快来！"

黎苍几乎是转瞬就站在了她面前，倒让岳茏吓了一跳。黎苍有些抱歉地说："跳上来的。"

"这个手机。"岳茏把手机递到他面前，点开视频，"你看！"

黎苍看完视频，把手机收好，十分严肃地对她说："你现在很危险，必须跟我寸步不离。"

"啊？"

"郑伦肯定派人到处找这个手机，查到医院去，一问护士就知道把手机交给谁了，一定会找到你。为了以防万一肯定会杀你灭口。"黎苍表情更为严肃，"不能离开我的视线，明白吗？"

"哦。"岳茏这个时候还有心思开玩笑，"上厕所也不能？"

"不能。"黎苍顿了顿，"这个时候不要在意小节。"

岳茏两手的食指对着戳了戳，不开心："有点在意……"

"岳茏。"黎苍郑重地说，"我能保护好你，相信我。"

"嗯，我信。"岳茏摸摸他的脸，"你是不是太紧张了？我们现在把手机交到警察局去不就好了？"

黎苍沉声："我派人去交，你不能离开我身边。"

岳茏对他的紧张很受用地点点头，故作为难地说："晚上睡觉怎么办？"

"一起。"

"什么一起？"

"睡一起。"

"哎哟！那怎么行，"岳茏一副正经的样子，"我和你又没结婚，怎么能这样。"

黎苍握住她的手："别开玩笑。"

岳茏蹭进他怀里："等郑伦被抓住了，你就要把我踹下床吗？"

"不会。"

"你答应以后我想跟你怎样就能怎样，我就认真对待这件事。"

"我答应。"

岳茏仰头："还有九十九次，别忘记了。"

黎苍点头，在她唇上啄了一口："不会忘。"

岳茏摇头表示不满："这不是吻。"

"好，不算。"

岳茏安心地再次拱进他怀里，黎苍紧紧地搂住她，像是下一秒就会被人袭击似的，把她牢牢护住。岳茏却一点都不害怕，只觉得他的怀抱就是铜墙铁壁。

本来岳茏想出去吃大排档，但黎苍不准，去厨房准备晚饭，还让岳茏一直贴在自己身边，恨不能拿根绳子把她拴在身上。做饭的间隙他又去仔细检查了门窗，每一个细节都没有放过，又打电话召来了二十来个保镖，在屋外站岗，还给樊澄打了电话，让他立即过来。

岳茏从窗户往下看那些走来走去的保镖，着实受到惊吓，调侃黎苍："谁知道我住在你这里啊？搞这么多人在外面游荡跟游魂似的，晚上没事儿都被吓醒了。"

"只要有心，总能查到这里，你在这里出入并不是秘密。"黎苍把她拉回来，关上窗户。

岳茏被黎苍牵着走，嘴里还在嘟囔："说不定保镖里有郑伦的奸细。"

黎苍停下，认真看着她："所以这次我叫来的都是熟悉的人，把这种可能性降到最低。"

岳茏继续施展编剧功力："那也保不准有谁因为什么事情需要一大笔钱，被人用钱收买了。"

"所以我提前预付了他们一笔不少的款项。"

岳茏瞪眼："说不定这里有你的隐藏仇家，专门等待时机要报复你，不用钱就能替对手卖命。"

黎苍浅笑："这个，确实不敢保证。"

岳茏得意地笑："所以嘛，你找这么多人来干吗？"

黎苍安静地切肉，只是笑了笑。他也清楚叫这么多保镖来用处并不大，如果他和樊澄都不能护岳茏周全，其他人更不可能。可是他现在觉得到处都不安全，就像是哪里都会有人瞬间破墙而入似的，所以他想用一切能想到的东西把岳茏围起来，安安全全地保护在身边。

有生以来，他第一次如此不安。

这种不安跟以往不同，不是那种即将面对成群凶残狼人的不太有把握，也不是看到同族中有人意外死去后对未来的忐忑，更不是自己第一次杀人后的那种茫然。

这是一种从心底油然而生的惧怕。深到他不敢想象万一失去她的后果，只随便想想就觉得疼痛难忍。

"发什么呆？"岳茏拿起他手里的刀唰唰唰地切，手法十分熟练，说，"照你这样切可以切到明天去啦。"

黎苍看了一眼她的小腿："还疼吗？"

"上过药好多了。"

"怎么不叫我给你上药？"

岳茏斜他一眼："怕我把持不住。"

61

黎苍失笑："这种时候，不该是男人把持不住吗？"

"对啊，可惜你不是一般男人。"岳茏把切好的肉放到一边，又开始切洋葱。

黎苍微微低垂眼眸："我也希望我是。"

岳茏原本还想调侃他两句，可不知道为什么眼泪毫无征兆地滴在案板上。

黎苍顿时喉咙发紧，正想安慰她，她却用手臂随意地抹去眼泪，笑着说："洋葱太辣啦。"

"我来。"黎苍拿过刀开始切，没有再问什么。他知道她是刻意不让他担心才说因为洋葱而流泪，其实她想什么，他都知道。

岳茏的眼里还有隐隐的泪光，脸上却是开心的笑："你的眼睛也比我强吗？

切洋葱不会流泪？”

“我没关系。”

岳茏轻轻靠在他身旁，闭上了眼睛。黎苍缓缓地切着洋葱，忽然听到了轻微的脚步声，竟已到了厨房门口。他以极快的速度将岳茏护在身后，手里的刀已经飞了出去，正扎向厨房门口。

“哎呀！要杀人啊！”樊澄从门口的阴影里跳出来，躲过了飞刀。刀落在地上。

黎苍松一口气：“怎么不按门铃？”

“想按来着，想起你那个指纹锁里并没有设置我的指纹就有点伤心，所以走了窗户。”樊澄拍拍心口，“这不是顺便想试试你这里的安保措施怎么样嘛，那些保镖还算警醒，不过我的身手更加无敌。”接着又埋怨，“你也太狠了，要是个一般人早被你扎死了，幸亏我速度快。”

岳茏从黎苍身后探出头来：“Hi，你来啦。”

樊澄眉开眼笑：“小丫头真有礼貌，比某人一见面就飞刀好多了。”

黎苍不说话，把切好的菜准备好，开火炒菜。樊澄看了一阵眼睛越瞪越大：“这么多年我就吃过三次你做的饭，你的良心呢？！”

岳茏补刀：“我天天吃。”

樊澄一副无语的样子，又说：“认识这么多年我都按不开你家的指纹锁！”

岳茏偷笑：“我能按开。”

樊澄痛心疾首，坐在餐桌边上一副等吃的样子：“我不管，今天就等你伺候我了。”

岳茏笑嘻嘻地拿出碗筷摆在餐桌上：“多吃点，别客气。”

樊澄受用地点头，岳茏又补刀：“反正没有下次了。”

樊澄瞪眼，岳茏往他嘴里塞了一个东西，吓得他向后仰，岳茏还堵着他的嘴：“毒药！吃下去！”

樊澄被迫吞下那个东西，呛得直流眼泪，还不忘问：“什……什么啊？！”

“说了是毒药。”岳茏一脸坏笑，“准备毒发身亡吧。”

樊澄泄气：“味道还不错。”他笃定地说，“你不会害我。”

岳茏一个劲儿笑，黎苍已经端上两盘菜。樊澄眼巴巴地看着黎苍：“你的小女朋友给我吃了什么？”

黎苍斜他一眼：“你最讨厌吃的。”

樊澄一惊：“榴梿？！可是味道为什么还挺好？”

岳茏笑：“因为是榴梿小饼呀，好吃吧？”

“好吃……好奇怪我居然觉得榴梿好吃……”樊澄有点蒙。

“什么东西都要尝试看看嘛，我可喜欢吃榴梿了。”岳茏拿起一个榴梿饼啃起来，“没准儿吃吃就很喜欢了呢。”

樊澄从善如流地拿起一个榴梿饼，小小地咬了一口，点头：“好像确实还行。”

“所以说啊，就算你们族里有过什么先例，那些女人都死了，也可以跟我试试啊，说不定我就是那个例外。”岳茏瞟向黎苍，“对吧？”

刚吃进去的榴梿饼被樊澄全喷了出来，他大力咳嗽几声，上气不接下气地说：“你你你，你绕了半天就是为了说这个？”

岳茏好整以暇地吃着榴梿饼，点点头：“高明吗？”

“好歹是个女的，不害臊啊？”樊澄一脸恨铁不成钢。

岳茏没有回答，直接用行动来表明一切。她看着黎苍走过来又放下两盘菜，站起来拉住他，将榴梿饼叼在嘴里就凑了上去。黎苍低头咬下大半，岳茏又凑上去，这下黎苍再低头，两人的唇都贴在了一处。

“哎哟哟！”樊澄叫唤起来，“你们为什么叫我来！辣眼睛啊！”

黎苍端着电饭煲放在餐桌上：“吃饭。”

吃饭期间，黎苍一直含笑看着樊澄和岳茏斗嘴，看着樊澄吃瘪就嘴角上扬，间或插嘴说的话都是帮岳茏的，被樊澄大骂没有良心到了极点，惹得岳茏哈哈大笑。

而就在此时，本来一片和谐的氛围突然被一阵手机铃声打破——白蓉的手机正在不远处的桌上响着。

黎苍走过去接起电话，里面一个男声笑了一下：“让我好找。岳小姐，住在金湾别墅区？”

62

黎苍对樊澄比了个手势指了指手机，樊澄立刻会意，拿出一个平板电脑开始操作，对黎苍摆了一个 OK 的手势。

黎苍沉声："哪位？"

那边的声音带了点惊讶："果然是被包养了？我还以为以岳小姐曾经刀砍抄袭者的不凡勇气，是肯定不会愿意做一只金丝雀的。"

岳茏扒在黎苍身边，耳朵贴着手机一直在听，此时听到了这一句，用嘴型跟黎苍说："愿意！"

黎苍差点要笑场，稳住声音说："你搞错了，我是她包养的人。"

岳茏惊诧地瞪眼看他，樊澄捂着心口一副即将心脏病发作的模样。

黎苍仍然面不改色："有什么事情直接说，不要绕圈子。"

"很好。白蓉的手机交给我，否则……"

黎苍语气寒凉："你去自首，这件事就罢了，否则，我不会给你否则的机会。"

"呵呵……"那边的人开始冷笑，"你是还没有见识过我的实力才会这么嚣张。住在金湾也就是有几个臭钱罢了，你听过道上'疤爷'的名号吗？"

黎苍一本正经地回答："疤爷没有听过，八哥儿倒是知道。你喜欢鹦鹉？"

岳茏憋着笑蹲在了地上，肩膀一耸一耸的，就快憋不住了。樊澄闭眼扶额，已经不能直视黎苍的脸。电话那头的人显然也没有适应这个话题，黎苍已经先发制人："一个小时内自首，否则风海大厦底层的那些东西，很快就会被一锅端掉。"

电话那头的声音有些变调："你，是什么人？"

黎苍按断电话，看向樊澄。樊澄看着平板电脑："查到了，在城南一个大厦。"

"派人去抓，抓到直接丢到警察局。"

"好，我立刻安排。"樊澄开始打电话，样子与平时不同，很有几分严肃认真的样子。岳茏凑近看了看平板电脑："高科技啊，还能追踪定位。"她看向黎苍，"这么熟练，你们经常追踪别人？"

"很少，需要的时候才做。"黎苍解释，"掌握技术以备不时之需。"

樊澄在电脑上向同伴发出指令，完事之后愉快地拍手："好了，郑伦跑不了。"

岳茏开心地欢呼："太好啦，警报解除！"她豪气地挥手，"等会儿出去消夜！"

樊澄立刻回应："好好好！"

黎苍看她："菜不好吃？"

岳茏扑到他怀里："没你好吃。"

樊澄十分自觉地离开厨房，一脸"眼不见心不烦"。

黎苍抱住岳茏低声浅笑："没你好吃。"

他的重复带着别样的缠绵情意，她的心里一阵阵发颤，嘴上却赌气又委屈地说："光看不吃。"

黎苍的眼中带着遗憾和抱歉，还有许多复杂的悲悯和无奈，多种情绪交缠，令岳茏都有些不忍再看，于是她把头埋进他怀里，用欢快的声音说："我请你吃！消夜！"

黎苍在她侧脸上印下轻吻："好。"

两人出门的时候，樊澄站在二楼幽怨地看着他们："舒广打电话来说，郑伦已经抓到了，你们好好吃啊。"

岳茏招手："一起去呀！"

樊澄看了看黎苍瞟过来的眼神，连连摆手："瓦数太大，去了也是被嫌弃，不去！"

黎苍飘来一句："给你打包。"

大排档。

岳茏豪气地要了一桌子烧烤还有几瓶啤酒，对黎苍一挥手："来！吃！"

黎苍浅笑，拿起肉筋开始吃。他的吃法跟其他人并没有什么不同，但在岳茏看来，就是显得干净斯文，嘴唇两边连一点油腻和残渣都没有，优雅得跟吃西餐一样。

"哎，你这样，我都不好意思吃了。"岳茏把一串鸡爪拿在手里看了看，"我的吃相很难看的。"

黎苍莞尔："没发觉。"

"平时吃饭那不一样，你带我去的那些高级地方就更不一样了，吃烧烤可是最暴露本性的！"

"暴露一个看看。"

岳茏做了个撸袖子的模样：“那我就不客气了！”她大吃特吃起来，看着特别香。

黎苍含笑看了她一阵，下结论：“挺好看的。”

岳茏满足地笑：“这就是情人眼里出西施吗？”她吃了几口，又问，“风海大厦下面到底有什么东西？”

“黄赌毒那些。”

“你怎么知道的？”

“有情报网。”黎苍解释，“我们并不主动冒犯普通人类，他们做什么勾当也与我们无关，但总要掌握一些东西，好在触及自己利益的时候能够有反击的资本。”

“啧啧。”岳茏咂嘴，“四百多年的情报网，有点可怕。”

“历经几代人才有今天的规模，也是因为吃过太多的亏，甚至曾经差点因此被灭族。”黎苍说得轻描淡写，岳茏却从中听出了腥风血雨的味道。

岳茏边吃边盯着他看：“你的故事随便截一段出来，我就能编个四十集的电视剧。”

黎苍看向她的眼神认真了几分：“需要素材，我可以提供。”

“真的呀？”岳茏笑，“你不要点版权费什么的？”

“开什么价都可以？”

“开开开，我看看你的狮子口有多大。”

黎苍像是略略叹息，云淡风轻的口吻中有着不容置疑的确定：“任何情况下，以自己的生命为先。”

岳茏眨眼：“这就是你开的价格？”

“嗯。”

“版权费可不是这么开的。”岳茏故意曲解他的意思，“你要说一个数字，一个价格。”

“无价。”

“啊？”

“你的生命在我眼中，是无价的。”

63

“我的命要怎么挥霍，我说了算。”岳珑不咸不淡地回敬，抓起一串脆骨继续嚼，见黎苍仍然看着自己，又瞪他，“有本事娶了我，我就什么都听你的。”

“确定？”

岳珑鼓着腮帮子口齿不清地回答：“你们那个族的结婚仪式有什么特别吗？两个人有没有更高级的互相标记？”

黎苍立即明白了她的意思，却并不直接回答，而是浅笑：“嫁给我就知道了。”

岳珑挑眉，黎苍补充：“包你满意。”

岳珑被这句话诱惑，凑近他问：“真的呀？”

“嗯。”

岳珑又吃了几个烤鲍鱼，一脸深沉地摇头：“怎么感觉像骗婚呢。”

黎苍不免笑起来，抽了纸巾擦去岳珑脸颊上的油腻，说：“好好活着，别瞎想。”

岳珑微微白他一眼：“骗一辈子的话，我可以考虑考虑。”

黎苍温柔的目光覆盖在她身上，将面前杯中的啤酒一饮而尽。

烧烤店的小工端着一盘满满的烧烤走过来：“又来一盘！”他手脚麻利地把盘子放下，却没想到盘子下面藏着一把西瓜刀，他迅速地抽出来，对着岳珑的腰腹就是一捅！

黎苍目眦欲裂，以普通人类绝不可能有的速度迅速一抓，握住了刀尖，使自己的手抵在岳珑的腰腹上，没有让她受伤，另一只手同时掐在小工的脖颈上，只听“咔”一响，小工的头歪向一边，倒在地上，顿时没了声息。

岳珑惊诧莫名，抓住黎苍的手细细查看：“流血了！疼吗？！”

黎苍拿纸巾擦干血迹：“没事，一会儿就好。”

“他怎么会要杀我……”岳珑一句话还没说完，烧烤摊周围忽然冒出很多看起来像黑社会分子一样的年轻男人，个个手里拖着一根长棍或者砍刀。烧烤摊里的客人尖叫着四散跑远，这二十几个年轻男人渐渐聚拢，把黎苍和岳珑围在中央。

黎苍将岳珑搂在身前，看着周围的人：“郑伦的人？”

站得最近的一个年轻男人说：“我们只要这个女人，你靠边儿，我们可以不动你。”

黎苍一贯的淡淡笑容里浸透冷意：“你们不动我，我要动你们。”

男人们都发出不屑的笑声，岳茏又是紧张又觉得黎苍肯定能对付，更紧地往黎苍身上靠了靠。

黎苍感受到她的心情，以极低的声音在她耳边说：“抱紧我。”

岳茏立刻抱紧黎苍，他牢牢搂紧她，脚一踹就把面前站在一起的两个男人都踹翻，其他男人攻上来，也被他随手扬起的桌椅打倒，噼里啪啦横扫一大片。黎苍带着岳茏很快冲出包围圈，几个跳跃就甩开那些人好远，直接带着岳茏到了车门口把她塞了进去。

黎苍一踩油门就冲了出去，那群人在后面死命地追了一阵便停下大口喘息。岳茏见后面没有人再追了，看向黎苍：“你刚才那么快地奔跑跳跃，不怕被别人发现啊？”

“顾不上。”

“郑伦不是被抓住了吗？他的手下还这么忠心地要来杀掉我？黑社会都这么有情有义啊？演古惑仔呢？”

黎苍皱眉：“恐怕没有抓到。”

“怎么会？你这个族的人还能让普通人跑掉吗？”

黎苍还没有回答，手机已经响起。他接通车内外放，樊澄急躁的声音传来：“苍王你们在哪里？安全吗？有没有被袭击？”

“被袭击过了。”

“啊？！都还好吗？”

“没事。”

樊澄的声音明显松一口气，黎苍问：“舒广出了什么问题？”

“呃……他……”樊澄犹犹豫豫，“他没抓到郑伦。”

黎苍沉声：“是没抓到，还是根本没去抓。”

“确实……没去……”樊澄着急解释，“不过，不过他也是一时糊涂，他真的是一时糊涂……”

黎苍已有了怒容：“他是认为只要我们放松警惕，岳茏就可能单独外出，而岳茏只要落单，就必定会死在郑伦派出的人手里。他不便动手，就顺水推舟。”

樊澄默认，半天没说话。

岳茏看了看黎苍，默默地在他胳膊上摸了摸。

黎苍吐出两个字："锥心。"

"不是吧！不要啊！"樊澄惊悚地叫唤起来，"求苍王开恩！他肯定是一时糊涂！我立马押他过来认罪！"

"不必了。"黎苍的声音头一次寒冷如冰，"当年他对如真见死不救，我已经想对他施刑，居然再犯。"

樊澄顿时语塞，黎苍的声音更冷："你向着他，就是远离我，自己考虑清楚。"

"呃……"樊澄不知道要说什么，黎苍挂断了电话。

岳茏跟黎苍认识以来，还没有见过他生气发火，更别提现在这样真的动怒，气氛冻结得她想开玩笑都开不出来，而黎苍忽然刹车，把车停在了路边，对着她一伸手，把她搂在怀里紧紧抱住。

岳茏的双手很自然地搂住黎苍的背，轻柔地拍了拍："怎么啦？"

黎苍不说话，只是将她搂得更紧，脸贴在她的颈窝里，大口呼吸了几次，似乎才平静一些。

岳茏感受到他的心情，柔柔地摩挲着他的脊背，轻声安慰："我没事，也不害怕，你别担心呀。"

"是我怕。"低音炮震颤在岳茏耳边，"在那一群废物面前，我居然担心护不住你。"

岳茏抱紧他："我一点事都没有，你护住我了，好好地保护了我，非常好，特别好。"

黎苍紧紧靠在她的颈窝里，不说话。岳茏轻柔地安慰了他一阵，语调又开始不对劲："你看，现在想杀我的人这么多，说不定哪天我真的就死了，不如，在我死前，你满足我的愿望呗？"她最后一句带了很多的真心，"死在你怀里，总比死在别的什么地方，幸福多了。"

第七章

心口三刀

64

岳茏没有说自己从前伪装被抹去记忆，黎苍也没有问。她想说就说出来了，她明白他可能早就看穿了，可为了照顾她的心情，从没有提过。此时的黎苍心里，乱七八糟的情绪汹涌澎湃，起伏的呼吸都有些紊乱。岳茏又开始后悔自己是不是说错了话，不该在这种他本来就忧心忡忡的时刻，再戳他的痛处。

“苍苍，”岳茏的声音低下去，在黎苍耳畔绵软得直入他心，“我会好好保护自己的，听你的，都听你的。因为我很珍惜很珍惜和你在一起的每分每秒，虽然我知道总在倒计时，可我还是想把一分钟掰成两分钟来过，好好地跟你过每一天。

“我不知道你们族里那些听起来好像很严苛的规矩到底是怎么回事，如果，万一，真的在标记结束之后你就必须离开我……”岳茏略略哽了一下，“那就多留一点时间给我吧，别老想着提前解除标记了，好不好？”

黎苍心里原本已经坚定的事情开始动摇。明知道是标记促使她天天黏着自己，明知道是标记的效力导致她即使为自己死都愿意，可一想到标记解除后她有可能的疏离和淡漠，他就难受得不能自已。

是的，他贪心，他想留住她在身边的时光，能多一秒是一秒。

可他又担心这一切都是虚妄的假象。

即使心底有一丝奢念，他仍苦苦挣扎在放弃与沉沦之间，不得解脱。

岳茏轻拍他的脊背，像安慰孩童那样轻柔小心。黎苍松开她重新坐好握住方向盘发动了车，开出一段路程之后，说：“真像你说的那样好好保护自己的话，我答应你。”

岳茏重重点头：“嗯！”心里却想着：谁知道标记解除之后你会不会被你

们族里那些恐怖分子直接拖走？又或者他们来个谁随便就把我给宰了？标记还在的话，时间就多一些，看我不把你拿下，哼哼。

黎苍带岳茏回到金湾别墅，樊澄有些愧疚地站在门口迎接他们。岳茏还对他笑笑："消夜还没来得及打包，下次多给你带点。"

"没事的……"樊澄的声音不像以往那样欢快，看了看并没有理会自己的黎苍，眼神有点忐忑。岳茏连忙推了推黎苍的胳膊，黎苍看向樊澄："舒广呢？"

"他回族里领罚去了，我让白真监刑，刚才来过电话，已经……"樊澄的眼神明显有些疼痛，"已经施刑了。"

黎苍站在原地没有动，岳茏感受到他内心既疼且恨的情绪，察觉到那个"锥心"是十分残酷的刑罚，一时也有点胆寒，更心疼黎苍的纠结，握住他的手给予无声的安慰。

"我自作主张让楚寒先从密室出来了，抓人他最有经验，让他去抓郑伦最合适。"樊澄略带小心地看着黎苍，"楚寒不敢违背你的命令，我骗他说是你的命令，他才出来。"

黎苍点一下头："辛苦你了。"

樊澄放下心，又看向岳茏："你就好好待着别乱走了，等抓到郑伦再出门。"

岳茏听话地点头："好。"

黎苍摸了摸岳茏的头："衣服都脏了，先去洗澡。"

岳茏知道他们俩有话要说，立即点头走向二楼，进入自己的房间关上了门。

岳茏洗完澡换好睡衣，走出卧室站在走廊上向下看去，黎苍和樊澄还坐在沙发上低声说着什么，神情不像她想象的那样严肃，倒是轻松不少的样子。她放心很多，轻手轻脚地溜进黎苍的房间躺在他的床上，渐渐陷入了睡梦中。

迷迷糊糊之中，黎苍走进来给她盖上了薄被，在她脸颊上印下一吻。似乎停在她身边仔细端详了一阵，用低沉的声音不知道在吩咐谁："你们在这里看着她，必须寸步不离。"

"是。"回答声似乎是两个人。

黎苍的手抚过岳茏的脸颊，在她的后脑上摩挲了一阵，起身走出了卧室。

岳茏陷入更深的梦乡。

深夜，暴雨如注。

漆黑的巷道内，一大群手持棍棒砍刀的小混混正虎视眈眈，黎苍独自站在他们对面，冷肃得如同一尊雕像。

小混混们忽然自动让到两边，郑伦从后面走出来，有人一直给他撑着伞。郑伦对黎苍笑笑："终于见面了。"

黎苍沉声："救你的人，是谁？让他出来。"

"这么机敏，比描述中的还要可怕呢。"郑伦笑，"你过了我这关再说。就算你再怎么体力惊人又打不死，被这么多人拖上一阵，也会拖垮吧。"

郑伦已经知道自己的真实身份。

黎苍敏锐地听出了这一点，反应极快："叫韩判出来。"

"真是太聪明了，我有点怕。"郑伦呵呵笑了笑，忽然变了脸色，眼中露出杀意，"给我上！"

郑伦向后退去，身后的小混混纷纷上前，却因为他们之间已经流传过关于眼前这个男人的可怕而步履缓慢。

黎苍沉定地看着他们，静静地吐出一句："想玩儿？成全你。"

郑伦一愣，只见黎苍身后不知道从哪里走出很多个黑衣人，悄无声息却看起来很有规律和阵法，很快整齐地聚集在黎苍身后，森严肃穆得仿若军队。

郑伦和小混混们都震惊了，一时之间不敢妄动。郑伦的声音有点发颤："你，你怎么会有这么多……"

黎苍并不说话，他身后的一个男人开口："你不知道的事情多了，风海大厦都快被掏空了，你还有心情在这儿演古惑仔？"

郑伦更惊："什么？！"

"皇朝夜总会的人也都被清理干净了，你不会也不知道吧？"

郑伦心慌意乱地开始掏手机，但因为下雨却手一滑，手机摔在地上。

黎苍身后的人撑开一把伞挡在他的头顶，黎苍那清浅冷澈的声音穿透雨幕："还在等什么？"

65

军队般动作整齐划一的人群并没有动，而是从中走出一个提着重型机关枪的人。这人的臂力看起来极大，一挺重型机关枪提着毫不费力，轻轻放在地上，从容不迫地上好了子弹，枪口正对着对面的小混混们准备扫射。

郑伦等人大惊失色，没有想到对方会有这样重型的武器。当下就有很多人向后退去，甚至开始奔跑逃窜，生怕下一秒那机枪扫射的子弹就洞穿自己。郑伦也想跑，却有点抖得不能动，反而怔在原地。

黎苍见对面的人都跑得所剩无几了，又看向郑伦："韩判在哪里？"

郑伦听到这个问题，终于找回了一点自己的声音："他……他让我告诉你，要在老地方跟你决一死战！"

黎苍沉眸："他为什么帮你？"

郑伦犹豫，立即有人上前对着他的膝盖一踢，骨头碎裂的声音骤然响起，郑伦惨叫着跪在地上，哆哆嗦嗦半天，忍痛说："没有原因，他是忽然出现说要帮我的，你们这些不是人的物种……"

黎苍不想再听下去，吩咐说："丢他去警局。"说完立即飞速离开，很快消失在大雨中。

金湾别墅中。

樊澄和楚寒紧张又戒备地看着眼前的男人——这人长相轻佻，看起来很年轻，身材十分修长，一副玩世不恭的模样。

"这么多年没见，想我吗？"男人开口，声音温柔又好听，而在樊澄和楚寒听来却带着阵阵凉意。

楚寒沉眉看他："韩判，你已被逐出本族多年，突然出现是什么意思？"

韩判轻嗤："我又没有回族里大本营，这里有什么不能来的？这里现在也是你们的据点之一了？"他看向仍在床上沉睡的岳茏，"舒广也在？他的沉睡术这么多年还是这个水平，毫无进步。"

樊澄觉得自己的手心都紧张得出汗，还刻意冷静地问："你到底想干什么？"

韩判坐在两人对面的沙发椅上笑："来跟你们叙叙旧。"

楚寒不着痕迹地对樊澄使了个眼色，意思是两人一起迅速攻击韩判。然而他们刚刚向前一扑就突然停下了，仿佛身体都僵硬了，完全不能动弹。韩判好整以暇地看着他俩，叹息地摇头：“一点进步都没有，我很失望啊。”

樊澄和楚寒此时看到的景象都是一样的，仿佛身在冰窟之中多时，被冻得四肢僵硬手脚发麻，再冷一点就能立刻被冻成人棍。而事实上他们就在卧室里，哪儿都没去。

韩判站起身走到床边，细细观察岳茏，像是要把她看穿。樊澄几经挣扎，意识终于稍稍回来了一点，瞥见韩判已经靠岳茏极近，艰难地大声呵斥：“你！你离她远点儿！少动她！”

“我可不是你那位苍王，从不杀无辜的普通人。”韩判笑，“再说，这小姑娘身上明明有黎苍的标记，不算是无辜吧。”

楚寒也艰难出声：“有什么……冲我们来……当年的事跟她一点关系……都没有……”

“我听说你很想杀了她的呀？怎么现在维护起来了？”韩判摇头，“你呀，什么都好，就是对黎苍简直是愚忠，就算再怎么不爽，只要是他的命令，你就不会说个不字。真是愚蠢。”

“你们放心，我不会简单地弄死她的。”韩判的笑声犹如在拍鬼片，“总要慢慢玩才有意思。让我好好想想，怎么玩才会让黎苍最难过呢？”他在樊澄和楚寒之间踱步，像是在思考什么高深的问题，最后笑起来，“让你们俩把她给轮奸了，我看就挺好。”

楚寒惊惧地圆睁双目，樊澄直接恼怒出口：“你！你治得住我们俩，等苍王回来让你死得后悔生出来！”

“哈哈哈哈！我很期待！”韩判毫不在意地大笑，“我就想看他暴怒的样子，最好是寻死觅活直接自杀，那我可开心死了。”

楚寒在僵硬之中动了动后槽牙，韩判像忽然想起什么：“啊对了，你们这些忠心的人，牙齿里都藏着药呢，一言不合就自杀，差点忘了呢。”他立即对着岳茏做了个手势，像是将她从头到脚隔空抚摸了一遍，清晰有力地说，“起来吧，岳茏。”

岳茏真的睁开眼，迷茫地看着眼前的韩判：“你是谁？”

韩判笑得温柔如水：“我是谁不重要，你看那是谁？”他对着楚寒一指，岳茏看向楚寒，竟然惊叫起来：“黎苍？！你怎么了？怎么浑身是血？”她掀开薄被奔过去，对着楚寒左看右看，“为什么全身是血？！怎么了？！”

楚寒绝望地闭上眼，樊澄强撑着越来越难受的麻木感，对岳茏喊：“岳茏……你醒醒！那是幻象！都是幻觉！”

岳茏迷蒙地看向樊澄：“你又是谁？”

韩判坐在床边，轻轻松松地下结论：“他是要杀黎苍的人呢，你看他手里那刀，就是那把刀捅穿了黎苍的肺腑和四肢，下一刀怕是就要捅到心脏上去了呢。”

岳茏立刻挡在“黎苍”身前，对樊澄发怒：“你敢再捅！我咬也要咬死你！”

樊澄要绝望了，却还挣扎地叫喊着：“岳茏你快醒醒！使劲咬自己的舌头！看清楚我是樊澄！刚才还让你打包消夜的樊澄！”

韩判笑着瞥了樊澄一眼，他脸上的痛苦之色立即加剧，很快就说不出话来，仿佛被钉在原地，目光却还牢牢地锁在岳茏身上，满眼的焦躁与绝望。

岳茏眼中闪过片刻迷茫，韩判的声音又传来：“小心哦，那一刀要砍下来了呢。”

岳茏惊惧地看着眼前，而眼前只有动也不能动的樊澄，什么危险都没有。可她的眼神越来越恐惧也越发坚定，不知道看到了什么，忽然改变姿势回身扑在楚寒身上牢牢抱住他，像是为他抵挡一切灾难和危险。

“呵……”韩判嗤笑地看着，岳茏仿佛被什么东西重击，背部深深凹陷出一条印痕，几乎是瞬间就使得衣服爆裂开来，而她背部的肌肤上显出一条触目惊心血肉翻飞的伤口。

“啊——”岳茏惨叫，紧接着一口鲜血喷在楚寒的前襟上，染得一片殷红。

樊澄已经不能出声，眼中隐隐泛泪，却仍然动也不能动。就连一贯恨不能杀了岳茏的楚寒也颇为动容，惊惧又感慨万千地看着眼前重伤的岳茏倒在自己身上，渐渐滑落下去，没了声息。

66

“呵，死了？”韩判微笑地看着岳茏，“果真是脆弱的普通人类。”

一阵玻璃碎裂的声音响起，一个人影从窗户直接跃入，对着韩判的后脑重重一捶！

韩判想躲却没完全躲过，那重拳砸在他的左侧脑袋上，疼得他翻滚地撞在墙上，发出“砰”的一响。

樊澄差点喜极而泣：“苍王！”

黎苍无暇他顾，立即扑向岳茏将她扶起来，语调完全不在调上：“岳茏？！岳茏？！”

韩判的嘴角流出血来，挣扎着坐起来缓了缓，阴笑得十分欢快：“标记的力量果然强大，她是为你死的。”

黎苍眉目一震，整个人都散发着狂怒和惊恸，看向韩判的眼神几欲将他活剥拆骨！而韩判非常机敏地直接从窗户跃了出去，他知道黎苍现在根本不会有心思追他，很快就跑得不见踪影。

黎苍果然顾不上他，再次低头看向怀里的人，探向她的鼻息和心脉——一点动静也没有。他的心如遭重击，连呼吸都不顺畅，怔怔地看了岳茏几秒，忽然轻轻把岳茏放下，以快得看不见人影的速度奔出房间，又极快地旋回来，手里多了一把刀。

手起刀落，黎苍瞬间在自己的胳膊和手腕上划出道道血痕，直接将鲜血淋在岳茏背部的伤口上。他的伤口愈合极快，他在那伤口愈合之后又不断划下去，再划下去，保持着鲜血不断喷涌的姿态，不断浇灌在岳茏的伤口上。

韩判离去一阵之后，樊澄和楚寒才慢慢恢复知觉。他们都扑上去握住黎苍还在不断举刀的手，一齐跪在他身边：“苍王！她已经死了！你流再多血也没有用！你这样一直放血也会活不下去的！苍王！”

黎苍什么也不说，一手甩开一个，力气大得惊人，继续用刀划着自己，鲜血仍然如水柱般喷涌而下，尽数浇灌在岳茏背部的伤口里。

而岳茏，仍然毫无反应。

樊澄和楚寒被甩得撞在家具和床角上，顾不上疼又扑上去抢黎苍的刀，按住他的手。黎苍失控地跟他俩撕扯，双目赤红地吼叫：“滚开！谁挡我我杀谁！”

樊澄和楚寒再次被甩开，而黎苍也因耗费体力和气血过度，跪坐在地上喘息。他看向一直紧闭双眼的岳茏，手中的刀跌落在地，上前抱起她搂在怀里，脸颊贴着她的脸，浑身都在发颤：“醒来，快醒来！你不是说要赖着我吗？标记时间还没结束你怎么就不理我了？说好的话不算数吗！”

樊澄完全不忍再看，楚寒早已偏转过头，默然地坐在一旁的地上。

千言万语堵在黎苍的胸口，胀得他心口发疼。他难以自持地捂住心口闷哼，觉得浑身都开始疼起来，却说不清到底是哪里在疼。之后，他的脸埋进了她的颈窝里，像从前那样，再没有抬起。

樊澄和楚寒在一个小时以后才能把黎苍拉起来，他执意不肯跟岳茏分开，一直抱着她不松手。他们俩只好把岳茏抬放在床上，黎苍就坐在床边看着她，一动不动。

樊澄看向黎苍手臂上的伤口，虽然都已经愈合，但残存的血迹仍然触目惊心。他不知道要说些什么，也知道此时说什么都无用，就打算和楚寒暂时离开房间，去做一些该准备的事。而他俩刚退后两步，黎苍就开口了，声音是完全沙哑的低沉："她，怎么……"他仿佛不忍说出"死"字，停顿半晌说，"怎么弄成这样的？"

两人说得很缓慢，互相补充着说完了整件事。末了，楚寒低缓地说："我没有想到，她真的会为苍王……确实是真心对您……"

黎苍的心一阵抽搐，声音低得有些听不见："是我害死了她，没有早点解除标记，害得她如此无畏无惧。"

楚寒没有听清，樊澄使个眼色让他不必再多问，两人退了出去。

客厅内，楚寒和樊澄也沉默良久，楚寒问："刚才，苍王是不是……哭了？"

樊澄点点头。

楚寒又陷入沉默，过了好一阵才问："苍王会变成第二个舒林吗？"

樊澄摇头："不好说。"

"苍王这个样子，跟铭刻了对方有什么区别？"

"没有区别，还比那更严重。"樊澄又恼起来，"韩判那个浑蛋！用幻象杀人的手法更精进了！居然用在我们身上！"

楚寒的眼中泛起寒光："必须除了他。"

"必须！"

楚寒看了看二楼："她死了，标记是不是就解除了？"

樊澄思忖："算吧，幻象杀人也是杀人。"

楚寒叹气："我要是说放心多了，好像太缺德了。"

"现在说，是有点缺德。"樊澄长叹了一口气，"那个小丫头要是我们族里的，那我肯定举双手双脚赞成她和苍王在一起。"

楚寒沉默了一阵，接话："可惜。"

樊澄起身："还有好多事忙。苍王现在是什么都做不了了，小丫头的身后事，还有追捕韩判的事，都要我们去操心了。"

楚寒同意："该怎么办，叫白真也来商议一下吧。"

樊澄、楚寒及白真在客厅内商议事宜，三人时不时瞟向二楼卧室，那里仍然没有任何动静。樊澄怕黎苍想不开还偷偷上去看了看，黎苍仍然枯坐在岳茏床前一动没动，保持着两天前的姿势，像是马上就要化成一块石头。

樊澄试探地去提醒了一下："苍王，小丫头她……不宜长时间就这么……躺着……应该……应该送去殡……"

"她没有死。"黎苍的声音冷如冰，再次重复："她没有死。"

樊澄哽了哽："我们都很难过，但她确实已经……"

"她没有死。"黎苍只重复这一句，"她没有死。"

樊澄担忧又心疼地看着黎苍，谨慎措辞："那，那好歹给她换件衣服吧？你看她身上，还都是血迹，这，这也不好看哪……"

黎苍沉默了。

樊澄觉得自己似乎等了一个世纪，黎苍终于说了一句："叫丘芳来。"

67

丘芳是天狼族中为数不多的女性之一，岁数比黎苍稍长，因为稳妥老成而很受族人敬重。她被召唤到别墅中，按照吩咐上了二楼给岳茏换衣服。但黎苍看见她提上来的包里都是寿衣，立刻大发雷霆，把大包直接从窗户扔了出去。

丘芳从没见过稳重优雅的苍王这副模样，一时有些被吓到。樊澄对她耳语几句，她就很快明白，站在黎苍身边轻声说："岳小姐平时喜欢什么样的衣服？

我去拿来给她。”

黎苍怔怔地看着岳茏，喉头滚了一滚：“都在房里。”

丘芳去取了几件衣服回来，说要给岳茏换衣服了，让男人们都回避，黎苍这才一脸茫然地被樊澄拉了出去，却仍然不肯走远，就站在门口靠着扶栏，眼神空洞不知道在看哪里。

樊澄忧心忡忡地看着黎苍，不料黎苍突然开口：“艾亭在哪里？”

樊澄愣了一下就明白黎苍的意思：“不好吧，艾亭是无辜的……”

“杀了他。”黎苍冷酷决绝，“剁碎。”

樊澄打了个冷战：“那可是往韩判心上戳……万一他做出什么更……”

“还能做出什么？”黎苍的目光冷得令人生畏，“他已经在我心上戳了个窟窿，我必须剁碎他的心——那都无法解恨。”

樊澄头大如斗不知要如何回答，卧室里突然传来丘芳的一声惊叫。黎苍直接推门奔进去，樊澄紧跟其后，却在进门之后两个人都愣住了——

床上的岳茏，竟然坐起来了。

“诈尸？！”樊澄说完就捂住自己的嘴巴看向黎苍，而黎苍显然没有注意他。

黎苍的脚步像灌了铅似的沉重，往前走的步伐都带着怯意，像是不敢惊醒眼前的幻梦。丘芳见他进来了就结结巴巴地说：“她，她不知道怎么坐起来了，还睁开了眼睛！”

岳茏的眼神迷茫了一阵，就忽然反手摸自己的背部，抽气之后说：“为什么这么疼？！”她看向屋里的人，在他们之间来回扫视，最后停在黎苍身上，而她似乎又想起什么，直接从床上跳下来几步过去抱住他，喜悦又慌乱地说，“我好像看见你受伤了浑身是血！是梦吗？原来是梦吗？”

黎苍的心口像是被狠狠揪住，一阵阵地疼，却又在那疼痛之中生出阵阵破碎的欢喜。他大力拥住她箍在怀里，像是怕她突然不见似的狠狠用力，岳茏却像是觉得疼地哼起来。黎苍微微松开怀抱，圈着她细细地看：“哪里不舒服？还有哪里疼？”

黎苍转过身子看向她的背部，刚想掀开她的衣服又突然停住，眼神扫了扫周围的人。

樊澄立刻会意，一手拉一个地把丘芳和楚寒带了出去，关上门。

黎苍这才掀开岳茏背后的衣服，只见她的背部肌肤上已经不见翻开的伤口，而是愈合成了一条细线，虽然仍然看得出来曾受过重创，疤痕仍然不算窄小，而且很长，但明显已经愈合，甚至有一部分露出了新生的粉色嫩肉。

岳茏顺手摸了摸自己的后背，皱眉："有点疼，有什么？觉得怪怪的。"她向穿衣镜走过去，黎苍却拉住她又抱在怀里，低声说："没关系，都没关系了。"

岳茏顺从地被他抱着，疑惑地说："我明明看到你浑身是血倒在地上，还有人要杀你，原来是做梦？可是好真实……我好像……"她的手去摸自己的后背却被黎苍握住又带回怀里，她有点不明所以地抬头，"我后背上有什么你不让我摸？"

"有一点伤，不严重，已经好多了。"黎苍埋首在她肩上，"谢谢你回来。"

"回来？从哪儿回来？"岳茏更迷茫了。

"你受伤之后一直昏迷，已经两天了。"黎苍仍然紧紧搂抱着她不松手，声音又低下去，"以后别再这样。"

"哪样？"

"为我挡死。"黎苍的语气里含着疼痛。

岳茏迷惑地想了想："好像是？是梦还是现实我有点分不清。"

"是幻觉。族中有一个叫韩判的男人，特殊能力是制造幻象。而且这幻象，能杀人。"

"我是被幻象伤到的？"

"对。"黎苍低头看她，"我会亲手杀了他。"

岳茏抱紧他："别去。"她低低地说，"你们对付不了他，是不是？"

"能抵抗他制造的幻象的人，族中有两个，一个是我，另一个人，我会请他来保护你。"黎苍并没有完全说清楚，其实他对韩判的抵抗，只有部分，而非全部。

岳茏稍稍安心，黎苍又说："在这个人来之前，我不会离开你半步。"

岳茏满足地应了一声，靠进他的怀里。黎苍眉目之间有着浓得化不开的忧虑，却没有让她看见。

黎苍果然说到做到，接连三天哪里都不去，就一直陪着岳茏，吃饭睡觉都在她身边，就连上厕所都要一起进去然后背对着她。起先岳茏表示抗议，说他在跟前完全没办法上厕所，但完全拗不过他，渐渐也就习惯了。

樊澄等人积极寻找着韩判的下落，可韩判就像蒸发了一样一点线索也找不到。他最为看重的艾亭被他先一步带走，也从族里失去了消息。

第四天傍晚，一个看起来四十出头的男人出现在别墅中。他像是久练太极的人，穿着太极八卦的套装，一身洁白，头发也梳得一丝不苟，整个人看起来干净健朗。

黎苍等人全迎上去，纷纷微低头行礼："老林王。"

岳茏总觉得他有点眼熟，不知道在哪里见过。这男人扫视一圈，目光落在她身上，和煦地微笑："你就是岳茏吧？我是舒广的父亲——舒林。"

68

天狼族中一代只有一个族人能被尊称为"王"，并非族长，而是这一代中战斗力最强的从无败绩者。黎苍是这一代的王，用他名字的最后一个字被称为"苍王"，而舒林正是上一代的最强者，曾被尊称为"林王"，在他卸任之后，仍被族人尊重，于是称为"老林王"。

舒林是族中唯一能完全抵抗韩判的幻术的人。

岳茏微笑着客气地看着舒林："您好，我是岳茏，麻烦您过来。"

"不麻烦。我儿子做的错事，总要有人弥补。"舒林的眼中尽是真诚，并非客套，让岳茏心里一暖。舒林看向黎苍，"你去忙你的吧，她交给我，你放心。"

黎苍慎重地说："多谢。"之后带着樊澄等人向门口走去。只是他走了几步又回头看向岳茏，眼中的不舍显而易见。岳茏走过去靠近他，也不用多说什么，她仰头，他低头，就在众人面前，他轻轻吻了她。

樊澄见怪不怪地撇嘴，楚寒面无表情，白真因为讶异而微微张嘴，丘芳也略略睁大双眼，倒是舒林最为坦然，神色平静地看着这一幕。岳茏轻声叮嘱："小心。"黎苍点头，转身出门，没有再回头。

岳茏回到舒林对面坐下，脸上也是一片坦然，连一点不好意思都没有。舒林看着岳茏给自己倒茶，略略笑起来："被杀死之后，标记就自然解除了。你知道的吧？”

岳茏一惊，舒林喝了一口茶，又说：“不过你的标记还在。”

岳茏长舒一口气，略带责怪地看着舒林：“老林王的幽默也太吓人了。”又好奇地问，“你们怎么都能一眼看出我被黎苍标记过？我身上好像并没有什么记号。”

“这是天狼族的特殊标记，只有天狼族人能看出来。按照我的视角，在你的脖颈下端靠近锁骨的位置，有一个状如闪电的深蓝色标记。”

岳茏摸了摸，无所谓地笑笑：“算啦，反正我也看不到。”她有点担心地靠近舒林，“我的标记真的还在啊？”

“在。”舒林有些好笑地看着她，“这么担心标记消失？”

“嗯……”

“我听说了当时的情况。按理说，韩判不可能留你活口，而从楚寒的描述来看，你当时确实已经死了，至少是濒临死亡，可能只剩下一口气而已。大概是黎苍的血起了作用，他的血愈合伤口的能力非常强大。”

“黎苍的血？”岳茏吃惊，“他用自己的血救了我？”

“你不知道？”舒林微微讶异了一下立即微笑，“他竟没有告诉你。”他又点头，“这倒符合他的性格。”他接着叹了口气，“他一向不愿意让别人知道自己遭了多大的罪。”

岳茏微微沉默了一阵，问：“他用血救我，他会不会有什么……不舒服？我不知道他用了多少血……可是听您的意思，似乎不少……”

“听楚寒和樊澄说，他一直用刀割开自己的胳膊，一刀又一刀，完全不停手。”舒林见岳茏一脸心疼和震惊，又安慰说，“他会好的。”

岳茏一时不知道要说些什么，舒林的目光悠远地落在她身上，像是看她，又像是在透过她看别人。岳茏回视他，不由得问出口：“我听说您很多年都不说一句话了，怎么……”

“确实很多年都不说话了，”舒林落寞地微笑，“为了来见你，我还练习了一天说话，不然，会有点口吃。”

“您怎么会同意来保护我？我以为……”

“以为我整天混吃等死，枯坐黯然流泪度日？”舒林的微笑里有着可见的忧伤，“曾经确实如此，还持续了很长一段时间。但近两年，我慢慢走了出来。

“我怀念她，但不再伤害自己。

“我把从前跟她一起去过的地方都走了一遍，发现那些地方的记忆还清晰如昨，但没有最开始她离世的时候那么让我惧怕了，想起来的都是温暖。

“她离世的时候对我说：‘忘不了，就记住；甩不掉，就握紧；让这些令你疼入肺腑的疤壳成为你的盔甲，而不是绑缚。’我当时并不懂是什么意思，现在，”舒林深深看着岳茏，“我想你和黎苍都需要这句话。”

岳茏避开他的目光，声音低下去：“是他……让您来劝我的吗？”

舒林立即否定：“不是。”

岳茏微微低头：“既然您也经历过这样的感情，为什么还要劝我呢？”

“因为注定是悲剧。”

岳茏咬唇：“就真的没有解决的办法？”

舒林有一阵没有说话，就在岳茏以为他不想再交谈的时候，他说：“你知道如真是怎么死的吗？”

岳茏摇头。

“我铭刻如真之后，我们过了一段很快乐的日子。没有人管，也没有人再来烦，我们远离族群想生活在哪里就生活在哪里，到世界各地去旅行，特别逍遥。

“而当我们回归平凡的夫妻生活时，问题渐渐出现了。”

岳茏迅速盯了舒林一眼，舒林肯定地看着她：“是的，没有两个相爱的人忍得住。”

舒林的语调带着洞穿世事的豁达和悲酸：“忍得住白天，熬得过夜晚，却耐不住唇齿缠绵，更不要提时不时的肌肤相触。那时候我和她，每天见面都是一种折磨。

“望梅止渴的人，终究会因饥渴铤而走险。”舒林略略苦笑，“我和她，终究是凡人，不是神。终究还是没有忍住。”

岳茏急切地问：“然后呢？！”

“然后，她就跟死了没有区别。”舒林的眼中满是凄惶，“我一直叫不醒她，气息和脉搏都没有了。要不是黎苍输血给她，她不可能在三个月后醒来。可是自那之后，她就一直没能再下床走动，终日缠绵病榻，连咳嗽一声都浑身疼痛。”舒林眼中隐隐泛泪，“她活着，比死了更难受。她一直没有说放弃生命，都是因为我。”

岳茏很久很久都说不出话来，等出声的时候已经不自然：“您这是在……劝我放弃吗？”

“是恳求。”舒林的语气确实是认真的恳求，“因为你不放弃，他绝不会放手。”

69

黎苍等人回到族中，令族中擅长追踪的人手倾巢而出，四处追查韩判和艾亭的踪迹。他们虽是秘密行事，却还是因为人手出动过多而引得池森发现。池森当即亲自过来与黎苍相见，却没有在黎苍的住所看到人影。

樊澄有些尴尬地解释：“苍王他……心急如焚，就……就回去了……”

池森面无表情地盯着樊澄。他的体貌十分威武，一不说话就看着像发怒，樊澄有些不想跟他对视，却没办法地还是看向他：“族长见谅……”

池森：“他的事情我都知道了。我来，是有重要的事情知会他，让他别藏了，出来一见。”

樊澄开始挠头：“苍王真的不在，他离开有一阵了。”

池森眼神一凛：“他是不是去了云屋那边？”

樊澄不禁脱口而出：“您怎么知道？！”

池森立即大步向外走去，直奔云屋。樊澄连忙跟着他一路飞奔。

云屋。

这里是族中一片人迹罕至的地方。曾经作为祭祀的重要场所而存在，但随着时间推移已经废弃不用，尤其近百年来从未使用过，已现衰颓。

池森一踏入这里就直奔后山，紧随其后的樊澄心里越来越紧张，一直默念不是吧不是吧不是吧，紧接着听到先进入后山的池森大喊一声：“黎苍！”

后山中废弃的祭台上，黎苍的上衣已被鲜血浸透，左臂一片漆黑，而他紧闭双眼倒在地上，心口扎着一把刀。

池森扶起黎苍，迅速按住他的心口不断输入热力，瞪向樊澄：“这就是你说的离开了？！”

樊澄紧张得语无伦次：“他他他，他说他想一个人静静，我哪知道，哪知道他……”

池森伸手想拔出黎苍心口的刀，樊澄一把抓住他的手：“这是解除标记的断刃！”

池森狠狠瞪他一眼：“当我不知道吗！”说着握住刀柄，默念几句，手中光芒大散，轻轻一提那刀便离开了黎苍的心口，而没有溅出一滴血。

樊澄松口气，池森将黎苍背起，怒斥着吩咐：“还不去叫人！”

“是是是！”樊澄和池森同时飞奔起来，出了后山立刻奔向不同的方向。

金湾别墅。

正在吃饭的岳茏不知道为什么忽然感到心口一阵酸麻，难受得她几乎想哭。丘芳扶岳茏回房休息，岳茏拉住她：“是不是，是不是黎苍出了什么事……”

丘芳被她的敏感惊到，安慰她：“苍王能出什么事，没有人是他的对手。”

“可我好难受……”岳茏捂着心口，“我从没有这样过，也没有心脏问题，只有跟他相关的事情才会这样酸这样疼……”

丘芳拍拍她的手：“有什么事情我知道了就第一时间告诉你。在此之前不要瞎想，睡一会儿吧。”

丘芳离开房间后，岳茏躺在床上，心口的酸麻持续了二十多分钟才好转，她有些恐慌地拨打黎苍的电话，却一直无人接听。她又拨打樊澄的电话，也没有人接。岳茏心里的慌乱更重，她下楼想找舒林，在通往小花园的隔间看到他，却似乎看见一个人影一闪而过。

“是谁？”岳茏奇怪地问。

舒林转头微笑：“我。”

岳茏四下看了看：“是我眼花了吗？好像看到一个影子。”

“你太累了。”舒林和蔼地看着她，“我知道你会来找我。”

岳茏急切地看着他：“你有黎苍的消息？我联系不上他。”

“两个小时后我们出发去医院。”

岳茏浑身发紧，半晌说不出话，只觉得自己全身的血液都要凝固了。好不容易找回一点理智，她的声音干巴又酸涩：“他……他……”

舒林接话：“还在抢救。”

“抢救？！”岳茏焦躁起来，“受伤了？很严重？有多严重？我们现在就去！还等什么两小时？！”

舒林静静看着她慌乱不安，平淡地说：“他被推进手术室前暂时清醒过，只说了四个字：‘别告诉她。’”

原地乱转的岳茏顿时怔住，舒林又说：“我愿意带你去已经是能做到的极限。在族中，族长与苍王的命令，任何人都不得违抗，这是铁律。”

岳茏心乱如麻，又因担心而难过紧张，舒林拍拍她的肩：“抢救也需要时间，两个小时正好。”

岳茏仍然没有说话，像是被钉在原地。舒林叹了口气打算离开，岳茏却在他身后坚定出声：“我现在就要去，告诉我他在哪里。”

舒林听出她语气中的坚定和不容置疑，问：“一时一刻都等不了？”

岳茏几乎在怒吼：“一分一秒都等不了！”

医院。

岳茏在舒林的陪同下，心急如焚地来到手术室外。她径直走到手术室门口，站在离门最近的地方，保持着一个静望的姿势。樊澄不知道她在做什么，一旁的池森一直看着岳茏，一言不发。舒林安静地坐下，也不说话。

不知过了多久，手术室的灯熄灭了。

医生从里面走出：“病人手臂上的灼伤倒不太要紧，主要是心口上的三刀，因为失血过多又命中要害，本来已经抢救不过来了，不过我们——”

岳茏根本听不下去，双手一齐抓住医生的衣领：“直接说他现在到底怎么样！”

医生吓了一跳，被她大力拉扯之下竟然挣脱不开，只得快速回答：“脱离危险了脱离危险了！你快放开我！”

岳茏把医生一甩，根本不顾什么规矩直接冲进手术室。医生没想到她力气竟然这么大，一屁股坐在地上叫唤。樊澄连忙过去把医生搀扶起来，连连赔礼：“对不住对不住，她太激动了。”

医生还在嚷嚷着让人把岳茏拖出来，樊澄一直在好言安慰。池森和舒林一直没有说话，都看着岳茏进去的方向。她那一抹明丽的亮蓝色裙摆一直在他们眼前跃动着，鲜明得近乎刺目。

70

岳茏冲进手术室就看见几个护士推着一张病床走过来，床上躺着的人正是黎苍。护士看见岳茏觉得很奇怪，问她是谁，怎么能进入手术室。而岳茏什么也听不见，只定定看着黎苍渐渐靠近。他面色苍白地闭着双眼，不复以往一贯的健朗，那种谁也打不倒的坚毅眼神，此刻再也看不见。

岳茏缓缓靠近黎苍，握住他的手，却发现他的左臂似乎被火灼伤，即使缠了纱布，焦黑的颜色仍然从手腕到手肘透露出来，触目惊心。而他胸口上裹缠了厚厚的纱布，接连着各色控制绞线，看起来像是再也不会醒来。岳茏的眼泪再也忍不住，噼里啪啦地往下掉。

护士见她是真伤心，也没有再让她离开，让她跟着一路把黎苍推出了手术室。

黎苍被安置在VIP病房的套间内，岳茏一直守在床边，等护士们忙碌完出去之后，才开口问樊澄："他是被那个叫韩判的人伤成这样的吗？"

樊澄犹豫了一阵："呃……"

岳茏以为他是肯定的回答，又说："居然能在他心口扎三刀，太可怕了。"

三个人都没有接话，岳茏抚上黎苍的左臂："手臂又是怎么回事？是幻象让他觉得被火烧了吗？"

三个人仍然沉默，没有人能接她的话。岳茏在他们三人之间扫视一圈，看着没有见过的池森："你是？"

樊澄连忙介绍："这是我们族长，池森。"

岳茏点点头算是打招呼，又看向黎苍，一眨不眨地看着。舒林看向池森，目光中似有什么含义，樊澄却并不明白，而池森明显接收到了舒林的意思，很快就开口对岳茏说："岳小姐还是先离开吧，黎苍并不想让你知道。"

"我已经知道了，就不会走。"岳茏没有看他，仍然看着黎苍，"他醒来我自会交代，你放心。”

她知道他不会对她生气，不会发火。

她语气里的笃定就像千年磐石，不摇不动。

“岳小姐，标记已经解除，你没有理由再留在这里。”池森近乎冷漠地说出这个残酷的事实，“你和黎苍，现在已经没有任何关系。”

“你说什么？”岳茏下意识地摸向自己的锁骨处，惊惧地看向樊澄和舒林，“没有了吗？真的没有了吗？！”

樊澄缓缓点头，舒林直接回答：“确实没有了。”

“你们做了什么？！怎么能解除我的标记？！”岳茏怒不可遏，“那是我的东西！谁准许你们随便拿走了？！还给我！”她愤怒地向池森伸手，“是你拿走的吗？还给我！立即、马上还给我！”

“不是我，是黎苍自己。”池森看向她的眼神，平静中微微起了波澜，却很快归于平静。

岳茏摇头：“不可能，他答应我不会提前解除标记，他不会骗我！”

池森不想再跟她多说，舒林也是一脸平淡。樊澄拉着她向外走：“我跟你说，我来跟你说。”

岳茏靠在病房外的墙上，低着头不说话。樊澄低声说：“苍王是自己解除标记的。焚烧左臂、心口扎三刀都是解除仪式的必须程序。只是我没有想到他会这么快就……也没想到他真的会这么做，所以一个没看住，他就自己施行了……”

岳茏不说话，眼泪滴滴答答地落在地面上。

樊澄一下慌了神：“别别别哭啊，这也不算是什么坏事……苍王有惊无险，按照他的愈合能力，很快就会好的……”

岳茏脑子里忽然乱成一团糨糊，像是有什么东西在硬往里面冲。她似乎看见黎苍一脸决绝的样子点燃祭台的火把，愤恨地向自己心口扎了三刀，倒地的一刻露出解脱的笑容……她惊惧地看向樊澄，一脸慌乱害怕。

樊澄不知道她怎么忽然有这个反应，扶住她的肩膀：“你怎么了？你不会是误会这事是我挑唆的吧？哎，我虽然说理智上觉得你们确实应该分开，但其实我吧，心里还是希望你俩……”

岳茏根本没听清他在说什么，刚才冲进脑子里的影像又有了新的变化——

黎苍在祭台前站着，樊澄劝他三思：“标记总会结束的，你何必这样伤害自己？”

黎苍冷漠地回答：“早该结束的，从一开始就是错误，是我不够坚定。”

樊澄见岳茏一脸失神和惊惶，以为她还沉浸在标记解除的抑郁中，又安慰她说：“那天你中了韩判的幻术，以为楚寒就是苍王，实际上你是为了保护苍王而差点死掉，这事对苍王的刺激太大了。”他叹气，“你知道不？苍王到现在都觉得你为他挡死是因为标记，连我都觉得不是，他真的是太较真了……”

岳茏一个字都没听进去，脑子里原本清晰的记忆忽然开始纠缠，黎苍的面目时而温柔时而冷漠，本来笃定的情感变得飘忽渺远，像是一下子停在半空中，脚踏实地的感觉一点都没有了。

黎苍是真的对自己有感情，还是因为一时迷恋？他这样着急提前解除标记，是因为彻底想清楚了要与自己断绝一切关系，不能一直陷在这种没有结果的纠缠里？

说好的不会提前解除标记，说什么是他认定的女人——都只是说说罢了？

没有什么抵得过为自己筹谋。

没有哪个男人愿意一直过这样望梅止渴的日子。

何况是一个在各方面都臻于完美的男人。

岳茏靠着墙壁缓缓滑落，最后蹲在地上无声地抽泣。樊澄一直在说话，没想到岳茏哭了起来，他觉得自己真是失败极了，劝人劝成这个结果。

樊澄也蹲下去，想拉岳茏起来，却听到她在低声自言自语。

71

“我以为装不知道就可以了，装没心没肺傻呵呵就行了……以为天天黏在他身边，他都没有拒绝就是喜欢……”岳茏低迷的声音里全是哭腔，“你们所有人都希望我跟他分开，所有人……所以他也动摇了是吗……没有问过我的意思，为什么就这样做了……说来就来，说走就要走，我算什么？”

樊澄诧异地瞪眼：“我刚才说的什么你都听明白了吗？在这儿自怨自艾什

么呢？”

岳茏摇头：“没有意义，标记已经解除了，我跟他……他跟我，确实没有关系了。”

这个结论，樊澄确实无法反驳。

两人都蹲在地上，樊澄看岳茏，岳茏看地板，就这么蹲了十来分钟。岳茏忽然站起身：“池森和舒林会离开吧？”

樊澄：“池森肯定是要回去的，族里事情多。老林王嘛，不是奉命保护你呢？不会轻易离开吧，除非抓到韩判。”

“我能说服他。池森走了就无所谓了，”岳茏定定地看着樊澄，“现在重要的是你的态度。”

樊澄更加不明白了：“我的态度？什么态度啊？”

“你要帮我瞒着黎苍，别让他知道我知道标记已经解除了的事情。”岳茏像是下定了决心，“你不说，我不说，舒林也不说，就可以保持原来的样子。”

樊澄简直不知道她到底在想什么：“这样做有什么意义？”

“至少还能争取到五十天。”岳茏看向樊澄的眼神变得有些可怜，“五十天你都不愿意给我吗？”

樊澄回避她的目光：“苍王难道真的不会戳破吗？”

“不会。”岳茏的表情十分肯定，“只要我说标记还在，还黏着他，他就不会戳穿。”

樊澄想起黎苍对这份感情的忐忑和不确定，竟然生出了一些帮助他看清楚的想法，不自觉就点了点头。

岳茏的表情像是高兴了一点：“那就这么说定了！”

樊澄不置可否地哼哼，想了想又问：“那，五十天之后呢？”

岳茏满不在乎又带着点赌气地回答：“给我收尸！”

黎苍在半夜醒来。他感到全身乏力，心口的酸麻肿胀感一直没有消退，但他能清晰感觉到伤口已经大部分愈合，新鲜的生长速度令他的心口和手臂觉得酥痒，又夹缠着一些疼。他动了动四肢，发现右手边触到了一个人。

岳茏正趴在他的床边，睡着了。

黎苍看着岳茏，轻轻抬手抚在她的脸颊上，心底平静而柔软。岳茏蒙眬地睁眼，见他醒来喜不自胜，握住他的手盯着他的眼睛："醒了？觉得怎么样？"

"没事。"黎苍凝视她的双眼，似乎有很多话要说。

但被岳茏抢先，语调里带着调侃："怎么伤得这么严重？不是从无败绩吗？那这下被韩判伤成这样，还能做苍王吗？"

黎苍已到嘴边的话，关于解除标记的种种，顿时说不出口。又或者，他根本就在担心说出口的后果——如果她真的就此离开，他要怎么办？

岳茏又问："想喝水吗？饿不饿？"

黎苍的视线不着痕迹地落在她的锁骨处，从前那块闪电般的蓝色标记再也看不到了。莫名的失落和忧心接踵而来，黎苍不由自主地握住岳茏的手："都不用。你来了很久？"

"你还在手术我就来了。"岳茏埋怨，"还不让人告诉我，你把我放心里了吗？"

黎苍听着她这跟平时没有区别的语气和态度，不自觉又去看她的锁骨处，那里确实什么都没有。他的心情微妙地有些雀跃："放了。"

岳茏被他的直接弄得没话说："下次再这样我可不理你了。"

黎苍看了看四周，他的床边还有一张窄一点的床，明显是陪床用的。他说："去床上睡。"

岳茏走到小床边发现那小床是带四轮的，很开心地把床推到黎苍的床边并在一起，然后爬上去躺下盖好被子，侧身对着黎苍看。黎苍也偏头看着她，轻声说："晚安。"

岳茏听话地闭眼，却幽幽地说："你受伤的时候，我感觉到了。"

黎苍神色一震，紧盯着她。岳茏没有睁眼："我心口一阵阵又酸又麻，持续了一二十分钟。我当时就觉得你出事了，可他们都不告诉我，打你的电话又没人接。"岳茏没有继续说她的感受，而是问，"你说能感应到我，也是这样的感觉吗？"

"类似。"黎苍眉目凝重地看着她，"以后，不会有这样的感觉了。"

岳茏当作没有听懂，仍然闭着眼睛说："嗯，再别让自己受伤了，我很心疼。"她没有听到黎苍的回答，催促，"听见没？"

“听见了。”

黎苍见她一直闭着眼睛说话，不由得问：“为什么不看着我？”

岳茏故意说得很嫌弃：“不想看。”

“为什么？”

“看着难受。”

“哪里难受？”

“哪里都难受。”

这对话简直继续不下去，黎苍心里生出了些许忐忑，不知道岳茏是不是在生气。标记解除之后，他感应不到她的真实情绪，而她又很擅长这样拨弄他的情绪，令他心里起伏不定。

“睁开眼睛。”黎苍的手抚上岳茏的眉眼，轻轻一拨。

岳茏紧闭着眼睛，嘴角已经是上扬的姿态，眼泪却毫无征兆地流下来：“不睁。你身上那些纱布那些管子……看着难受。”

72

黎苍抹去岳茏的眼泪，想靠近她却被诸多东西缠绕阻隔。他看着她的脸庞，沉声说：“过来。”

岳茏仍旧不睁眼，却听话地扭近他身边，因为他有伤也不敢挨得太近，只虚虚靠在他肩头上。黎苍的手伸过来搂住她，岳茏小声说：“小心你的伤。”

他却没有管那么多，近乎强硬地搂住她靠近自己，下巴抵在她的前额上。他的气息再次完满地包裹着她，满足和安心重新回归，令她不由自主地贴近他一些，再近一些。他感受到她的主动，欣慰地在她额前印下一吻，低音炮好似催眠曲：“睡吧。”

岳茏轻轻应了一声，没再说话。

两人原本只是触碰在一起的手互相握住，十指相扣，一整晚都没有分开。

黎苍恢复起来很迅速，身边的那些监控仪器没几天就都撤出了病房，胸口和手臂的纱布也越裹越薄，换药的时候护士连连惊奇他的愈合速度，在他的胳膊上摸来摸去地打探。坐在一边的岳茏很不高兴，瞪着眼忍耐着，但那护士一点也没有收敛，给黎苍的心口擦药的时候，伸手就要借故摸他的胸肌。

“喂！”岳茏站起来。

不过还没等她发作，黎苍的手已经挡开护士的手，客气地说：“我自己来。”

护士很殷勤：“哪能让病人自己动手，再说力度、分量什么的都要专业人士才能掌握呢。”

黎苍实力拒绝：“我学过医。”

护士一怔，黎苍已经拿过她手里的棉签，客气地说：“上完药之后会给你送过去。”

这是下了逐客令。

护士悻悻地向外走，带上门的时候略微有点重。岳茏对着她的背影白了一眼，看向黎苍：“又冒充医生。”

黎苍浅笑：“有用就行。”见她还站着不动，将手里的棉签扬了扬，“我的手不方便。”

岳茏撇嘴：“我又不是医生。”说话间却走过来接过棉签，蘸了药往他心口的伤疤涂去，动作轻柔至极。

黎苍心口的刀疤很深，看得出当时的用力程度。岳茏给他涂药，棉签一下一下划过那伤疤，她的手不免微微颤抖。裹纱布的时候，她的手停在他的锁骨处，语调幽幽：“我要是能标记你就好了。”

黎苍心里一紧，岳茏的语气又欢快了一点：“这样你就能对我死缠烂打穷追不舍了。”她叹气，“命苦，都没有尝过这样的滋味。”

黎苍格外认真地看着她：“我追求你。”

岳茏瞪大眼睛：“啊？”

黎苍微笑点头，再次重复：“我追求你。”之后一字一顿重复她的话，“死、缠、烂、打、穷、追、不、舍。”

岳茏两手捧住他的脸挤了一挤：“这么好？”

“嗯。”

岳茏喜滋滋地对着他亲了一口，刚离开就被他搂回去吻住，带着刻骨相思的意味攻城略地。他们并未分别多久，可这一吻却像是离别经年再次相逢，两人都用力深重，缠绵无拘。

门口，樊澄轻轻掩上房门，一脸“我就知道”的表情，坐在门口的长椅上安静等待。同来的舒林也看到了房中的情形，疑惑地看向樊澄：“标记不是解除了吗？”

樊澄随口说：“他们哪是因为标记才这样的，只是苍王自己不敢确定罢了。”

舒林默然，樊澄又说：“小丫头没跟您老人家说点什么？”

“说了。”

樊澄又问：“那您，会按她说的做吗？”

舒林了然地看着樊澄：“看来你已经是她的同盟军了。”

樊澄干笑几声：“喀喀，那不是也没多少天了嘛，这点点小小要求不算什么，哈哈，您说是吗？”

舒林像是考虑了一阵，微微点头：“也行。”

樊澄惊讶地瞪大双眼：“您老答应了？”

“当年，是黎苍救下了如真。”舒林起身向外走去，樊澄跟上他笑着问：“您刚才不是说要行使保护职责，要在小丫头五步之内吗？这会儿要走了？”

“有黎苍在。”

“苍王能抵挡韩判的幻术吗？”

“无欲无求的人才抵挡得住，现在的黎苍，恐怕危险。”舒林叹气，“不过韩判暂时不会出现，楚寒和白真找到了艾亭。”

樊澄哈哈笑起来：“哎哟您看您这运筹帷幄的劲儿，不愧是一代王者啊！随便出手就这么霸气！”

“不是我，都是黎苍安排的。”

樊澄谄媚地扶住舒林：“来来来，您慢点儿走。”

舒林看他：“你挺赞同他们在一起的？”

“是希望，”樊澄叹气，“毕竟他们不可能在一起。那就，能多待一会儿是一会儿吧。”

舒林没有再说话，直到走出医院，他才说：“已知是悲剧的结果，就不该有甜蜜的过程。不经历，才能没有回忆，没有痛苦。”他摇头，“还是太年轻。”

岳茏给公司打电话请假，本来想伪装一下生病的，结果总监问都没问原因，直接痛快地答应了，还说她要是有时间可以在家写剧本，赶上进度就行，像是知道她根本没病就是骗人的，但居然愿意迎合她。岳茏有点尴尬地答应下来，看向黎苍："这又是你的淫威？"

"注意措辞。"

"呃……"岳茏笑，"你这是追求人的态度？"

黎苍莞尔，有护士敲门送饭进来。岳茏接过手推车把饭菜推到床边，摆好床前餐桌，把饭菜都摆在黎苍面前，筷子塞进他的右手里："吃吧。"

黎苍拿着筷子没有动，岳茏疑问："怎么不吃？"

"我的手臂烧伤了。"

"不是左臂吗？"

"转移了。"黎苍的眼眸里有着藏不住的笑意，明显是在学岳茏从前那些捉弄他的法子。

岳茏佯装不高兴："刚才不是说要追求我吗？这是做什么？"

黎苍一脸无辜："这么明显的死缠烂打。"

岳茏憋不住笑，拿过筷子夹菜喂他，黎苍浅笑着张嘴吃下去。

第八章

她在闹他在笑

73

一周后，黎苍出院。最后的纱布是岳茏给他拆换的，因为他心口的伤疤完全愈合，手臂的烧伤也没有留下痕迹，怕引起护士怀疑，就干脆自己动手。樊澄开车来接黎苍出院，却没有开向金湾别墅的方向，而是一路向着市中心开去。

“去哪儿？”岳茏看向窗外，“你刚出院，不要去外面吃饭吧，回家我给你做饭。”

黎苍：“今晚是华茂的年庆晚宴。”

岳茏眨眨眼：“邀请你了？那你去吧，我回家等你。”

黎苍：“你去。”

“我？”岳茏惊讶，“华茂的年庆晚宴从来不会邀请我这种名不见经传的小角色。”

“去了才能登上人生巅峰。”黎苍浅笑：“今晚压轴介绍你编剧的电视剧。”

“什么？！”岳茏震惊，“华茂今年不是推出很多重头戏吗？怎么会轮到我？”

黎苍笑而不答，岳茏已经反应过来：“你又做了什么？这不是太太太太以权谋私了？”

“嗯，是。”

岳茏一时有点惊慌失措：“这真的好吗？这样能服众啊？那些重头戏的编剧，我看有些还很知名的……”

黎苍一语道破：“有带你入行的老师。”

“是啊……”岳茏不禁想起了之前那些不太好的回忆，可老师真的是因为嫉妒自己才那样对自己吗？她总是不太确信。

“华茂今年的重头戏就一两部，其中一部是你的这个老师操刀。”黎苍提醒她，“原本她的作品在最后压轴，现在你的在最后。”

他帮助她压制了对手，甚至是曾经陷害过她的人。

能在华茂的年庆晚宴上露脸的人，都是圈子里的知名人物，而华茂的年度推荐作品也被看为圈子里的风向标，一般被推荐的作品都会大红大紫，起码参与的人物都能混出头。岳茏一度非常向往能参加这个年庆晚宴，那就代表自己在这个圈子里有了一定的知名度，起码是个知名编剧了。然而总监每次受邀从来不带任何人参加，一点讲话的余地都没有。

就在岳茏发愣的工夫，车已经开到了宴会酒店附近。黎苍从后备厢拎出一个箱子提着，牵着岳茏进入酒店。酒店应该是被包下来了，见到他们立即有人迎上来询问。黎苍掏出邀请函，迎宾非常恭敬地将他们带进电梯。

岳茏看了看黎苍，一脸不认识他的表情：“你那个邀请函，是香槟色的。”

“嗯。”

“主宾的邀请函？！”岳茏一脸难以置信。

“嗯。”

岳茏开始揉太阳穴：“华茂年庆晚宴发出的主宾邀请函一共十张，只有政府级别或者娱乐圈中大鳄才能收到这种香槟色的邀请函！你是哪种啊？就算是在华茂有投资，也不可能收到香槟色的邀请函啊。”

想想总监每年收到的淡紫色邀请函，跟这个香槟色的一比，简直low爆了！以前她还觉得淡紫色邀请函很高雅很贵气来着！

黎苍：“他们把我算在后一种里。”

岳茏更惊诧：“难道你是华茂背后的老板？！”

“不是。但华茂办很多事情都要通过我……”黎苍故意停顿一下，接着说，“的公司。”

“你到底是干什么的啊？”

“活太久了，什么都干一点。”黎苍莞尔，“你能想到的都有涉及。”

岳茏的嘴巴合不拢了：“我这好像不仅仅是傍上了大款……像是富二代、军二代、官二代、星二代的集合……”

黎苍再次纠正：“一代。”

岳茏崩溃地捂脸："好可怕的老神仙。"

电梯一直上行，黎苍瞥了岳茏一眼："你的病好了？"

"什么病？"

"专门在电梯里犯的那种。"

岳茏立即手脚并用地抱住黎苍，闭眼不敢看的样子："哎哟天哪，我好害怕，快抱紧我！"

黎苍手中的箱子早已放在脚边，此时听她叫唤立即抱住她搂在怀里。岳茏偷偷睁眼看他，发现他也正在看自己，连忙又闭上眼睛，似乎听到他的轻笑，接着一个轻吻落在她的鼻尖上，像蜻蜓点水那般温柔洋溢。

岳茏被黎苍牵着走出电梯来到一间套房内，黎苍打开箱子给她看："礼服已经准备好了，看看喜欢吗？"

岳茏看向那件蓝色的礼服："你早就为我打算好了……"她嘟嘴，"我有点怕。"

"我都交代过了，不用怕。你要做的就是坐在那里，让别人知道最后的作品是你写的。"

"话都不用说吗？"岳茏笑起来，"可以只坐在那里吃吃吃吗？"

"可以。"

"感觉在丢你的脸……"

"不会。"黎苍继续肯定，"想怎么做都可以。"

"那你呢？"

"我就在这里等你回来。"黎苍非常官方地伸手，"提前祝贺你成功。"

岳茏握住他的手，也很官方地回答："感谢黎总提携。"

岳茏换好礼服，黎苍陪她进入电梯，不等她发病就抱住了她。岳茏看他一眼，他一脸理所当然的表情，她偷笑地抱住他，靠在他怀里笑。

电梯停下，对面就是酒会大厅正门。岳茏迈出电梯又回头看向黎苍，他给她一个鼓励的眼神，她给了他一个飞吻。

大厅里已经有不少人，岳茏都不太认识，有个别眼熟的也叫不上名字，那些真正经常在屏幕里出现的脸孔还没有来。岳茏看着一张张大圆桌，按照黎苍之前告诉过她的方向走过去，顺利找到一桌看起来明显比其他桌子的格调高很多的圆桌，那上面的名牌中有一个正印着黎苍的名字。

"就坐我的位子。"她记得黎苍这样说。

岳茏在黎苍的位置上坐下，立即有侍者端来温热的毛巾给她擦手，又问了她想要的饮品才退下去。这一桌上已经坐了四五个人，都没有见过岳茏，而他们面前的名牌上的名字，每一个对岳茏来说，都如雷贯耳。

这几个人面面相觑，不知道岳茏是谁能随意坐在黎苍的位置上，又不方便随意开口，僵持了几分钟后，其中一个看起来非常面善的人对岳茏礼貌地笑着说："这位女士有点面生？"

74

岳茏看向这个人，礼貌地点头，回答得模棱两可："嗯。"

黎苍说过，不知道回答什么，随便嗯嗯几声就行，那些老谋深算的人反而觉得你高深莫测。

对方果然不太好接话，停了停才说："不知是否有幸认识一下？"

岳茏学着黎苍那种惯常对待外人的眉目不惊，轻轻吐出一句话："鄙姓岳。"

对方"啊"了一声表示知道，又不知道要说点什么了。

岳茏满意地喝着侍者端上来的茶，偏头看向另一侧，样子像是结束了话题，对方便不太好再追问下去。她心里松了一口气，觉得黎苍的法子还挺有效。

随着时间的推移，宴会厅里的人渐渐多起来，那些知名的面孔也越来越频繁地出现在岳茏的视线里。有些人对岳茏投来疑问的目光，毕竟她坐的这个位置实在太显眼了。岳茏当作没有看见，安稳地坐在那里。最后，岳茏在隔壁桌看到一个熟人，正是曾经带她入行的编剧老师李丹。李丹也看见了她，面无表情地跟她对视了一眼，偏开了头。

年庆晚宴很快开始，华茂的人事经理充当主持人已经成了惯例，眉开眼笑地跟大家插科打诨，介绍华茂这一年来的辉煌成绩，对有突出贡献的员工颁奖，又颁奖给外公司的编剧和制片人，奖金颇为丰厚。

岳茏的心情越来越紧张，她知道重中之重的新作品介绍就要来了。隔壁桌的李丹渐渐流露出得意之色，以为自己能压轴出场。然而当她的作品介绍完之后，她发现后面居然还有一部作品。

岳茏看着台上巨大的屏幕正在展示自己的作品，如此详实精致，每一页每一个字都像是被精心包装策划过，心里涌起阵阵感动。到最后出现了她的名字和照片，所有人的目光都落在了她身上，很多人窃窃私语。坐在尾席的总监李霖也惊了，虽然他已经知道会有她的作品，但万万没想到是压轴。

介绍结束之后，晚宴开始。精致的菜品流水般端上来，一阵之后有些人开始四处走动各处敬酒。岳茏不喜欢这样的场合，打算吃点东西就走。

“岳茏。”李丹端着酒杯走了过来，微笑看着她。

岳茏下意识地站起来，“李老师”却再也叫不出口，称呼了一声：“李编剧。”

李丹并不意外：“有了华茂这样的后台，出头指日可待啊。”

岳茏笑了笑，并不接话。

“来，我带你去认识认识其他人。”李丹发出邀请，看起来十分和善。

岳茏却立即明白了她的意思，她这并不是为自己好，而是想让所有人明白，她是自己的老师。

岳茏微笑拒绝：“不用了，你知道我不喜欢这样的场合。”

李丹看似亲昵地挽她的手臂：“没关系，有我帮你挡着。”

岳茏挣脱她，表情已经不再客气：“说了不去。”

李丹没想到她会如此强硬，克制着情绪低声说：“你刚进这个圈子，倔强是最要不得的，以前吃的亏不记得了？”

岳茏本来不想再跟她纠缠，听到她提以前的事就有点上火，直接说：“郭洋把以前的事情都跟我说清楚了。”

李丹果然色变。

岳茏心里有了把握，却也觉得悲哀，继续说：“我本来并不相信，见到你这个表情，没办法不相信了。”

李丹是个好面子的人，还在逞强：“他的一面之词并不能说明什么。”

“当初也是他的一面之词，你就信了是我抄袭。”岳茏逼视她，“郭洋的话，你为什么那么相信？”

下面的话不用再说，两人都明白原因。

因为嫉妒，可以让老师毁灭一个学生的前途。

李丹转身离开，没有再说一个字。

岳茏并没有胜利的喜悦，坐在位置上微微低下头。她想起她和李丹曾有的愉快时光，那时的她单纯地以为自己遇上了一个好老师，手把手教自己很多东西，把自己的经验倾囊相授。那时的她还一直想着如果以后成了知名编剧，一定要好好感谢老师。

而现在，他们的关系降至冰点，恐怕以后再也不可能说一句话。

岳茏没有再吃那些美食的兴趣，有些意兴阑珊。她坐了一阵想走，却发现大厅中开始撤桌，空出中间大片场地，周围摆出了很多沙发椅和小圆桌，场地上方的灯光也开始变换，让人觉得气氛中多了些温暖的暧昧。

主持人出现在台上宣布："各位期待了一整年的交谊舞会就此开始，请各位尽情跳起来吧！"

居然还有这个，倒没有听总监说过。岳茏撇嘴，仍然向着大厅门口走去。

"岳小姐。"一个年轻男人走过来，"你好。"

岳茏："你好，你是？"

"华茂陆云松。"陆云松伸出手，"认识一下。"

陆云松长得十分帅气，笑起来眉眼弯弯，看起来有点眼熟但岳茏一时想不起来。

岳茏礼貌性地跟他握手："我还有点事，先告辞了。"

陆云松笑得很温柔："耽误你五分钟行吗？"

岳茏："你说。"

陆云松做了个邀请的姿势，伸出手："做今晚第一个与你共舞的人，我有这个荣幸吗？"

岳茏的记忆忽然上线了，她略带惊讶地说："你是《与狼共舞》那个男二号？！"

陆云松笑意更甚："正是在下。"

"哎呀天哪！演得好好！把男主角的风头都给抢了！当年好喜欢你来着！"岳茏露出小粉丝的模样。

陆云松调侃："现在呢？"

“哈哈，现在你又没演什么新片子。”岳茏打岔，“你是转行做制片人了？”

陆云松很谦虚：“是监制了几个项目，还不成什么气候。”

“哪里呀！之前那几部片子我都看了，是说在片头见过你的名字，很眼熟。片子都很不错呀！”岳茏从不吝惜赞美之词。

“希望以后有机会能跟岳小姐这样出色的编剧合作。”陆云松的语气很诚挚，接着又伸手，“May I？”

75

岳茏想不出什么拒绝的理由，再者如果能够跟陆云松合作，拍出来的片子质量都会很有保障。她的手搭在陆云松的手中，陆云松愉悦地带着她滑入舞池。

岳茏曾学过交谊舞，对这种舞步驾轻就熟，陆云松带她很轻松，而陆云松自己也跳得很好，岳茏一点都不费力，不由得赞美：“带人带得好，加分。”

“岳小姐在心里给我打分呢？”陆云松笑，“叫名字就好。”

两人相视一笑，在舞池里继续蹁跹。舞池中的人渐渐多起来，跳舞的人经过岳茏身边，听到大多数在谈合作谈工作，岳茏略略无奈的表情被陆云松尽收眼底，他知趣地微笑：“喜欢打羽毛球吗？有时间出来打吧。”

岳茏微微讶异：“你是随便说的？我还真的挺喜欢打羽毛球。”

“你的作品里提到羽毛球，一般作者会代入一些自己的喜好，我就随便猜了一下。”陆云松的笑容善解人意，“猜对了有奖吗？”

“没有。”岳茏的笑容里带着客气，还有拒绝。

陆云松明白她的意思，也不再多说这个话题，只是温柔地带着她在舞池中移动。

一曲终了，陆云松松开岳茏，礼貌地说：“谢谢你接受我的邀请。”

岳茏善意微笑点头，准备离开。只是忽然发现大厅中的人似乎都围去了一个角落，不知道在做什么。陆云松了然地笑笑：“应该是那位到了。”

岳茏不解：“哪位？”

陆云松示意她：“过去看看。”

岳茏并不想凑热闹，摇头：“我还有事，先走了。”

陆云松点头：“那好，下次见。”

岳茏向门口走去，经过那个角落的时候，听到一个年轻女人的声音：“赏光跟我跳舞吧？”

一个低沉的男声回答：“不会。”

岳茏停住脚步。这个回答的声音怎么这么耳熟？

那个女声继续说：“黎总太不给面子了。”

黎？黎总？是黎吗？还是李？

岳茏不由得向那个角落看去，可是围着的人太多，她根本看不见里面的状况。

就听另一个男声笑起来：“哎呀黎总，您可是传闻中的大人物，今天既然来了，怎么也要给这些女士一个面子，不然可不让你出去的哦！”

“就是就是！”周围的女人纷纷附和。

另一个年轻女声说：“黎总不会的话，我教你吧？我带人的技术不错。”

低沉的男声蹦出三个字：“不麻烦。”

岳茏终于挤进角落的圈子里，在一群人的缝隙之中看到一个穿着淡蓝色西装的男人坐在沙发椅上，正是黎苍。

他怎么来了？不是说不来的？

黎苍原本只是无目的地看着面前的桌子，而岳茏一靠近，他就一抬眼，眼神正对着岳茏看过来。

他凝视的时间略长，引得其他人的目光都顺着他看过来，都看见了岳茏。

一时之间气氛有点微妙。

岳茏被这些视线看得心里发毛，直接拨开人群走到黎苍面前，伸手就抓住他的手腕一拉。黎苍顺着她的拉扯站起来，又跟着她走出包围圈。

“哎？这谁啊？”

“黎总？黎总您去哪里？”

“这女的是不是刚才那个作品介绍里的……”

黎苍并不回答，岳茏回头笑了一笑：“我请黎总去外面跳舞。”

众人愕然。

岳茏拉着黎苍走出大厅，直接冲进电梯，然后一把抱住他，一脸劳累地闭上眼："哎哟天哪，可算出来了，这种宴会有什么好参加的？我那总监每年上赶着来啊，做的准备可充足了，每次都新买一套死贵的西装。"

黎苍没有吭声，岳茏睁眼看他："不是说等我回去的吗？怎么来了？"

"没忍住。"

岳茏乐了："担心我呀？"

黎苍看她一眼："担心有点多余。"

岳茏瞪眼："怎么多余了？"

"你适应得很好。"

岳茏得意地靠在他肩上，"来了怎么不来找我？"

"见你跟别人聊得很开心，就没有去打扰。"

哟，这话的味道不太对。

岳茏忍不住笑："你看见我跟别人跳舞了？"

黎苍："看见了。"

岳茏："我跳得好吗？"

黎苍："还行。"

岳茏："那他呢？"

黎苍偏头："不堪入目。"

"哈哈哈哈哈！"岳茏笑得前仰后合。

两人手牵手走出电梯间，回房间换衣服。岳茏看了看黎苍的淡蓝色西装，又看了看自己的蓝色礼服，又笑起来："是为了搭配我吗？"

"本来是。"

啧啧，语气里还是有点酸。

岳茏看着眼前这个男人，想起刚才他被那么多人围绕，忽然明白他为什么不陪她一起去现场。

因为他一出现，就没有任何人能成为焦点。

岳茏扑进黎苍怀里，满足地靠在他的胸口。黎苍抱住她，语气里的醋意消散大半，带着温润的情意："累不累？"

岳茏抱着他摇摇晃晃像是撒娇："累。"

黎苍随她一起摇摆起来，没有发现自己已经被她渐渐推向床边。岳茏余光看见床就在黎苍身后，忽然一个猛推，就把黎苍推在床上，像一个女王一样俯视他，哼哼了一句："颤抖吧，少年！"

黎苍知道自己应该拒绝，可岳茏的吻已经压下来，力道大得惊人，黎苍甚至觉得这都不是普通人类能释放出的力气。他无法抗拒她，被她一吻上就觉得脑子里的智商和理智瞬间都被炸得灰飞烟灭。

岳茏的四肢都缠住了他，毫无章法地吞噬着他。他的手攀上她的后脑，却迟迟下不了决心让她睡去。

岳茏伸手去解他的扣子，他留在她后脑上的手骤然一紧，瞬间滑下搂住她的腰身，在她后背的拉链上用力一扯，她的礼服裂成了两半。

岳茏只觉一阵天旋地转，她忽然躺在了床上，黎苍在她上方深深凝视她。

黎苍目光灼灼地看着她，低音炮格外动人："你的愿望，也是我的愿望。"

大不了，陪你上路就是了。

76

黎苍醒来时已是深夜。这一通折腾令他这个异族人也沉沉睡去，何况岳茏。想到岳茏他顿时心惊肉跳，连忙去看怀里的人。

岳茏闭着双眼，似乎睡着了，看上去疲累不已，提醒着他刚才的疯狂。

想起当年的如真也是这样之后就叫不醒，黎苍浑身发紧，试探地叫她："岳茏，岳茏？"

岳茏没有醒。

"岳茏？岳茏！"

黎苍的声音越来越高，然而岳茏仍然没有任何反应。他探她的鼻息，气若游丝令他心惊胆战，又听她的心跳，也微弱得几乎要听不见。

他惊得浑身汗毛倒竖，顾不上别的直接把手按在她的心口，以反向隔空取物的方式，将自己的血液直接灌输到她的身体里。

不知道这样灌输了多久，黎苍的脸庞和嘴唇都开始发白，岳茏仍然没有反应。

黎苍站起来的时候一阵眩晕，以极快的速度给自己和岳茏穿好衣服，抱着她冲下楼去。

医院。

详细检查过后，医生表示没有检查出什么病症，生命体征也算稳定，看起来很像植物人。黎苍拒绝了医生留院观察的建议，把岳茏带回了家。

金湾别墅。

黎苍小心地把岳茏放在床上，给她盖上薄被，沉默地注视着她，懊恼刚才没有忍住冲动，难过地低下头。

舒林一直住在别墅中，见黎苍抱着岳茏回来而岳茏一直不醒，就知道发生了什么。他站在房门口看着黎苍，沉默良久还是说出口："你给她输再多的血，也是没用的。"

黎苍不说话，脸色更为苍白。

"再胡闹下去，你也是个死。"舒林的语气带了告诫，"也许她也能醒来——好好告别。"

"别说了。"黎苍打断他，完全听不下去。

舒林叹气转身离去，没一会儿樊澄急匆匆奔进来，看了看岳茏又看了看黎苍："你们，你们真的……"

"这小丫头可真敢！说让我给她收尸原来是真的？！"樊澄说完就捂住嘴巴。

黎苍已经听见了："你说什么？"

樊澄走到黎苍身边，怏怏地说："她知道你解除了标记，难过得不行，假装自己不知道，就是想留住你。跟我说准备替她收尸……我以为就是赌气说说……"樊澄略带埋怨地看着黎苍，"我没想到你会把持不住……"

黎苍面有愧色，一句话也说不出来。樊澄反过来安慰他："我懂我懂，这这这，正常情况下，不可能把持得住……"

黎苍握住岳茏的手，樊澄手疾眼快一把拉下来，声音里带了严厉："想干什么？！还想放血？你照照镜子看看自己的脸！还有人样吗？！"

"你别管。"黎苍想甩开樊澄的手却没甩开，因为失血过多而引发的眩晕令他的力气都小了很多。

樊澄气鼓鼓的："我就在这儿看着你！你别想再放血！"

黎苍不说话，只是看着床上的岳茏，眼里的精气神都快耗没了。

樊澄又觉得心塞，骂人的话再也说不出来，只能坐在一旁守着他。

一楼客厅外的小花园里，舒林静静坐在长椅上出神。他的手机响起，他接起，池森的声音传来："还顺利吗？"

"顺利得出乎意料。"舒林的声音有些冷，又有点轻嗤，"果然没能忍住，那丫头昏迷了。"

"什么？！"池森十分吃惊，"黎苍他居然……"

"是，没忍住。"舒林轻笑，"和当年的我一样。你以为他是圣人？"

池森沉默一阵，说："既然如此，你就回来吧。韩判不能放任不管。"

"还不到时候。"

"她已经昏迷了，你还想怎么样？"

"她会醒来。"舒林笃定地说，"那时才是考验。"

池森的语气带了告诫："不要太过分。"

"呵。"舒林嗤笑，"这还有你的一份呢，有什么资格说我？"

池森："我后悔了。"

舒林一笑："晚了。"

一天、两天、一个星期、两个星期，时间如水般流逝，岳茏却一直没有醒来。可她也没有死去，就是静静地躺着，比睡着时呼吸微弱很多，如果不靠近根本听不见她的呼吸声。

黎苍每天胆战心惊地守在她身边，恨不得隔五分钟就探一次她的鼻息和心跳，还一直给她输血。但樊澄一直守在旁边，黎苍只能趁着樊澄去洗手间或者吃饭的时候进行，心力交瘁加上体力透支，他迅速憔悴下去，胡楂都堆在脸上，眼圈漆黑深陷。

舒林、楚寒、白真等人都先后来探望，甚至丘芳和池森也来过，但都陪着坐了一会儿就离开了，没有任何言语能安慰此时的黎苍。所有人心里都明白，死亡不过是时间问题，黎苍迟早得接受。而最为忧心的是樊澄，他总觉得很不安，觉得岳茏一旦气绝，只怕黎苍也就气绝了。

第三周最后一天傍晚，黎苍刚刚给岳茏擦洗干净，岳茏忽然睁开了眼睛。黎苍震惊地看着她慢慢坐起来，揉了揉眼睛说："啊，浑身都疼……"

黎苍几乎是狂叫了一声："岳茏？！"

岳茏吓了一跳："啊？干吗？"

黎苍扑上去抱住她，眼中已忍不住泛泪，声音也带了哽咽，想说什么一个字也没说出来，只死死抱着她，身体都在微微颤抖。

樊澄听到黎苍大叫奔了上来，看到他俩抱在一起也惊了："醒了？！"

岳茏把头搁在黎苍肩膀上休息了一会儿，似乎记忆在慢慢回神，忽然很雀跃地说："哎？我是不是没死？"她兴奋地扳住黎苍的肩膀盯着他笑，"我没死哎！我们可以继续！"

黎苍还没从她苏醒的震惊激动中恢复，眼神复杂地看着她。岳茏还在亢奋："居然没死！我是异类吗？我是例外？是不是因为身体里有你的血？哈哈！"

"黎苍黎苍！"岳茏开心地直摇他，"我觉得我们可以多试几次！"

樊澄简直目瞪口呆，半天才总结了一句："垂死病中惊坐起，张口就是×××。"

77

"哈哈！"岳茏大笑，"你那个 ××× 是什么？"

樊澄耸肩："你懂的。"

岳茏抱住黎苍，在他脸上大力亲了一口，笑得特别开心："苍苍，我说没事儿吧，你还不信，你看我现在好端端的呢！"

"你都睡了三个星期了。"樊澄丢来一句话，被她一眼瞪回去，然后示意他立刻滚出去。樊澄悻悻地摊手，很快离开了房间。

黎苍紧紧抱着岳茏不说话，岳茏拍着他的脊背："我睡了三个星期？是不是吓到你啦？没事啦没事啦，你看我现在生龙活虎！"

黎苍仍然紧紧抱着她，间或换一下姿势，像是怕她忽然就不见了。岳茏感受到他的情绪，任由他拥着自己，也不说话，静静地跟他相拥，吻着他的侧脸。

黎苍和岳茏出现在饭厅时已是两个小时后。樊澄暧昧不明地在他俩之间来回扫视，黎苍瞟他一眼：“我没那么禽兽。”

岳茏大咧咧地说：“就是抱了抱亲了亲，没干别的，让你失望啦。”

樊澄一脸不想听她说话的样子，不过又很好奇地问：“你真的没事了？没有一点不舒服？”

“没有呀！”岳茏夸张地伸了伸胳膊和腿儿，“你看！”

樊澄看向在一边安静吃饭的舒林：“老林王，这正常吗？”

舒林摇头：“闻所未闻。”

黎苍坐在舒林身边，慎重地询问：“这会是有可能发生的状况吗？我要如何知道，她是否会一直这样健康下去？”

舒林放下筷子认真看着他：“我无法回答，这超出了我的认知。”

岳茏开心地夹菜塞进黎苍嘴里，笑嘻嘻地说：“这有什么不好回答，再多试几次就知道了。”

“哎哟。”樊澄捂着心口，“真是听不下去了，太污。”

黎苍的耳朵微微泛红，脸上却不由自主地略带愉悦。岳茏笑嘻嘻地靠在他身边，声音嗲得不行：“苍苍，苍苍。”

黎苍的耳朵红得更厉害，却立即答应：“嗯。”

“还让不让人吃饭了？”樊澄一直摸自己的胳膊，“鸡皮疙瘩都起来了！”

岳茏已经变成了没有骨头的人，完全赖在黎苍身上，理都不理樊澄，还对着黎苍叫唤：“苍苍，我饿。”

黎苍的耳朵已经红透了，但仍然夹起菜喂到岳茏嘴里。岳茏眼里的幸福都要溢出来，用勺子舀了一勺汤吹了吹，递到黎苍嘴边，黎苍张嘴喝下去，对她笑：“好喝。”

舒林起身向外走去，樊澄嚷嚷起来：“你看看你看看！老林王都看不下去了！”说完站起来也走了出去。

岳茏忍不住扑哧一笑，黎苍忽地将她一搂，把她放坐在自己腿上。岳茏微惊，笑着搂住他：“干吗呀？”

黎苍的耳朵已经要滴出血来了，却面不改色地说："吃饭。"

岳茏靠近他："你是想吃我吧……"

黎苍本就心猿意马，这下更觉得血管都要爆炸。他的手一紧，令她更贴近自己，大力地吻上去。

樊澄在屋外看到舒林，走过去问："老林王，那小丫头真的没事了？"

舒林摇头："不知道是不是黎苍给她输了太多血的缘故，她能三周就醒来还活蹦乱跳。但这情形看着总是像……"

樊澄一急："像什么？"

"回光返照。"

樊澄大惊："什么？！意思是说小丫头还是会死吗？"

"如真当年从外表也看不出什么问题，但她浑身疼痛，咳嗽一声都疼。"舒林似是不忍回忆，"三年后，她就去了。"

樊澄虽然知道当年如真没活多久，但没想到只是三年，惊诧了半天，说："小丫头看起来一点都不疼的样子啊。会不会，会不会真的有奇迹……"

"说不好。"舒林一直摇头，"从没见过这样的事。池森的那位你应该知道吧，当场就死了。"他再次叹息，"不管时间长短，终究难逃一死。"

樊澄傻眼："那，那要不要告诉苍王啊……"

舒林："随他们吧，谁知道还能在一起几天。"

一顿饭吃了两个小时才吃完，岳茏和黎苍像连体婴儿一样走出餐厅，拉拉扯扯地上楼，纠纠缠缠又滚在床上。

食髓知味。

只是原本一直埋头苦干的黎苍忽然抬头，定定看了岳茏一眼。岳茏像是知道他在想什么，立即说："我不会再昏迷啦！肯定不会！"然后捧着他的脸啃了上去。

黎苍的理智就这么再次飞到九霄云外去了。

几近凌晨两人才睡去。

黎苍睡得很不安稳，总是忽然就惊醒，仔细查探一番岳茏的鼻息和心跳才又睡去。岳茏似乎知道他不可能安睡，每次他醒来，她就睁开眼睛笑着安慰他：“我好好的，你放心。”

黎苍听到她说话就立即安心地睡去，下巴抵在她的颈窝里。岳茏搂住他的头，轻轻拍着他的脊背，像哄慰，也像安抚。

黎苍渐渐睡沉了，呼吸均匀悠长。岳茏轻轻触摸他的胡楂，指腹上的触感很奇特很舒服。在她的印象里，他从没有过这么多胡楂堆积在脸上，总是干干净净体体面面，没有一处不妥帖，收拾自己并不刻意，但就是处处透着舒服。

这么多胡楂，这样黑的眼圈，都是因为她。

岳茏眼中隐隐泛泪，看着黎苍的眼神留恋又爱慕。

岳茏轻手轻脚地拿开黎苍搂在自己身上的手，反复了好几次才从他的怀抱里出来。他在睡梦中都下意识地护着她、守着她，在她离开怀抱的时候准确地将她揽回去。岳茏坐在床边静静看了他一阵，走出房间。

岳茏在餐厅倒了一杯水喝。她喝得有些艰难，牙齿都有些打战。

身后一个声音响起：“你很能忍。”

岳茏回头，舒林正站在那里，眼中尽是了然的同情：“碰你一下都疼，对吗？”

78

岳茏干笑：“您老人家说什么呢？”

舒林：“你骗过别人可以，瞒过我是不可能的。”

岳茏的表情僵硬了一阵，点头承认：“是，瞒不过您。”

“你打算一直瞒着黎苍？”

岳茏略略沉默，说：“我不知道还有多少时间，我不想浪费。如果我突然死了，您和樊澄有办法让黎苍忘记我的，对吗？”

“看来你跟樊澄说好了。”舒林盯着她，“为了黎苍，命也可以不要吗？”

“可以。”岳茏坚定地回答，“没什么不能放弃。”

舒林眼中闪过震惊，岳茏又问：“您会帮我，对吗？”

舒林避开她的眼神："我为什么要帮？"

"您经历过，知道什么是最痛苦的。黎苍还帮过您，您不想看他颓废终日吧？"岳茏恳切地说，"我恳求您帮助他忘记我，我想当年的如真也有这样的想法，只不过即使说了您也不会听。"

舒林的表情明显僵硬了。

岳茏有点后悔自己戳到了别人的痛处，但也顾不上许多，对着舒林深深鞠躬："麻烦您了。"说完很快走上楼去，不等舒林的回答。

次日清晨，黎苍醒来就觉得惊慌，仔细看怀里的岳茏，发现她也睁开了眼睛对着自己笑，一颗悬着的心终于放下，摸上她的脸："真的没有什么不舒服？"

"没有呀！"岳茏开心地笑，"说好多遍了你还不信。"

黎苍的笑特别由衷，搂住她亲吻了几下，说："真没想到会没事。"

"早点跟我试试，早就这样了，多好。"岳茏嘟嘴，"是不是很傻？"

"是。"

"以后是不是都要听我的？"

"是。"

"我说错了也听吗？"

"听。"

岳茏笑得不行："你这是要变妻奴了，等着被樊澄他们嘲笑吧。"

黎苍的回答一本正经："没关系。"

"啊哈哈哈，"岳茏钻进他怀里，喃喃地说，"你真好。"

黎苍温柔浅笑："会更好。"

岳茏低声笑，忽然想起什么："不对啊，你说要追求我的，我们现在这样，要怎么追求？"

黎苍失笑："怎样都可以。"

"好，那我们就当刚认识，你要使劲追求我哦！"

"嗯。"

岳茏请了一个月的假，然后高兴地要求黎苍跟自己出去旅行，黎苍从善如流地答应。临走前，舒林给岳茏一块深红色的石头，看起来像玛瑙。

“随身戴着会减轻你的痛苦。”舒林解释，“这是如真曾用过的，现在给你了。”

“这怎么好意思……”岳茏有点受宠若惊。

“放在我这里也没有什么用，你拿去用吧。虽然治标不治本，但是总归有点作用。”舒林叹气，“希望你的时间比如真长。”

岳茏刻意收拾好悲伤的情绪，笑得很灿烂：“只要您记得答应过我的事情就行啦，别的不用操心！”她仔细收好石头，“谢谢您！我会好好戴着！”

族中。

池森见到舒林回来有些意外：“改变主意了？”

舒林：“我把‘遗梦石’给了她。”

池森惊怒：“你疯了！”

“因为我不能确定她还能活多久。”舒林的眼神有些阴暗，“她在短短三周就清醒，比如真早了太多，也许她也能比如真活得久很多。”

“那又怎么样？！她到底碍着你什么了？”池森怒极，“她就算能活一百岁，黎苍终究是孤家寡人，和你一样的下场！这样还不能满足吗？”

“我受不了。”舒林的声音带着死寂，“为什么他能做得那么好？我做不到的，他都做到了。”

池森咬牙切齿：“自己做不到的，为什么怪到别人头上？”

“好在现在他也没忍住，终究是渐渐跟我一样了。”舒林一笑，“所以其他的也要跟我一样才行啊。”

池森恨恨离开：“你一个人疯吧！”

舒林的声音在他背后回荡：“你跟我有什么区别？要是你勇敢，你的爱人还会死吗？现在指责我，你有什么资格？”

池森没有回头，但背影明显僵直了很多。

79

黎苍和岳茏在西安落地。参观兵马俑的时候，岳茏安静很多，还低声问：

“我上次来西安的时候玩过很多地方，不会是在这里被标记的吧？”

“是在大唐芙蓉园。”

岳茏瞪眼：“哟，挑了个浪漫的地方嘛。”

黎苍一哂：“不是我挑的。”

“但是你去了。”

“被迫的。”

“呵，”岳茏故意不高兴，“谁知道你当时是怎么想的。”

话音未落，岳茏忽然感觉有什么画面在脑海中一闪而过，再仔细回想，似乎看见了柏月和黎苍正在互相标记，黎苍的笑容很灿烂。

岳茏猛然一惊，甩了甩头，那些画面又不见了。她的眼神惊疑不定，却很快被她遮掩下去，跟刚才的表情没什么分别。

黎苍将她的手腕一捉，语气低沉：“想知道？”

岳茏莫名感到危险，手也因为他的用力而疼痛，她强笑：“想呀，你要怎么表达忠诚？”

黎苍直接把她带进怀里，手在她腰上攥了一把，低音炮直灌她的脑海：“你会知道的。”

他这一攥带了些力，岳茏疼得差点哭出来，实在难以伪装，就故意闪着泪花望着他瘪嘴：“你吓到我了。”

黎苍微微讶异，却很快浅笑地搂住她：“我很吓人吗？”

她知道他问的哪方面，故意埋头在他怀里不回答。

他的喉头滚了滚：“感觉好吗？”

岳茏控制不住地笑起来，笑得肩膀一耸一耸。她抬头看着他，把他的耳朵揪下来，往他耳朵里吹了口气：“好得每时每刻都想。”

黎苍的耳朵和脸瞬间涨红。

岳茏先是轻笑，后来大笑，止都止不住。然而下一秒，她就被黎苍打横抱起，快步走向外面，引得周围游人纷纷侧目。

岳茏又笑：“干吗啦？”

黎苍不答，径直向外走去，越走越快。到外面直接走到一辆停着的出租车里，把她塞了进去，然后对司机说了他们所住的酒店的名称。

“我还没玩够呢！不回去！”岳茏抗议。

黎苍瞥她一眼，没说话。

岳茏疑惑地看了看他，发觉他的脸还在红。她立刻福至心灵，脱口而出：“你想回去上……”

黎苍一把捂住了她的嘴巴，岳茏才注意到前面驾驶座的司机正在后视镜里望着他们。

岳茏调笑地低声说：“还知道注意影响？哪有你这样的？人家正在享受旅行好不好？”

黎苍莞尔，岳茏又挑衅地嘟囔：“你怎么不在这车里就……”

黎苍盯着她：“好主意。”

岳茏惊诧地看着他欺身而下，推他的肩膀却怎么也推不开，又不好叫唤，直瞪着他。黎苍把她逼得退无可退靠在后座椅背上，忽而一笑，轻轻吻了她一下就很快坐好了，看起来十分愉悦，对司机师傅说：“师傅，麻烦去一下最近的卖车的地方。”

岳茏不解：“去干吗？”

“买辆车。”

“啊？！”

司机师傅果真把车开到一条街上，放眼望去都是汽车 4S 店。岳茏下车四下看了看，黎苍问：“喜欢哪种车？”

“兰博基尼！”岳茏哈哈一笑，“好帅气好酷！”

黎苍揽着她向前走，正对着兰博基尼的门店。岳茏看他：“不会吧，真的买？”

“嗯。”

“买车跟买菜似的。”岳茏嘟囔，又问，“你买车不会是为了那什么什么吧？”

黎苍已经带着她走进店门，立即有服务人员上来接待，岳茏也不好再问。服务员热情地问：“两位需求怎样的车呢？我可以为你们介绍。”

黎苍示意服务员看向岳茏：“听她的。”

服务员凑到岳茏身边刚要开口，岳茏已经趴在一辆蓝色的车上：“哎呀天哪！这个蓝色好好看！”

服务员大概没见过这么外放的顾客，一时有点呆。黎苍低头浅笑，岳茏又奔向另一辆暗色系紫红的车，抱住车顶差点啃上去："这个也好看！颜色好炸裂！"

服务员还没回过神，岳茏又摸上了一辆粉色的："啊！为什么一辆比一辆好看！"

黎苍嘴角的笑意更浓，服务员又回到他身边，委婉地表达："那位女士看中的车型呢，性价比不算最高的，性能方面最佳的一款是这边的……"

"无所谓。"黎苍的目光追随着还在到处摸的岳茏，"她喜欢就好。"

服务员客气地赔笑，又走到岳茏身边："您看中了哪一款呢？"

岳茏看黎苍马上就要说话，她忙抬手阻止："别说都买下来，别说。让我想想。"

黎苍含笑看着她，果然闭口不言。岳茏走过来凑近他，支支吾吾地说："这个车……是不是小了点儿？"

黎苍立即明白了她的意思，却装作不明白："跑车都是差不多的规格。"

"你刚才说……"岳茏第一次因为不好意思而说不出话，"就是那个……"

黎苍浅笑："看中哪一款，想好了吗？"

岳茏又高兴起来："蓝色蓝色！"

黎苍对服务员说："蓝色那一款。"

服务员引导黎苍去付款，岳茏扒住他的胳膊小声说："太贵了……"

黎苍回答："不小。"

岳茏哭笑不得："我不是那个意思，真不是那个意思！"

80

岳茏在新车驾驶座里左摸右摸，兴奋得不行，黎苍很自然地坐进副驾驶，岳茏讶异："是要我开？"

"你的车，自然你开。"

"我的车？！"

黎苍拿过刚办好的文件给她看，上面的车主那一栏写着她的名字。

岳茏的表情简直惊悚："你你你，你送我一辆车？！"

“嗯。”

岳茏叫唤起来：“一辆兰博基尼就这样送我了吗？！”

“嗯。”

“天哪！”岳茏觉得被幸福砸晕，“我做梦都不敢想某天我居然能拥有一辆兰博基尼！”

黎苍伸手给她系好安全带：“相比你送给我的，这车太微不足道了。”

岳茏眨眼：“我？我送你什么了？”

黎苍浅笑，静静看着她，不说话。

岳茏愣了一下，用手指着自己：“我吗？”

“嗯。”

“哈哈哈，”岳茏大笑，搂住黎苍亲了一口，“你可真好骗呀，苍苍。”她在他脸上轻咬了一口，“你也把自己送给我了呀。”

黎苍的耳朵又有些泛红，低音炮自带环绕：“不一样。”

岳茏哈哈笑着握住方向盘，脚一踩油门就冲了出去，还不停地“哟呵哟呵”地叫唤。黎苍安稳地坐在她身边，嘴角噙笑地看着她一路高歌猛进，欢快地在路上飞驰。

兰博基尼停在大唐芙蓉园附近，黎苍和岳茏下车后，岳茏还依依不舍地看着新车。

黎苍：“这么喜欢？”

“百看不厌。”岳茏笑笑地看他，“就像你一样。”

黎苍低头浅笑：“你也是。”他揽着她向园内走去，她甜蜜地靠在他身上。

两人一路向着紫云楼而去，黎苍边走边介绍，最后说到从前：“那天约定标记的地方就在紫云楼。池森和樊澄陪同我一起，柏月那边也跟了两个人。标记仪式因为要见血，本来是有些复杂的，也不应该在露天场所，但因为我的能力，可以通过接触对方的皮肤直接灌输或者吸取血液，柏月就非要在这个紫云楼里进行。”

“哦。”岳茏面无表情地应了一声。

“柏月想先标记我，被我拒绝。当时的游客非常多，我对着柏月的手臂抓过去的时候，故意抓向了另一个人，柏月亲眼看着我标记了那个人。之后我就表示抱歉，标记失误了。”

“那个人就是我？”

“嗯。”

岳茏撇嘴：“你可真随意。要不是抓到我，随便抓个别的女人，估计你也能喜欢上。”

“不。”黎苍认真看着她，“我当时，还是有所选择的。在迎面而来的一群人中，你最顺眼。”

岳茏调戏地看着他，“你是不是对我一见钟情了不好意思说呀？”

黎苍诚恳地回答：“当时，没有。”

“呵。”岳茏翻个白眼儿，“你可真实在。”

黎苍浅笑：“后来想想，可能是的。”

“哈哈哈！”岳茏大笑，“你这大喘气笑死人了。”

两人此时已站在紫云楼顶层，黎苍揽住岳茏向下眺望，清风徐徐，视野开阔，令人心情也一派大好。岳茏靠进黎苍怀里：“苍苍，你去过的地方，要是我都想去看看，大概要多久呢？”

黎苍略略想了想：“两三年吧，看怎么去、去多久。有什么特别想去的地方吗？可以先从你最想去的地方开始。”

“听你的意思，全世界你都去过啦？”

“差不多。”

“好厉害！”岳茏由衷地赞叹，“怪不得你总是这么有见识！”

黎苍浅笑：“你也可以。”

“那我们赶快去吧，从你觉得最有意思的地方开始，把你印象深刻的地方都走一遍。”岳茏想了想，“看来还要再请假，半年够不够呢？干脆辞职？”

“不急，”黎苍的眼里饱含温柔，“一辈子的时间，还是很长的。”

岳茏被他抱进怀里，咬紧牙关忍住疼痛强装笑意，因为他的稍稍用力，她额上的冷汗都冒出了一些。她不知道跟他还有没有一辈子，但她清楚地知道自己这种疼痛已是不祥之兆，根本不会给自己一辈子的时间来浪费。

她在黎苍的怀里暗暗喘息了一阵，抬头笑着说：“我急！我要把一天掰成两天过！哦不，至少五天！”她看着他，语气里带了点严肃，“我想过了，即使我能活到一百岁，之后还是会剩下你一个人，所以……”

所以等我不在了，你一定要找一个更好更喜欢的人在一起。

然而她还没有说出口，黎苍就接话：“所以你就不要操心那么远的事情了。”他的手抚过她的眉眼，半是玩笑半是承诺地说，“你若不在了，我怎么样，你管不着。”黎苍定定看着她，“若想管我，就好好活着。你在一天，就能管我一天。”

岳茏心里很着急，却不知道还能再说点什么，只好故意恶狠狠地说：“好！那我就活成一个老妖婆，一直管到你烦死为止！”

黎苍笑得舒心：“说话可要算话。虽然我并不会烦。”

黎苍和岳茏在回民街吃东西。虽然很多都是小吃，两人却吃得很开心，一路买一路吃，走走停停闹了一路。岳茏看到想吃的就买，黎苍看见她买就付钱，而岳茏吃几口就塞到黎苍嘴里，黎苍照单全收一样不落地吃下去，终于在吃了十几样东西之后有点受不了，而岳茏还在开心地买买买。

等他们回到酒店，岳茏已经累瘫了，一下就倒在床上，直嚷嚷着不想洗澡只想睡觉。黎苍去了一趟洗手间的工夫，回到房间一看，她竟然真的睡着了。

黎苍给岳茏脱下鞋，把薄被盖在她身上，动作十分轻柔。

他坐在床边静静看了她一阵，走出房间到了客厅的角落，拨通了樊澄的电话。

樊澄调侃的声音传来：“蜜里调油的人还能记得我，不错啊！”他有一阵没听见黎苍的回话，谨慎地问，“小丫头怎么了？”

黎苍的声音低沉得令人有些难过：“她很不舒服，并且不打算告诉我。”

81

樊澄愣了愣：“你怎么知道的？”

“她掩饰得很好，但我怎么可能看不出来。”黎苍的声音更加低落，“晚上我醒来，她就醒着，肯定是没怎么睡；她的饭量也减少了很多；做事情很着急，明显是觉得时间不够。”

樊澄的情绪也低落了："你们……没谈谈？"

黎苍："她不想让我知道，她费尽力气和心思。"

樊澄："你是不是……又暗暗给她输血了？"

黎苍没有回答，但已是默认。

樊澄叹气："我就知道。池森让我转告你，输血最多也就是缓解一下痛苦，但就跟吸毒似的，她会一次比一次需求得多，到最后你就算将全身的血都给她，也没用……"

黎苍再次沉默，之后的语气已有些无力："真的没有办法解决吗？"

樊澄："我问过池森多次了，他一直摇头。我看他也没什么办法，你别老以为族长密室里能有什么惊天动地的东西，他要是真的有法子，当初还能让他那位就那么死了？"他听着电话那头又没了声音，问，"你给我打电话只是倾诉？没别的事儿？"

黎苍："有，有很多事需要你帮忙安排。"

岳茏这一觉睡的时间很长，却很不安稳。睡梦中浮现出很多画面，大多是黎苍和柏月的种种，看起来像是他们过去在一起的场景，真实得就像在她眼前出现过一样。梦中的黎苍和柏月是一对甜蜜的恋人，不知道因为什么事情反目，而岳茏就像是个第三者，无端插入他们两人中间，眼前黎苍对自己的一切美好，都只不过是黎苍与柏月赌气的结果。

岳茏在梦中又惊又怒，再加上伤心难过，额头上渐渐冒出冷汗，紧皱着眉头，看起来很不安。本来就没有睡沉的黎苍再次醒来看她，就看到了这副模样。

"岳茏，岳茏？"黎苍低声呼唤。

岳茏没有醒，仍然是一副不开心的难受样子。

黎苍轻轻抚摸她的脸颊："做噩梦了吗？岳茏？"

岳茏缓缓睁开眼，浑身的力气都像被抽空，怔怔地看了黎苍半晌，钻进他怀里闷闷地说："梦到你喜欢的是别的女人，就那个柏月。"

黎苍搂住她："是梦。"

"特别真实，就像我亲眼看见一样。"岳茏还是闷闷的，"你和她，真的没什么？认识那么多年也没什么？"

黎苍奇怪地看着她："真的没什么，你怎么会这样想？"

岳茏觉得头痛欲裂，揉了揉自己的太阳穴："可能是噩梦太真实了……"

"别瞎想。"黎苍搂紧她，"除你以外，我没有别的女人。"

岳茏点点头，在他怀里蹭了蹭，再次闭上眼睛，像是累坏了。黎苍等她的呼吸渐渐悠长，忍不住探了探她的鼻息和心跳，担心的情绪笼罩在心头，久久不散。

之后的日子，噩梦出现的次数越来越多，有时岳茏从噩梦中醒来，她竟有些分不清梦境与现实，不知道什么是真，什么是假，而她全身的疼痛感也一天比一天加剧，没有丝毫好转。

这一天深夜，岳茏再次被噩梦惊醒，这一次的梦比之前都恶劣，她看到柏月与黎苍在床上翻滚，极尽缠绵。

岳茏睁眼，呆望了仍在熟睡的黎苍一阵才看向床头柜的钟表：凌晨三点十分。

她拿开黎苍搂在自己身上的手，起身下床走到客厅，从自己的包里掏出一个小药瓶。这是她好不容易趁着黎苍离开一小会儿的时候去药店买的止疼药，只能趁着黎苍睡着或者不在意的时候偷偷吃。可她服下的剂量越来越多，却越来越没有用了。

岳茏吞下三片药，喝了一大杯水，静静坐了一会儿，仍然疼痛难忍。

她从不知道，会有一种疼，像是从骨头缝里滋生出来，像是要把她的所有骨骼撑开裂断才甘心。她不知道自己是如何忍受下来的，只知道自己必须忍耐。

也许，只有和黎苍在一起，才能让她在极度愉悦的心境中暂时缓解疼痛。

遇到他，爱上他，与他相爱，到现在身心契合，就死而无憾了吗？

不。

遗憾。

太遗憾了。

如果能选择，她愿意付出一切去换取与他长相厮守，永永久久。

岳茏只觉得想流泪，不知道是因为身上疼，还是因为心疼。

她揉了揉现在最觉得疼痛的腰部，却摸到了那块舒林赠送的石头。她一直贴身放在腰间戴着，疼痛却并没有缓解多少。她拿出石头仔细看了看，在房中微弱壁灯的照射下，这块红色的石头正散发着阵阵奇异的暗红色光芒。这光芒朝着她的方向暗暗流动，像是全部流泻进她的体内。

岳茏不免有些疑惑。她将石头放在桌上，自己退后几步，那光芒仍然冲着她的方向直追过来，无声无息地没入她的身体里，不疼不痒，没有任何感觉。

这就是缓解疼痛的方式吗？可她并没有觉得好一些啊。

不知道为什么，这块石头给她的感觉，莫名有点熟悉，像是在哪里见过，可是完全想不起来。

而下一瞬，岳茏的脑子里忽然又多了很多景象，又是关于柏月和黎苍的。这一次看到的是他们年轻时，彼此开心地在山林间追逐打闹，停下的时候互相亲吻拥抱，活脱脱一对完美恋人。

岳茏震惊地愣在原地，不明所以却又分外痛心。

清晨五点，黎苍醒来却没有看见岳茏，连忙下床寻找，在客厅的沙发上看到了她。她蜷缩在沙发一角，似乎睡着了。

黎苍轻轻靠近她，伸手想抱她去房里睡，没想到她忽然睁眼，语气幽幽："黎苍，我好像得了很严重的病。"

黎苍浑身一紧，坐在她身边搂住她："你说。无论什么都不要怕。"

岳茏哭丧着脸看他："我得了精神病啊，喜欢幻想的那种，怕不怕？"

82

"不怕。"黎苍握住她的手，"你觉得哪里不对劲？"

"总想起你和柏月的事，不知道那是真的还是假的，也不知道是梦还是现实。"岳茏抬眼看他，"可是要说是假的，为什么都那么真实，为什么会被我想起来呢？"岳茏一脸迷茫，"我为什么会想起原本我并不知道的事情呢？"

黎苍眸色一沉，浑身都警觉起来。岳茏感受到他的情绪变化："怎么了？"

"只有韩判有这种能力。只要他在近处，就能让人产生幻觉。"

岳茏也微微变色："你是说，他在附近？"

"有可能。"黎苍将岳茏打横抱起走回卧室，把她放在床上，"你休息，我收拾东西，明天就走。”

岳珑看着他给自己盖上薄被，轻声问：“去哪里？”

黎苍低头在她额上一吻：“哪里都好。”他凝望进她的双眼，“你要记住，不管看见我和柏月的什么，都是假的。”

“好。”

“我和她距离最近的一次，就是我掐住了她的脖子，没有其他。”

“嗯。”

黎苍看着岳珑闭上眼睛，等她的呼吸变得沉稳，才开始轻缓地收拾行李。走到客厅检查是否有遗漏物品的时候，他看见了那块红色的石头，静静地摆在桌上。

岳珑拿出来之后，忘记收起来。

黎苍觉得这石头很眼熟。他拿起来仔细看了看，眉目间渐渐泛起愠怒之色，手掌用力一握，石头转眼就碎成齑粉。他嫌弃地把粉末都抖落在垃圾桶内，拿出手机拨通樊澄的电话：“盯着舒林就能找到韩判。”

樊澄没有明白：“为什么？”

“遗梦石在岳珑身上。”黎苍的语气里带着怒意，“真是好心思，我竟一点也没有防备他。”

樊澄愣了半天说：“他不能是为舒广报仇呢吧？”

“不像。”黎苍敛眉，“不管为了什么，我都无法容忍。务必捉拿韩判，就地击杀，不必再问我！”

“是！”

第二天早上岳珑起来，黎苍已经坐在桌边等她，桌上摆好了中西结合的早餐。岳珑在客厅里寻索了一阵，黎苍看着她：“在找什么？”

“舒林送给我一块石头，不见了，我昨晚就放在这桌上的。”岳珑还在四下寻找，“还挺好看的一块红色石头。”

黎苍不动声色：“等会儿去巴西。”

“啊？”

“盛产宝石的国度，你想要什么颜色的都有。”

岳茏哈哈一笑坐到他身边："你是要各色宝石买一个给我戴起来吗？"

"好。"

岳茏笑得更大声："好什么好，说着玩的啦！石头不见了就算了，戴着也没什么用。"

黎苍看向她："戴着不是为了好看？是有什么用？"

岳茏语塞，干笑着说："就是，他说，能保平安吧。可是你看也没保住，韩判不是还能干扰我吗？"

岳茏吃了几口就说饱了，黎苍的眼中已沾染了担忧和心疼，却很快遮掩下去。

族中。

楚寒很震惊地听樊澄讲完，还有点难以置信："老林王怎么会把遗梦石交给岳小姐？那不是韩判的东西吗？"

樊澄调侃地盯了他一眼："你开始叫'岳小姐'了？之前不都咬牙切齿要吞了她吗？"

楚寒："她能为苍王去死，我不可能再诋毁她。"

樊澄撇嘴，继续说："韩判的那块石头，能保存他施展的幻象，所以小丫头总是看见苍王和柏月在一起的景象，都快以为是真的了。"

楚寒鄙夷地皱眉："卑鄙。"他又很疑惑，"老林王也是经历过这些事情的人，怎么会这样对岳小姐？当年他对如真那么好……"

樊澄耸肩："谁知道抽什么风？"他拍拍楚寒的肩，"抓韩判的任务就交给你了。虽然你挡不住他的幻术，不过论起追踪来，你是天下第一。"

楚寒郑重点头："放心，拼了命我也会杀了他。"

暗处，池森神色复杂地听到了这一切。

岳茏和黎苍到了机场，岳茏笑言根本没有买宝石的打算，两人又临时改道去了威尼斯。他们坐着摇桨小木船荡漾在城中，一起吃巨头乌鱼、花鲈、海鲷、沙丁、舌鲽、贻贝，数系船柱和灯塔的数目，看马赛克地板折射出的神奇光芒……

傍晚时分，岳茏坐在小木船贡多拉上，靠着黎苍，看着绝美的夕阳发出感叹：“怎么会有这么美的地方呢，真是太好看了……”

黎苍搂着她：“看前面，叹息桥到了。”

岳茏兴奋起来：“我知道这个！《情定日落桥》里的经典场景！”她会意地看向黎苍，眼里闪着动人的光芒，“你想干吗呀？”

日落的钟声响起时，我要在叹息桥下吻你。

这是《情定日落桥》中最经典的台词。

说话之间，他们乘坐的小船已经开始穿过叹息桥。划船的人似乎知道所有恋人的心思，将划行的速度放缓，慢慢地通过。

黎苍的手抚上岳茏的脸颊，将自己的唇印了过去。岳茏顺从地接受他的吻，并且温柔地回应他。

贡多拉从叹息桥下缓缓经过，岳茏和黎苍一直持续缠绵地深吻，温柔而缱绻。

威尼斯当地有一个传说，日落时如果恋人们在叹息桥下的贡多拉上亲吻对方，将会得到天长地久的永恒爱情。

叹息桥下的小船很多，大多是情侣做伴，按照传说中的样子在这里接吻，希望能得到长久美满的爱情。岳茏和黎苍也是其中一对，可他们很难像其他情侣那样在接吻之后欢呼，当离开叹息桥下的时候，岳茏闷在黎苍怀里流泪。

黎苍紧抱着她，声音带着不自知的哽咽：“别哭。”

岳茏揉揉眼睛努力去笑：“是感动的。”她努力笑着，眼睛里明明亮亮，“这是你追求的方式？”

“我没有追求过谁，不知道怎样做才最好。”黎苍似乎有些抱歉，“这些年看到的那些方式，我打算都做一遍，你喜欢哪种，就继续哪种。”

83

晚上吃完饭回到酒店，岳茏洗完澡穿着浴袍走出来，见黎苍坐在沙发上看着自己淡淡而笑，她走过去直接坐在他腿上，在他脖子上啃了一口。黎苍在她坐上来那一刻就已经开始不自然，这一下更是浑身发僵，手不自觉地攀上她的脊背摩挲。

黎苍将岳茏往自己怀里带，绵软的吻落在她的唇上、脸颊、脖颈，一路往下。他的吻深邃用力，很快将岳茏扑倒在沙发上，手向下准确地摸到了浴袍上的绳带，一下抽开。

岳茏觉得疼，浑身都疼，可是在黎苍的怀抱中又完全舍不得离开，在浮浮沉沉的疼痛与快乐的交缠之中紧攀着他，仿佛唯有他才能解救自己于水深火热之中。

岳茏最终在疲累与黎苍所不知道的疼痛之中睡去。黎苍将她抱到床上，搂着她睡，却发现自己稍微碰到她就会令她皱眉，他试探地在她胳膊上稍稍用力，她的眉头皱得更厉害，甚至痛哼出声，眼睛也睁开，愣怔地看着黎苍。

黎苍一把搂住她，却又想起她怕疼而微微松开，想说的话太多太多，却什么都说不出来。他只以为她确实不舒服，却没有想到是这种一碰就疼的情况。而在这样的情况下，她还几乎每晚都和自己……黎苍心里的懊恼无法言说，抱着她默然半晌，声音低沉得如坠地狱："疼吗？"

岳茏知道他迟早会发现，知道没有办法隐瞒下去，在他怀里轻轻说："没有你想的那么疼。"

其实，比你想的还要疼好多好多倍。

黎苍知道她在宽慰自己，更是难过得无以复加，低声在她耳边说："对不起。"

岳茏暖暖地笑着看他："道什么歉，我是先扑倒你的，不是你的错。"她抚摸他的脸，"你拒绝我好多回啦，够了。"她又调笑起来，"以后你要是以这个理由不跟我……不跟我那什么，那我就当你不喜欢我了。"

黎苍看着她，明显想说点什么来拒绝，但她的手指挡在他的唇上，凝望进他的眼睛："回答我，喜欢我吗？"

"喜欢。"

"有多喜欢？"

黎苍还没回答，岳茏接着说："我喜欢你喜欢到什么疼都能忘了。"她钻进他怀里，"抱好，我要睡了。"

黎苍的话都噎在喉咙里打转，却见岳茏真的已经闭眼打算睡觉，就把所有的话都咽下，轻柔地抱住她。

黎苍和岳茏都没有再提起关于疼痛的事。黎苍用实际行动践行着他所说的一切追求方式，送花送礼物已是惯常节目，时不时地突然出现个专门为岳茏而准备的街头 Show、即兴表演，又或者是迪斯尼里那些可爱的动漫人物突然都簇拥到岳茏身边，给她穿戴上公主的服饰，与不远处等待的已经穿好王子服饰的黎苍一同坐进南瓜马车里，奔向城堡。

巴黎铁塔和凯旋门下亲吻留影，爱琴海边看日落，埃及金字塔前他吓唬她，不丹的民族服饰很让她喜欢……一个多月的时间，他们的身影和足迹走过了很多地方，两人就像一对普通恋人一样，沉醉在彼此的爱意之中。

在瑞士玩了几天之后，黎苍带岳茏飞往新加坡，住进了圣淘沙名胜世界的海景别墅。一到圣淘沙内部岳茏就直呼过瘾，因为这里有着全球最大的海洋馆。她在海洋馆里流连忘返，恨不能跟每只鱼合影才甘心。黎苍自然充当她的摄影师，她还不停地给两人自拍，手机里全是两人的合影。

不过今天黎苍没有让岳茏一直玩到累极才回去休息，而是早早就拉着她回到别墅中，亲自给岳茏介绍了楼上楼下的每一处细节，然后按下床头的按钮，拉着岳茏坐在一个幕布遮挡着前面的平台上，看着幕布缓缓升起，观景墙露了出来。

“哇！”岳茏不禁惊呼，“能看到海底世界哎！”

卧室里的一整面墙壁上都是厚厚的玻璃，而玻璃里面是成群的鱼游来游去。卧室连接着海底世界，让岳茏仿佛置身海底。

岳茏欣喜地站起来走近玻璃，近距离观察着那些鱼，简直目不转睛。黎苍满足地看着她：“好看吗？”

“好看！”岳茏仍然盯着那些美丽的鱼，“我能看一晚上不睡觉！”

黎苍莞尔：“那你先看，我去订晚餐。”

黎苍一出门，岳茏脸上的兴奋之情就不见了，取而代之的是痛苦和焦灼。这几天，她的疼痛感比之前更加剧烈，以至于黎苍随便碰她一下她都觉得像是针扎一样疼。包里的止疼药已经吃完了，黎苍就像是知道她在暗中服药一样，对她盯得十分紧，几乎是寸步不离，她根本没有买药的机会。

其实她也知道，止疼药是对付不了自己的疼痛的，也许她求的只是心理安慰。

岳茏深呼吸了几次，坐在玻璃面前看着海底游来游去的鱼群，五彩斑斓得似乎令她感觉好了一些。那些鱼自由自在地游弋着，岳茏一脸羡慕惊叹地看着。

鱼群的远处出现一个黑影渐渐靠近。岳茏起先还没有注意到，等注意到的时候发现是个潜水员，游到近处的时候对她挥挥手打招呼，岳茏也笑着对他挥挥手。

潜水员停在玻璃前面对岳茏招手，示意她靠近。岳茏站起身走到玻璃跟前，潜水员掏出一个深蓝色巴掌大小的盒子递到她眼前，轻轻对着她打开。

一枚鸽子蛋大小的心形钻戒躺在盒子里，正安静地散发着醉人的光芒。

84

岳茏惊诧地看着那枚戒指，再抬眼仔细看了看潜水员，那掩藏在潜水镜和呼吸器之下的眉眼鼻梁和嘴角，可不就是黎苍吗？

岳茏的惊讶还没结束，黎苍的手上又展开一方白色的手帕，上面清晰地绣着五个字：

岳茏，嫁给我！

岳茏惊喜地捂住嘴，感动和喜悦激荡着她的心口，令她暂时忘却了所有忧伤苦痛。她忍住即将奔涌的眼泪，对着黎苍点了点头。黎苍虽然被潜水镜和呼吸器遮挡，却明显笑起来，用手比了一个爱心给岳茏，岳茏对着他的脸的方向，在玻璃上印下一吻。

黎苍的笑意更明显，用手势比画表示他先从海里出去，让岳茏等他。岳茏点点头，看着他游远。

眼泪不可遏止地滚滚而下，岳茏在黎苍的背影远去之后哭得稀里哗啦。而她很快忍住泪水，去洗手间擦掉眼泪，迅速洗脸之后简单补妆，小跑着奔向门口。

岳茏在门口深呼吸了几下，终于忍住了所有泪水，静等着黎苍回来。

不一会儿，敲门声响起，岳茏立即打开门，黎苍抱着一大捧都快抱不下的火红玫瑰正望着她笑，他的头发还有些湿漉漉的，手上还拿着刚才那个深蓝色的盒子，笑容温润：“刚才是答应我了？”

岳茏连花带人抱住黎苍，开心地大声回答：“答应答应！”她抱住那一大捧花，开心地走进房间把花放好，又扑进黎苍怀里，“怎么会在海里求婚呢！一点都没想到！”

“你喜欢惊喜。”黎苍拥着她，动作十分轻柔。

“最近一直在惊喜呀！”岳茏满足地笑，“哪能天天这样惯我，以后没有惊喜了，不怕我失望吗？”

黎苍轻吻她的额头：“我会努力不让你失望。”他没有松开她，抱着她打开手里的盒子，拿出那枚钻戒，拿过她的手给她戴在无名指上。

岳茏举起手看了看：“天哪，这么大！戴着出门会不会被抢劫？”

黎苍浅笑：“我在，不会。”

岳茏安心地靠在他怀里：“好，那我可赖上你了。”

“嗯。”

岳茏去看黎苍的手，在他左手的无名指上找到一枚戒指，跟她的戒指的款式颜色都一致，不过更简单大方。她的眉眼笑得弯弯的：“这是被我绑定了啊。”

“嗯。”

岳茏环抱住黎苍的腰，蹭在他心口撒娇：“苍苍真好。”

黎苍搂着她，心里觉得一片柔软，又夹杂着很多疼痛：“你瘦了，要多吃一点。”

岳茏答应着，黎苍静静拥着她，享受彼此的拥抱亲昵。

用过晚饭后，岳茏又痴迷地坐在玻璃墙对面看里面的鱼，黎苍坐在她背后拥着她给她当靠背。开始还听见岳茏感叹几句“真好看”，后来渐渐没了声音。黎苍看她闭眼，想着是睡着了，就打算抱她去床上睡，没想到一抱她起来，她的手臂就垂了下去，头也向下一歪。

黎苍顿时心惊胆战，搂着她叫：“岳茏？！”

岳茏没有反应。

黎苍立即把她放在床上，两手都覆盖在她心口为她输血，直到他的嘴唇发白，岳茏才缓缓睁开眼睛，迷蒙地看着他急火攻心的样子：“怎么了？”

黎苍一把抱住她，只觉得脑子里一片空白，半天回不过神。岳茏有些无力地靠在他肩上，感觉黎苍有些失控地将她越搂越紧，似乎忘记了她会疼。她咬牙忍耐了一阵实在忍受不下去，已经猜出是怎么回事，轻声问：“我刚才……昏过去了吗？”

黎苍无声地点头，岳茏抚上他的脊背：“我没事，你看我不是醒来了吗，别担心……”

黎苍沉闷地抱着她，很久都没有说话。可岳茏能感觉到他的懊悔和心疼已经强到极致，整个人都是紧绷的，像是下一秒就会因为自责而立即劈了自己。岳茏想让他看着自己，他却执拗地抱着她不松手，不让她看到他的脸。

印象中这是第一次，他不听她的。

岳茏佯装生气：“你再不看着我，我可不理你了。”

黎苍微微松开怀抱，岳茏看着他的脸庞，脸上竟有泪痕。她低声问：“你哭了？”

黎苍没有回答，而是说：“我不知道该怎么办。

“都怪我。

“我高估了自己。

“我以为自己能忍住。

“都是我的错，是我的错。”

他一连说了很多句自责的话，连看都不看岳茏，似乎是无地自容的样子。岳茏捧起他的脸：“看着我。”

黎苍看向她，眼中翻滚着千万种情绪，以愧悔为甚。岳茏在他唇上轻轻一吻，认真地说：“我不后悔。相反，我很高兴。就跟我从前对你说的一样，如果我们没有走到这么亲密的一步，我会很遗憾的。所以你不要这么自责，都是我自愿的，是我要求的。”她抚摸着他的脸笑得很妩媚，“是我勾引你的。”

“不是。”黎苍深深凝视她，“我一直渴望你。”

岳茏笑，由衷的喜悦和满足写在她的脸上，映衬得她整个人都活泼灵动起来。她有些疲惫地靠在黎苍怀里休息了一阵，摩挲着自己手上的戒指，轻声说：“我知道，我的时间可能不多了……”

“不会！”黎苍厉声反驳，声音里已经沾染了惧意。

“我听说如真坚持了三年，我还以为我们至少能有三年……现在看来可能达不到……”岳茏握住黎苍的手，“认真听我说完。别再给我输血了，你看你的嘴唇都白得没颜色了，顺其自然吧……我离开以后，我知道你会很难过，给你半年时间难过，之后就要重新好好生活，不准再颓废。”

黎苍抱着她说不出话，狠狠忍住眼里即将奔涌的泪水。

“我本来想着，跟你甜蜜完旅行的这一段时光，就开始找理由疏远你，让你觉得我并不值得爱……”岳茏苦笑，“可我总是下不了决心，舍不得凶你……”她的泪流下来，“我不想让你看着我死……可现在好像逃开你都没什么力气……”

“别说了。”黎苍的泪水终于还是滑落下来，笃定地说，“你别想逃开我，即便是死。”

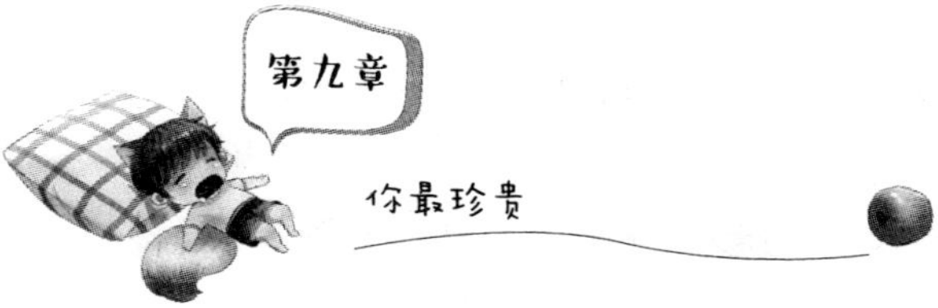

第九章

你最珍贵

85

岳茏再次昏昏沉沉地睡去，黎苍心惊肉跳地守在她身边，根本不敢离开半步。

稍晚些的时候，黎苍拿出手机打给了池森。池森接到他的电话显然有点意外，听他大概描述完情况之后，池森沉默了一阵，说：“你确定要这样？”

黎苍没有犹豫：“确定。”

池森：“我不同意。”

黎苍：“这是我的权利，作为族长，你应当配合完成。”

池森：“你仔细想过你以后的日子吗？想清楚了吗？！”

“我已经考虑得非常清楚，你不用再劝。”黎苍的声音略略放软，“我必须这样做。”他的声音带了哽咽，“她可能坚持不了几天了。”

池森像是深吸了一口气：“好。”

挂掉黎苍的电话，池森陷入了良久的沉默。他想起从前，那个人在自己怀里死去，当时的自己，如果稍微勇敢一点，不那么认命一些，是不是结果就会完全不同？

可是，那个能让对方活下去的方法，不是谁都有勇气去承担。

吃完早饭，黎苍和岳茏离开酒店，直到坐上飞机，岳茏才问：“我们回国吗？”

黎苍看她：“没有玩够？”

岳茏笑笑：“跟你在一起，哪里有够的时候。”

黎苍心里一暖，搂住她说：“求婚仪式还没完成，要回族里完成最后的环节。”

岳茏却没有高兴的意思，谨慎地看着他：“圆台上那种吗？我们不是已经……”

“不是那种。”黎苍安抚她的情绪，“你去了就知道。”

岳茏仍然紧盯着他的眼睛：“对你没有任何坏处吗？”

“没有。”黎苍尽量非常自然地看着她。

岳茏仔细看了一阵，没有从他眼里看出什么，也就放心地点头：“那就好。”

族中。

四面围合的山林之中，有一处高台，高台正中有着繁复的图案，神秘而纠缠。山林之中隐藏着很多人，在树木的掩映之下看不真切。池森也在其中，沉默地看着高台下的来路，一直皱着眉。樊澄从他身后快步走来，在他身边很不安地低声说：“族长，我可从来没试过，这这这万一失败了……”

池森的声音很沉郁：“只许成功，不许失败！”

樊澄挠头：“这要是被苍王知道了……”

“还能比现在更糟？”池森看见远处走过来的两个人影，“为不为黎苍做这件事，你自己决定。”

樊澄一脸焦躁地看着黎苍和岳茏越走越近，走上高台。周围隐藏在林中的人神情各异，大多带着怀疑和沉重。

池森仰望着高台上的黎苍，神色复杂。过了一阵又对樊澄叮嘱：“看你的了。”

樊澄像是下定了决心，使劲点了一下头。

高台上，岳茏站在高台的边缘，疑惑地看着黎苍走进那个繁复得像法阵一样的图案中心。那图案像是一团火焰，又像是利爪割开的印痕，还夹杂着岳茏完全看不懂的符号，颜色虽多却都是冷色调，看着令人心惊。

岳茏有些不安：“这个图案，是什么意思？”

黎苍站在图案的正中心，温柔的眼神包裹着她：“求婚仪式的最后一环，在这里完成印刻仪式。”

“印刻？”岳茏听到这两个字就有点紧张：“跟铭刻差不多吗？”

黎苍浅笑着摇头，低沉地说：“别害怕。”

岳茏疑惑地看着他，他说：“我的本来面目，还没有给你看过。”他脱下外套丢在一旁，神色略有紧张，却还是笑着说，“希望你不会被吓跑。”

岳茏瞪大双眼：“你要变狼了？还说自己不是狼妖？”

黎苍双手伸向自己的衬衫，忽地一扯，结实饱满的胸肌露了出来。几乎是转瞬之间，他的胸膛上出现了泼墨一般的画面，一头凶悍的浅灰色巨狼出现在他的胸口，无声地咆哮着，看起来狰狞凶猛。

岳茏看呆了。

隐在山林中的所有人都盯着岳茏，有的已经准备动手。樊澄更是紧张得不行，低声对池森说：“她要是怕，还真的杀了她吗？！她都为苍王死过一回了！就算现在害怕，那也是人之常情啊！”

池森的声音透着冷意：“族中规矩，不是你我能改变的。”

所有隐藏的人都紧盯着岳茏，甚至已有低语传出：“还没见过完全不怕的人，哼。”

然而岳茏只是愣了几秒就直接走过去，对着黎苍的胸口使劲看了几眼，语气简直是兴奋：“3D的吗？！”

黎苍愣了，所有人都愣了。

岳茏又盯着看了一阵，发现那头狼自从她靠近就很安分，一点咆哮的样子都没有了，等她上手去摸的时候，那头狼的样子可以用温驯来形容。

岳茏好奇地摸在狼的头上，哈哈大笑：“苍苍，这狼是不是代表你啊？”

“是。”

“那我懂了。”岳茏对着那头狼亲了一口，正吻在黎苍的胸膛上。

86

所有人都倒抽一口冷气，万万没想到岳茏不仅不怕，还亲了上去。

岳茏还没完，又勾住黎苍的头，对着他的唇亲了一口，笑着说：“还以为你真的要变狼妖，就这个有什么好怕的？”

黎苍拥住她，眼中尽是感动和感激，甚至带着自豪和得意。岳茏安心地与他相拥，问：“仪式完成啦？”

窸窸窣窣的声音四下响起，隐藏在林中的人忽然三两下直接跃上高台，将黎苍和岳茏团团围住。岳茏吃惊地看着他们，黎苍将岳茏护在怀里，沉眸看着周围的人，眼中有威慑也有坦然。周围的人纷纷将右手放在左心口，一齐说："谨遵苍王意愿，誓死保护眼前之人，终其一生，若遇必敬，遇险必救。"

黎苍沉稳地扫视一周，沉声回应："很好。"

岳茏好奇地看了看周围的人，问黎苍："是你的族人吗？"

"嗯。"

岳茏友好地对他们招手："你们好。"然而族人们却只是微微点头，看向她的眼神有同情也有悲伤，还有的面无表情，很快就纷纷跃下高台，走入树林深处不见了。

岳茏讶异地看着他们离去："他们怎么了？好像不太高兴？"

"他们不喜欢看到族人印刻普通人类。"黎苍避重就轻，并没有说其他，捡起外套搂着岳茏往高台下面走。岳茏也揽着黎苍的腰，开心地跟他说话，并没有注意到地面的繁复图案已经发生了细微的变化——颜色变得清浅，那团火焰一样的图案仿佛开始跃动燃烧，竟然有了生气。

两人走下高台，黎苍一把抱住岳茏，想用力却又顾及着她的疼痛，双手在她背部摩挲，低音炮沉缓得像是低叹："今天，抱一整天，行不行？"

岳茏的疼痛都被他这句话化解大半，笑着说："行，想抱多久都行。"之后她又调侃他，"就只抱着，不做别的吗？"

"还要吻你。"

"还有呢？"

黎苍把她更紧地拥在怀里："抱着。"

"噗。"岳茏又是笑，又是疼，眼泪隐隐，"好，随你。"

不远处的林中，只有池森和樊澄还没有离开。池森看着那紧紧拥抱的两人，偏头问樊澄："成功了吗？"

樊澄点头："应该成功了吧……效果如何还不知道……"他担忧地看向黎苍，"此生唯一的印刻……苍王真的是魔怔了啊……要用自己以后的全部人生来保小丫头平安吗？真的划算吗……"

池森默然良久，说："他认为划算，就是划算的。"

樊澄嘟囔：“以后人家都不记得跟他有过什么瓜葛，这也划算？”

池森的眼神冷冷瞥来：“所以你要是没成功，就切腹谢罪吧。”

“不带这样的啊！”樊澄小声嚷嚷，“我可是费尽全力了！你看我这一脑门的汗！在苍王眼皮底下动手脚，我容易吗我？”

池森凝眸，眼中翻滚着万千情绪：“不会白费的。”接着又盯着樊澄，“在黎苍发现之前，闭好你的嘴巴。”

樊澄紧紧抿着嘴巴，点点头。

黎苍带着岳茏在族中走动，带她看自己生活的地方。走着走着，黎苍抱住了岳茏，下巴枕在她的颈窝里，呼吸着她的味道，一直一直没有放开。岳茏忍着疼痛被他拥在怀里，也紧紧抱着他，忽然更用力了一点，说：“苍苍，我好像，没那么疼了。”

黎苍眼中一片了然，带着满满的欣慰和难舍，嘴上却说：“是吗？那就好。”仍然紧抱着她不愿意松手。

岳茏有些开心：“是因为被你印刻了吗？还有这种解痛效果呢？”她突然从他怀里钻出来，仔细盯着他看，“你不会是把我的疼痛转移到你自己身上了吧？那个仪式有这种效果吗？”

“没有。”黎苍浅笑着看她，“你放心，完全没有。印刻仪式的意思是，你是我此生唯一，再不可能有旁人，而我，完全臣服于你。”

岳茏愣愣听完立即瞪眼：“怎么就此生唯一了？我的一生完了，你的一生还长着呢，之前不是说好不这样吗？你怎么就——”

她的话没能再说下去，黎苍堵住了她的唇。

此生唯一的印刻，对于天狼族人来说，一生只能进行一次。

几百年来，没有一个天狼族人进行过这个仪式。

族中人都说，只有傻瓜才会去进行这个仪式。

如果印刻对象是同族的人，自然是千好万好，从此比翼双飞，恩爱非常。但若有一方背叛，会受到锥心至死的惩罚。

如果印刻对象是普通人类，则能让这个人没有任何病痛地生活下去，凡族中人见到此人必须尊敬，若遇此人有危险必须相救。

因为这个印刻，是用自己的一生，用自己余下所有的日子，来换取一个普通人类的平安顺遂。

因为这个被印刻的普通人类，会渐渐遗忘跟天狼族有关的一切，尤其是施行印刻的那个人。

今天之后，她会渐渐忘记他，终她一生都无法再想起。

他用自己的余生，用还剩下的几百年的孤寂落寞，去换她再无病痛灾祸，顺遂一生。

黎苍的吻仍纠缠着岳茏，她闭着眼睛享受着他的亲密，没有注意到他眼角泛出却又被他狠狠压抑的泪水。

87

黎苍和岳茏离开族中回到城市。他们手牵手在街上闲逛，在游乐场的摩天轮转到最高处的时候亲吻；买情侣装换上然后自拍；把一大把气球攥在手里，他背着她跑起来；在人潮涌动的商场里突然遭遇停电，他紧紧抱住其实并不害怕的她，逗得她直笑；看电影的时候，她并没有觉得非常感动的情节，他却凑过来吻住她……回到金湾别墅的门口，两个人还在同吃一个冰激凌，岳茏直接舔掉黎苍唇边的冰激凌，看着他萌动的表情笑得不行，又被黎苍狠狠吻住。

“你今天有点奇怪呀？”岳茏故意躲开，看着他笑，“吻了我好多次。”

黎苍不说话，又低头吻上她的唇，细细流连切切啃噬，像是要把她唇齿间的每一丝每一毫都烙印下来。岳茏热切地回应着他，只觉得前几天那种难忍的疼痛似乎程度又减轻了一些，连带着她的回应也变得激烈，毫不示弱地用力。

彼此间的吸引似乎是随时随地爆发，岳茏的意识渐渐沉浮在黎苍的引领之下，周身的疼痛感又减少了很多，从前那种纯粹的欢愉又回来了，惊喜之中的她更加沉醉在他的攻城略地之中……

这场缠绵持续了很久，很久。

岳茏记得自己没力气地伏在黎苍身上，被他放在床上就沉沉睡去，此时醒来不知道是半夜还是凌晨，一睁眼就看见黎苍目光清亮地看着自己，眼中似有千言万语，却只对着她浅笑：“醒了？饿吗？”

“你不问还不觉得。”岳茏凑近他，“几点啦？”

“四点半。”

岳茏打了个哈欠：“那我再睡会儿，我们一起去吃早餐。”

“好。”

岳茏想闭眼睡觉，却见黎苍还是望着自己，一点睡意也没有。她好笑地看着他：“怎么了？你不困？”她的笑容里又多了暧昧，“体力怎么这么好？”

黎苍莞尔：“还疼吗？”

“不太疼。”岳茏动了动胳膊腿儿，“居然不怎么疼了，我是不是好了？”

黎苍抚上她的头：“是。”

岳茏又疑惑地看着他：“为什么突然好了？肯定有原因。”她抓住他的手臂，“告诉我原因。”

“原因是——”黎苍抱住她，低音炮慎重沉缓地环绕在岳茏的耳畔，“岳茏，我爱你。”

岳茏心间重重一震。

她知道他爱她，却第一次听他说出这三个字。

编过那么多故事，写过那么多情话，却没有一次能有这一次惊心动魄，震慑人心。

她的目光凝定如水，洋溢着清润跃动的波光，看着他定定地说：“黎苍，我爱死你了。”说完竟有些不好意思，一头扎进他的怀里，哼哼唧唧地说，“啊，我这辈子第一次说这种话！”

黎苍拥住她：“谢谢你对我说。我会记住的。”

岳茏咯咯地笑：“你在客气什么？你要是喜欢听，我以后每天都对你说，说得你烦死！”

黎苍忍住声音里的略微哽咽，浅笑着回答：“好。我不烦。”

岳茏满足安心地靠在他怀里闭上眼睛，喃喃自语：“真好，苍苍真好，太美好啦，我好开心……”

满足愉悦与安全温暖充斥着岳茏的四肢百骸，她很快沉沉睡去。黎苍抚过她的脸庞，一遍又一遍，之后紧紧拥着她，久久不舍得放开。

凌晨六点，黎苍开始收拾东西，把别墅中有关自己的东西都收进行李箱。他看着两人的情侣拖鞋、情侣漱口杯和牙刷、情侣碗筷、情侣睡衣……每收拾一样东西都像是在他心上割开一条大口子，鲜血四下流泻却停止不了，且根本汇集不到一个地方，乱七八糟到处都是。

最后，他拿起岳茏的手机。打开手机，屏保就是他俩的合影，岳茏笑得格外开心。他开始删除她相册里关于他俩的一切照片，可刚删除一张就难以继续，最后将这些照片全导入了自己的手机里，再一张张删除。最后给她的手机换了一张风景屏保之后，他沉闷地关闭了手机，坐在原地低着头，感觉呼吸都无法顺畅。

他坐在她对面的单人沙发上，目不转睛地看着她，看到天光大亮，再到日落西山。她一直没有醒，他知道，这是印刻的力量，她会睡上四到七天，醒来后，脑海中再不会有他。

手机振动起来，樊澄发来消息："苍王，什么时候去接你？"

他怔怔地看着屏幕，脑子里空如白纸。

离别，近在眼前了吗？

第六天时，岳茏翻身的频率越来越高，已有要醒来的迹象。黎苍从站在床边退到门口，却仍难过又不舍地看着她。在楼下的樊澄一直不忍心催促，可现在也顾不上了，终于叫了一声："苍王，再不走，小丫头醒了看见两个陌生人在房里，真的没法解释了……"

陌生人。

黎苍心头大恸。

樊澄看见黎苍忽然转身，直接从二楼跃下，拎起门口的行李箱就向外走，速度极快，像是根本不敢再停留，也不敢回头。

樊澄连忙匆匆跟上，轻轻地关好了门。

岳茏在中午醒来。她看着周围有点愣，下楼转了一圈发现这是一栋别墅，使劲想了想开始自言自语："我怎么会睡在别墅里？"

她抓起手机打算找人问问，却发现手机上有很多未接电话和留言。留言和未接来电都是同一个陌生号码，留言上很客气礼貌地说："岳小姐您好，看到留言请回一个电话，有关您父母的遗产需要您尽快处理。"

"遗产？"岳茏简直云里雾里。她尝试着打去电话，对方很愉悦地说："岳小姐您好，我正好在附近办事，也带着文件，现在就过去您看行吗？"

岳茏有点发傻："好吧。"

十分钟后，白真出现在门口，非常官方职业性地微笑着："岳小姐，您好，我是您父母生前的财产管理人，我姓白。"

岳茏客气地将他迎进客厅，白真坐在沙发上拿出厚厚一沓文件："岳小姐，这些都是您父母留给您的遗产，需要您签字继承，因为他们生前有交代，所以到这个时候才能给您。"

岳茏疑惑地拿起文件看，发现父母留给自己的遗产用庞大来形容都不够，完全是庞大得吓人！她震惊地看着这些文件，觉得肯定是什么陷阱，看白真的眼神也多了戒备。

白真看起来很理解她的这些反应，客气地解释："岳小姐，您父母生前做了不少投资，可能并没有告诉您，但这千真万确是您的东西，如果您不要，我只有转移给慈善机构，但这样的话，恐怕您父母也不会心安。您签字是完全没有问题的，如果您有疑问，可以找您信得过的律师来看看这些文件，或者找您信任的公证机构来审查，我都愿意配合。"

88

岳茏真的叫了几个相熟的律师朋友来看文件，白真坐在一旁仍然保持着专业的样子。律师们看过文件之后都认为没有任何问题，于是一起调侃岳茏："没想到啊，你一下成了富婆！"

"这么多套房子，还大多是别墅！"

"这些车也太可怕了！全是豪车，还是限量版！"

"岳茏你爸妈之前是做了什么投资？快介绍介绍！我也要去投！"

"银行卡里的数额也好惊人啊，快点分我个零头！"

岳茏惊诧地看着他们叽叽喳喳，又看向白真。

他仍然静静坐着，似乎非常理解眼前的状况。

岳茏抛出疑问："可是，我怎么会睡在这栋别墅里？不是还没有过户给我吗？"

白真说出早已想好的对策："岳小姐您昨晚喝多了，我在街上偶然看见您，问您又说不清楚住在哪里，就把您送到这里来了，反正这里也是您家。"

岳茏一脸迷茫，对所谓的醉酒毫无印象。

白真又说："您父母把这些房产的钥匙都委托给了我们，所以我能开门进来。您放心，钥匙会全部还给您，或者您不放心再更换新的门锁也可以。"

没有人注意到，客厅大门原有的指纹锁已经更换为钥匙锁。

岳茏仍是一脸茫然，半天说了一句："穷人乍富，大概就是这个感觉？"

白真笑着点头："是的岳小姐，恭喜您。"

在律师朋友们的怂恿下，岳茏让白真带着她去看所有的财产。几乎本市各处都有房产，开车转悠了一早上才看完，等到去专属车库看车的时候，律师们都激动得要疯了，在各自喜欢的豪车前面摸来看去，主人岳茏却站在原地发傻。

白真仔细观察着岳茏的表情，问："岳小姐有什么疑问吗？"

"这……太不真实了……"岳茏看着离自己最近的蓝色兰博基尼，"这些钱和东西，够我用八辈子。"

"我爸妈都是普通人，不可能投资出这么多财产……"岳茏盯着白真，"你没找错人吗？"

"您的父母我见过，他们跟您的合影我也见过，身份证号码都核对无误，怎么会有一家三口都同名同姓这么巧合的事情发生？"白真笑得很真诚，"岳小姐您多虑了，您的朋友们都看过文件，没有任何问题，从今天开始，这些财产都是属于您的。"

岳茏几乎没有任何喜悦感，满脑子都是疑问和不安。等到在银行的保管箱内看到成堆的珠宝，她觉得自己的脑子都被上天带走了。

白真看了看成堆的珠宝中那一枚鸽子蛋大小的心形钻戒，问："岳小姐有什么看中的，拿几个戴吧。"

岳茏一伸手就拿起了那枚钻戒，惹得白真浑身一紧。然而她只是拿起来看了看就放了回去，摇头："太惹眼了，还是放着吧。"

白真不动声色地微笑点头："都随您。"

直到傍晚才看完所有的"遗产"，白真客气地道别："岳小姐请保存好我的名片，以后有什么关于财产不太清楚的地方，可以随时致电，二十四小时等候您的召唤。"

岳茏点点头："谢谢。"

白真离去，岳茏站在别墅前面愣了一会儿神，终于走了进去。

白真走出别墅区，不远处停着一辆黑色宾利。他走进去进入驾驶座，从后视镜里看了一眼坐在后座上沉默的黎苍："苍王，都办好了。"

黎苍没说话，点了一下头。白真暗暗叹气，发动车子离开。

族中。

樊澄、白真、楚寒在一起斗地主，樊澄脸上已经贴满了白条，楚寒贴了两条，白真一条都没有。樊澄不高兴地嘟囔："就不能让着我一点吗！打了几百年都不让一下！"

楚寒冷冷的声音里透着揶揄："打了几百年都没有进步。"

樊澄白他一眼，白真想了想说："要不要叫苍王来玩一下？他可能会给你放个水。"

"苍王？算了吧，这三个月你看见过他几次？"樊澄摇头，"他忙得不行，连觉都不愿意睡。"

三个人都沉默了。

楚寒最先开口："这样随意打压，总觉得不安。"

"他哪里随意？处置的都是害过小丫头的人。"樊澄叹气，"先是处置了舒林，驱逐了舒广，又把黑狼族打了个底朝天，连柏月都给关起来了。"

"族长也不管。"白真跟着叹气，"全是默许。"

提到池森，樊澄莫名有点心虚，无力地解释了一句："大概，大概是觉得苍王可怜，就都随他去吧……"

“族长最能理解吧，”白真点头，“从前他那位死的时候，是苍王陪着他。”

三人再次沉默，不知道要说什么。

樊澄忽然惊得牌都掉在地上：“苍王今天干什么去了？！”

楚寒不明所以地看着他：“干什么去了？”

白真也站起来：“他一个人去捉韩判了？！”

楚寒厉声：“是不是疯了？上次把韩判打了个半死自己也弄得一身伤，这次又去了？就不能一次弄死吗？！”

深夜，金湾别墅。

岳茏已经睡着，睡得很香。她的房间连着一个露台，有微风从露台穿来，吹动床帘缓缓而动。

露台上的角落里，一个人坐在地上，身上的衣服有很多撕裂的破口，额角还残留血痕。可他丝毫不在意这些，只是枯坐在角落里，一动不动。

这人，正是黎苍。

三个多月以来，他以铁血手段惩治了一切可以惩治的人，几乎将黑狼族全灭，一刻不停地做着一切他能做的事。他知道自己不能闲下来，一旦停下来，他就会被思念吞没，陷入万劫不复的深渊。

在这样的受伤的夜晚，他只想靠近她一些。

一个人翻上露台，轻声说：“苍王，回去吧。”

黎苍不用看也知道是樊澄：“你先走。”

樊澄蹲下看着他：“这样有意义吗？既然已经结束了，还是回去吧，别再来了。”

黎苍：“韩判死了。”

樊澄略略惊讶：“终于舍得杀掉了？”

“再折磨也没有意义。”

樊澄不知道要怎么接话，直接拉他的胳膊把他扯起来，让他跟自己一起走，没想到黎苍甩开他的拉扯，忽然吼了出来：“就让我在这坐会儿不行吗！”

樊澄呆了，印象中的黎苍，从来没有这样吼过谁。

89

黎苍吼完就有些后悔，却不是为樊澄，而是担心岳茏被惊醒。他迅速跃下露台，樊澄也紧跟上去。直到走出金湾别墅，樊澄才低声问：“都到了，为什么不进去看看她？”

黎苍走在前面没有回头：“进去了，就走不出来。”

岳茏活蹦乱跳地回到公司，同事都惊呼她像失踪了一样好久都没有看见。总监李霖殷勤地欢迎她回到工作岗位，十分委婉地提及黎总，岳茏却并不明白他在说什么。然而李霖总觉得这是黎总的交代，必须低调最好不要让别人知晓，所以岳茏才一味装傻充愣，倒让李霖更加不敢怠慢她。岳茏投入到工作中，对自己请假这么久的原因有些想不起来，好在成堆的工作分散了她的注意力，加上她一贯是想不通的事情就先放着，于是埋头于工作之中，很快进入状态。

许久未见的肖远谨在下班后找她一起吃饭，为她打开车门的时候笑着问：“今天不用跟男朋友一起吗？”

“男朋友？”岳茏迷惑地看着肖远谨：“什么男朋友？”

肖远谨讶异了一下，笑着说：“吵架了？”

岳茏猜想大概是自己以前为了拒绝他而随口说的话，于是又点头：“嗯，也没什么，过几天就好了。”

肖远谨笑了一下：“还以为我有希望了呢。”

岳茏随意笑笑，坐上他的车，很快离开公司。附近一辆红色的法拉利悄悄跟上，车里坐着樊澄和池森。

开车的是樊澄。池森坐在后排，看着肖远谨那辆沃尔沃皱了皱眉：“你不知道他们都开什么车吗？哪有用法拉利来跟踪的？还是这么扎眼的红色？”

樊澄叹气：“我所有的车都是这么扎眼的颜色我有什么办法啊？这已经是最低调的了，我还没把我那辆彩虹色的开出来呢！”

池森无奈地看着他，又看看前面的沃尔沃：“如何确定他们会去微格吃饭？”

樊澄得意地说：“我早都打听好了，肖远谨今天定的是微格，我还特意让服务员给他们安排的从前小丫头跟苍王一起吃饭的那张桌子。”

池森皱眉点头，显然还是不太放心。

岳茏和肖远谨进入微格用餐，樊澄和池森坐在他们附近不远处的桌边，装作不经意地观察岳茏。而岳茏一直很得体地跟肖远谨说话、吃饭，没有任何异样。直到用餐结束，岳茏的表情都很轻松愉快。

看着岳茏和肖远谨离开餐厅，池森不免微瞪向樊澄："印刻那天，你到底成功了没有？"

樊澄哭丧着脸："我怎么知道？我觉着是成功了啊！可我也是第一次留后门啊！我也不知道留在哪儿了。"

池森重重叹气，起身就走。

岳茏的剧本在一个月后顺利完成，很快进行开机发布会，娱乐头条都是知名演员因此剧集合的合影，岳茏虽然站在一排明星的最边上，但她的名字也开始被很多人提及，在剧组的开机仪式上，她与两位男女主演一起再次合照，非常显眼。

在陆云松的牵头下，华茂向岳茏伸出了橄榄枝，与她签订了一个三年编剧合同，并且会力捧她的作品。陆云松借工作之便频频邀约岳茏，说好的谈公事，却带着她四处吃吃玩玩，给她放烟花，为她包场看电影，弄出很多气球来博她一笑，在知道她喜欢吃零食之后到处搜集零食给她……最后，在海洋世界的巨大玻璃墙后面，让两个潜水员拉出了"岳茏，做我女朋友吧"的横幅，惹得全场观众惊呼连连。

坐在最前排的岳茏看着捧来一大束火红玫瑰的陆云松，感觉到自己的心跳居然仍然很平稳。周围观众一直在热切高呼："答应他！答应他！"面对一脸殷切期待的陆云松，岳茏只是站在原地，不知该做什么反应。

观众席最后排，池森的目光要是能杀人的话，樊澄已经死了。樊澄崩溃地捂脸："难道在海里求婚还不是最震动她的心的桥段吗？！她记忆最深刻的到底是什么啊？"

池森气得不想说话，皱眉说："你是不是记错了什么？"

"怎么可能记错！苍王拉着我说了几个晚上了，虽然都是喝醉了说的……

但细节清清楚楚，肯定没错！”樊澄烦躁地咬牙，“怎么办怎么办，撒手锏都使出来了，现在要怎么办？”

池森忽然快速走了出去，樊澄还没反应过来，海洋世界里突然一片漆黑。

竟然停电了。

所有游客顿时有些慌乱，陆云松也顾不上等岳茏的答复，连忙拉着她向安全的角落退，以免被踩踏。樊澄立即上前趁着漆黑左冲右撞，把岳茏和陆云松冲散了。

五分钟后海洋世界重新亮灯，陆云松手里的玫瑰花被挤得散落一地，岳茏也不知道去了哪里，他连忙掏出手机打电话，却是占线的声音。

樊澄离开海洋世界走到停车场，池森正在法拉利边上等他。樊澄笑着说：“族长大人，看不出来啊，你还会去拉电闸？还以为你一向刻板严正，肯定不会做这种事的。”

“难道看着她答应吗？”池森哼了一声，“她要是想不起来，你就立即切腹。”

樊澄马上哭丧了脸：“她被什么触动才会想起来，我怎么知道啊！”他郁闷了一阵，又问，“她想起来就又会疼痛难忍了，是不是啊？”

“是的。”

樊澄有点发虚：“你有办法的，对吧？”

“没有。”

“那你为什么让我留后门啊！”樊澄恼了，“你说你有办法我才留的啊！”

池森瞥他一眼：“先办好你自己的事，否则什么都没用。”

岳茏躲在海洋世界的厕所里给闺密打电话。

“是我。”岳茏的声音有些低沉，“陆云松刚才给了我很大的惊喜，让我做他女朋友。”

闺密顿了顿：“你的声音听起来不怎么惊喜。”

“那确实是一个惊喜，但我没感觉到。”岳茏面无表情，“周围的人比我激动多了，我倒是最平静的那一个——我好像丢了什么东西。”

闺密半天没说出话：“丢了什么？”

“不知道，说不清。”岳茏很疑惑，“感觉怪怪的，好像没有感动的能力了，看到什么都不觉得特别高兴。”

闺密难以克制地抚了抚心口，想起前几天来找她的那个男人。

那个高大俊朗却又浑身被哀伤笼罩的男人，那个一开口就是沉缓的低音炮的男人。

第十章

我不想当男人

90

几天前，黎苍找到岳茏的闺密，没有一点隐瞒地告诉了她关于他与岳茏的一切。闺密从开始的吃惊和难以置信，到最后听完泪水涟涟，也不过是两个小时的时间。

最后，黎苍恳求她，不要再对岳茏提起从前，因为以她们的关系，闺密要是发现岳茏不记得从前的事情，肯定会刨根问底。

于是现在，闺密握着手机，听着岳茏说好像丢了什么东西，她只能狠狠咬牙，一个字也说不出来。她想起黎苍的切切叮嘱，想起黎苍所说的岳茏那些疼痛，让一向直接的她狠狠忍住心里的冲动，尽量平静地说：“是不是最近没休息好？别瞎想。”

岳茏低低地“嗯”了一声，又说：“陆云松还在外面找我，我不知道怎么办。”

闺密沉默了一阵，说：“你就算今天躲过去，明天后天怎么办？”

“其实理智告诉我，陆云松是很合适的结婚对象。”岳茏像是在说别人的事情，声音平静得近乎冷漠，“可我没有一点感觉。之前有几次他想吻我，都被我避开了。觉得怪怪的，说不上是哪里怪。”岳茏叹气，“我还是出去跟他说清楚吧。”

岳茏从洗手间走出去，看见陆云松在焦急地拨打电话。她的手机闪烁起来，她握着没有接，向着陆云松走过去。陆云松似有感应地回头，看见她就欣喜地奔过来，抱住她宽慰地说：“你去哪儿啦？！急死我了，还以为出了什么事，电话也打不通……你是被人群冲散了？”

岳茏从他的怀抱中挣脱出来，平静地看着他：“太黑了，不知道走到了哪里，让你担心了。”

“没关系，你安全就行。”陆云松拉她的手，“走吧，我们出去再说。”

岳茏挣脱他的手：“陆云松，抱歉，我不能答应你。”

陆云松似乎并不意外，但眼神已经带了失望：“理由？”

岳茏摇头：“我对你什么感觉都没有。”

陆云松的笑容很温柔：“感情可以培养，现在没有不代表以后也没有。”

“以后也不会有。”岳茏很肯定地拒绝，“我知道我自己，没有就是没有，再怎么培养也没有。”

陆云松笑不出来了，长这么大，他第一次被如此斩钉截铁地拒绝。岳茏看懂他的脸色，再次致歉：“很抱歉让你费心了，真的抱歉。”她见他仍然不说话，又说，“那，我先走了。”

陆云松看着她转身就走，说：“你是不是心里有人？”

岳茏停步，回头：“没有。”

陆云松：“没有也不愿意跟我试试？”

岳茏抱歉地笑笑：“不想试。”

陆云松不再阻拦岳茏离去：“我总觉得你心里有一个人，不肯说就算了。不过我挺好奇是怎样一个人能让你这么忘不掉。”

岳茏浅笑摇头：“我也希望有那么一个人，可惜真的没有。”

岳茏离开海洋世界，一个人沿着街道慢慢地走。樊澄开着法拉利跟在她百步开外，很担心又期待地跟池森说：“她是不是想起什么了？”

岳茏似乎有些心不在焉，忽然脚下一绊就往前摔去。

在车里的樊澄还没结束惊呼，一双手已经扶住了岳茏，稳稳地将她扶正。

岳茏抬眼：“谢谢啊，帅哥！”

帅哥的手却还没有离开她的胳膊，看她的眼神也怔怔的。岳茏有些奇怪地看了看他，挣脱了他的搀扶，眼神多了点戒备，很快向前走去，把帅哥一个人丢在原地。

车内的池森明显有些吃惊，樊澄愣了几秒叫起来：“苍王？！是苍王！他怎么会出现？”

黎苍还站在原地，默默看着岳茏离去的背影。

池森在车内看着黎苍，想起从前的自己，眼中的哀痛有些遮掩不住。樊澄看看黎苍，又看看池森："要去接苍王一起走吗？"

池森一个狠狠的眼神横过去："见到黎苍都没有任何反应，你的后门到底留在哪里了？！"

樊澄很想哭："我也不知道……跟你说了我没有把握啊！"

池森冷哼，樊澄唉声叹气了一阵，又谨慎地说："你之前跟老林王是一伙的，他暗暗害那个小丫头你还默许来着，我真不知道相信你是不是正确。你再跟我保证一次，是不是真的有办法救小丫头？"

池森的眼神略掺杂了些愧疚："舒林他……确实是我的疏漏。我也没有完全的把握，但我愿意尽力去试。如果尽力之后也没有办法，那大概……就是真的有缘无分。"

池森不再说话，樊澄发动车子疾驰而去。

黎苍看着岳茏走远，不知不觉地跟上了她。他隔得有些远却又不至于失去她的踪迹，以至于她一直没有发现，而他又能默默地、肆无忌惮地看着她。

他看着她走过两条街道进入超市买东西，只买了一杯酸奶就走出来；又逛进一个饰品店，对着几串手链挑来挑去，最终买了两条；接受一个路人的询问，她和善地告诉对方应该怎么走……她的眉眼生动地跳跃在他的视线里，清晰鲜明得如同昨天。

一会儿开心一会儿沮丧，他的心七上八下没有片刻安稳。

忽然她拐进一个小巷子，他觉得那巷子不太安全就连忙快步跟过去，却没想到刚拐进去就迎面撞见她正盯着他看，那样子明显是在等他。

她发现他在跟着她。

岳茏紧盯着黎苍看了一阵，问："为什么跟着我？"

91

黎苍一句话也说不出来。岳茏盯了他几眼就要走出巷子，被他一把拉住胳膊。岳茏一脸戒备地叫喊："你想干什么？！光天化日的！我可不怕你！"

黎苍抬手想再拉住她，她却后退两步，完全警戒的样子令他浑身难受，不由自主地垂下手。而就这么一个空当，岳茏已经跑出几步远，还回头看看他有没有跟上来，脚下跑得更快了。

黎苍站在巷口看着岳茏跑远，心口一阵锥痛。曾经的亲密无间瞬间浮上心头，让他的呼吸都有些艰难。眼看着岳茏跑过了马路之后迅速拦下一辆出租车，一溜烟地离开了。

就在近处的樊澄看着这一幕，心里难受得不行，池森也没了声音。樊澄郁闷地自言自语：“看到苍王本人也没有想起来？好奇怪啊……那对她来说到底什么才是印象最深刻的记忆呢……”

池森突然暴怒：“不切腹自尽还等什么？！一点小事都办不好！记忆的后门到底留在哪里了？！”

樊澄哭丧着脸：“我哪里知道？我只会留个后门，哪里知道是什么？这不都要看她脑子里什么事情最深刻吗？！干吗都怪我啊……”

车门忽然被打开，黎苍坐进了副驾驶座。樊澄和池森立时闭嘴，都定定地看着他。

黎苍看上去有些严肃，目光虽然没有看向他们却仍然充满威慑：“你们为什么一起出现在这里？”

黎苍的语气更沉：“在跟踪她？”

“没有没有没有……”樊澄连连摆手，又点点头，“也算是吧……不过没有恶意啊……”

池森瞪了樊澄一眼，解释说：“看到你跟着她，就跟过来看看。

“那么说是在跟踪我？”黎苍的语气更加不善，直截了当地说，“池森，我敬你是族长，不想与你为难，但你要是动她，就别怪我不留情面。”

池森笑了笑：“我能怎么动她？”

“舒林的那些小动作都是经过你默许的。”黎苍冷哼，“我不想跟你计较是看在你一直帮我压制柏月，没有让柏月有接近岳茏的机会，你以为我是怕你？”

“你就当我在伺机杀她好了，反正如何解释你都不会信。”池森并不在乎地说，“你天天跟着她想干什么？让她想起你？之后再浑身疼痛一直疼死吗？”

黎苍难掩眼中的痛色，皱眉低沉回应：“我不会再让她发现。”他打开车门下车，站在车边瞥向樊澄，“有你在，应该不是什么坏事，但小心被他骗。”

樊澄连忙点头：“不会的，我有分寸。”

族中。

池森回到族中的第一件事就是去幽闭的地牢，柏月正关押在那里。

柏月看见池森就扑过来站在牢门口盯着他：“你来干什么？黎苍呢？叫他来见我！我要直接生吃了他！”柏月愤恨地怒吼，“他杀光我所有族人！还把我的族人暴露在月光之下！我要杀了他！我要活吞了他！叫他来见我！”

池森颇有耐心地听她吼叫完：“眼下就有个机会能让他尝到痛彻心扉的滋味，你要试试吗？”

柏月斜瞪着他：“说！”

“杀掉岳茏。”池森冷冷地说，“只要这个女人死了，黎苍就是一具尸体，比活着不知道要痛苦多少倍。”

柏月怀疑地看着他：“这个我当然知道，但这女人并不好杀死，恐怕现在黎苍还在保护她。”

“我可以帮你支开他，让你有充分的时间来操作。”

柏月更加怀疑：“你为什么帮着我解恨？你惧怕黎苍威胁你的族长之位？”

“随你怎么想。”池森并不在意，“我只有一个要求——让那女人死得好看一点，别弄得缺胳膊少腿儿的，毁容更是不行。”

“这是什么要求？”

池森的笑容高深莫测：“你懂什么？只有她死之后还跟从前一样，黎苍看见了才会痛不欲生。如果搞成稀巴烂的样子，你觉得谁见了会有好感？还能抱着痛哭一番吗？”

柏月狐疑地盯着他：“你究竟为什么要帮我？”

“他就跟太阳一样。”池森微微叹气，“太耀眼了，晃得我眼晕。”池森微笑，“我受不了这光芒和亮度，必须把他变成毫无生气的死灰才能放心。”说着，他打开了牢房的三层锁。

柏月从牢房中走出来，忽而了然一笑：“你是不好意思说吧，黎苍对那个女人的付出和牺牲，大大超越了从前你对心上人的付出，让你觉得如鲠在喉，每天都觉得愧疚难耐。所以不想看到他跟那女人有什么好结果，是不是？”

池森自嘲地笑：“真是什么也瞒不过你，不愧是黑狼族历代中唯一的女首领。”

提到黑狼族，柏月笑不出来了，眼眸中现出一股狠辣：“我会让黎苍心痛难当，难受到后悔来到这个世上。”

池森鼓励地微笑：“拭目以待。”

几天后，岳茏去往剧组探班，她看了看场景就明白是自己写的重头哭戏，坐到导演身边，边看边小声交流。

很快男女主演进入场景中开始拍戏，只见女主角打开房门走出来，男主角正靠在门边，一抬头对上女主角的眼睛，四目相接，火光四射。

岳茏突然怔住了，一动不动。

那男主角的脸上戴着一个口罩，黑色的。

92

黑口罩。

深邃而温柔的眉眼忽然在脑海中出现，高挺的鼻梁似乎凑了过来，双唇微抿着似乎都能感受到温润的触感……岳茏径直站起来对着男主角走过去，一把抓掉了他脸上的口罩。

所有人都诧异地望着她，不知道她要做什么。而她怔怔地盯着男主角看了一阵：“不是你。你不是。”

“Cut！”导演走过来问，“怎么回事儿？岳编剧有什么想法可以提，但不要耽误正常拍戏。”

岳茏紧紧攥着黑口罩，从前的记忆纷至沓来，仿佛扒开一个小缺口之后涌入汪洋大海，冲击得她只想四下逃散，瞬间溃不成军。

导演不解地看着岳茏站在原地，像失了神一般成了一个木头人，脸上的表情说不清是什么，只觉得十分复杂，而她眼里竟然渐渐泛泪，忽然就流了下来。

“你怎么了？”导演吓了一跳

岳茏喉咙发紧，干涩得一个字也说不出来，哽咽半晌才艰难地吐了一个字：

“黎……黎……”

岳茏捂住心口缓缓蹲下，全身脱力地坐在地上，良久才大口地喘息，却刚深呼吸了几下就号啕大哭，声音撕心裂肺，周围所有人都有些不忍心看她。然而任谁来问她到底怎么了，她却只是哭，一个字也说不出来，像是要把所有的眼泪一次性哭干，耗尽自己仅有的力气。

导演等人面面相觑，让人把岳茏扶出拍摄棚，她乏力地坐在棚外院中的长椅上，哭声虽然渐渐止住了，可身体还在不停地微微颤抖。她缓了一阵就向外小跑，很快消失在院外。

岳茏开着车快速驶向天狼族的隐秘聚居地。她以为凭借记忆能很轻易地找到那条看似简单直接的山路，却没想到无论如何也没办法像黎苍那样顺利开上山。

她不知道，那条通往族中的山路，唯有族中人才能找到，对于普通人类是有机巧的障眼法的。

岳茏在山间绕行了很久，却仍然在山脚下徘徊。她气馁地熄火停车望山长叹，身上原本只是隐隐的疼痛开始加剧，令她不由得皱起眉头。她在身上摸索着手机，才想起手机落在片场根本没带出来。她的疼痛感似乎因为心情的焦躁又加剧一分，已经让她难耐地紧紧咬牙。

她神色痛苦地趴在方向盘上，嘴里低吟着一个名字：“黎苍……”

忽然一声巨响，有什么硕大的东西砸在车顶上。岳茏惊惧抬头，前玻璃上趴着一个狼人，正虎视眈眈地瞪着她，张开了血盆大口。

“啊！”岳茏一声尖叫立即发动车使劲踩油门又掉头，把这个狼人给甩了下去。可是她刚加速行驶没多久，又是几声巨响落在车上，而周围树林之中也不断有狼人涌出来，都在向她的车靠近，把她团团围住。

岳茏抬眼看见一轮明月挂在半空。她又惊又怕地开车四处飞奔想突围出去，可自己所在的地方越来越小，到最后被狼人包围，车被逼停在狼人的包围圈之中，所有的狼人对着她的车拍拍打打死命号叫，车窗玻璃已经出现裂纹，车身被狼人拍得变了形。

岳茏惊惧得直哆嗦却没有任何办法，即使再怎么踩油门，车轮只能费劲地转动，因为狼人的聚集而无法移动分毫。后窗玻璃突然被拍碎，狼人的手从四面八方伸来拉扯她，像是要把她直接撕成碎片！岳茏在车里根本没办法逃出去，又被狼人撕扯而导致双臂的袖子四分五裂破破烂烂地挂在胳膊上。

千钧一发之际岳茏想起从前，大叫一声："黎苍！苍王！我是苍王的女人！"

狼人们的攻击忽然停住了。

岳茏如获大赦，直接撞开车门飞奔出去，但没有等她跑远，高处传来一声尖利的厉喝："你们在想什么？！杀了她！"

岳茏不用回头也知道是柏月在指挥这群狼人，跑得更加迅速。但她跑得再怎么快也无法跟狼人的速度相提并论，很快就被一个狼人用手一提，她的双脚离开了地面。

"啊——"岳茏尖叫起来，狼人将她提起来之后重重摔在地上。

她听到柏月的声音："你猜今天，会有人来救你吗？"

93

岳茏身上的疼痛越来越难耐，令她说话都有点牙齿打战："你不必杀我……我和黎苍不可能在一起……我今天来只是……只是……"

"本来，如果我顺利跟池森结婚，我也懒得杀你。"柏月冷笑，"可是黎苍几乎弄死了我所有的族人，我不把他的心捅个稀巴烂，肯定是不能甘心。"她颇有耐心地坐下，"估摸你被狼人撕开的时候，他能亲眼看到。"

岳茏心里发紧："他……他就在附近？"

"听说他整天心神不宁，没事儿会去世界各地散心，似乎是今天回来。"柏月的笑容十分动人，"一般他会从这条路上山，正好能看见你的死状。这样千载难逢的好日子可真是难得。"柏月好整以暇地等待着时机，忽地挑唇而笑，"好了。"她的手轻轻抬起又挥下，狼人们对着岳茏冲了过去。

巨大而锐利的疼痛刺入岳茏的脖颈、肺腑和四肢，她身上转瞬就鲜血淋漓惨不忍睹。她的意识开始模糊，远处有谁在惊惧地怒吼，又是谁从另一个方向奔袭而来愤怒地咆哮，一切声音穿入她的耳膜却又很快飘远，眼前的所有景象都黑了下去……

半个小时之后，黎苍站在血肉横飞的狼人死尸堆中，失神地看着周围的一切。柏月被他亲手杀死，躺在地上兀自睁着双眼无法瞑目。黎苍的身上全是血迹，独自站在死尸堆中显得格外肃杀。

可是黎苍寻找了多遍，却没有找到岳茏。

他希望她是真的不见了，而不是被……被撕成碎块根本无法辨认……

黎苍的脑子里一片乱战，猛然想起刚才在混战之中，似乎见到了池森的身影！池森明显是帮着他对付狼人，甚至用自己的身体抵挡住仍在疯狂撕咬岳茏的狼人！后来，好像一个转眼，池森将岳茏抢出狼人的包围圈，很快就跑得不见人影……

池森带走了岳茏？可是他为什么要带走岳茏？何况那时的岳茏已经……

黎苍的心狠狠一颤，他几乎不敢去想当时的情形——岳茏的脖颈上有一个硕大的伤口正在汩汩流血，她双眼紧闭歪倒在一边，看着已经不行了……

黎苍深深呼吸才能稳住心绪，几个跨步就向着池森的住所奔去。但池森的住所空无一人。

一连两周，没有任何消息。

岳茏像是人间蒸发，池森也完全失去了踪迹。

黎苍从最开始的疯狂找寻渐渐沦入低迷的沉默，常常一整天不说一句话，只有樊澄等人前来汇报消息的时候，他的眼睛里才略有神采，可那一点神采通常会随着无果的消息而熄灭。

他不相信岳茏被撕成了碎片，他宁愿相信是池森为了某种目的带走了她，甚至是为了要挟他折磨他，他一直等待池森的威胁消息，然而什么也没有等来。

他想起舒林临死前说的话："是我让韩判混淆了岳茏的记忆，我看不得你们在一起那么好，看不得她愿意为你死，更看不得你为了她要死要活什么都不顾的样子。我做不到的事情，你凭什么能做到？你这样是做给谁看？是在打我的脸？你心里是不是在嘲笑我不肯为如真牺牲？放眼整个天狼族，几百年来，就你能，就你行！你是不是特别得意啊？想被其他人赞颂？你就是蠢！就是傻！根本不是伟大！不是！你以为池森只是一时糊涂？呵……池森当年和我有什么不同？他也不会就这么看着你成为情圣的。"

黎苍痛苦烦闷地闭上眼。当年他与池森都有资格成为族长，他甚至因为无可匹敌的战斗力比池森拥有更多的拥趸，但因为池森的一句话，他决意不争夺族长之位。他至今还清晰记得池森说那句话的模样，认真虔诚得仿佛一尊神像：“传说中能与普通人类通婚的秘法，只有族长才有资格开启，我当族长只是为了得到这个秘密。如果可以，请求你让给我。”

那时的池森，正与一个普通人类热恋，难解难分。

黎苍没有多想就让出了族长之位，然而不过两个月，池森的心上人就躺在了墓地里。那时候黎苍就知道，天狼族与普通人类根本无法通婚，传说毕竟是传说。

池森从那时起变得冷漠寡言，仿佛以前的开朗积极从未存在过。黎苍曾问起他关于秘法的事，他只是摇头，什么都不肯说。

池森与舒林合作拆散他与岳茏的事，他一直认为池森只是一时糊涂，却没想到他自己一时心软没有处置池森，会造成今天这种无法挽回的局面。

如果早知如此，当初他绝不会心慈手软。

黎苍的神情更加痛苦沉闷，不知道要如何排解。

眼前突然笼罩上一层阴影，一个人站在眼前。

黎苍缓缓抬头，惊讶地瞪大了眼睛。

94

眼前这个人，已经多年没有出现，神秘得如同族中的一缕游魂。

他古铜色的皮肤泛着微微的光泽，显示着绝对的力量。他的五官带着明显的异域风格，一派冷酷。

“俞盛？”黎苍疑惑地盯着眼前的人，不明白他的来意。

“苍王。”俞盛客气了一下，语气里没有任何感情，“我带你去见岳茏。”

黎苍的眼睛蓦地睁大，立刻站起来，双手不自觉地掐住俞盛的胳膊：“见谁？！”

俞盛毫不意外，重复着那个名字：“岳茏。”

黎苍紧盯着俞盛的双眼，像是要看出真假端倪，俞盛的语气仍然没有感情：“跟我走。”他转身就快步走了出去，黎苍立即跟上去。

俞盛带着黎苍一路走进了族中腹地，打开了只有族长才能开启的禁地之门。黎苍狐疑地看着俞盛："你怎么能打开？"

禁地之门只有用族长血印才能开启，除非……

"池森已死。"俞盛干巴巴地回答，推开厚重的石门，对黎苍说，"人在里面。"

俞盛没有进去的打算，而黎苍也顾不得是不是陷阱，直接走了进去。

黎苍顺着门后唯一的一条路走进去，很快进入一个阔大的石屋。一眼望去似乎是个套间，外厅摆放着简单的桌椅和立柜，进入内间，看起来是卧室，却摆着两张床，每张床上都躺着一个人，靠里侧的床上躺着的，正是岳茏。

黎苍几乎是扑了过去。

他扶住岳茏的双肩却又不敢用力，见她闭着眼不知是生是死，声音发颤地叫了一声："岳茏？"

岳茏没有回答，但缓缓起伏的胸口证明她还活着。她脖颈上那条可怕的伤痕也消失无踪，全身看起来没有一点被狼人攻击过的痕迹。

"她没死。"俞盛走了进来，语气平静且冷淡，"大概一个小时之后就会醒来。"

黎苍怔怔地盯着岳茏看了一阵，感受到她确实真实存在的气息，心情逐渐平静下来。他抬眼看向另一张床——那里正躺着池森。

俞盛也看向池森，语气终于不再那么平淡："他是醒不过来了。"

黎苍疑惑地皱眉，有很多话想问，俞盛递给他一支录音笔："池森留给你的话，你听了就明白。等这女人醒了你就带她走，我会处理完池森的身后事。"他扫了岳茏一眼，"也要看看她怎么样。"说完他就离开了屋子。

黎苍坐在岳茏床边，打开录音笔，池森的声音缓慢地流淌出来。

"现在见到她了，满足了吗？我想你一定是满足的。不打声招呼就带走了她，真的很对不起，但没有时间跟你解释那么多，我想现在你一定能原谅我。岳茏确实被狼人咬死了，我着急带她回来是为了救她，也为了彻底解决你们之间最大的问题。对不起，柏月是我放出去的，也是我诱导她去杀死岳茏——因为我自己实在下不了手。

“我想杀死岳茏，是想救她，也是救你。当年我成为族长之后，迫不及待地进入禁地，打开了传说中的秘法记录册，确实找到了一些方法能解决困局。可是当我面对濒死的爱人，却没有勇气实施，任由他死去。此事成为我毕生之憾、终生之耻。

“后来如真的身体也渐渐衰败，我把这个秘法告诉了舒林，本以为他会实施，可最终他也放弃了。要与普通人类通婚，与他们肌肤相亲而不让他们出现任何病痛，我们所要付出的代价，大到足以令人望而却步。我和舒林都胆怯了、懦弱了，我们互相保存着彼此最为可耻的秘密，互相看轻却又互相可怜。

“最初你和岳茏在一起的时候，我们只是冷眼旁观，认为你会走上我们的老路。可当发现你竟然愿意为了这丫头牺牲性命，我们都无法再装作淡然。你的所作所为照见了我们的自私与懦弱，令我们无地自容。

“也不知道是谁先提起的，我们打算拆散你们，呵，是不是很好笑？我们无法容忍继续看见你为她牺牲，看见了就觉得浑身不舒服。后来韩判的那块石头，舒林送给了岳茏，也是为了强行扰乱她的记忆，让你们闹矛盾分手。只是没想到，那丫头那么坚定地相信你。

“我很后悔。我后悔没有早一点直接施行这个秘法，让你和喜欢的人早点从痛苦里解脱，我更后悔从前的懦弱，如果不是我的自私和懦弱，也许我现在也能像你一样，仍旧守在爱人身边。

“秘法有两种，一是给普通人类灌输血液十年，再与之交合就不会有任何问题。一年浇灌一次，每次浇灌之后都要忍受锥心之痛，大概一个月左右吧。而十年之后，浇灌者的能力全部消失，寿命缩短为原来的四分之一。这个方法必须在交合之前使用，若是之后，就没有效用了。

“另一种是换血。我这次对岳茏所做的秘法就是这一种。她当时已经死了，我放空了她的血液，把自己全身的血液都换给了她。这种秘法实施之后两个小时内，我就会死去。不必感谢我，也不必为我惋惜。从前，当我知道这个法子的时候，我有机会施行第一种的，然而我终究不愿意失去所谓的特殊能力，也不愿意寿命缩短那么多，甚至连锥心之痛都害怕承担。后来又忍不住和他发生了……再最后，看着他衰弱而死，仍旧狠不下心用自己的命去换他的命。

“现在，我救的不是岳茏，是我自己。所以你不必有任何亏欠感，我要感谢你，感谢岳茏。俞盛会把我跟他合葬，希望他知道这一切之后不会嫌弃我。

“最后，我将族长之位正式传与你，希望你善待族人，保护他们，支持他们，让他们与普通人类的悲剧降至最低。”

录音笔“嘀”了一声，表示录音播放结束。

黎苍心中感慨万千，放下录音笔，握住了岳茏的手，静静地望着她。过了一会儿，他感觉到岳茏的手微微动了动。

95

“岳茏？”黎苍轻声唤她，紧盯着她仍然闭着的双眼，“岳茏……”

岳茏的睫毛开始颤动，发出几不可闻的哼哼声，缓缓睁开了眼睛。她看起来有点没力气，不过眼神清清亮亮，看到黎苍之后立即笑起来：“我没死啊？”她居然一下就坐了起来，环视四周，“哎？这是哪里？”

黎苍胸中涌动着柔情和欢欣，大致讲了一下池森为她换血的事情，岳茏听完怔了半晌，瞪大眼睛问：“我现在，算是你们族里的人了吗？”

“算。”

岳茏扭头看向池森：“他……真的死了？”

“嗯。”

两人都沉默下去，毕竟池森为他们做出了巨大牺牲。

黎苍扶岳茏从床上下来站好，仍然有些紧张：“你觉得怎么样？有没有什么不舒服？”

岳茏动了动胳膊腿儿，笑着看他：“挺好呀！”忽然她神情变了变，“好像……”

“怎么了？”

岳茏的表情有些复杂，伸手在自己胸口抚摸了两下。黎苍以为她心口不舒服，正想为她舒缓，她却推了他一把，生硬地说：“离我远几步。”

黎苍莫名其妙：“怎么了？”虽然奇怪还是退了两步。

“站着别动。”岳茏说完就转身背对着他，在自己身上胡乱摸来摸去，还打开裤子往下看，惹得黎苍更紧张：“身上痒？很难受吗？”

岳茏不说话，从背后看起来似乎在生气。黎苍不明白她是怎么了，着急地转过她面向自己：“怎么了？说话！”

岳茏嘟嘴：“是不是不管怎么样，你都喜欢我啊？”

黎苍没有犹豫地回答：“是。”

岳茏哭丧着脸拿起他的手按在自己胸口。黎苍一阵脸红：“你……”话音未落，他觉得有些不对劲。岳茏说话带了点哭腔：“我为什么变成男人了？！”

黎苍的屋中，站着樊澄、楚寒、白真，俞盛漠然地站在门口，像个门神。岳茏坐在沙发上，却拒绝黎苍靠近她，黎苍只好坐在沙发的另一端，神情复杂地看着她。

樊澄的眼睛在岳茏身上来回地看：“倒也不太像男人……打扮一下还是能继续做女人的。”

岳茏瞪他：“那里面怎么办？挥刀自宫吗？！”

樊澄想笑却不敢，强忍着说：“手术也许……”

黎苍一个眼刀甩过来，樊澄的后半句被他自己吞了下去。

白真十分认真地分析：“岳茏换过池森的血液，所以继承了池森的能力，应该是这样吧？”

岳茏反应极快：“池森的能力——难道是能随便变男变女吗？！”

三人异口同声：“是的。”

岳茏的绝望减少了一点：“那就是说，我还能变回来啦？要怎么变？”

三人齐刷刷看向俞盛，黎苍问：“你知道吧？”

俞盛的声音仍然冷清：“我去哪里知道。他变女人的时候又不给我看。”

“我的印象里，就没见过池森变女人。”楚寒忽然说，“他一向不喜欢自己的这个能力，族里只是听说他有这种能力，谁都没见过。”

樊澄八卦心大起：“他跟他家那位在一起的时候，是男人还是女人？谁知道？”

岳茏的重点再次偏差：“他家那位难道是男人吗？！”

樊澄点头：“对啊！是男人！以前一直以为池森喜欢男人，现在想想，没准他们在一起的时候，他是女人！”

“为爱变性？”岳茏眼里的八卦也藏不住了，“快跟我说说是怎么回事。”

樊澄开始滔滔不绝：“我就见过那男人一次，当时看见的池森还是男人的样子，感觉他们挺亲密的，当时我怎么没想过池森有可能私下变女人啊？”

“也许他就是一直以男人的身份跟那个男的在一起，”岳茏开始分析，“喜欢男人也没什么问题啊。”

黎苍再次问俞盛：“你和池森比我们都熟，你仔细想想有没有什么线索，该如何运用这个能力？”

俞盛眼神冷冷的：“想不出来。”

岳茏懊恼地环抱住自己：“我不想当男人！”

黎苍坐到她身边，不顾她反抗地抱住她：“没关系，肯定有办法的。”

樊澄给楚寒和白真使眼色，三人悄悄离开，顺手扯走了俞盛。

岳茏在黎苍怀里挣扎了几下就没动了，甚至还抱住了他。黎苍见她不再推拒自己很高兴，摸着她的头顶轻声说：“你别怕。”

“不怕。”岳茏还是不太开心，“就觉得奇奇怪怪的。可能池森自己也没有想到会这样。”

“嗯。”黎苍说，“我很感谢他。你活着，比什么都好，其他不重要。”

“听你这意思，看来我变回女人的可能性很小啊……”岳茏抬头看他，“男人你也接受吗？”

黎苍哽了一下：“是你，就接受。”

“呀！你在犹豫什么！”岳茏掐他的脸，“你犹豫了一秒！”

黎苍终于笑起来。

他的岳茏活过来了，并且不会再因为与他亲密而有任何生命危险。虽然现在似乎也亲密不了，但是——

只要她活蹦乱跳地在他身边，就好。

黎苍对着岳茏的唇印下去，辗转流连逐渐深入，带着他多日来的忧伤思念，尽情释放着满腔的柔情。岳茏热切地回应着他，这一个吻似乎隔了多年，而他们也仿佛重生。

黎苍的吻越发激烈，吻得岳茏喘息都开始困难，岳茏艰难地推开他，瞪眼：“不行！”

黎苍愣了一下，很快反应过来，温柔地抱住她，低音炮在她耳边炸开：“我不介意。”

岳茏讶异地看着他，他的耳朵又红透了，声音更低还带着诱惑：“虽然没有这方面的经验，但，我熟悉你。”

岳茏差点沦陷在他的这番情话里，但她逃也似的从他怀里跑了出去，急匆匆地丢下一句话：“不不不，我接受不来，我需要时间！”

黎苍在她身后莞尔，起身追了出去。

96

岳茏的新身体被她自己适应了一个多星期，渐渐也学会了像一个男人一样生活。只是在族里还好，一旦她跟黎苍一起出去，黎苍便禁止她进入男厕所。为了方便她在外面活动，每次出门都开着房车，导致岳茏很不开心地跟樊澄诉苦：“我十分好奇男厕所里面是什么样子！想去看看！每次都被黎苍拦住，真是的。”

樊澄在手机那头笑得倒地：“你好奇什么？看苍王不就够了！”

黎苍寸步不离地守着岳茏，担心她不知道还会不会有什么别的变化，又不断咨询俞盛和族中年长者，却没有人能回答出如何才能变回女性的方法。

又过了几天，岳茏找到了新的乐子。

黎苍不过是离开族里半个小时，回来就找不到岳茏的影子了，手机也没人接听。樊澄扭扭捏捏地说：“小丫头不让说，不过……还是告诉你吧……别说是我说的！”

于是，黎苍在城中最知名的酒吧找到了岳茏。

她一身休闲男装打扮，头发向上绑起来，看着就像个帅气的小鲜肉，正跟另一个小帅哥聊得不亦乐乎。眼看着那小帅哥的手已经握在她的手上，黎苍从她背后揽住她，声音低沉不悦：“玩得开心？”

“当然开……”岳茏笑着向后一看，最后一个字憋在了喉咙里，她不太自然地笑笑，“你怎么来啦？”

“我不来，怎么知道你离开我这么开心。”黎苍的手在她腰上用力，“回家。”

岳茏撇嘴，还想跟小帅哥说个再见，被黎苍严厉的眼神制止。没想到小帅哥看见黎苍就挪不开眼，一个劲儿地问岳茏：“哎？就走啦？这谁呀？给介绍介绍呗！”

岳茏又来劲儿了：“是不是觉得他很帅很有味道？！”

小帅哥连连点头：“是呀！是我喜欢的款！”

岳茏调侃：“刚才不是说喜欢我这款吗？”

小帅哥掩嘴：“都喜欢！不过更喜欢他这样的！”他看向黎苍，“留个联系方式呗？”

岳茏笑得直咧嘴，黎苍面无表情地横了她一眼，对小帅哥说：“没看出来我是来捉奸的吗？”

小帅哥一点都不奇怪的样子笑了一笑：“狼狈为奸挺好的。我不介意呀。”

黎苍无语地揽着岳茏迅速向外走去，惹得岳茏一直笑个不停。小帅哥还在他们身后叫唤：“哎！别急着走啊！压轴节目马上就开始了呢！”

黎苍带着岳茏穿过拥挤的人群，离门口还有几步的时候，酒吧内的灯光突然全部熄灭了，周围所有的人欢呼起来，纷纷向内场拥去，似乎在期待着什么。

黎苍几乎是灯灭的同时就把岳茏拉进怀里护着，又因为涌动的人群冲挤而让她靠在墙壁上，自己则伸出双臂环绕着她，把她整个保护起来。岳茏笑意盎然地望着他，虽然黑暗，却仍然能看到她的双眸晶晶亮亮，都是满足的笑意。

人太多，不断地挤压着他俩，黎苍和岳茏越靠越近几乎贴在一起。内场主持人高声喧闹着，周围的人更是激情满满地应和，更多的人拥进来。

随着人群涌动，两人的衣服不断摩擦来去，岳茏忽然觉得有什么不对劲——

岳茏低低地笑了一阵，抬眼看他：“你对男人也有反应吗？”

黎苍闹了个大红脸，耳根再次红透，半天说不出话来。

岳茏故意撞他：“你要是喜欢男人，我可要重新考虑我们俩的关系了！”

黎苍揽住她的脖颈，压低声音在她耳边说：“因为是你，才……”

因为是你。

只能是因为你。

岳茏也不多说什么，直接吻了上去。

黑暗中什么也看不见，可她分明看见了他的笑，听见了他满足的呼吸。不知道黑暗持续了多久，她只觉得自己几乎要融化在他的怀抱里。及至周围重新亮起来，他的吻仍在继续。

黎苍开车带着岳茏向族中驶去。岳茏看着他的侧脸，心里是说不出的舒服与安心：“一辈子都变不回女人了怎么办呢？”

黎苍看她一眼：“没关系。”

“你总说没关系，”岳茏笑，“好像就算我变成了一棵树，你也没关系。”

黎苍莞尔：“真的没关系。现在这样已经超出我的预期。”

岳茏像是安慰他：“既然继承了池森的能力，我想，我应该能找到法子变回去的。”她的样子似乎在仔细思索，黎苍伸手在她侧脸上抚过，声音低沉轻柔：“别太累。”

岳茏满足地笑着，房车渐渐开进山中。拐过一个长弯之后，岳茏忽然脸色一变：“停车。”

黎苍不明白却还是停下了，岳茏走到房车中部的榻上坐下，对黎苍招手：“过来。”

黎苍走过去：“怎么了？”

岳茏：“摸我的脸，像刚才那样。”

黎苍抚上她的脸，动作很轻柔。

岳茏的表情看起来有些奇异，不知道她在想什么，眼睛里都在发光。她很快又命令他：“向下。”

黎苍的手滑向她的脖颈。

“再下。”

黎苍有些脸红，却依然按照她的吩咐。岳茏目光灼热地紧盯着他，他忽然也惊异起来：“你……”

岳茏开心地睁大双眼：“这就是方法吧？！”

黎苍的脸更红：“没想到……可是那天明明……”

“也许那天是因为我在抗拒。”岳茏直接抱住他，发出满足的喟叹，“我变回来了。”

不过愣怔了几秒，黎苍直接吻住岳茏。岳茏心跳如擂鼓地看着他的脸孔骤然放大，紧紧地搂住了他的脖颈。

如果没有遇到你，我会怎么样呢？
平常地生活在平常的岁月中，像这世上大部分人一样，活着，死去。
结束一生的时候，我会叹息，没能遇上让自己灵魂都在颤抖的那个你。

我知道，没有遇到，不代表不存在。
我们只是时间太短，不足以让我们找到彼此。
所以如今我能如此幸运地和你在一起，怎能不燃尽我所有的生命？
愿我这般尽力的璀璨，能照亮你眸中的一切欢欣。
是的，我爱你。

——完——

番外

甜蜜日常

1

岳茏发愁给黎苍送什么生日礼物，能送的都送完了。这几天她发觉黎苍看她的眼神总是带着期待，她更愁了，不知道能有什么惊喜压过前面她送的那些。

于是黎苍生日当天早晨，岳茏一睁眼就对黎苍说：“这次的礼物是个魔术。”

黎苍饶有兴致地看着她：“好。”

岳茏：“闭上眼睛。”

黎苍闭眼。

岳茏：“哗啦啦啦！变好啦，睁眼！”

黎苍睁眼什么也没看到，好奇：“变了什么？”

岳茏扑进他怀里：“变得更爱你了呀！”

黎苍笑着压住她咬她的耳朵：“那，每天变一次吧。”

2

岳茏摸着自己的右眼：“我右眼皮为什么一直跳。”

黎苍凑过来在她右眼上亲了一口。

岳茏笑：“左眼也跳。”

黎苍又在左眼亲了一口，问：“还有哪里跳？”

岳茏靠近他耳边低声说话，用手捂住他的耳朵。黎苍听了一直在笑，耳朵也红了。

一直跟在后面的几个人都避开目光不去看，樊澄忍不住说：“腻死你俩得了，不是说来一个集体旅行的吗！我要回家！”

3

岳茏编剧的电视剧开拍，里面的男主角是她新迷上的“爱豆”。她趁着黎苍接待臣服的狼族忙得不可开交之际，打包行李奔去了剧组，每天对着“爱豆”发花痴。

导演看出来了，抱着讨好“传说中的黎太太”的打算，主动加了几场戏让岳茏客串，可以跟男主角亲亲抱抱。岳茏兴奋得要命，兴致勃勃地拿着剧本跟男主角对词。

男主角很配合，不过突然说了一句不是台本里的词：“他爱你如生命，你怎能跟别的男人轻言爱意。”

岳茏愣了愣：“你说错了吧？”

男主角笑笑：“不这样说，我的男主角就没了。”他示意岳茏向后看，岳茏回头，黎苍正从外面走进来，脸上表情看不出喜怒。

岳茏干笑：“你怎么来啦？”

黎苍逼近她一把搂住：“再不来，要去亲别人了吧。”

“演戏，只是演戏而已。”

“回家跟我演。”黎苍搂着岳茏往外走，岳茏不舍地望了男主角一眼：“偶像，我走啦。”

黎苍的不开心一直持续到这部电视剧上映，他万万没想到岳茏在看了几集电视剧后就宣布爱上男二号……于是黎苍只好默默收起已经准备好的男主角见面会门票，气闷地打电话吩咐：“男二号叫什么？他最近开见面会吗？”

4

岳茏跟剧组拍戏进入了深山老林。黎苍不放心，但岳茏拒绝他跟在身边免得女演员都去看他都不好好拍戏，又觉得他太宠自己让别人觉得她生活不能自理……

但黎苍真的没来，她在闲下来的时候又特别想他。比如此时，大家拍完一场难度很高的戏之后坐在一起吃消夜闲聊，岳茏虽然高兴却已经归家心切了。她拿出电话想打给黎苍却发现因为之前那场暴雨戏她有参与，导致手机坏掉了。

深山里也没地方买手机，紧接着的大暴雨引发泥石流，下山的路也断了。

岳茏借组里其他人的手机想报个平安，没想到信号也没了。

“可能是附近基站损坏了。”大家都这样猜测。

岳茏有些不安。黎苍和自己从来没有失去联系超过两个小时，这已经三十多个小时了，他得急成什么样？

执行导演更着急，进山的路被堵，这些人吃饭都快成问题。岳茏跟着一起发愁，冷不丁一个人从背后抱住她，声音里都是久别重逢后的放心：“我来了。”

岳茏一个回头扎在黎苍怀里：“让你担心啦！手机坏了！这里也没信号！路又不通！我都愁死了！”她压低声音，“再这样下去我打算跳下山找你了。”

黎苍安慰地抱着她：“我知道，我知道。”

岳茏和黎苍就这么搂搂抱抱十来分钟，黎苍低头就要吻下去，身边却突然多出几个人咳嗽的声音。黎苍顿时脸红，岳茏从他怀里钻出去看，樊澄、楚寒、白真站在黎苍身后，表情各异地看着她。

“各种吃的我们都带上来了，够你们剧组吃一星期的。”樊澄笑着说：“族长大人差点把整个超市给你搬来，被我们制止了。”

白真认真地附和：“夫人如果能尽早就尽早回去，您不在，族长做什么都心不在焉，连带我们也受累。”

楚寒没说话，但表情都是同意。

岳茏见黎苍不说话一脸默认，觉得他受了他们三个人的委屈，站出来挡在黎苍前面，抬高下巴说：“那我就把黎苍留下了，你们以后有事就来这里汇报吧，我保证给你们一个心很在焉的族长。”她见他们三个人目瞪口呆，继续说，“以后我去哪里就带他去哪里，你们跟着来就行。”

说完挽着黎苍就走，留下的三人满脸崩溃。

5

岳茏最近收了很多快递，来的东西都是她曾经有点动心想买但还没买的，她知道这肯定都是黎苍买的，但黎苍是怎么知道她想买什么的呢？她从来都没说过啊。

“看你微博点赞了。”黎苍优哉地说，“喜欢就买，不要只点赞。”

“好哇！”岳茏回答得很欢乐。

于是等黎苍再翻岳茏的点赞的时候，他发现岳茏点赞了一个等身抱枕，上面是当红男明星的全身照片……

过了几天岳茏果然收到快递，打开一看，抱枕上印着的是黎苍的全身照……

晚上，岳茏抱着“黎苍抱枕”睡觉不理真黎苍。

6

黎苍刚接通岳茏的电话就听到尖叫：“我找不到小白狼了！刚才还在眼前！现在就没影了！怎么办怎么办啊？”

黎苍心里一紧，边快步走出去边说：“刚才他在哪里？最后看到他是在哪里？”

“就在游乐场里，我一直看着他玩海盗船，等停下的时候他就没影儿了！我根本没看到他下来啊！”岳茏惊慌失措，声音都在抖，“怎么办怎么办？我把他弄丢了！”

黎苍赶到游乐场的时候，岳茏被两个警察围着问情况，其他警察在四处搜寻。他上前搂住岳茏，还没开口，岳茏就哭出来：“对不起……”

黎苍也心急如焚，跟警察快速聊了一阵就揽着岳茏也去寻找。岳茏慌里慌张的样子让他很不放心，一直搂在身边，紧接着樊澄等人也到了，一起去找。

找了一个多小时也没有找到小白狼的影子，岳茏濒临崩溃，一直重复一句话：“儿子被我搞丢了……”

“别慌！”黎苍虽然也着急心慌却还在安慰她：“一定能找到的，小白狼才几岁，他能跑多远……”刚说完，他忽然觉得裤腿被人牵了牵。

黎苍低头，腿边却什么也没有，而裤腿被牵的感觉又出来了。

黎苍忽然明白了什么，搂好岳茏，对着裤腿的地方虚空一扯就走。到了商场安全出口附近，他蹲下对着空气说：“还不变出来，要吓死妈妈？”

他面前的空气慢慢凝出一个形象，正是他们的儿子小白狼。

岳茏发怔地看着这一切，整个人都傻掉了。

四岁的小男孩子怯怯地看着岳茏：“妈妈对不起……”

黎苍把岳茏搂得更紧：“他大概是刚发现自己的特殊能力，玩起来了，你别……”

岳茏半天没说话，一把扑过去把儿子搂在怀里，哭了出来。小男孩明显知道是自己的错，也搂着妈妈软糯地说：“妈妈别担心，别生气，妈妈……”

岳茏忽地站起来：“我才不是你妈！逗我玩了半个多小时！以后别叫我妈！自己隐形玩儿去！”

小白狼看着妈妈大踏步地走远，大哭出来：“妈妈！”

黎苍连忙抱起儿子：“走走，爸爸带你去追，记得多讨好妈妈呀！”